광
주
아
리
랑

1

광주 아리랑

1

정찬주 장편소설

다연
DAYEONBOOK

횃불이 별이 된 사람들의 이야기

석양빛이 한 줌 남아 있을 때 나는 서둘러 산책하곤 한다. 햇살이 쇠잔해지는 동안 산벚꽃과 연둣빛 신록은 더 그윽하고 아름답다. 80년 5월의 광주 때문일까. 문득 저 산벚꽃과 연둣빛 신록이 잔인하고도 눈부시다는 느낌이다. 서울생활을 청산하고 광주에서 한 시간 거리인 남도산중으로 낙향한 지 20여 년이 지나갔다. 남도산중으로 내려온 까닭은 풋풋한 학창 시절을 보냈던 광주가 손짓하는 구심력도 여러 이유 중에 하나였을 터이다.

어제는 부활절이었다. 무슨 인연에선지 부활절 새벽에 80년 5월 광주 이야기《광주 아리랑》을 200자 원고지 2,400여 매 분량으로 탈고했다. 나는 불교 신자지만 '예수의 부활'이 오월광주 영령들에게도 영원한 생명의 꽃으로 뿌려지는 듯하다. 선가(禪家)에도 '죽어도 산 사람이 있고, 살아도 죽은 사람이 있다'는 말이 있다.

나는 왜《광주 아리랑》을 쓰려고 했을까? 씨앗이 언제 뿌려졌다가 이제야 발아된 것일까? 가만히 돌이켜 보니 40년 전으로 거슬러 올라간다. 우리를 비탄에 빠지게 했던 80년 5월로 돌아간다. 죽마고우 박효선은 그 기간에 시민학생투쟁위원회 홍보부장이었다. 계엄군은 무자비하게 도청을 점령했다. 박효선은 광주에서 10여 일 동안 숨어 있다가 화물트럭 조수로 위장해 서울로 탈출했다. 그때 나는 서울 세검정에 있는 상명여대부속여고 국어 교사였다.

6월 초 수업을 막 끝내고 별관 학생부에서 쉬고 있을 때였다. 박효선의 전화가 왔다. "나, 김철민이야" 하고 가명을 댔지만 나는 친구라는 것을 바로 알아채고 학교 부근에서 만나 수유리 내 자취방으로 함께 갔다. 그때 나는 주로 매식을 하고 있었으므로 광주에 있는 여동생을 불러 끼니를 부탁했다. 거리에 친구의 지명수배 전단지가 붙어 있었기 때문이다. 나는 학교 수업이 끝나면 바로 집으로 가서 날마다 5월 광주의 참혹한 이야기를 들었다. 광주 이야기를 듣고 난 다음 날에는 학교 수업을 제대로 할 수 없었다. 분노가 치밀어 분필을 잡은 손이 떨려 칠판에 판서하기가 힘들었다. 그런데 친구는 어느 날 나를 붙들고 나와 주고받은 편지가 광주 집에 있을지 모르므로 내 자취방이 위험하다고 불안해했다. 할 수 없이 나는 황석영 작가의 누나 황선희 선생을 소개시켜주었다. 황선희 선생은 나와 동료 교사였던 것이다. 그리고 몇 달 후 친구는 신촌 어느 극단에 있다며 나를 불렀다. 가서 보니 극단에서 도피생활을 하고 있는데 형사들이 자주 찾아와 불안하다며 고충을 털어놓았다. 이후 몇몇 고마운 사람의 집을 거쳐 광주로 내려갔고 도피생활 중인 친구는 대학 후배와 부모의 허락하에 증인 두 사람만 세우고 성당에서 하객 없이 결혼을 했다. 나는 이 결혼 전후의 진실을 남기고 싶어서 그 시간만 끌어당겨 《광주 아리랑》 속에 넣었다.

세월은 거칠게 십수 년을 흘렀다. 어느 날 연세대 세브란스병원에서 친구가 나를 불렀다. 병실에 가보니 간암 말기였다. 도피생활의 고통, 연극에 대한 열정과 혹사, 산 자로서의 부끄러움 등등이 그의 생명을 재촉해왔던 것이다. 결국 친구는 45세 나이로 요절했다. 그런데 이 무슨 기연(奇緣)인가. 내가 낙향한 집 바로 아래 절에 친구 어머니께서 49재를 지냈다니. 친구는 고인이 됐지만 나는 친구의 영혼을 날마다 만나고 셈이다.

운명이란 '우연'을 가장한 '필연'인 것 같다. 친구를 생각할 때마다 광주의 80년 5월이 떠오른다. 80년 5월에 함께하지 못한 부채의식 같은 것도 끈질기게 고개를 쳐든다. 소설가로서 친구에게 처음 광주 얘기를 들었을 때는 감히 집필을 생각지도 못했다. 이후 몇십 년을 기억 저편에 밀어놓고만 있었을 뿐 소환해낼 엄두를 못 냈다. 동료 작가들이 80년 5월을 시나 소설로 이야기할 때 나는 일부러 피했다. 그러나 그런 나의 태도가 옳지 못하다는 것을 어느 날 문득 깨달았다. 한 세대를 30년으로 잡는다면 올해가 80년 5월의 40년이 되는 해이니 경험한 세대가 경험하지 못한 어린 세대에게 더 늦기 전에 80년 5월의 광주 역사를 전해주어야 할 책무가 있다는 자책이었다. 더구나 내 나이도 70 고개 바로 밑에 있었던 것이다. 나이 들면 정신이 흐려진다고 하는데 세월이 나를 무작정 기다려주지 않을 듯도 싶었다.

그러나 이미 발표된 이른바 '80년 5월 광주소설'들과 엇비슷한 유형이라면 굳이 나까지 나서서 종이를 낭비할 이유는 없을 것 같았다. 이념의 행동가라기보다는 열정의 로맨티스트였던 친구 박효선도 원하지 않을 듯했다. 나는 소설 집필을 준비하기 전에 몇 가지 관점을 정했다.

첫째 메타포아를 버리고 콜로세움의 검투사처럼 정면으로 다룬다는 관점이었다. 실명으로 썼을 때 이해가 상충하는 지점 때문에 소설이

발간되고 나서 원치 않은 갈등이 생길 수도 있지만 실화를 선택했다. 실화를 소재로 삼더라도 소설이란 사실을 기록하는 보고서가 아니라 진실을 탐구하는 묵시록에 가까우므로 문제가 없을 것 같았다. 그래서 〈광주일보〉에 연재할 때 다큐소설이라는 말을 붙였던 바, 다큐는 논픽션이고 소설은 픽션인 것이다.

두 번째는 지금까지 조명되지 않은 광주시민들을 중심에 두고 써보자는 관점이었다. 평전이 발간됐거나 신문과 방송 혹은 잡지에 집중인터뷰를 했던 분들은 널리 알려졌으므로 동어반복하고 싶지는 않았다. 다만 인간의 보편적인 입장에서 참여한 신부님과 스님은 종교적 양심에 따라 행동한 분들이므로 뺄 이유는 없었다. 한편, 나중에 정치를 한 분은 순수성 측면에서 여러 해석이 나올 수 있기 때문에 그분들의 역할은 가능한 한 줄였다. 따라서 《광주 아리랑》에 등장하는 인물은 식당 주방장, 요리사, 시장 상인, 운전수, 페인트공, 용접공, 가구공, 선반공, 방직공장 여공, 예비군, 예비군 소대장, 대학교 교직원과 수위, 비운동권 학생, 영업사원, 재수생, 구두닦이, 농사꾼 등등이다. 이들도 80년 5월에 계엄군과 맞서 싸웠던 엄연한 실존이자 최대 피해자였던 것은 다 아는 사실이다. 나는 이분들을 한 분 한 분 '광주 5.18 역사로서의 소설'에 주인공이자 증인으로 영원히 기리고 싶었다. 화강암 같은 개결한 역사의 비석에 이름을 깊이깊이 새기듯.

세 번째는 두 번째에서 말한 인물들이 계엄당국에서 줄곧 주장했던 것과 같이 폭도가 아니었다는 관점이었다. 안식을 찾지 못한 채 고달픈 사람들이었지만 따뜻한 가슴을 가진 민초들이었던 것이다. 고백하건대 나는 80년 5월 따뜻한 가슴을 가진 사람들이 왜 울분을 토했고 계엄군과 맞서 싸웠는지 '따뜻한 눈물'을 얘기하고 싶었다. 그런 상황에서는 경상도 사람도 충청도 사람도 서울, 경기도, 강원도 사람도 그럴 수밖에 없겠구나 하는 인간의 보편적인 본성과 행동을 쓰고 싶었던 것이다. 그들의 소망은 결코 크지 않았다. 계엄군의 만행에 당하면서 '나도 사람이니 짓밟지 말라'는 것이었고, 이웃을 지키기 위해 싸우고 있다는 '나도 광주시민이다'라는 자존감과 자기존엄성을 찾는 것이었고, '우리는 폭도가 아니다'라는 것이었다. 한 가지 예를 들자면 계엄군이 도청에 진입하기 전 김준봉이 서울에서 내려온 고등학생에게 교통비를 주면서 "우리덜이 빨갱이가 아니었다고 서울로 올라가서 전해주라. 그람믄 내 죽음은 헛되지 않을 것인께"라고 한 진솔한 말이 그들의 마음을 대변했다고 생각한다.

그런데 나는 꼭 항쟁에 가담한 사람들만 이야기하는 것에 대해 스스로 경계했다. 끝내 총을 들지 못하고 양심의 소리에 괴로워하는 자의 고통도 같은 무게로 쓰고자 했다. 그래서 《광주 아리랑》 맨 마지막에 박효선의 친구 이희규가 경험한 바를 빌려 나는 다음과 같이 마무리 지었던 것이다.

'누렇게 오래된 노트에 고백하듯 쓰고 나자 쿵쾅거리던 심장이 편안해졌다. 창문을 통해 비집고 들어온 투명한 5월의 아침 햇살이 방바닥 한쪽에 누웠다. 그러나 비스듬히 누운 아침 햇살은 무심코 아름다울 뿐 그에게 위안 따위는 아니었다. 사방에서 공포와 울분, 부끄러움과 슬픔이 밑도 끝도 없이 밀려왔다. 끝내 총을 들지 못한 자신이 비겁하고 서럽고 수치스러웠다.'

이희규의 마음이 그 당시 내 마음이었을 것이고 우리 모두의 마음이 아니었을까 싶다. 아무튼 이 소설을 읽는 모든 이가 《광주 아리랑》을 통해서 80년 5월의 광주를 실상 그대로 바라봐 주기를 바랄 뿐이다. 정말 광주는 특별한 도시가 아니라 가슴 따뜻한 사람들이 살고 있는 보통의 도시였다는 것을 알아주었으면 좋겠다. 시위 중에 들었던 횃불이 밤하늘의 별이 된 도시라고나 할까.

끝으로 《광주 아리랑》은 2015년 노벨 문학상을 받은 우크라이나의 소설가 스베틀라나 알렉시예비치 작품 중에 《체르노빌의 목소리》를 읽고 영감받았다는 사실을 고백하지 않을 수 없다. 《체르노빌의 목소리》는 체르노빌 원자력발전소 폭발로 피해를 입은 주민 100여 명을 작가가 인터뷰해서 쓴 실화에 가까운 소설이다.

돌이켜보니 감사드릴 분이 참으로 많다. 《광주 아리랑》을 집필할 수 있도록 지면을 배려해준 광주일보사, 삽화를 맡아준 이정기 화백, 《5.18항쟁 증언자료집》을 제공해준 전남대학교 출판부, 나를 응원했던 광주시민 여러분, 매번 소설을 읽고 촌평을 해주셨던 나의 은사 동국대 전 총장 홍기삼 박사님, 동시대인으로서 큰 관심을 보여주신 이낙연 전 총리님, 나를 물심양면으로 후원했던 정인채, 한상원, 김명군, 구제길 회장, 김상철 대표, 최관호 청장, 나에게 우정과 용기를 준 친구 박정권과 이희규 선생, 원고를 꼼꼼하게 읽어준 아내 호연에게 감사를 드린다. 서평을 쓴 이경철 문학평론가와 출판사 여러분에게도 고마움을 전하고 싶다.

2020년 봄,
코로나19의 어둠이 속히 걷히기를 바라며
벽록 정찬주

차례

5월 14일

다치지는 마라

40대 초반의 사내가 책상 옆의 창가에 앉아 우두커니 밖을 내다보고 있었다. 창문에는 연신 빗방울이 흘러내렸다. 수막이 생긴 창문에 사내의 얼굴이 어렸다. 사내는 어른거리는 자신의 얼굴을 보고는 흠칫 놀랐다. 두 눈은 선명했다. 눈빛이 두 눈 안에 갇혀 있었다. 이 세상에서 가장 외롭고 슬픈 눈 같았다. 저것이 내 얼굴이란 말인가. 창문에 그림자처럼 어린 얼굴이 현재의 자신은 분명 아니라고 스스로 위로했다. 자신의 구겨진 과거의 얼굴이라면 모를까. 과거의 얼굴은 늘 지워버리고 싶었다. 그렇다고 현재의 얼굴에 만족하고 사는 것은 아니었다. 강박관념처럼 흘러내리는 빗방울도 사내의 눈빛을 지우지는 못했다. 사내는 한숨을 쉬었다. 그때 직원 하나가 말했다.

"과장님, 정문에 나가보겠습니다."

"비가 오는데도 학생들이 모여부렀는가?"

"오늘은 공대생들이 주도하고 있다는디요."

"나도 곧 갈 틴께 몬자 나가보게."

책상 위에는 명패가 하나 놓여 있었다. '학생과장 서명원'. 사내는 답답하여 창문을 조금 열었다. 봄날의 신선한 공기가 밀고 들어왔다. 더불어 정문 쪽에서 학생들의 함성 소리가 아련하게 들려왔다. 먼저 나간 직원이 걱정스러웠다. 교직원들과 학생들 간에는 기묘한 불신이 팽배해 있었다. 서로 믿지 못한 지 오래됐다. 학생들은 교직원들이 정보과 형사처럼 자신들의 행동을 감시한다고 의심했다. 교직원들은 학생들이 자신들의 처지를 이해하지 못한다고 억울해했다.

사내는 창문을 닫았다. 신선한 공기가 곧 차갑게 느껴졌던 것이다. 창문에는 다시 수막이 생기고 사내의 두 눈이 어렴풋이 드러났다. 사내는 의자에 앉은 채 두 눈을 감았다. 그러자 문득 할아버지와 아버지가 떠올랐다. 할아버지는 집을 지켰고 아버지는 집 밖으로 늘 떠돌았다. 집안을 힘들게 했지만, 아버지가 외롭고 슬플 때만 떠오르는 것은 무슨 까닭일까. 아버지에게서 위안받고 싶은 것일까. 아니면 아버지를 원망하고 싶은 마음이 있어 떠오르는 것일까. 두 가지 다일까. 사내의 심사는 이내 복잡해져버렸다. 아버지는 강력한 자석처럼 사내를 끌어당겼다. 사내는 아버지의 기억으로부터 헤어나지 못했다.

사내가 태어난 곳은 담양군 남면 청계동. 독립운동을 한 아버지가 집을 떠나버리자 할아버지는 일본 경찰과 헌병의 눈을 피해 산골 깊숙한 오지 마을로 숨어들었다. 아버지가 다시 돌아왔을 때는 본부인이 집을 나가버린 까닭에 할아버지는 아버지에게 어머니와 재혼하도록 독촉했다. 아버지는 사내가 태어난 뒤에도 독립운동을 계속했다. 비밀리에 맡은 임무는 독립운동 자금 조달이었다. 광주와 담양의 부잣집을 돌아다니면서 자금이 모아지면 한약재인 목단뿌리 장사로 변장하여 만주를 오갔다. 아버지는 전통의학인 단방약 요법에 능숙하기도 했다. 한학에 조예가 깊었으므로 한방 서적 원문을 읽으며 스스로 터득했던 것이다. 그뿐만 아니라 아버지는 정규교육을 받지 않았지만 어학에도 소질이 있어서 영어, 중국어, 일본어를 조금씩 구사할 줄 알았다. 아버지 방 서가에는 외국어 서적 몇 권이 꽂혀 있었다. 아버지 방을 본 마을 사람들은 아버지가 수재라고 했다. 융통성 없는 것이 흠이라면 흠이었다. 한번 옳다고 믿으면 좀처럼 그 원칙에서 벗어나지 않았고 고집을 부리면 절대로 꺾지 않았다.

8.15해방 후.

아버지는 독립운동을 함께 도모했던 김구 선생이 안두희의 총탄에 쓰러지자 비통한 마음으로 오열하며 세상을 등졌다. 자식들에게 기대할 뿐 세상에 나가지 않았다. 큰형은 오남매 중에서 가장 명석했다. 아버지처럼 글씨도 바르게 또박또박 잘 썼다. 대학은 납부금이 적은 사범대학을 갔다. 그리고 사범대학을 졸업한 큰형은 사병 입대했는데 영어를 잘하여 부대에서 통역을 하며 복무했다. 제대하고 나서는 한때 미국 유학을 꿈꾸었으나 아버지 반대로 접었다.

아버지는 자신이 이루지 못한 꿈을 큰형에게서 이루려고 했다. 신익희 선생에게 보내면서 소개장을 써주었다. 신익희 선생이 대통령 후보로 나섰을 때였다. 큰형은 신익희 선생을 외호하는 예비경무대에 들어갔다. 예비경무대는 여섯 명으로 구성된 친위 핵심 조직이었다. 더불어 큰형은 호남 조직참모로 일했다. 그러나 신익희 선생이 갑자기 별세하고 그 충격으로 큰형마저 뇌일혈로 쓰러져 다시는 일어나지 못했다. 아버지의 꿈은 또다시 물거품이 되고 말았다. 사내의 비극적인 가족사는 작은형으로 또 이어졌다. 6.25전쟁이 나자, 광주에서 학교를 다니던 작은형은 고향 집으로 피난을 왔다. 그런데 경찰에게 이유 없이 폭행당한 뒤 시름시름 앓다가 눈을 감아버렸다. 거기에다 결혼한 작은누나마저 젖이 곪아 썩는 유종으로 죽자, 결국 오남매 중에 큰누나와 막내인 사내만 살아남았다.

증조할아버지 때만 해도 사내의 집은 부농이었는데, 할아버지가 그 논밭을 지키지 못했고 아버지는 독립운동을 했던 데다, 해방 후 집안의 희망이었던 큰형과 작은형이 요절한 바람에 가세는 보잘것없이 돼 버렸다. 따라서 사내는 힘들게 주경야독했다. 정규교육을 받지 못한 채 검정고시를 본 뒤, 1959년 성균관대학 법정대학에 입학했다. 3학년 2학기 때 고시공부를 하기 위해 무등산 자락에 있는 풍암정사로 들어갔다.

그러나 고시공부도 찌든 생활 형편 때문에 포기해야 했다. 할 수 없이 사내는 농촌지도요원 선발시험을 보았고 합격해서 농촌지도요원이 됐다. 작은 월급이라도 받으니 생활 형편은 나아졌지만 동료들의 비리를 보고는 견딜 수 없었다. 그래서 사표를 쓰고 또 다른 직장을 찾아 나섰다. 그러던 중 사내는 마침 5.16쿠데타 직후 재건국민운동의 일환으로 전개되는 국민운동을 하는 것이 낫겠다 싶었다. 마침 전남도지국 상임간사 모집시험이 있어서 응시해 합격했다. 그러나 대통령 선거 기간 동안 정부 주도의 국민운동이 민간 주도로 전환해야 한다는 사회 비판이 거세지자, 전격적으로 국민운동본부가 해체됐다. 그러면서 정부는 국민운동을 했던 사람들을 시청, 군청, 동사무소 등에 배치했다. 사내는 광주시청 관할의 동사무소로 갔다. 동사무소에서 얼마 후 일을 잘한다고 평가받아 시청으로 올라갔다. 시청에서 맡은 일은 지적사무였다. 이권이 개입하는 사무였다.

사내는 심한 갈등을 겪다가 사표를 내고 다시 공무원시험을 봤다. 희망은 문교부에서 교육행정 일을 하고 싶었다. 그의 희망대로 1968년 1월 전남대학교 농대 서무과로 발령이 났다. 이후 본부 교무과, 문리대 서무과, 학생과, 후생과, 전남대부속중학교 서무과 등 여러 곳을 옮겨 다녔다.

이때 아버지가 독립운동을 했다고 소문이 났던지 운동권 학생들이 사내를 따랐다. 아마도 문리대 사학과 변극 교수가 소문을 냈을 터였다. 아버지는 중국 상해에 있던 변극 선생과 주로 연락을 취했던 인연이 있었기 때문이었다. 학생회 간부들은 사내를 큰형님이나 아저씨처럼 따르면서 돈을 빌려 가거나 동아리 모임에서 한마디 해달라고 부탁하곤 했다. 1974년에는 학생운동을 하다 제적당한 윤한봉이 찾아와 부모님이 편찮으시다며 돈을 빌려 갔다. 그 일로 사내는 고초를 겪었다. 중앙정보부에서 파견 나온 직원에게 호되게 당했는데, 학생운동 자금을 대줬다는 이유였다. 그로 말미암아 사내는 학생과에서 후생과로 보내졌다. 그리고 1979년에는 전대 의대 종합병원에서 근무했다. 그런데 몇 달 후 10.26 박정희 시해 사건이 났다. 10.26 사건이 나고 나서는 학생들과 학교 당국 간에 대화가 단절되고 말았다. 그동안 쌓였던 학내 문제, 어용교수 및 학생자율화 등에 대한 학생들의 불만이 폭발했기 때문이었다. 학교 당국에서는 학생회 간부들과 대화할 수 있는 교직원을 물색했다. 또다시 사내가 거론됐다. 민준식 총장이 사내를 불렀다.

"학생들이 학교 측에 불만이 많아 얘기가 잘되지 않고 있소. 그러니 당신이 대화 통로를 쪼깐 열어야겠소."

"제 힘으로 애러울 것 같습니다."

"어째서 그렇소?"

"이 대학을 나온 사람이라야 직접 선배가 되니까 얘기가 더 잘 통할 것입니다. 저는 이 대학을 나온 사람이 아닙니다. 그러니 제가 어떻게 일할 수 있었습니까? 또 학생들과 얘기하려면 유관기관과도 잘 연결될 수 있고 성격이 원만한 사람이 맡아야지, 저 같은 사람은 안 맞을 것 같습니다."

사내는 완곡하게 거절했다. 그러나 총장은 1980년 3월 18일자로 전남대 상담지도관 실장으로 정식 발령을 내버렸다. 당시 상담지도관실에는 상담지도관이 한 사람 있고, 중·고등학교 교사로 구성된 다섯 명의 상담지도사가 있었다. 또 그 밑에는 행정을 보는 직원 네 명이 있었다.

그런데 어느 날 상담지도관실에 화염병이 날아와 불이 났다. 상담지도관들에게 불만을 품은 학생들이 던진 화염병이었다. 학생들은 자신들을 감시하던 기구인 상담지도관실을 폐쇄하고 직원들을 파면하라고 주장했다. 그러자 학교 측에서 상담지도관과 상담지도사 들을 각 기관으로 파견 보냈다. 행정을 보는 네 사람이 남아서 일을 보는데 책임자가 없으니 업무가 밀렸다. 이런 이유로 사내가 상담지도관 실장으로 발령을 받은 것이었다.

사내가 부임한 뒤로 학생들의 항의는 전보다 덜했다. 사내는 기구를 다시 정비하고 건전한 직원들을 배치했다. 학생들의 요구 사항을 듣고 뒷바라지를 주로 했다. 10.26 이후 학생들은 자발적으로 학원자율화추진위원회를 만들고 총학생회 구성을 위한 선거관리위원회를 정식으로 발족시켰다. 이때 정부조직기구의 국립대학교 설치령이 내려졌다. 학생들의 여망에 부응한다고 하여 상담지도관실을 없애고 장학담당관실로 명칭을 바꾸었다. 이에 따라 사내는 장학담당관 직무대리로 발령이 났다.

기구 명칭이 어찌 됐든 사내가 학생회 간부들과 가장 많이 얘기한 주제는 어용교수 축출 문제였다. 사내는 어용교수를 축출하자는 데는 동의했지만 그 방법은 달랐다. 먼 훗날 스승을 쫓아냈다는 오명을 남겨서는 안 된다고 학생들을 설득했다. 학생 주도로 축출하지 말고 유신 기간에 권력과 밀착한 교수, 교직원 들이 스스로 사표를 내게 하자는 것이 사내의 주장이었다. 그리고 그들이 사직원을 내면 그 행위로 끝내고 사표수리는 하지 말자고 학생들을 설득했다. 사직원을 낸다는 것은 그동안의 잘못을 뉘우친다는 증거가 되므로 굳이 축출하지 않더라도 앞으로 반성하고 잘하지 않겠느냐는 것이었다. 사내와 학생회 간부들의 뜻을 이해한 교수들은 사직원을 냈는데 끝내 명분과 위신 등을 내세워 안 낸 교수는 대여섯 명이었다.

전남대의 경우 어용교수 축출 문제가 그런대로 해결이 되자, 시위는 점점 사회 문제로 돌아갔다. 그 분기점의 날이 5월 14일이었다. 12.12 사태 이후 전두환이 보안사령관 등 요직을 맡으면서 잠복해 있던 민주화에 대한 요구였다. 5월 초부터 학생들의 시위 구호가 바뀌었다. '계엄령을 철회하라', '전두환 물러가라', '신현확 물러가라', '정치일정 단축하라', '노동자 생존권 보장하라' 등이었다.

정문에서 들려오는 학생들의 구호도 바로 그것이었다. 사내는 누군가가 다가오는 발자국 소리에 눈을 떴다. 비는 여전히 보슬비로 바뀌어 내리고 있었다. 수막이 벗겨진 창문 밖의 풍경이 한결 선명했다. 정문으로 나가는 길가에 선 활엽수의 연둣빛이 사내의 눈에는 왠지 고통스럽게 보였다. 학생들의 구호 소리 탓일까. 신록처럼 여린 학생들의 구호 소리에 사내의 심사는 심란해졌다. 공부는 시기가 있는 법인데. 사내에게 다가온 이는 직원이었다.

"과장님, 학생들이 도청 쪽으로 달려가고 있습니다."

"전경들 저지선을 뚫어부렀는가?"

"아닙니다. 전경들이 교정에 최루탄을 쏘자 체육과생들이 정문에서 돌멩이로 맞서는 동안 다른 학과 학생들이 담을 넘어갔습니다."

"학생들이 열 받아부렀는갑네."

"원래는 교내 밖으로 나갈 계획이 없었는데 흥분해서 담을 넘어간 것 같습니다."

사내는 자전거를 타고 정문 쪽으로 나갔다. 보슬비는 미세한 물방울의 는개로 바뀌어 얼굴에 부딪쳤다. 그때 사내는 코를 감싸 쥐었다. 전투경찰이 페퍼포그차로 쏘아낸 최루탄 가스 냄새가 코를 찔렀다. 학교 담을 뛰어넘어 뒤늦게 시위 대열에 합류하는 학생들이 사내를 보더니 재빨리 몸을 움직였다. 담 너머에는 개천이 있고 좁은 길을 따라 올라가면 계림동사거리가 나왔다. 그곳에서 오른쪽으로 꺾어 돌아 광주고등학교 앞을 지나 직진하면 금남로였다. 또한 계림동사거리에서 직진하면 산수동오거리, 법원이 나오고 거기서 오른쪽으로 내려가면 농장다리, 장동, 도청이 나왔다. 사내는 자전거를 타고 학생들을 뒤쫓았다. 가는 중에 낯익은 상업교육과 2학년 이정연 학생에게 조심하라고 일렀다.

"다치지는 마라!"

"걱정 마세요. 도청까지 갔다가 곧 돌아올 겁니다."

그런데 시민들의 반응은 냉담했다. 학생들의 시위에 반응하지 않았다. '하라는 공부는 안 하고', '제풀에 꺾이겠지' 하는 표정으로 구경했다. 빗방울은 다시 굵어졌다. 금남로를 거쳐 도청 앞에 도착했을 때는 학생들 모두가 방목하는 양 떼처럼 흠뻑 젖었다. 송기숙, 명노근 등 교수평의회와 교수협의회 교수 200여 명도 스쿨버스를 이용해 금남로에서 내린 뒤 도청 앞까지 걸어와 학생들과 합류했다.

"전두환 물러가라!"

"노동자 생존권 보장하라!"

학생들이 구호를 외치는 동안 빗발은 도청 앞 원형 분수대에 사정없이 내리꽂혔다.

양동시장

비가 줄기차게 내리자, 명태 가게 차양막이 한쪽으로 처지면서 물줄기가 쏟아졌다. 하마터면 마른 명태들이 물벼락을 맞을 뻔했다. 다행히 명태가 든 상자에는 빗물이 한두 방울만 튀었다. 60대 초반의 김양애 씨는 명태 상자를 안으로 들이면서 말했다.

"오메, 가물었는디 농사에는 약비겄네!"

명태 가게 모서리에서 좌판을 편 순천댁이 일어나서 허리를 폈다.

"부녀회장님, 오늘은 손님이 읎을랑갑소."

"한 상자라도 폴아야 밥값이라도 헐틴디."

"아따, 날씨 좋은 날 두 상자 폴믄 되지라우."

"자네는 인자 쪼깐 살만 헌갑네잉. 여그 들어올 때는 다 죽어가드만."

"지도 인자 가게로 들어갈 수 있을께라우?"

"빚만 읎애면 가능하제. 나도 그랬응께."

"부녀회장님, 쉬시지라우. 지가 가게 봐줄께요."

"그라믄 으디 잠시 댕겨올 디가 있응께 가게 쪼깐 봐주소."

양동시장도 예외 없이 비 오는 날은 손님이 찾지 않았다. 그런 날 상인들은 장사를 잠시 접고 이 가게 저 가게 옮겨 다니며 수다를 떨거나 물건 정보를 교환했다. 광주천 하류를 따라 길게 늘어선 양동시장은 광주시민들에게 가장 사랑받는 상설 시장이었다. 거기 가면 채소에서 생선, 의복, 살림살이 용품까지 뭐든지 다른 데보다 값싸게 구입할 수 있었다. 그런가 하면 살기 힘들 때 마지막으로 찾아와 날품팔이라도 하다가 재기하는 곳이 양동시장이었다. 처음에는 시장 어귀나 가게 모서리에서 좌판이나 리어카 행상을 하다가 형편이 나아지면 작은 가게를 세내어 들어가 자리를 잡았다. 그런 과정을 거친 장사가 대부분이었으므로 양동시장 상인들은 좌판상이나 리어카 행상을 내치지 않고 한 식구로 여겼다.

'병규 엄니'로 불리는 김양애 씨는 순천댁에게 명태 가게를 맡기고 시장 골목을 나섰다. 남원댁 방귀례 씨도 두어 가게 건너에서 생선 가게를 하고 있었다. 한때 산지에서 마늘을 떼 와 팔았던 상인으로 김양애 씨 또래였다. 김양애 씨는 병규 사촌누나 박수복이 장사하는 아동복 가게로 갔다. 시장은 어느 가게나 5분 거리 안에 있었다. 박수복이 반갑게 맞았다.

"보름만에 뵙는디 한 달이 넘는 것 같소야."

"서울로 물건 띠러 간 일은 잘됐냐?"

"얇은 긴 팔 옷 오십륙만 원어치 띠어 왔그만요."

미리 유행을 예감하고 동대문시장에서 신상품을 도매가로 사 왔다는 말이었다. 옷 장사는 감각이 남달리 앞서야 했다. 유행을 뒤쫓기만 하다가는 망했다. 그런데 병규 사촌누나 박수복은 양동시장에서 옷 장사로 7년을 버텼다. 병규 어머니로서는 상상도 할 수 없는 일이었다. 56만 원은 양동시장에서 작은 가게를 하나 살 수 있는 거액이었다.

"봄옷이 고로코름 많이 폴릴끄나?"

"두고 보씨요. 읎어서 못 팔 것잉께."

"니는 머리가 영리해서 절대로 손해는 안 보겄제."

"올봄에 겁나게 돈 한번 벌어불라요."

40대로 보이는 박수복은 자신 있게 말했다. 병규 어머니는 조카인 박수복의 말을 늘 믿는 편이었다. 박수복은 장사하면서 기회를 잘 잡고 판단을 잘했다. 수복의 형제들 모두 머리가 총명했다. 그런데 수복의 아버지가 어머니를 놔두고 이따금 다른 여자들을 불러들여 살림을 축낸 데다 화투놀음에 빠져 논밭을 야금야금 날려버렸기 때문에 6.25 전쟁 후 고향인 나주 금천면을 떠나야 했다. 큰오빠는 나주 금천국민학교를 졸업한 뒤 광주로 나와 밤에 구두닦이를 하면서 낮에는 광주일고를 다녔다. 그러나 작은오빠는 중학교를 끝내 진학하지 못했다. 수복도 정규학교를 가지 못하고 공민학교로 가서 한글을 익혔다. 공민학교 방학 중의 일이었다. 수복은 옆집 아주머니의 쌍둥이 갓난아이를 보러 서울에 따라갔다가 내려와 양동에 있는 베 짜는 공장에 들어갔다. 열여덟 살까지 그곳에 다녔다. 그러다가 3,000명 규모의 큰 방직공장으로 옮겼다. 정식으로 응모해서 입사했다.

그곳에서는 처음으로 월급 인상 데모를 해봤다. 또 한 번은 데모를 주동하다가 발각되기도 했다. 주동한 다섯 명이 박인천 사장 앞으로 불려갔다. 다른 사람은 운동화를 신고 갔는데 박수복은 슬리퍼를 끌고 갔다. 전무가 "왜 어른 앞에 오면서 쓰레빠 신고 왔냐!"고 다그쳤다. 그래서 "왜 쓰레빠 신고 작업하는 사람을 불렀습니까?" 하고 대꾸하자 박인천 사장이 "아이고, 자네 말이 맞네. 다음에는 이런 일이 없도록 하세"라고 무마했다. 이에 박수복은 "네, 분명히 그러겠습니다. 근디 너무나 부당한 대우를 해주시면 안 되고, 적당한 선에서 해주씨요"라고 말했다.

스물세 살 때 사진관에서 연애하던 남자와 결혼했는데 시어머니는 예단 없이 들어왔다고 날마다 구박을 했다. 설상가상, 남편은 서울로 가버렸고 박수복은 친정으로 가서 딸아이를 낳았다. 시댁에 돌아오니 시어머니는 또 구박을 시작했다. 다행히 남편이 서울에서 돈을 조금 벌어 와 학동 다리 옆에 셋방을 얻어 분가했다. 그때부터 리어카를 하나 장만해서 장사를 시작했다. 얼마 후 둘째아이를 업고 당숙 집 골방으로 갔다. 둘째아이를 업고 광주공원에서 찐 고구마 장사를 했다. 이후에는 돈을 조금 모아 남도극장 앞에서 가구점을 했다. 그다음에는 남편이 병을 앓자 튀김 장사, 꽈배기 장사, 호떡 장사 등을 하며 남편 병원비를 대며 살았다. 셋째아이를 배고 나서는 호떡 장사 리어카는 시동생에게 주고 양동시장으로 들어왔다. 리어카 좌판에 칼, 허리띠, 귀걸이, 목걸이, 양말 등등 오만가지 잡화품을 놓고 팔았다. 그러다가 가게 하나 얻어 아동복 장사 7년을 했다.

"팔자 억쎈 니가 요로코름 사는 거 보믄 신통방통해야."

"결혼한 지 삼 년 만에 짜잔헌 가시내 낳았다고 시어머니가 구박을 참말로 심허게 헙디다. 그래서 죽을라고 팔각정에 올라가서 딸을 요렇게 내려다보는디 못 죽겄습디다. 아래를 쳐다봉께 무섭기도 허고. '죽을 용기 있으면 살아야 쓰겄다' 허고 도로 내려왔지라우."

"잡초가 따로 읎어. 밟아도 밟아부러도 죽지 않는 잡초가 우리랑께."

"양동시장이라도 읎었다믄 지는 진작 어쩌께 됐을지도 모르지라우."

"근디 서울 가서 병규는 만나봤냐?"

김양애 씨가 속마음으로 알고 싶은 것은 수복의 가게 형편보다는 올해 동국대학교에 입학한 작은아들 병규 소식이었다. 미국에 사는 큰딸이 학비를 대준다고 해서 병규가 고등학교 3학년 내내 모포 하나 가지고 독서실에 다니면서 공부해 동국대학교에 진학했던 것이다.

"시간이 읎어서 보지는 못했는디 서울은 큰일입디다."

"뭔 일?"

"학생들이 데모를 허고 야단 났어라우. 줏대가 강헌 병규도 휘쓸리지 않을랑가 모르겄소."

"아이고메, 내가 왜 그 생각을 못했다냐. 으째야쓰까?"

"시방 바로 전화해부씨요."

"그래야겄네잉."

김양애 씨는 종철 어머니가 술과 밥을 파는 서너 평짜리의 식당으로 들어갔다. 전화를 빌려 쓰기 위해서였다. 김양애 씨가 전화를 걸자 바로 아들 병규의 목소리가 들려왔다.

"병규냐?"

"네, 엄니."

"뭣 허고 있냐?"

병규가 동국대학교도 휴교령이 내려졌기 때문에 자취방에서 책을 보는 중이라고 대답했다.

"집에 한번 댕겨갈래? 보고 잪아서 그란다."

김양애 씨는 아들이 반발할까 봐 데모라는 말은 꺼내지 못했다.

"그라믄 엄니, 삼사 일 책 좀 보다가 십구일 아침에 광주고속으로 내려갈게. 마중 나올라요?"

"아부지랑 나가마. 근디 으쩨서 납부금은 받음시롱 수업을 안 한다냐?"

"여그 서울은 시끄럽그만이라우. 전두환 땜시 대학생들이 오월 들어서 맨날 데모허고 있그만요."

"그라냐? 오전 몇 씨쯤 내려올래?"

"내려가기 전날 전화하게요."

박수복이 전한 말대로 서울은 대학생들이 날마다 시위를 하는 모양이었다. 김양애 씨는 가슴을 쓸어내렸다. 아들이 '집에 한번 댕겨가라'는 말을 의심하지 않았기 때문이다. 대학을 다니는 아들을 둔 김양애 씨를 보고는 종철 어머니가 부러운 눈으로 쳐다보며 말했다.

"병규가 공부를 겁나게 잘해분 모냥이요잉."

"지가 대학 갈라고 독서실 댕김시롱 무자게 애를 씁디다."

"나는 대학 댕기는 자식을 둔 부모만 보믄 부러와라우."

"아이고, 집이 자식은 마음씨가 착헌께 됐지, 또 뭘 바란다요."

"학교 댕길 나이에 가구 공장서 일허는 자식만 보믄 맴이 쓰리지라."

종철 어머니의 남편은 무능력자였다. 사업한다며 식당에서 번 돈을 가져가곤 했지만 그때마다 실패했다. 없는 살림을 더욱 쪼들리게 했다. 학벌도 시원찮고 사업 수완도 모자라서 무엇에도 적응하지 못했다. 종철 어머니가 집안 살림을 도맡아 이끌었다. 종철 어머니가 아파서 병원에라도 입원하게 되면 집안은 엉망이 됐다. 종철이 중학교 2학년 때 배 수술을 하게 됐을 때도 마찬가지다. 수술 빚 때문에 가족들이 밥을 굶을 지경이었다. 결국 고등학교 2학년이던 종철이 형은 학교를 자퇴하고 장롱 만드는 공장에 들어가 기술을 익혔다. 월급을 받아 어머니 손에 쥐어주기 위해서였다. 종철이도 중학교를 가까스로 졸업한 뒤 형에 이어 유동의 가구 공장에 들어가 자개로 문양을 새기는 기술을 배웠다. 공장에서 숙식하며 일했는데 공휴일에는 집에 다녀가곤 했다.

"집이 아들을 보믄 맘이 참 착해라우. 부모 고상시키지 않을라고 학교도 그만두고 공장에 댕기는 것 아니요."

"아이고 부녀회장님, 고 얘기는 고만험씨다. 맘이 아픈께."

김양애 씨는 전화만 하고 식당에서 나왔다. 양동시장에서 장사하는 상인치고 가슴 아픈 사연이나 힘들지 않은 사람은 아무도 없었다. 김양애 씨의 과거도 익모초 즙보다 더 쓰디썼다.

'남편 복이 나보다 읎는 여자가 으디 있을라고.'

남편은 마음만 좋았지 생활 능력이 전혀 없었다. 남에게 풍수나 관상을 봐주고 겨우 담뱃값이나 벌어 쓰는 사람이었다. 생활은 김양애 씨 몫이었다. 자식들은 어린 시절부터 제대로 된 밥을 먹지 못했다. 큰딸과 큰아들은 말할 것도 없고 병규는 중학생이 돼서도 꽁보리밥을 먹었다. 막내 경순이도 마찬가지였다. 집에서 먹는 밥보다 조금이라도 쌀이 더 섞인 밥을 도시락으로 싸주었지만 반 친구들 사이에서 병규 도시락이 가장 새카만 꽁보리밥이었다. 중학교 2학년 때는 병규가 학교에서 돌아와 투덜거렸다.

"엄니, 인자 도시락 안 싸가지고 댕길라요. 챙피해서 못 가지고 다니겄소."

그러나 며칠 뒤 배가 고파 도저히 견딜 수 없으니 꽁보리밥이라도 다시 싸달라고 했다. 김양애 씨는 기가 막혔다. 눈물이 하염없이 흘렀다. 그래도 방 하나에 일곱 식구가 살아야 하는 곤궁한 형편이어서 흰 쌀밥은 꿈도 꾸지 못했다. 그럼에도 불구하고 병규는 비뚤어지지 않고 사춘기를 잘 넘겼다. 키도 대나무처럼 쑥쑥 자랐다. 1980년 고등학교를 졸업하고 군에서 복무 중인 형을 면회하러 간 적이 있는데 부대원들이 형보다 훨씬 큰 병규를 보고 놀랄 정도였다. 대학은 엄두도 못 냈지만 이민 간 큰딸이 병규 학비를 대주어 서울로 가서 동국대학교에 입학했다. 김양애 씨는 중얼거렸다.

"병규야, 이번에 내려오믄 엄니가 쌀밥에다 고깃국 해줄게."

김양애 씨는 남원댁 생선 가게 앞을 그냥 지나치지 않았다.

"남원떡, 점심은 했소?"

"인자 묵어야지라우."

"찬밥이지만 짐치가닥에다 같이 묵을께라우?"

"부녀회장님 몬자 잡수씨요. 고물 줏으러 간 남편 지달렸다가 같이 묵을라요."

남원댁 방귀례 씨의 형편도 궁하기는 마찬가지였다. 남원에서 광주로 온 남편은 고물 장사를 했고 큰아들은 세탁소에서 일하고 있으며 작은아들은 학교를 못 가고 아이스크림 통을 메고 다녔다. 그리고 두 딸은 고등학교를 졸업한 뒤 하나는 수녀가 됐고 또 하나는 여군에 자원입대했다.

남원댁은 말하고 나서는 꼭 성호를 그었다. 독실한 천주교 신자였다. 남원댁이 천주교 신자가 된 것은 마흔두 살 때였다. 3년간 병명도 모른 채 요한병원을 다녔는데 하루는 병원원장이 "당신 병은 예수를 믿으면 나을 것이요"라고 말했다. 그래서 요한병원 뒤에 있는 임동성당을 다니면서 영세를 받았다. 방귀례 씨가 성당에 다니면서 처음에 한 일은 월산동이나 농성동 뒷산에 있는 갱생원에 가서 교우들과 함께 밥을 해주고 옷을 빨아주며 목욕을 시키는 봉사 활동이었다. 나중에는 신부가 부탁하는 대로 의지할 데 없이 죽은 사람들을 찾아다니면서 시신을 염해주었다. 염은 교우들이 맡기를 기피하는 봉사 활동 중 하나였다. 어느새 염 봉사는 방귀례 씨 몫이 돼버렸다. 나자로 이천수 성당 주임신부는 염할 일이 생기면 방귀례 씨부터 전화로 찾았다.

가게로 돌아온 김양애 씨는 양재기를 가져와 찬밥과 김치를 넣고 참기름을 몇 방울 친 뒤 비볐다. 고소한 냄새가 나자 입에서 침이 돌았다. 젊은 순천댁을 불러 함께 숟가락을 들었다. 봄비는 여전히 차양을 거세게 두들기며 내렸다. 그래도 밥을 먹는 동안에는 가게 안이 안온하고 그윽했다. 생활은 팍팍하지만 밥을 나눠 먹는다는 것은 행복한 일이었다.

꿈꾸는 사람들

 꼭두새벽부터 비가 부슬부슬 내렸다. 아침 식사 시간이 지났는데도 방 안은 어둑했다. 용접공 나명관은 늦잠을 자다가 벌떡 일어났다. 그러나 막상 갈 데가 없었다. 5월 초에 해고 통지를 받았기 때문이었다. 벌써 10여 일이 지났지만 출근하던 습관이 배어 아침마다 한동안 어리둥절했다. 어제저녁 1기 강학인 윤상원 자취방에서 막걸리를 마신 뒤끝인지 입안이 텁텁했다. 나명관은 들불야학 교실로 썼던 광천동성당 교리실에나 가볼까 하다가 접었다. 그는 중학교 전 과정을 배우는 들불야학에 2년째 적을 두고 있었다. 광천동성당은 양동시장에서 광주천을 따라 가다가 왼쪽으로 꺾어 들어가면 서민들이 사는 광천시민아파트 옆에 있었다. 스무 살 나명관은 다시 벌렁 드러누워 잠을 청했다. 그러나 배에서 꼬르륵꼬르륵 소리가 날 뿐 잠은 오지 않았다.
 문득 야학 교실로 썼던 교리실보다는 성당 앞 공터에 자란 히말라야시다가 보고 싶었다. 현재는 들불야학 방이 광천시민아파트에 있지만 광천동성당 교리실이 그리웠다. 히말라야시다는 허공에 높이 솟구친 모습이 이국적이었고 늠름했다. 공장에서 하루 종일 잡일에 시달렸다가도 사철 푸른 히말라야시다를 보면 위로가 되었다. 알 수 없이 느껴지는 신기한 일이었다. 성당 안의 마리아상보다 눈길을 더 끌었다. 나명관만 그런 기분이 드는 것이 아니었다. 야학생 다수가 히말라야시다를 보면서 위안을 받았다. 히말라야시다가 사람들을 괴롭히고 그럴 일도 없을 것이라는 믿음 때문에 그랬을지도 몰랐다. 히말라야시다는 결코 말을 한 적이 없지만 따뜻하게 말을 걸어주는 것 같았다. 나명관은 늦은 아침밥을 식은 된장국에 말아 대충 먹고 우산을 들었다. 어제저녁 윤상원 형 자취방에서 들었던 말들이 갑자기 떠올라서였다. 전남대를 다니는 한 강학이 직장을 다니지 않는 야학생들에게 말했다.

"낼 헐 일 읎는 사람은 우리 학교에 와요. 집회도 구경해보고 시위할 때는 같이 동참도 하게요."

"나는 전대생이 아닌디요."

나명관이 말하자 들불야학 1기 동기생이자 회사에서 함께 해고당한 신은주가 동조했다.

"전대생도 아닌디 쑥스럽지 않을까요?"

"아따, 전대생은 아니라도 전대생 강학들허고 이 년을 보냈응께 사촌은 됭마. 긍께 구경헐 자격이 있제. 하하하."

구경하러 오라는 강학의 말에 다른 강학들도 편을 들었다. 들불야학에서는 '가르치고 배운다'는 뜻에서 강사를 강학(講學)이라고 불렀다.

"대학생들이 뭣을 주장허는지 들어볼 필요가 있지요. 현장 실습헌다 생각하고 대학생 집회에 동참합시다."

현장 실습이라는 주장에 들불야학 1기생인 나명관과 신은주가 피식 웃고 말았다. 전남대 집회 현장에 가든지 말든지 그것은 야학생도의 자유였다. 반항적이고 한 고집씩 하는 늦깎이 야학생들이 강학의 말에 고분고분할 리 없었다.

나명관은 농성동 집을 나섰다. 공중전화로 어제저녁에 같이 막걸리를 마셨던 신은주를 불러냈다. 나명관 집 부근인 발산에 사는 신은주는 청바지에 긴팔 티셔츠 차림으로 나왔다. 손목에는 손수건을 묶었는데 영락없이 시위하는 대학생 같았다.

"대학생 같그만."

"명관 씨도 운동화를 신고 오지 그랬어요."

"시위를 한다면 몰라도 그냥 구경만 허고 올틴디 뭘."

"호호호."

신은주가 명랑하게 웃었다. 양동시장을 지나 광주천을 건너 조금 가면 임동오거리가 나왔고 바로 도로를 타고 올라가면 전남대였다. 두 사람은 가지고 나온 우산을 각자 썼다. 신은주가 한쪽이 찌그러진 우산을 쓴 나명관에게 물었다.

"명관 씨, 전대까지 얼마나 걸릴까요?"

"한 시간이면 되겠지요. 쬐깐 넘을랑가도 모르지만."

"명관 씨는 왜 나왔어요?"

"심심해서요."

"은주 씨는요?"

"현장 실습할라고요."

전남대 앞에 도착하자 12시쯤 되었다. 비가 내려서인지 최루탄가 스가 사라지지 않고 축축한 공기 속에 갇혀 있었다. 눈이 따갑고 고춧 가루가 식도에 얹힌 것처럼 재채기가 나왔다. 학교 안에서 1차 집회를 마친 공대생들은 담을 넘어 시내로 진출했다고 한 학생이 알려주었다. 오후 1시쯤 되자 전투경찰들이 학교 정문을 비켜주었다. 나명관과 신 은주는 학생들 틈에 끼어 가두진출을 했다.

"투석전이 있는 줄 알고 단단히 준비했는디 싱겁그만잉."

"나도 시위하는 여대생 숭내 좀 냈어요. 호호호."

두 사람은 광주역을 돌아서 시청을 지나 법원으로 가는 학생들을 따 라갔다. 한 학생이 대학생인 줄 알고 나명관에게 말했다.

"구두를 신은 거 본께 시위는 첨인 것 같아부요."

"첨이지라."

"오늘 천오백 명 정도 되는 것 같네요. 낼은 더 많이 모일 거요."

"낼도 데모허요?"

"십육일까지 민주성회 기간이그만요."

"시방 법원 쪽으로 가는 학생 숫자가 천오백 명이라고라?"

"세 갈래로 찢어졌응께 이짝은 오백 명 정도 되겠지요."

법원 앞에 미리 도착한 학생들은 엉거주춤 앉아서 연좌농성을 했다. 학생 한 무리가 법원 앞에서 시위하는 까닭은 '법원도 정의가 죽었다' 라고 항의하기 위해서였다. 두 사람은 법원 앞에서 들불야학 4기 강사 였던 강분희 강학을 만났다. 반가웠지만 비가 내려 긴 이야기는 나누 지 못했다. 그런데 나명관은 어제저녁 강학의 말을 듣고 나왔지만 별

감흥을 느끼지 못했다. 따분해진 나명관이 말했다.

"용접 일 허는 것보다 재미 읎그만. 가자, 우리는 대학생도 아닌디 따라다니면 뭐 해. 우리 할 일은 따로 있제. 다리도 아프고 죽겄그만."

신은주도 맞장구를 쳤다.

"맞어. 학생도 아닌 우리가 할 일은 아닌 것 같애."

두 사람은 시위 대열에서 물러섰다. 강분희 강학을 찾아 인사하려고 했지만 보이지 않았다. 두 사람은 그냥 농장다리를 지나 광주천까지 걸어갔다가 헤어졌다. 신은주는 발산 집으로 갔고, 나명관은 광천시장 뒤쪽에 있는 윤상원의 자취방으로 향했다. 윤상원 자취방은 강학이나 야학생들이 아무라도 사랑방처럼 날마다 들락거리는 곳이었다. 모이면 십중팔구 막걸리를 사다가 배부르게 마셨다. 나명관이 방에 들어서자 이미 막걸리 잔치가 벌어지고 있었다. 오랜만에 덩치가 큰 박효선이 와 있었다. 그는 전남대 연극반 동아리를 거쳐 최근까지 경신여고 국어 교사를 하다가 사직하고, 현재는 노동청 위쪽에 동리소극장 개장을 준비 중에 있었다. 목돈이 드는 무대는 그가 직접 망치를 들고 설치했다. 박효선도 윤상원 자취방을 가끔 들렀다. 그도 역시 뒤늦게 참여했지만 들불야학에서 연극을 지도하는 강학이었다. 박효선이 물었다.

"명관 씨 축하, 해고됐다고 들었그만."

"형, 해고가 뭔 축하할 일이당가요?"

"들불야학에서 배운 것을 실천한 모범생인께 축하받을 만헌 것이제."

"묵고살라믄 으디 또 취직을 해야쓰겄는디 소개 좀 해줏쇼."

"쉰 김에 팍 쉬어불고 체격이 단단헌께 연극배우허믄 잘허겄는디, 그나저나 으째서 해고당했어?"

36

"요 얘기를 몇 번이나 했는지 모르겠네요."

"그래도 나는 모른께 해봐."

박효선은 막걸리가 찰랑거리는 양재기를 나명관 사발 잔에 부딪쳤다. 나명관이 또다시 녹음기 돌아가듯 말했다.

"나이는 어리지만 들불야학서 이 년 동안 배운 것을 바탕으로 '노동자로서 살아야 될 권리를 찾자'는 생각을 했지라."

"옳제!"

박효선이 추임새를 넣었다.

"지금 생각허믄 한없이 부족하지만 그때 생각에 '나도 이만큼 배왔으믄 무슨 일을 해봐야 하지 않을까'라고 결심했지라."

들불야학생들이 다 아는 사실이지만 광천공단 내의 노동자들 환경은 열악하기 짝이 없었다. 한 달 내내 쉬는 날 없이 작업을 해도, 야간에 잔업을 해도 1개월 월급이 12만 원에서 15만 원 정도밖에 안 되었다. 형편없는 대우와 노동 조건을 개선하겠다고 신은주와 함께 요구하다가 관리직 간부와 언쟁이 벌어졌다. 나명관은 순간적으로 화를 참지 못했다.

"주먹을 한 방 멕여부렀구만."

"참았어야 했는디 두들겨 패부렀지라."

다음 날 직원을 통해서 해고 통보를 받았다. 1978년 들불야학 1기로 같이 입학했던 신은주와 하루아침에 회사를 쫓겨났던 것이다. 웃음을 참고 있던 박효선이 특유의 너털웃음을 터뜨렸다.

"허허허. 인자 다 잊고 술이나 마셔불드라고!"

막걸리를 서너 잔째 마시고 나자 YWCA 신협에 다니는 박용준과 김성섭이 왔다. 김성섭은 윤상원하고 함께 자취를 하면서 막걸리 심부름을 자주 한 청년이었다. 잠시 후에는 들불야학 교장 격인 김영철과 세계사를 가르쳤던 윤상원도 들어왔다. 다른 강학들은 수업 중이거나 약속이 있어 합류하지 못했다. 윤상원이 야학생들을 보고 말했다.

"저녁은 묵었어? 빈속에 술만 마시면 안 좋아."

"뚜부 한 모에다 막걸리 한 잔은 영양식이지라."

"지갑에 월급 남은 것이 있는디 짜장면이라도 시킬까?"

"아따, 형. 고것은 비상금으로 가지고 댕깄쏘. 나는 용준이 형하고 여그 옴시롱 국밥 한그럭 묵고 왔그만요."

박효선도 저녁 식사 생각이 없다고 말했다.

"나도 소극장에서 해름참에 오징어튀김을 몇 개 묵었더니 생각이 읎소."

"그라믄 내 지갑 속에서 확실하게 굳어부렀네잉."

"뭘 오늘 저녁에 자꼬 쓸라고 헌가. 낼도 있는디 아껴둬야제."

김영철이 훈화를 하듯 점잖게 말했다. 머쓱해진 윤상원이 곱슬머리를 긁적였다. 그래도 그는 강학들 중에서 나이가 많은 선배 중에 한 사람이었다. 그는 삼수를 하다가 1971년 전남대 정치외교학과에 입학한 뒤 연극에 심취했다. 국문학과에 입학한 박효선이 뒤이어 연극반에 들어왔다. 윤상원은 대학을 졸업한 뒤 주택은행 신입사원시험에 응시, 합격하여 서울 봉천동 주택은행 지점으로 발령받았다. 그러나 '현장을 떠난 노동운동은 관념'이라는 생각으로 6개월 만에 광주로 내려와 그해 10월 광천공단 내 한남플라스틱 공장에 노동자로 취업했다. 후배들이 운영하는 들불야학에도 강학으로 들어왔다. 석 달 전에 시작한 들불야학은 아직 뿌리를 내리지 못한 상태였다. 들불야학은 전남대 국사교육학과 2학년이었다가 강제휴학을 당한 박기순, 같은 과 동기생인 신영일 등과 서울의 야학 경험자들의 조언을 듣고 시작했던 것이다. 수업은 광천동성당 교리실을 빌려 했는데, 야학생 모두에게 위안이 됐던 히말라야시다는 광야의 예수처럼 본당 왼쪽에 서 있었다.

윤상원의 성격은 심각하지 않고 쾌활했다. 막걸리를 몇 잔 마시면 귀곡성을 흉내 내며 판소리 한 대목을 했다. 흥이 더 나면 봉산탈춤을 추었다. 그리고 박효선은 구수한 저음으로 흘러간 대중가요 '목포의 눈물'이나 '울고 넘는 박달재'를 잘 불러 박수를 받았다. 삼베 한복에 늘 검정고무신을 신고 다니는 전남대 총학생회장이자 야학생도에게 영어를 가르치는 박관현은 '각설이타령'을, 박용준은 '가고파', '그리운 금강산' 등을 잘 불러 귀를 호강시켜주었다. 윤상원이 말했다.

"내가 몬자 '춘향가' 중에 쑥대머리를 뽑아불랑께 효선이 후배도 준비하고 있어부러잉."

윤상원이 목을 큼큼 가다듬으며 뜸을 들이자 다들 막걸리 잔과 젓가락을 놓았다. 연극배우로 다져진 윤상원의 표정 연기는 진중했다. 그가 팔 하나를 머리 위로 번쩍 치켜들더니 목구멍을 훑어내는 탁성을 뱉어냈다.

쑥대머리에 귀신형용(鬼神形容) 적막옥방(寂寞獄房) 찬 자리에 생각느니 임뿐이라. 보고 지고 보고 지고 한양낭군(漢陽郎君) 보고 지고. 오리정(五里亭) 이별 후에 일자서(一字書) 없었으니, 부모공양(父母供養) 글공부에 겨를 없어 그러한가. 연이신혼(宴爾新婚) 금실우지(琴瑟友之) 나를 잊고

그러한지. 무산신녀(巫山神女) 구름 되어 날아가서 보고 지고. 계궁항아
(桂宮姮娥) 추월(秋月) 같이 번듯이 솟아서 비취고저……

중모리장단에 맞추어 부르는 '춘향가'의 한 대목은 옥에 갇힌 춘향
이가 이 도령을 그리는 장면이었다. 쑥대머리를 죽 뽑은 윤상원이 말
했다.

"노동자가 꿈꾸는 세상을 오매불망 기다리는 심정으로 불렀는디 으
째분가?"

"아이고메, 긍께 더 처절했는갑소. 후배 기를 팍 죽여부렀는디 어치
께 불러야쓰까."

그러자 모인 사람들이 박효선에게 박수를 치면서 "목포의 눈물, 목
포의 눈물" 하고 응원했다. 잠시 후 박효선이 '목포의 눈물'을 불렀다.
젓가락장단이 따다닥 따다닥 살아났다. 그날은 그렇게 몇 곡의 노래로
밤이 달착지근하게 여물어갔다.

불온한 밤

비상계엄령을 선포하기 며칠 전이었다. 군화를 벗지 않고 전투복을 입은 채 비상대기 상태였다. 5월 초부터 그런 상태로 지낸 지 10여 일이 지나고 있었다. 정호용 특전사령관이 공수여단 모든 부대에 1,500만 원의 격려금을 내려 이경남 일병이 속한 대대도 400만 원을 받아왔다.

대대마다 회식을 크게 했다. 돼지 한 마리를 잡아 놓고 막걸리를 양껏 마셨다. 강원도 화천 자대에서 김포로 이동해 처음 갖는 회식이었다. 막걸리 두어 잔을 말없이 마시던 이경남은 회식 자리를 벗어나 막사 밖으로 나왔다. 초저녁의 하늘은 어둡고 푸르스름했다. 날카로운 초승달이 서쪽 하늘에 비스듬히 걸려 있었다. 문득 이경남 일병은 초승달이 자신을 불온하게 내려다보고 있다고 생각했다. 크고 작은 별들이 깜박깜박 제자리를 찾고 있었다.

기상 뉴스는 오랜만에 맞았다. 남부 지방은 비가 오고 김포는 하루 종일 맑았다. 요의를 느낀 이경남은 후미진 곳으로 몇 발짝 걸어가서 오줌발을 놓았다. 그때 귀에 익은 목소리의 중사 하나가 어깨를 툭 쳤다. 그 역시 뭉툭한 것을 바지 속에서 꺼내더니 한마디 했다.

"이 일병, 화천에서 빡세게 훈련할 때보다 지금이 좋지?"

"예."

"이 일병이 믿는 하느님 선물이라고 생각해."

"선물이라고요?"

"물론 며칠 뒤 포장지를 열어봐야 무슨 선물인지 알 수 있겠지만 말이야."

삼국지 만화를 몇십 번 보았다는 하사관은 어떤 엉뚱한 괴변이라도 건사하게 잘 둘러붙이는 직업군인이었다. 중사는 술을 더 마시고 싶은지 막사로 총총 사라졌다. 이경남은 '훈련할 때보다 지금이 좋지?'라는 중사의 말을 머릿속에서 지워버리기라도 하듯 도리질했다. 작년 공수부대에 입대한 후 지금까지의 1년은 고달픈 훈련의 나날이었다고 할 수밖에 없었다. 출동명령을 기다리는 지금도 힘들기는 마찬가지였지만.

1979년 5월, 신학대학 졸업을 앞두고 입대를 했는데, 떨어진 곳이 하필이면 강원도 화천의 최전방 11공수여단이었다. 군용트럭으로 11공수여단에 실려온 뒤부터 적군 후방에 투입하는 공수 및 특수전 교육을 받았다. 특수전교육이란 게릴라 침투나 사회소요에 대비한 진압 훈련이었다. 공수여단의 훈련은 입안에 쓴 위액이 넘어올 정도로 거칠고 셌다. 힘든 훈련을 마치고 9월 말에 자대배치를 받았는데, 10월에 박정희 대통령 시해 사건이 났다. 박 대통령 시해 사건이 나자, 군은 전쟁경계령인 '데프콘 쓰리'를 발동했다. 두 달 뒤에는 전두환 등의 신군부가 12.12쿠데타를 일으켰다. 누가 보아도 집권 야욕을 드러낸 쿠데타였다. 이에 민주화를 요구하는 정치인들의 선언과 대학생들의 시위가 봇물 터지듯 했다.

이경남 일병은 1979년 12월 30일 종무식이 가끔 기억났다. 종무식은 연초 3일간 휴무에 들어가기 전의 종회였다. 종회에 들어온 중대장의 군화코가 번들거렸다. 중대장은 새 베레모에다 다림질한 전투복으로 한껏 멋을 내고 있었다. 중대장은 공수부대 요원이라는 자부심을 그렇게 나타내고 싶어 했다. 중대장의 얼굴은 몹시 상기되어 있었다. 희소식을 전할 때는 늘 그랬다. 이경남은 중대장의 입을 주시했다. 이윽고 중대장은 "새해부터는 너희들을 위해 봉급 200프로, 점프 수당 500프로를 올리겠다. 사령관님의 약속이다"라고 믿기지 않는 말을 했다. 부대원들은 환호했다. 그때 이경남 일병도 군대생활을 하면서 돈도 모을 수 있겠네, 하고 혼잣말을 했다. 특전사령관이 왜 선심을 쓰는지는 알 수 없었다. 연초 휴무가 끝나고 다시 훈련이 시작됐을 때, 북한군의 위협이 있을 것이라면서 전쟁 대비는 하지 않고 왜 시위진압 훈련만 하는지 의구심이 들 뿐이었다. 훈련은 대부분 진압봉 타격전술을 반복했다. 진압봉은 강원도 깊은 산속에서 박달나무를 찾아 베어다 자체적으로 만든 몽둥이였다. 1미터 길이의 단단한 박달나무 진압봉은 경찰의 것과 달리 살인적이었다. 타격을 가하면 머리가 터지고 쇄골이 부서질 정도였다. 이경남 일병도 적응해갔다. 적응할 수밖에 없었다. 내무반에서 진압봉을 보고 있으면 적개심 같은 것이 막연하게 솟구쳤다. '나라가 혼란하니 좌경분자를 제거해야 조용해지지'라는 선임자의 말에 동조하게 되어 스스로 소스라치게 놀라곤 했다. 그러나 놀랄 일도 아니었다. 부대원 모두는 명령만 떨어지기를 학수고대했다.

이경남 일병은 다시 대대원들의 회식 자리에 앉았다. 노래를 잘해서 회식 때마다 자청해서 가수 행세를 하는 동기 하나가 말했다.

"이 일병, 오늘은 취하게 마시자구."

"응, 두 잔이나 마셨어."

"코가 비뚤어지게 마시자니까. 자, 받어."

"취할 텐데."

"이 일병은 생각이 너무 많아. 맨날 책만 보니까 그렇지. 입대 전에 꿈이 소설가였다구?"

"박 일병, 쓸데없는 소리 그만하고 거 있잖아. 노래나 불러."

자칭 가수 동기가 이경남의 알루미늄 식기에 막걸리를 가득 부었다. 그런 뒤 침상에서 일어나 흘러간 가요를 부르기 시작했다.

가랑잎이 휘날리는 전선의 달밤
소리 없이 내리는 이슬도 차가운데
단잠을 못 이루고 돌아눕는 귓가에
장부의 길 일러주신 어머님의 목소리
아— 그 목소리 그리워

누군가의 젓가락장단이 나오자, 흥이 난 박 일병은 마저 2절까지 눈을 지그시 감고 불러 젖혔다. 매번 그랬지만 이경남 일병이 부러워할 만큼 멋들어진 열창이었다.

들려오는 총소리에 자장가 삼아/ 꿈길 속에 달려간 내 고향 내 집에는/ 정한수 떠놓고서 이 아들의 공 비는/ 어머님의 흰 머리가 눈부시어 울었소/ 아― 쓸어안고 싶었소

어머니를 그리워하는 가사가 폐부를 찔렀지만 오래가지는 않았다. 다음 순서로 부른 중대장의 군가 '진짜 사나이'가 합창으로 변하면서 그런 감상을 압도해버렸기 때문이었다. 중대장은 '진짜 사나이'로 자신의 면모를 다 보여준 듯 흡족한 표정을 지었다. 그런 뒤 취침 시간 전까지는 더 마셔도 좋다는 무언의 허락을 한 뒤 막사를 나갔다.

최근에는 회식 못지않게 사기를 진작시키고자 정신교육 시간을 가진 적도 있었다. 강사는 부마사태를 경험했던 여단의 한 부대장이었다. 강사 부대장은 자신이 얼마나 무자비하게 진압했고, 부하들이 장갑차를 종회무진 끌고 다니면서 부산과 마산 시민들에게 어떻게 겁을 주었는지 자랑스럽게 이야기했다. 전쟁에서 막 돌아온 군인의 영웅담 같았다. 군인은 오직 용감해야 나라에서 주는 훈장이나 표창 받을 자격이 있다고도 말했다. 부대원들은 강사 부대장을 영웅인 양 우러러보았다. 강사 부대장은 정신교육을 끝내면서 여러 공수여단을 돌아다니고 있는 중인데, 11공수여단이 정신무장 면에서 가장 막강한 부대 같다고 추켜세워 뜨거운 물개박수를 유도했다.

이경남 일병은 군용모포 두 장을 목까지 끌어당겨 덮었다. 군화를

벗지 않은 두 발이 군용침대 밖으로 나갔다. 막사 안은 언제 회식을 했나 싶게 깨끗하게 치워졌고 밤의 적막이 한가득 감돌았다. 만취한 김 상병은 벌써 코를 골았다. 경계병이 초소를 나가는지 발소리가 자박자박 들렸다가 멀어졌다. 문득 회식 중에 하사관이 말한 한두 마디가 떠올라 잠은 저만큼 달아났다. 하느님이 내게 무슨 선물을 준단 말인가. 대원들과 잘 어울리지 못하는 나를 비아냥대는 괴변이겠지. 그러나 비상 상황이 점점 다가오고 있는 것만은 분명했다. 몇 번이나 출동명령이 떨어졌다가 취소되곤 했던 것이다.

막사 밖에서 순찰을 도는 중사와 사병 보초 간에 주고받는 이야기가 들려왔다. 군인들 이야기에 술과 여자 이야기는 빠지지 않았다.

"최 상병, 술은 깼나?"

"지는 밤새 마셔도 끄떡 없습니데이."

"언제 나와 고주망태가 돼보자구."

"영광입니더."

"애인 있나?"

"입대할 때 고무신 거꾸로 신었습니데이."

"진압작전 끝나는 날 위로주 한잔해야겠군."

"진압작전이라꼬 캤십니꺼?"

"진짜 출동명령이 곧 떨어질 거야."

"어데로 말입니꺼?"

"사병들도 알게 될 거야. 지금은 비밀이니 말해줄 수 없어."

이경남은 순찰 중사는 11공수여단의 최종 목적지가 어디인지 알고 있다고 생각했다.

'정말 북한으로 침투하는 것일까?'

그러나 북한은 분명 아닌 것 같았다. 시위를 진압하는 훈련만 고달 프게 해왔기 때문이었다.

'서울 지역 대학생들이 데모하는 서울역?'

이경남 일병뿐만 아니라 사병들은 자신들이 어디로 투입될지 아무도 몰랐다. 이경남은 답답하여 일어나 앉았다. 불침번을 서고 있던 최 일병이 다가왔다.

"이 일병, 교대도 아닌디 일어나부렀네."

"출동명령이 떨어질 것 같아서."

"불안해?"

"아니."

"담배 줄까?"

"안 피워."

"이 일병, 나는 쪼깐 불안해."

"왜?"

"박 대통령이 죽고 나서 대학생덜이 데모를 날마다 헌께 나라가 시 끄러와진 것은 사실이여."

"민주화로 가는 진통이지 뭐."

"요러다가 북한군이 쳐들어올지도 모른당께."

"글쎄 그건……."

"대학생덜이 뻘겋게 모다 물들어부렀다고 허잖어."

최 일병은 북한군의 침투를 걱정했다. 이경남도 그러한 마음이 전혀 없지는 않았지만 가끔 다른 생각이 들기도 했다. 북한군의 침투를 대비한 공수 훈련보다는 소요진압 훈련만 날마다 받아왔기 때문이었다. 북한에 시위를 진압하러 갈 일은 없었다.

"최 일병, 고향은 어딘가?"

"광주여. 말이 나왔응께 허는 말인디 어머니가 보고 잪어. 회식할 때 박 일병이 '전선의 달밤'을 부른디 어머니의 흰머리가 눈부시어 울었소, 라는 대목에서 눈물이 나불드라고."

"내 고향은 여기서 아주 가까워. 부모님이 평택에 살고 계셔."

"오메, 엎지면 코 닿을 디네. 근디 우리 휴가는 읎어져부렀능가?"

"나라에 큰 사건이 계속 터지고 사회가 혼란스러우니까 보류지 뭐."

이경남 일병이 말한 큰 사건이란 부마사태, 박정희 대통령 시해 사건, 신군부가 일으킨 12.12사태 등이었다. 최 일병이나 이경남 일병은 입대한 이후 그런 큰 사건들이 터지는 바람에 휴가나 외출은 꿈도 꿀 수 없었다.

"뉴스를 봉께 서울역이 젤로 시끄럽드그만. 하라는 공부는 안 허고 데모허는 대학생덜도 문제여. 우리가 혼을 쪼깐 내줘야 해."

"강릉으로 수영 훈련을 가지 않고 김포에 온 것을 보면 곧 출동명령이 떨어질 것 같아."

"나도 올여름을 지달렸는디. 수영을 되게 좋아허거든. 에렸을 때부터 광주천에서 깨구리헤엄도 치고 붕어도 잡음시롱 그라고 놀았거든."

두 사람은 모기만 한 소리로 도란도란 이야기하면서 고향을 그리워했다. 그때였다. 비상 사이렌이 울렸다. 최 일병이 막사 안을 돌아다니며 소리쳤다.

"비상! 비상! 비상!"

이경남은 철모를 쓰고 배낭을 멨다. 배낭은 이미 꾸려진 상태였고, 철모는 그 위에 놓여 있었다. 군화는 신은 채였으므로 연병장으로 달려 나가기만 하면 되었다. 다른 대원들도 마찬가지였다. 회식 때 술에 취했던 대원들도 반사적으로 행동했다. 5분도 걸리지 않았다. 캄캄한 연병장으로 달려 나와 다음 지시를 기다렸다. 장기복무를 신청한 하사 하나가 투덜거렸다.

"잠 좀 자자. 또 해제할 거면서."

그러자 사병 하나가 가래침을 뱉듯 욕지거리를 했다.

"누구든 나한테 걸리기만 해보래이. 죽일끼다. 우리가 고생하는 거 몇 배로 갚아줄끼다."

한밤중 하늘은 깊고 푸르렀다. 별은 초저녁보다 더 또록또록 빛났다. 음력 초하룻날이었다. 초승달은 이미 지고 보이지 않았다. 이경남은 한밤중에 밖으로 나와 왜 이런 비상 훈련을 되풀이하는지 짜증이 났다. 차라리 출동명령이라도 내렸으면 좋을 것 같았다. 5월의 밤공기는 차가웠다. 밤이슬이 내려 온몸이 경직되려고 했다. 갑자기 진저리가 쳐졌다. 이경남 일병은 발을 동동 굴리면서 제자리 뛰기를 했다. 다른 부대원들도 밤이슬에 굳어진 몸을 풀었다. 연병장은 밤이슬 위에 별빛이 내린 듯 희끄무레했다.

5월 15일

민주화 성회

광주고속버스에서 내린 김현채는 바로 예전에 살던 동네 동사무소를 걸어서 찾아갔다. 동사무소는 대성국민학교에서 가까웠다. 육성회비도 낼 형편이 안 되었으므로 그는 대성국민학교를 4학년까지만 다니고 말았다. 화순에서 막내로 태어난 그의 어머니는 세 살 때 유방암으로 돌아가셨다. 아버지가 새어머니를 맞아들이고 그가 대성국민학교에 입학할 무렵 광주로 이사 나왔지만 쪼들린 살림은 더 어려워지기만 했을 뿐이었다. 동사무소 안으로 들어서자 40대의 한 남자 직원이 하품을 참으면서 물었다.

"뭔 일로 왔는가?"

"주민등록증 분실신고 할라고요."

마침 동사무소 남자 직원은 호적 담당이었다.

"재발급 받을라고?"

"예."

동사무소 직원이 본적과 생년월일을 물었다. 김현채는 태어난 화순 주소와 생년월일을 말했다. 그러자 호적 담당 직원이 그를 한 번 훑어 보며 말했다.

"열아홉 살밖에 안 됐네. 대학생인가?"

"아니요."

"지금 살고 있는 주소는?"

"서울에서 식당 종업원으로 일하고 있습니다요. 긍께 정해진 주소 는 읊지라우."

"어디서 분실한 것 같은가?"

"모르겠습니다요. 식당에 있기 전에는 미싱 일도 했고, 자동차 정비 소에서 심부름도 쪼깐 했그만요."

호적 담당 직원이 서류에 분실사유를 기재하면서 작은 소리로 중 얼거렸다.

"객지로 폴시게 나갔그만."

"에렸을 때 올라가부렀지라우. 서울 가믄 돈을 벌지 알고."

"인자 자리를 잡았서?"

"아니라우. 하이에나멩키로 살고 있그만요."

"하이에나?"

"텔레비에서 봤는디 맹수들이 묵다 남은 것을 돌아댕김시롱 찾아 묵드그만요."

그제야 호적 담당 직원이 의자에 기댔던 허리를 펴고 김현채를 바 라보았다.

"에이, 인상은 선하게 생겼그만."

"남들이 꺼리는 일만 닥치는 대로 허고 댕겼다는 말이지라우."

"직업에 귀천이 있는가. 아무 일이라도 성실하게 허는 것이 중요 허제."

"인상이 좋아서 그랬는지 으디를 가도 지를 잘 붙여줬지라우."

김현채는 대성국민학교를 자퇴하고 나서 대나무솔 공장을 다니다가, 얼마 후 서울로 올라가서는 신문팔이, 여관 종업원 등 네댓 가지의 일을 했다. 그런 뒤 열여덟 살 때 주민등록증을 발급받고 나서는 자동차 정비소에서 일하다가 몸은 고달파도 배는 고프지 않을 것 같던 큰 식당으로 갔던 것이다.

"근디 서울서도 학생들이 데모를 한다믄서."

"맨날 허지라우. 지는 벨 관심이 읎그만이라우."

"여그도 그래. 시방도 금남로는 시끄러울 것잉마."

"서울이나 광주나 같겄지라우."

"자, 분실신고는 접수됐응께 인자 재발급 받을 수 있을 것이네."

김현채는 고속버스를 타고 광주에 오기를 잘했다고 생각했다. 주민등록증을 분실하고 나자 월급을 더 올려주고 기숙사까지 있는 직장이 생겨도 신분을 증명할 수 없으므로 옮겨갈 수 없었던 것이다. 스무 살이 채 안 된 김현채는 주민등록증을 재발급 받아서 서울에 올라가면 생활비를 아껴서 저금통장도 하나 만들어야겠다고 마음먹었다.

동사무소를 나온 김현채는 호적 담당 직원의 말이 생각나 광주천 쪽으로 내려갔다. 광주천에서 조금만 올라가면 충장로, 금남로, 도청이었다. 시위에 참가하고 싶은 마음은 전혀 없었다. 그동안 보지 못했던 고향 사람 구경이나 실컷 하자는 생각에서였다. 사직공원 앞 광주천 물은 맑았다. 어제 내린 비로 수량이 불어나 보를 타고 흘러내리면서 돌돌돌 명랑하게 소리를 냈다. 김현채는 땅꼬마 시절에 멱을 감던 때가 생각나 피식 웃었다.

광주 사람들에게 무등산이 선뜻 다가갈 수 없는 아버지 같은 산이라면 광주천은 언제든지 뛰어들어 놀아도 되는 어머니 같은 냇물이었다. 그러나 김현채에게는 그런 기억이 희미했다. 유방암으로 가신 어머니와 너무 일찍 헤어졌기 때문이다. 그에게는 어머니에 대한 기억 자체가 없었다. 그에게 무등산은 그냥 무등산이고 광주천은 그저 광주천일 뿐이었다. 어머니가 없는 사람에게는 모든 흔적이 차츰 무연한 존재가 돼버리는지도 몰랐다.

충장로 입구, 제일은행 광주지점과 관광약국 건물 사이에는 현수막들이 걸려 있었다.

'환 金—세계프로레스링대회 영'

'침례교 한미 전도대회'

충장로파출소를 지나자 금남로 가톨릭센터가 보였다. 가톨릭센터 앞에서는 사람들이 삼삼오오 모여 도청 분수대 쪽으로 걸어가는 대학생 시위대를 구경했다. 점심을 먹고 나온 시민들의 표정은 마치 전국체전에서 좋은 성적을 낸 전남선수단 시가 행진을 보는 듯했다. 시위대 선두에는 '민족. 민주화 성회(聖會)'라고 쓴 플래카드를 든 두 대학생이 섰고, 바로 뒤에 네 명의 여대생이 대형 태극기를 들고 따랐다. 대형 태극기는 시위 행진 분위기를 진지하게 만들었다. 김현채는 오랜만에 태극기를 보자 가슴이 뭉클했다. 대형 태극기 뒤에는 넥타이를 맨 양복 차림의 교수 50여 명이 7열 횡대를 지어 걸었다. 또 다른 선두 플래카드에는 '더 이상 농민을 울리지 말라'라는 고딕체 큰 글씨가 인쇄돼 있었다. 15일 시위 행진은 전대 농과대학이 주도하고 있는 셈이었다. 뒤쪽 플래카드 내용은 전날에도 보았던 것들이었다.

'비상계엄 즉각 해제하라'
'보장하라 노동 3권'

이윽고 도청 앞 분수대를 대학생들이 둥그렇게 에워싸자, 임시 사회자가 나서서 민주화 성회 시작을 알렸다. 그때 김현채의 손목시계는 2시 30분을 가리키고 있었다. 첫 순서로 애국가 제창과 묵념 등의 순서를 마치고 나서는 대학생 하나가 분수대 위에서 무슨 선언문을 낭독했다. 그러나 확성기 성능 때문인지 웅웅거려 잘 알아들을 수는 없었다. 귀를 기울여야만 선언문 내용을 대충 짐작할 수 있었다.

제1시국선언문에서 전남대학총학생회와 조선대학교 민주투쟁 위원회 이름으로 계엄령 즉각 철폐와 생산일선의 노동자, 농민이 호소하는 피의 절규를 외면치 말라고 했지만 현 과도정부의 반응이 없으므로 또다시 재천명한다는 내용의 선언문이었다.

도청 앞 분수대와 전일빌딩 앞 차도까지도 시위 대학생들로 가득 찼다. 김현채는 가톨릭센터 부근의 상점 주인, 점원 들이 수군거리는 소리를 들었다.

"어저께보다 숫자가 무자게 많네야."

"전대생만 모인 어저께는 한 이천 명? 오늘은 이만 명은 되겠는디."

"광주에 있는 대학생들이 모다 나와부렀응게."

"쩌그 아치대에도 지양시런 사람덜이 올라가 있그만잉."

'새 意志로 새 全南을'이라고 쓴 반원형의 아치대에는 10여 명이 위태롭게 올라가 도청 분수대에서 시위하고 있는 학생들의 모습을 지켜보고 있었다. 수염이 허연 노신사가 칭찬 같기도 하고 비난 같기도 한 말을 하면서 자리를 떴다.

"저것이 새 의지고 새 전남인갑다!"

김현채는 자신도 모르게 자석에 끌리듯 도청 쪽으로 나아갔다. 학생들이 무슨 말을 하는지 궁금하기도 했다. 쓸데없는 말을 하는데 이렇게 많이 모일 수는 없었다. 조금 더 도청 쪽으로 올라가보니 대학생뿐만 아니라 고등학생도 듬성듬성 보였다. 교복을 입은 여고생들이 깔깔댔다. 여동생 또래인데 귀여웠다. 어깨가 딱 벌어진 남고생들은 조금 의젓했다. 코밑이 거뭇거뭇하고 여드름이 심한 남고생이 말했다.

"니 또 땡땡이냐?"

"민주화 성횟날 무슨 땡땡이냐. 오늘 오전 시험만 보고 끝냈는디."

"나도 형들 집회하는 것 보고 원각사 가서 초파일 연등 맹글라고 나왔어."

원각사 불교학생회 회원인 듯했다. 원각사는 도청에서 가까운 곳에 있었다. 금남로4가에서 중앙국민학교 가는 길에 있는데, 송광사 광주포교당이었다.

"시험공부는 안 허고?"

"이쁜 연등 맹글면 부처님이 도와주실랑가?"

"임마, 부처님이 니 학교 선생님이냐!"

"니는 왜 나왔어?"

"우리 학교도 시험이여. 요런 날 뭔 공부냐. 형들 시위허는 거 보고 배와야제."

"니는 예수님 믿지야?"

"책을 쪼깐 볼라고 와이(YWCA) 양서조합을 댕기다봉께 그짝으로 끌렸제. 거그서 유명 인사들을 많이 만나부렀어."

"누구를 만났는디."

김현채는 고등학생들이 자기와 전혀 다른 세상 사람으로 보였다. 부럽고 낯설기도 했다.

"감옥 갔다 온 전남대 명노근, 송기숙 교수님이 있고, 강연을 잘하는 조선대 박현채 교수님, 서울서 온 박형규 목사님, 글고 니 대동고 박석무 선생님도 가끔 나오시더라.《장길산》써서 돈 번 소설가 황석영 작가님도 한두 번 봤제."

"무슨 얘기를 하는?"

"내가 거그 낄 쩨비가 돼야제. 시국 얘기허는 것을 슬쩍슬쩍 듣긴 했지만 담배 심부름이나 허고 청소했제. 인사드린 것만도 영광스럽드그만."

"박행삼 선생님은 안 봤어?"

"봤제. 박석무 선생님허고 친하시드그만."

"원각사 불교학생회 지도교사셔. 두 박 선생님 대단허신 분이여."

대동고 학생이 말한 '두 박 선생님'이란 박석무와 박행삼 교사였다. 그렇게 애칭으로 부르는 독서클럽의 학생도 더러 있었던 것이다. 김현채는 기독교가 무언지, 불교가 무언지 처음으로 궁금했다. 그에게는 불교든 기독교든 딴 동네처럼 낯설었기 때문이었다. 유명인사는 하나같이 YWCA 같은 기독교 단체를 드나들면서 시국을 걱정한다니 더욱 그랬다. YWCA 양서조합을 드나든다는 고교생이 대동고 학생에게 또 말했다.

"저그 이마가 훤헌 분이 명노근 교수님이여."

"체격이 쪼깐 작은 분 말여?"

"글고 그 옆짝에 뭐시냐 하회탈멩키로 얼굴이 길쭉허게 생긴 분이 송기숙 작가님이시고."

두 교수는 학생 시위에 동조하기보다는 현 정부에 빌미를 주지 않기 위한 듯 학생들의 가두진출을 막고자 금남로 입구를 다른 교수들과 함께 지키고 있는것 같았다. 고교의 학생부 교사나 담임 선생이 학생들의 탈선을 예방하고자 대학생들의 시위 현장에 나와 지도하는 것과는 달랐다.

"학생부 선생이 있는지 잘 봐. 재수없으면 걸린께."

"긍께 집에서 사복으로 바꽈 입고 나왔제."

YWCA 양서조합에 나간다는 학생은 면바지에 티셔츠 차림이었고, 대동고 학생은 회색 추리닝을 입고 있었다. 학생이 시위 현장에 얼룩무늬 교련복을 입고 다니는 것은 학생부나 교련 교사에게 '나 적발하시오'라는 말이나 다름없었다.

김현채는 어느새 수산협동조합 건물 앞에까지 밀려와 분수대를 까치발하고 보았다. 한복을 입은 학생이 마이크 성능을 "아아아" 하고 시험하더니 성명서를 낭독했다. 학생의 발음이 또박또박하고 힘차 무슨 말인지 또렷하게 들렸다.

계엄령 철폐를 하지 않으면 어떠한 행동도 불사하겠다는 것과 휴교령을 내린다면 온몸으로 거부하겠다는 것과 정부 주도의 공청회에 교수님들은 참석치 말아달라는 성명이었다.

그제야 김현채는 대학생들의 요구가 무엇이고, 시국이 어떻게 흘러가고 있는지 어렴풋이 이해가 됐다. 김현채 옆에서 반항적이긴 하지만 제법 어른스럽게 이야기하던 두 고등학생은 보이지 않았다. 개울물에 떠내려간 이파리처럼 흔적도 없이 사라져버렸다. 김현채는 수산협동조합 앞에서 두리번거렸다. 놀라고 필요 이상으로 흥분한 탓에 오줌이 마려웠다. 도청으로 들어가면 화장실이 있을 텐데 시위 대학생들 때문에 뚫고 들어가기란 불가능했다.

할 수 없이 전일빌딩으로 가기로 하고 교수들이 서 있는 곳으로 갔다. 명노근 교수는 아까부터 그곳에 서 있었다. 떨어져서 볼 때와 달리 차돌처럼 단단한 인상을 주었다. 이목구비가 옹골찼다. 반면에 송기숙 교수는 얼굴이 넉넉하고 장난스럽게 보여 흥이 많을 것 같았다. 김현채는 교수들 옆을 지나자니 자신이 초라해져 오금이 저렸다.

"학생 어디로 가나?"

"저 대학생 아닌디요."

"그래? 쓸데없이 돌아댕기지 말아요."

김현채는 사람들로 입구가 막힌 전일빌딩 뒤로 들어가 YWCA 건물 앞에 섰다. 코밑이 거뭇거뭇한 그 고등학생이 말하던 건물이었다. 그러나 그는 기독교 신자도 아닌데 소변만 보러 들어간다는 것이 쑥스러워 다른 건물을 찾았다. 다행히 맞은편에 무등고시학원이라고 간판이 붙은 건물이 보였다. 휴식 시간인지 수강생들이 창문을 열고 시위 인파를 구경했다. 김현채는 학원 건물로 들어가 화장실을 찾아 요의를 시원하게 해결했다. 학원 앞길에는 경찰들이 시위 학생들과 뭐라고 농담도 하고 그랬다. 경찰과 시위 학생 들이 휴전이라도 약속했는지 적대적이지 않았다. 그때, '아리랑'과 '선구자', '우리의 소원은 통일'이라는 대학생들의 합창 소리가 우렁차게 들려왔다.

들꽃같이 들불같이

간밤에도 광천동 시민아파트 윤상원 자취방에서는 막걸리 잔이 돌았다. 술이 거나해서야 강학들과 야학생들이 하나둘 뿔뿔이 흩어졌다. 보슬비까지 간단없이 내려 집으로 돌아가는 시간이 평소보다 늦어졌던 것이다. 일할 직장이 없어진 나명관은 윤상원 자취방에서 자버렸다. 나명관이 잠을 깬 것은 이른 아침이었다. 윤상원이 직장에 출근하려고 부스럭거렸다. 나명관과 들불야학 동기이자 나이가 같은 김성섭은 아직도 코를 쌕쌕 골며 자고 있었다. 지난 4월부터 학동 집을 나와 윤상원 강학과 함께 자취하고 있었으므로 나명관과 달리 늦잠을 자는 중이었다. 나명관은 가만히 일어나 농성동 집으로 갈까 말까 망설였다. 농성동은 광천동에서 가까웠다. 그런데 그때였다. 뜻밖의 생각 하나가 뇌리를 스쳤다.

'대학생들 유인물은 있는디 으째서 노동자들 유인물은 읎을까?'

나명관은 농성동 집으로 갈 생각을 접고 방에 나뒹굴고 있는 대학생들 유인물을 훑어보았다. 나명관이 마침 일어난 김성섭에게 물었다.

"성섭아, 최근에 대학생들이 맹근 볼 만헌 유인물 읎디?"

"뭐 할라고."

"나도 한번 써볼라고. 노동자 입장서 말이여."

"그래?"

김성섭이 유인물들을 이리저리 찾아보더니 말했다.

"명관이 니나 나나 그러고 봉께 노동자그만잉."

"그라믄 우리가 무슨 학자 교수라도 되냐! 잡초 같은 노동자 빈민이제."

"맞어. 니가 고로코름 얘기헌께 갑자기 내 과거가 생각나분다."

"이이고, 총무님이 으째서 노동자당가?"

"신문사 보급소 총무가 노동자제 뭐여. 수금헐라고 돌아댕겨봐, 벨 치사헌 사람덜이 많은께. 신문 끊어분다고 윽박지르믄 한 달씩 공짜로 더 넣어줄 수밖에 읎어부러. 그라믄 고것이 내 월급에서 까진당께."

"그래도 출근 시간이 늦은께 늦잠도 자고 좋제 뭐."

"내가 시방 석간을 맡고 있응께 그란디 조간을 돌릴 때는 말도 말어."

김성섭이 신문사 보급소 총무를 맡게 된 것은 1977년 가을에 서울 생활을 청산하고 광주로 내려온 뒤였다. 처음에는 겉멋이 들어 체육관에 나가 도봉술을 배우고 역기나 아령을 들고 근육 단련하는 육체미 체육관을 다니며 건달처럼 허송세월했다. 그러다가 외삼촌이 운영하는 공장을 다녔는데 힘을 쓰는 중노동인 데다 바쁠 때는 3일씩 철야를 하기 일쑤였다. 김성섭은 골병이 들 지경이어서 1년 만에 공장을 그만 두고 말았다. 중앙일보 보급소 소장을 만난 것은 그 무렵이었다. 판촉을 나온 소장이 빈둥거리고 있는 김성섭에게 중앙일보를 구독하라고 하더니 나중에는 보급소 총무를 제안했다. 그래서 김성섭은 중앙일보 남광주보급소 총무로 들어갔다.

조간신문 보급소는 빛 좋은 개살구였다. 수금을 다니는 것은 둘째 치고 새벽 2시경까지 출근해서 조간신문 배달을 준비하고 점검해야 했다. 그래도 세상 돌아가는 소식을 매일 볼 수 있는 것이 장점이라면 장점이었다. 그때 광천동에 있는 전남일보 북광주보급소 소장이 놀러 와서 자기와 같이 일해보자고 권유했다. 김성섭은 전남일보는 석간이 므로 꼭두새벽에 출근하지 않아도 될 것 같아 전남일보 북광주보급소 소장의 권유를 받아들였다.

그런 그가 들불야학을 다니게 된 것은 1979년 초였다. 전남일보 북 광주보급소 총무인 그가 신문대금을 수금하러 다니면서 들불야학 광 고를 보았던 것이다. 처음에 김성섭은 별 기대를 하지 않고 일단 광천 동성당으로 가서 들불야학이 어떤 곳인지 알아보았다. 나상진이 접수 받고 있었는데, 그가 끈질기게 설득하는 바람에 김성섭은 매정하게 거 절하지 못했다.

"상진이 형헌테 들었는디 수금 댕기다가 여기로 왔담시롱. 그것도 인연이여 인연."

"그 말은 강학 선생들이 다 아는 사실이제. 근디 내가 공부할라고 여 그로 왔간디. 공순이들허고 만나면 재미있겠다고 허고 왔제. 솔직히 말하자믄 불순한 의도를 갖고 온 거여."

64

"워메, 성섭아. 공순이가 뭐냐. 시방도 고로코름 부르냐?"

"그때 그랬다는 것이여. 그때는 공순이 공돌이라고 부름시롱 천하게 여기던 때 아니었냐."

"허긴 그란 때도 있었제."

"근디 야학에서 개들을 직접 만나본께 을매나 똑똑헌지 내가 막 챙피해불드라고. 개들은 보믄 들꽃같이 아름답고 또 남자들은 들불멩키로 뜨거와분당께."

"아따, 이럴 때는 성섭이 니 시인 같다야. 야학생들이 들꽃같이 아름답고 들불멩키로 뜨겁다고?"

"시인은 머, 우리들이 가방끈은 짧지만 배운 사람들같이 죄짓고는 안 살잖어. 감옥 가는 사람들은 모다 가방끈이 진 사람들이당께."

들불야학생 대부분은 국민학교 자퇴거나 겨우 졸업한 청년들이었다. 중학교를 졸업한 나명관이나 중퇴한 김성섭은 그래도 야학생들 중에서 고학력자인 편이었다.

"긍께 내가 우리 노동자 편에서 선언문을 하나 써볼라고 허는 거여. 근디 니나 나나 가방끈이 그라잖어. 할 수 읎이 대학생들이나 형들이 쓴 거보고 살째기 베껴야제."

김성섭이 여러 유인물 중에서 내민 것은 5월 8일자로 전남대학교 총학생회와 조선대학교 민주투쟁 위원회 이름으로 뿌려진 '제1시국 선언문'이었다. 선언문 종류는 그것뿐이었으므로 선택의 여지가 없었다.

민족적 양심과 민주적 지성의 부름으로 우리가 그간 역사앞에 외쳐왔던 목소리는, 타율과 강압에 의해 수그려들기도 여러차례 있어왔으나, 끝내 불붙은 민주에의 열정은 오늘의 역사적 전환기를 앞당겨 가져오게 되었다. 우리는 4월 혁명의 그 외로운 피가 헛되지 않도록 그 피의 도정을 계속 밟아왔고, 모골이 송연한 유신공포정치 아래서도 끝까지 투쟁하여 오늘에 이르렀다.

이 중대한 역사적 시점에서 우리 대학인이 걸어야 할 길은, 무엇보다 구조적 수탈의 배후에 숨어있는 탐욕의 세력을 정확히 파헤치고, 이들이 어떻게 외세 매판자본과 결탁 반민족 작태를 멈추지 않고 있는가를 직시하여, 조국의 완전한 민주주의와 평등사회의 도래를 위해 다같이 헌신하여, 가슴 벅찬 민족정기를 진작시키는데 앞장서는 그 길이어야 할 것이다.

그런데, 조국의 현실은, 독재자 한 사람의 영면이 마치 구악과 적폐의 일소인 양 오도시키려는 무리들 때문에, 민주·민족세력이 역사의 주체가 될수 있는, 어쩌면 우리 세대의 마지막일지도 모르는 이기회를 잃지나 않을까 하는 심한 우려를 낳고 있다. ……

나명관은 대학생들이 작성해 인쇄한 유인물을 보다가 밀쳐버렸다. 한문 투의 어려운 문장 때문에 하고 싶은 이야기가 무엇인지 정작 이해가 잘되지 않았다.

"성섭아, 민족적 양심과 민주적 지성, 구조적 수탈, 사월의 외로운 피가 뭣인지 나는 잘 모르겠다. 니는 으짜냐?"

"귀신 씨나락 까묵는 소리제. 박정희가 죽었다고 허믄 될 것을 독재자의 영면이 뭣이냐. 지들도 모르는 소리를 씨부렁거리는 것 같다야."

"나는 쉽게 써불란다. 우리 노동자들이 알아묵게 말이여. 글이란 남녀노소 다 알아묵어야 허는 것이 아니냐. 신문보급소 총무로서 얘기해봐라."

"동감이여. 신문 연재소설이 으째서 인기가 있었냐? 모다 이해허고 재미있응께 그라제."

나명관은 김성섭이 출근하기를 기다렸다가 노동자들이 공감할 수 있는 내용의 글을 혼자서 작성했다. 정치 현실을 먼저 이야기하고 노동자들은 이런 현실 속에서 어떤 자세를 가져야 하는지를 써나갔다. 물론 제목이 없는 글이었다. 나명관은 먼저 시중에 떠도는 '전두환은 박정희의 양아들이다'라는 말을 넣었다.

나명관이 쓴 글을 한마디로 요약하자면 '유신독재 잔당들이 다시 12.12쿠데타를 일으켜 아버지 박정희의 대를 잇겠다는 현시점에서 이러한 음모와 맞서는데 대학생들에게만 맡길 것이 아니라 우리 노동자 모두 하나가 되어 맞서 나가자!'라는 것이었다. 필경은 정재호 강학에게 부탁했는데 자신의 삐뚤빼뚤한 글씨로 쓰면 낙서같이 보일 것 같아서였다. 정재호 강학이 나명관이 작성한 글을 보더니 한마디 했다.

"선언문이라기보다는 호소문이네."

"글이 으쩐지 모르겄소."

"쉬운 말로 써서 호소력은 있그만."

"그라믄 됐그만요."

"제목이 읎네요?"

"제목이 들어가야 헌갑소잉."

"읎어도 되긴 되는디. 어따 쓸거요?"

"공장에 댕김시롱 몰래 뿌려불라고요."

"그라믄 명관 씨가 써부러도 될 것 같은디."

"아따, 품위 있는 글씨라야 믿어줄 것 같아서 그라요."

정재호 강학이 나명관이 작성한 글을 필경한 시간은 10분도 안 걸렸다. 나명관은 윤상원 자취방에 있는 등사기로 A4용지 200여 장을 등사했다. 때마침 광천공단 공장들은 점심 시간이었다. 직원들이 점심을 먹으려고 나와 있는 시간이 적기였다. 나명관은 유인물을 가방에 넣고 광천공단으로 갔다. 점심을 먹으려고 삼삼오오 모여 있는 노동자들을 보자 가슴이 쿵쾅쿵쾅 뛰었다.

나명관은 한 공장으로 들어갔다. 유인물을 꺼내려는데 사무직 직원으로 보이는 사내가 나타났다. 나명관은 몸을 돌린 채 그가 지나가기를 기다렸다. 유인물을 던질 장소를 공장 마당 쪽으로 바꾸었다. 노동자들의 눈에 잘 띌 것이기 때문이었다. 10여 장 정도를 놓고 재빨리 다른 장소로 이동했다.

공장 서너 곳을 돌면서 10여 장씩 뿌리자 요령이 생겼다. 사람들이 보이지 않는 순간을 포착해 유인물을 뿌린 뒤 종종걸음으로 그 장소를 벗어나곤 했다. 뛰면 표가 날 수도 있으니 무슨 일이 있는 노동자처럼 빠른 걸음으로 장소를 옮기곤 했다. 대한콘덴샤 공장도 찾아갔다. 들불야학에서 같이 졸업했던 조순임이 다니는 공장이었다. 다른 공장보다 노조 조직이 잘 돌아가는 곳이었다. 마침 조순임이 공장 밖으로 나와 휴식을 취하고 있는 모습이 눈에 띄었다. 나명관은 조순임이 잘 처리해줄 것으로 믿고 50여 장을 던져놓고 도망쳤다. 아무리 아는 사이라 할지라도 서로 마주치지 않는 것이 좋았다. 그래야 나중에라도 피해를 주지 않기 때문이었다. 나명관은 힘껏 달렸다. 꼭 뒤에서 조순임이 부를 것만 같아서였다. 몇 군데 공장을 찾아다니며 10여 장씩을 더 돌리자 가방이 홀쭉해졌다. 나명관은 광주천 쪽으로 나와 주저앉았다.

'도둑질헌 것도 아닌디 으째서 요로코롬 떨린다냐.'

다리가 후들후들 떨리고 심장은 여전히 쿵쾅거렸다. 그래도 가슴 한편에서는 의기 같은 것이 뿌듯하게 차올랐다. 대학생들이 작성한 '제1시국선언문'의 한 구절처럼 '조국의 완전한 민주주의와 평등사회의 도래를 위해' 헌신한 것 같은 기분이 들었다. 사무직 직원들에게 아슬아슬하게 발각되지 않았다는 쾌감도 들었다. 나명관은 광주천으로 내려가 손을 씻었다. 정신 차리려고 얼굴에 냇물을 묻혔다. 그때였다. 신문보급을 하러 광천동 일대를 돌아다니고 있던 김성섭이 소리쳤다.

"명관아, 거그서 머 하냐!"

"쉬고 있어."

"유인물은 으쨌냐?"

"다 뿌렸응께 이러고 있제, 뭣 할라고 여그 있었냐. 성섭이 니는 신문보급하러 댕긴담시롱 여그 뭐 허러 왔어?"

"광주천에서 쪼깐 쉴라고."

석간신문 보급소 총무라고 해서 김성섭에게 조간신문 일할 때보다 크게 나아진 것은 없었다. 다만 잠이 많은 그에게 석간신문은 늦잠을 잘 수 있다는 이점이 있을 뿐이었다. 두 사람은 광주천 냇물에 발을 담갔다. 나명관이 말했다.

"나 같은 노동자는 민주 세력의 주체가 되는 것도 심들다야."

"워메, 명관이가 내 앞에서 문자 써부네. 민주 세력의 주체가 으쨌다고?"

"시국선언문에 나온 구절 쪼깐 썼다고 니도 나를 무시허그만잉."

"무시가 아니라 폼 잡지 말자는 것이여. 대학생이 허는 말을 들어보믄 고생을 안 해봐서 그란지 뜬구름 잡는 소리뿐이여."

"동감이여. 거창헌 소리 같지만 쓰디쓴 맥주멩키로 거품이 잔뜩 들어가 있당께."

두 사람은 발을 스치며 흘러가는 냇물의 감촉을 즐겼다. 냇물은 시원하고 부드러웠다. 피로회복제 음료수를 마신 것처럼 몸 안에서 잠시 생기가 돌았다. 잠시 후 김성섭이 말했다.

"명관아, 니나 나나 엄니가 일찍 돌아가신 처지가 비슷해야. 니는 세 살 때, 나는 다섯 살 때 돌아가셨응께."

나명관의 어머니는 유방암으로, 김성섭의 어머니는 그를 낳고 산후후유증을 앓다가 결국 다섯 살 때 뇌일혈로 돌아가셨던 것이다. 그래서인지 두 사람의 기억 속에 어머니는 없고 아버지만 있었다. 그것도 아버지의 슬픈 모습이었다. 김성섭이 가끔 광주천으로 나오는 이유는 아버지 때문인지도 몰랐다. 김성섭의 아버지는 밤 12시가 넘어야만 양림동 앞 광주천으로 내려가 빨래를 했다. 당시는 남자가 빨래를 한다는 것을 부끄럽게 여겼던 탓이었다. 비가 오는 날은 누나가 우산을 들고 아버지는 빨래를 했다. 김성섭은 빨래하는 아버지 옆에 쭈그리고 앉아 있었고. 김성섭이 혼잣말로 말했다.

"이 세상에서 제일 불쌍헌 사람은 우리 아버지여. 고생고생허시다가 환갑도 넘기지 못허고 학동 판자촌에서 돌아가셨응께. 근디 나는 무능헌 아버지가 미워서 반항하고 가출을 밥 먹듯이 했제. 무심허게 흘러가는 냇물을 본께 후회가 돼야불그만. 장학금을 탔응께 끝까지 학교를 댕겼어야 했는디. 아버지 호강을 시켜드렸어야 했는디."

두 사람은 바지에 묻은 흙을 털면서 일어났다. 광주천 냇물이 두 사람을 위로하듯 돌돌돌 소리치며 흘렀다.

술친구

삼화다방 주방장 염동유는 서방에서 화순 가는 막차 버스를 타기 위해 서둘렀다. 다방은 손님이 없어 밤 9시 KBS 뉴스가 끝나자마자 문을 닫았다. 아나운서는 전남대 학생들이 도청 분수대에서 14일에 이어 15일에도 질서정연하게 시위를 끝냈다는 소식을 전했다. 염동유는 다방에서 숙식을 해결하고 있었으므로 다방 문을 열고 닫는 것은 그의 몫이었다. 염동유는 가방을 메고 남광주 가는 시내버스를 탔다.

그는 학생들의 시위 뉴스를 들을 때마다 따분했다. 서울이나 광주나 허구한 날 엇비슷한 시위 뉴스였기 때문이었다. 사는 일이 팍팍했기 때문에 그는 정치에 무관심했다. 먹고살기 바빴으므로 그럴 수밖에 없었다. 염동유에게 한 가지 관심이 있다면 가난하게 사는 부모에게 푼돈이라도 모아서 보내는 일이었다. 다섯 마지기 논농사를 짓는 부모에게 조금이라도 도움을 주기 위해서였다. 어제, 하루 종일 비가 내린 때문인지 산수동오거리를 지나 남광주로 가는 아스팔트길은 아직도 촉촉했다. 가로등 불빛에 플라타너스 이파리들이 번들거렸다.

염동유는 목돈을 크게 모으는 것은 포기한 채 살았다. 생활비를 쓰고 부모에게 푼돈을 모아 송금해놓고 보면 저축할 것이 없었다. 그렇게 생활한 지 10여 년이었다. 학비를 내지 못해 중학교 2학년 때 자퇴하고 광주로 올라와 양장점 심부름꾼, 중국집 배달원, 다방 주방장 등을 전전했다. 염동유는 가방을 고쳐 멨다. 시내버스는 벌써 조선대 앞을 지나고 있었다. 좌회전을 하기 전, 오른편의 우중충한 벽돌 건물은 전남대 병원이었다.

염동유가 멘 가방에는 대인시장에서 산 부모님 여름옷 반팔 티셔츠가 들어 있었다. 오랜만에 드릴 선물이었다. 명절 휴무 때 가곤 했지만 문득 어머니가 보고 싶어 평일인데도 찾아뵈려고 했던 것이다. 내일은 토요일이므로 조금 늦게 다방 문을 열어도 되었다.

막차 버스는 어김없이 남광주 버스정류소에서 멈췄다. 화순행 버스는 텅 비어 있다시피 했다. 술에 취해 꾸벅꾸벅 졸고 있는 사람과 교복 차림의 고등학생 두 명이 맨 끝자리에 멍하니 앉아 있었다. 염동유는 운전석 바로 뒷자리에 앉았다. 화순 가는 길은 낯익어 정다웠다. 학동을 끼고 흐르는 광주천에서 왼쪽으로 올라가면 오른쪽에 소태동, 배고픈다리, 조선대에서 넘어오는 길이 있고, 증심사, 무등산이 나왔다. 그리고 오른쪽으로 광주천을 따라 내려가면 왼쪽에 방림동, 백운동, 양림동, 기독병원, 사직공원, 양동시장, 광천동이 나오고, 오른쪽으로는 학동, 적십자병원, 태평극장, 세무서, 임동, 방직 공장, 무등경기장 등이 있었다.

운전수가 지원동을 넘어 주남마을 입구에서 버스를 세웠다. 고등학생은 벌써 내린 뒤였다. 운전수가 술에 취한 사람에게 다가가서 소리쳤다.

"으디서 내리요!"

"당신 누구요?"

"오메, 환장허겄네. 으디서 내리냔 말이요!"

"택시 기사 아자씨, 우리 집 가잔께."

"뭔 소리여. 이 차는 뻐스당께."

"빤스라고라."

운전수는 기가 막혀 운전석으로 돌아가 시동을 걸었다. 염동유에게 한마디 했다.

"화순 가서 터미널에 내려놔부러야제 달리 방법이 읎구만."

"무자게 취해부렀그만요."

"청년은 으디까지 가는가?"

"화순터미널이요. 기사 아저씨도 시마이허고 화순에서 자지라우?"

"아니, 차고지가 광주여. 광주로 돌아와야 시마이여."

막차 버스는 어느새 너릿재 터널을 지나 화순읍 초입을 달리고 있었다. 가로등이 없는 화순읍 초입의 협곡은 컴컴했다. 협곡의 내리막길을 더 달리자 바로 화순읍이었다. 그래도 화순버스터미널에는 사람들이 눈에 많이 띄었다. 보성, 장흥에서 들어오는 막차 버스들이 터미널에서 잠깐 정차하고 있었다. 염동유는 터미널에 내려 변소부터 찾았다. 소변이 진즉부터 마려운데 참고 있었던 것이다. 변기는 암모니아가 덕지덕지 끼어 숫제 누렇게 변색해 있었다. 염동유는 그러거나 말거나 누런 변기에다 오줌발을 갈겼다. 그러고 나자 사타구니까지 시원해졌다. 발걸음이 한결 가벼웠다. 으슥한 밤길이지만 부모와 동생들이 사는 도곡까지 10여 리 밤길을 걸어가야 했다. 버스터미널 문을 막 나오려는데 누군가가 염동유를 불렀다.

"어이, 손님."

"날 불러부렀소?"

"내가 불렀소."

버스터미널 앞에 자리를 잡은 청년 구두닦이였다. 염동유는 불량기가 있어 보이는 구두닦이에게 봉변을 당할까 봐 그냥 지나치려고 했다. 그러자 구두닦이가 웃으면서 일어나 손짓을 했다.

"폼을 본께 고향에 온 것 같은디 구두가 더러워서 쓰겄소?"

"바쁜께 다음에 닦겄소."

염동유는 구두닦이를 피하려고 다음에 닦겠다고 얼버무렸다.

"나, 나쁜 사람이 아니요. 마지막 손님일 것 같아서 공짜로 광내준다고 허는디 그라요."

"마지막 손님은 공짜요?"

"첫 손님은 개시라 돈을 받지만 마지막은 내 기분에 따라 받기도 허고 안 받기도 허요."

염동유는 세파에 찌든 구두닦이의 모습을 불량한 청년으로 본 것 같아 미안했다. 나이는 20대 초반으로 같은 또래 같았다.

"날 그런 눈으로 쳐다보지 마쇼. 나 이래뵈도 의리의 사나이요. 매표소가 바쁘면 매표소 일도 공짜로 거들어주고 구두를 닦는 의리의 사나이요. 하하하."

구두닦이 청년이 웃자 그제야 그의 선한 모습이 드러났다.

"염동유이요. 도곡에 집이 있그만요."

"나는 박래풍이요."

"나이가 엇비슷헌 것 같소."

"워메, 요것도 신발이요? 아무리 자기 구두라고 허지만 너무해부렀소."

염동유는 새삼스레 구두통 위에 얹힌 자신의 구두를 보고는 부끄러웠다. 구두약을 바른 지 1년도 넘어 속가죽이 희끗희끗 드러나 볼품이 없었다. 박래풍은 아무런 말없이 구두약을 두껍게 바른 뒤 진지하게 구두를 닦았다. 이윽고 구두코가 번들번들 터미널 네온사인 불빛을 반사했다. 염동유보다 박래풍이 더 좋아했다.

"새것이 돼부렀소. 인자 집에 가도 되겠소. 이래야 부모님께서 형씨가 객지 삼시롱 고상헌지 모르지라."

"아이고메, 고맙소."

염동유가 속주머니에서 돈을 꺼내려 하자 박래풍이 화를 냈다.

"아까참에 내가 공짜라고 했는디 못 들었소?"

"형씨가 나를 몰라서 그란디 나는 지금까지 공짜로 뭣을 해본 적이 읎소. 십 원짜리 한 장도 누구를 속인 적이 읎고, 누구헌티 신세를 진 적이 읎소. 긍께 받으쏘."

"공짜로 구두를 닦아주믄 다들 그냥 고맙다고 가는디 형씨 고집도 웬간허요."

"그라믄 이 돈으로 딱 한 잔만 허끄라우?"

"좋지라."

염동유가 술값으로 쓰겠다고 하자 박래풍이 맞장구를 쳤다. 두 사람은 바로 옆에 있는 포장마차로 들어가 소주 한 병을 시켰다. 소주는 주로 박래풍이 마셨다. 염동유는 밤에 들어가면서 부모에게 소주 냄새를 풍기지 않으려고 한 잔도 겨우 마시는 시늉만 했다. 박래풍은 소주를 마시는 것이 아니라 알약을 먹듯 입안에 털어 넣었다. 그러고는 음식을 씹듯 오물거리며 소주 맛을 음미한 뒤 목구멍으로 넘겼다.

"고향이 화순이요?"

"광주가 고향인디 어치께 허다봉께 여그까지 와부렀소."

"화순이 좋은갑소."

"좋다기보다 우리 엄니가 여그 산께 쪼까라도 가찹게 살라고 화순으로 왔지라."

박래풍은 소주를 서너 잔 더 입안에 털어 넣더니 화순으로 온 사연을 말했다.

"여섯 살 때 아부지가 돌아가시고 그해 엄니는 나를 고아원에 맽기고 개가하셨지라. 형제도 읎이 그때부터 나 혼자 살았지라. 무등갱생원에서는 월산국민학교를 졸업하던 해까지만 살았는디 원생들은 백오십여 명쯤 됐지라. 국민학교 때부터 구두닦이나 신문팔이를 함시롱 벌어서 학용품 같은 것은 사서 썼그만. 국민학교를 졸업한 뒤에는 구역 부근에서 한 사 년 동안 구두닦이를 하다가 서울로 가서 장롱에 자개 붙이는 일을 이 년 했는디 뼈 빠지게 고상했그만요. 일가친척이 읎응께 공장 기숙사에서 살았는디 지옥이 따로 읎었당께. 그때 엄니가 간절하게 생각납디다. 고향 어른들을 찾아다니며 엄니가 으디서 사시는지 수소문을 했는디 어느 날 고향 어른이 화순에 사신다고 전해줍디다. 그래서 화순으로 내려와부렀제. 엄니와 헤어진 지 십삼 년 만에 만났는디 새아부지와 엄니 사이에 동생이 다섯 명이나 됩디다. 엄니 집에 들어가 살 수 읎는 형편이어서 화순 우리식당에 사 년 동안 일함서 묵고 자고 했지라. 그러다가 구두 닦는 것이 수입이 쪼깐 더 나은 것 같아 버스터미널 앞에다 자리를 잡았지라."

"고상은 허겄지만 엄니가 옆에 계신께 심은 되겄소."

"두말허믄 잔소리지라. 고아라는 소리를 안 듣고 산께 말이요."

"그 심정 이해돼부요. 가진 것은 읎어도 엄니가 있응께 객지 험헌 생활도 견딜 수 있드랑께요."

"사람들이 고아라고 허믄 징그러운 벌레 보데끼 허드란 말이요. 내가 오죽했으믄 화순까지 내려와부렀겠소."

염동유가 깍두기를 집적거리다가 말했다.

"그래도 형씨는 효자요. 엄니 곁을 떠나지 않는 것을 본께."

"아이고메, 이런 것이 효도라믄 백년 천년이라도 허겄소."

"인자 일어나야 허겄소. 부모님 모다 초저녁잠이 많으신디 너무 늦어부렀어라."

두 사람은 오랜만에 만난 친구인 양 마음속의 이야기를 주고받다가 일어났다. 염동유는 조금 넓은 신작로에서는 뛰다시피 했고 지름길을 찾아 논두렁길을 가로지를 때는 광대가 줄을 타듯 긴장하며 걸었다. 멀리 시골집 마을의 불빛이 깜박거렸다. 언제 보아도 마을의 불빛은 마음을 편안하게 했다. 어쩌면 저 불빛을 보기 위해 시골집에 오는지도 몰랐다. 부모님이 반갑기는 하지만 찌든 데다 늙어가는 모습을 보면 학비가 없어 중학교를 자퇴했던 일이 떠올라 가슴이 아팠다. 상처가 아물었다고 생각했는데 그때가 되살아나 도지는 듯했던 것이다. 그러나 시골집 마을의 불빛은 언제보아도 가슴이 설렜다.

박래풍은 술이 부족한 듯 소주 한 병을 사들고 농사꾼 친구 김용호 집으로 찾아갔다. 김용호는 부모님 밑에서 농사를 짓고 살지만 정치 평론가 이상으로 시국을 진단하면서 나름대로 평을 잘했다. 정치 평에서는 박래풍보다는 한 수 위였다. 그렇다고 대단한 수준은 아니었다. 신문 몇 개를 읽어보면 대충 알 수 있는 수준이었다. 박래풍은 김용호 집으로 가서 골방문을 똑똑 두드렸다. 그러자 방 안에서 소리가 났다.

"밤중에 누구여?"

"나여, 나."

"나라니……."

"래풍이란 마시."

"밤중에 웬일이여?"

"술 한잔할라고 왔어."

술이라는 말에 김용호는 방문을 열고 싫지 않은 내색을 했다.

"아따, 이 사람아. 너무 늦어부렀네. 부모님이 주무신께 살그머니 도둑놈멩키로 들어오소. 으째서 왔는가?"

"자네헌티 우리나라 앞날이 어치께 돌아가는지 들어볼라고."

"이 사람 보소. 화순서 농사짓는 놈이 뭣을 안당가. 비행기 좀 그만 태우소."

"히히히."

박래풍은 오징어 안주와 소주 두 홉들이 한 병을 내밀었다. 물론 챙겨온 종이컵 두 개도 방바닥에 내놓았다. 김용호는 소주 한 잔을 홀짝 먼저 마시더니 말했다.

"소줏값은 해야제. 나가 볼 때는 전두환이가 뭔가 수작을 부리고 있는 것 같네. 긍께 지금 전면에 나서지 않고 있어. 사회가 더 시끄러워지게 놔뒀다가는 그것을 빌미로 나올 거여."

"군인들이 총 들고 나온단 말이여?"

"그라고 잪은디 시방은 때가 일러 지달리고 있는 거 같당께. 대학생들이 화염병을 던지고 더 난리를 쳐야 나올랑가?"

"참말로? 징그런 새끼네잉."

"보안사령관 험시롱 권력을 다 잡아부렀응께 지 맘대로 해불 거여."

"사람들이 박통 때허고 달리 다 똑똑해져부렀는디 가능헐까?"

"군대서 시범케이스라는 것이 있잖여. 으디 한 곳을 시끄럽게 몰고 가다가 북한을 핑계댐시롱 총 들고 나와 지가 대통령 노릇헐 거랑께."

"니는 참말로 많이 알아분다잉."

"조짐이 이상해부러. 태풍이 오기 전날은 고요허잖어. 내 눈에 그라데끼 보인당께."

"자, 고상헌 얘기는 고만허고 술이나 마셔부러. 전두환이가 수작을 부린다고 해도 우리가 으쩔 거여. 니는 농사꾼이고 나는 구두닦인디."

박래풍과 김용호는 사이좋게 주거니 받거니 하면서 금세 소주 한 병을 비워버렸다. 김용호도 박래풍 못지않게 소주를 잘 마셨다. 김용호가 술이 부족하다는 듯 빈 병을 거꾸로 들고 한두 방울 떨어지는 술까지 핥아먹는 시늉을 했다. 그러면서 일어서려는 박래풍을 잡았다.

"여그서 자고 가. 시방 으디로 갈 디가 있다고 그려."

"못 가게 헌께 고맙그만. 낼 매표소 일 땜시 일찍 일어나 가불 턴께 그리 알어."

두 사람은 코를 드르렁드르렁 골았다. 개구리 울음소리가 들려오는
야심한 밤에 쌍나팔을 불었다.

지형정찰

오후 5시. 광주 전투교육사령부가 보유한 2.5톤 군용트럭 31대가 시동을 걸었다. 7공수여단이 주둔하고 있는 전북 금마로 출발하기 위해서였다. 그뿐만 아니라 충남대와 전북대에 투입할 병력을 싣기 위해 대전의 3관구사령부와 전북의 35사단의 군용트럭도 7공수여단으로 이동하기 위해 출발명령을 기다렸다.

7공수여단 위계룡 군의관은 이러한 사실을 참모회의를 통해서 미리 알았다. 7공수여단장 신우식 준장이 헌병대장까지 참석한 아침 참모회의에서 입술에 힘을 주며 말했던 것이다.

"오늘 밤까지 우리 부대를 광주로 이동시킬 수송차량 준비는 완료될 것이다."

그때 위계룡은 회의 장소를 나오면서 작년 10월이 생각나 혼잣말로 "이번에도 이동작전을 보류할지 모르지"라고 중얼거리면서 실제로 그렇게 되기를 바랐다. 공수부대를 시위진압에 투입한다는 것은 참으로 위험한 일이었다. 부마사태가 증명했다.

작년 10월의 일이었다. 박정희 대통령이 시해당한 10월 26일 직전에 7공수여단 부대는 10월 27일 광주 31사단에 파견 나가기로 되어 있었고, 선발대는 이미 31사단으로 내려가 숙영지에 텐트까지 쳐놓은 상태였다. 광주에서도 부마사태처럼 시민소요가 일어날 것 같았기 때문이었다. 시민들이 광주YMCA에서 대대적인 행사를 치르려고 한다는 정보가 나돌았던 것이다. 그런데 뜻밖에 10.26 사건이 터졌다. 박정희 시해 사건이 나는 바람에 7공수여단의 31사단 이동작전은 취소되었다. 그때 위계룡은 가슴을 쓸어내렸다. 이상과 현실 사이에서 자신이 줄타기를 하고 있다는 기분도 들었다.

의사가 꿈이었을 때의 자신과 후방근무를 하고 싶어 특전사에 지원하여 7공수여단의 군의관인 현재의 자신은 너무도 달랐다. 위계룡이 전남대 의대에 지원한 이유는 순전히 슈바이처 박사 때문이었다. 순천고 3학년 때 슈바이처 박사 위인전을 읽고 '나도 인류애를 실천하는 의사가 되겠다'라는 독후감을 써서 고등부 최우수상을 받기도 했던 것이다. 그때 위인전 한 구절은 아직도 잊히지 않았다.

나는 나무에서 잎사귀 하나라도 의미 없이는 따지 않는다. 한 포기의 풀꽃도 꺾지 않는다. 벌레도 밟지 않으려고 노력한다. 여름밤 램프 밑에서 일을 할 때, 많은 날벌레가 날개가 타서 떨어지는 것을 보는 것보다는, 차라리 창문을 닫고 무더운 공기를 호흡한다.

생명을 사랑하는 슈바이처의 무한한 자비심을 보고 크게 감동해 고등학생 위계룡도 박사와 같은 인격자가 되기로 결심하고 의대를 진학해 결국 의사가 됐던 것이다. 그런데 현재의 자신은 하필이면 박달나무 진압봉을 살인적으로 휘두르며 시위 시민을 진압하는 7공수여단의 의무대 군의관 신분, 그것도 자신이 원해서 지원한 자업자득이었다.

'그래도 으쩔 것인가. 내 신분은 공수부대 군의관인디.'

공수부대원을 이동시킬 군용트럭들이 벌써 위병소를 통과해 부대 안으로 들어오고 있었다. 가장 먼저 도착한 군용트럭은 전북의 35사단에서 보낸 수송차량이었다. 줄지어 들어오는 2.5톤 군용트럭들은 모두 헤드라이트를 켜고 있었다. 초저녁 무렵에는 대전 3관구사령부와 광주의 전투교육사령부의 군용트럭들도 7공수여단 연병장에 도착할 터였다.

위계룡은 문득 도리질을 했다. 광주로 배치될 대대장들을 보니 걱정이 앞섰다. 33대대 권승만 중령이나 35대대 김일옥 중령은 두 사람 모두 간부 후보 출신이었다. 간부 후보 출신들은 대체적으로 육사 출신에 대한 열등의식이 깊어 상관의 지시를 더 투철하게 해내는 경향이 있었다. 시위도 물불을 가리지 않고 진압할 것이 뻔했다.

바로 그 시각이었다. 7공수여단에서는 네댓 대의 여단 군용트럭을 광주로 보냈다. 네댓 대의 군용트럭 운전병들은 자신이 광주 어디로 가는지 정확한 목적지는 몰랐다. 선임운전병 옆에 앉은 지대 팀장인 대위만 알고 있을 뿐이었다. 보병의 소대장에 해당하는 지대 팀장의 계급은 중위 혹은 대위였다. 지대 팀은 11명이었는데, 특전사는 여단, 대대, 지역대, 지대 편제로 돼 있었다. 선도 차량에 탄 지대 팀장인 대위가 운전병에게 지시했다.

"광주로 가자."

"광주 어디로 갑니까요?"

"도착 전에 말하겠다. 아직까지는 비밀이다."

"알겠습니다."

"지형정찰이니 갔다가 다시 돌아와야 한다."

지대 팀장은 선도하는 군용트럭이 호남고속도로에 진입하자, 담배를 꺼내 물고 불을 붙였다. 지대 팀장이 말했다.

"정 상병, 담배 피우나?"

"아니요."

정 상병을 배려하려는 듯 지대 팀장이 창문을 열었다. 그러자 차 안의 담배 연기가 증발하듯 차창 밖으로 사라졌다.

"새벽까지 부대로 복귀해야 하니 오늘은 고생 좀 할 것이다."

"충정 훈련 받는 대원들에 비하면 저희 운전병들은 약과죠."

"대신 내일은 충분히 쉴 수 있다. 오후에는 문선대 밴드까지 부르는 큰 회식이 있을 예정이다."

"밴드까지 온다고요?"

"가수들을 부를 형편은 아니고 밴드가 대원들 사기를 올려줄 거야."

"저도 한 곡조 뽑아야겠습니다."

정 상병은 밴드가 기대돼 벌써 신이 났다. 공수여단에 뭔가 회오리바람이 불어오고 있음이 분명했다. 정호용 특전사령관이 각 예하 부대에 회식비를 내려보냈다는 소문이 돌았는데 맞아떨어졌다.

"정 상병은 언제 입대했나?"

"작년 이월 군번입니다."

"대학 다니다가 왔겠군."

"예, 이학년 마치고 입대했습니다."

"학생일 때가 봄날이야. 연애도 실컷 하고."

"지대장님은 인기가 좋았겠습니다."

"왜?"

"호남형이신 데다 체격도 짱이니까요."

"육사생도는 다 똑같아. 제복을 입고 있으니 그 생도가 그 생도지."

"제복도 멋있잖아요."

잠시 후에는 대화가 끊기고 침묵이 흘렀다. 어느 순간, 지대 팀장이 꾸벅꾸벅 졸고 있었다. 정 상병은 선두에서 길잡이 역할을 하고 있었으므로 더욱 정신을 집중해 운전했다. 정읍을 지나자 바로 전남북의 경계인 긴 터널이 나타났다. 터널만 지나면 장성이었다. 터널 저편 산자락 밑쪽에서 열차가 기적 소리를 내며 스쳤다.

정 상병은 전투교육사령부를 가끔 오갔기 때문에 밤이었지만 뒤따르는 차량을 능숙하게 선도했다. 장성 시멘트 공장을 지나칠 무렵에야 지대 팀장이 눈을 떴다.

"어! 여기가 어딘가?"

"장성 지났습니다. 고개만 넘으면 광주입니다."

"깜박 조는 동안 꿈을 꿨네. 악몽이야."

"꿈은 반대라고 하던데요."

"내가 피바다 속에서 허우적대고 있었어."

"피를 보면 재수가 좋답니다."

"그럴까?"

지대 팀장이 손전등을 꺼내 켜더니 지도를 폈다. 목적지를 쉽게 찾은 듯 지도를 다시 접었다. 광주톨게이트를 막 지나서야 지대 팀장이 정 상병에게 말했다.

"일 번 차 이 번 차는 전남대로 간다."

"예, 알겠습니다. 지대장님."

"다른 차량은 조선대, 교육대로 갈 거야."

그제야 정 상병은 7공수여단 병력이 조만간 전남대, 조선대, 교육대에 투입될 것이라고 눈치챘다. 정 상병은 더 이상은 묻지 않았다. 지대 팀장이 지시하는 대로 용봉IC를 빠져나와 용봉동을 10여 분 직진하다가 학교 담장을 따라서 좌회전했다. 그러자 정문이 나왔다. 정 상병은 헤드라이트를 켠 채 군용트럭에서 내려 정문 수위실로 갔다. 수위가 나와 물었다.

"무신 일이요?"

"작전 나왔습니다."

"아이고, 고상이 많그만요."

정문 수위는 별 의심 없이 철문을 열었다. 전남대 ROTC 학군단과 합동으로 훈련하는 작전이려니 짐작하는 듯했다. 두 대의 군용트럭은 정문을 유유히 통과하여 대운동장으로 향했다. 대운동장에 도착해서야 뒤따르던 군용트럭의 지대 팀장 중위가 선도차의 지대 팀장에게 다가와서 말했다.

"선배님, 삼십삼 대대 숙영지로 최곱니더. 대학 건물에서 떨어져 보안유지도 그만입니더."

"사방이 툭 트여 경계하기도 좋겠어."

두 지대 팀장은 담배를 꺼내 물고 피웠다. 그사이 운전병들은 군용트럭을 몰고 대운동장 상태를 살피며 한 바퀴 돌고 왔다. 대학 건물 뒤편 컴컴한 숲에서 소쩍새 울음소리가 들려왔다. 소쩍새 울음소리는 피를 토하듯 처절했다. 뒤따르던 군용트럭의 지대 팀장이 담뱃불을 군홧발로 짓이겨 끄면서 말했다.

"충정작전 들어가면 쌍놈의 새끼들 가만 안 둘낍니더."

"김 중위, 작은 소리로 말해. 저기 대학생들이 오고 있어."

"밤에 집에 안 가는 놈들은 공부 안 하는 알라들입니더. 빨강 물이들어 데모하는 학생일 낍니데이."

"오늘 밤은 지형정찰이 임무니까 조심해."

그때 남녀 대학생이 별 경계심 없이 두 지대 팀장에게 다가왔다. 시내에서 시위하고 교정으로 돌아온 남녀 대학생이었다. 선도차 지대 팀장 대위가 물었다.

"밤에도 학교에 학생들이 많은가?"

"시위하고 난 뒤 철야 농성하는 학생들이지라."

"내일도 시위가 있는가?"

"민주성회를 삼 일 동안 계속 하고 있는디 낼은 학생들이 더 많이 모일 거그만요."

"민주성회가 뭔가?"

"선배님, 학생들이 데모를 건사하게 포장한 말, 아입니꺼."

중위가 남학생을 대신해서 이죽거리며 말했다. 그러자 무안해진 남학생 옆에 있던 여학생이 분명하게 말했다.

"민주화를 위한 집회를 민주성회라 합니다."

14일 전남대생들의 시위는 처음 가두로 진출할 때는 최루탄을 쏘는 경찰과 격렬하게 맞선 양상이었는데, 오후 3시쯤에 시작한 민주성회와 이후 가두 행진 때는 뜻밖에 평화로웠다. 경찰이 수수방관하는 태도로 나왔던 것이다. 한복에 고무신을 신은 전남대 총학생회장 박관현이 시민들에게 "불편을 드려 죄송합니다. 오후 6시까지 집회를 마치고 귀교하겠습니다"라고 약속을 해서였다. 경찰은 전남대생들이 귀교할 때는 시위 행렬을 따라가며 교통정리까지 해주었다.

"오늘도 집회를 했는가?"

"그럼요. 참여하는 학생 숫자가 엄청 불어났지라."

남학생이 머뭇거림 없이 대답했다. 어제보다 오늘 참여 숫자가 더 많아진 이유는 경찰이 시위 행렬을 보호해주었다는 소문이 광주의 여러 대학으로 퍼졌기 때문이었다. 다른 대학의 학생들은 전남대 학생들을 부러워하며 민주성회에 대거 참여했다. 그러니까 14일 민주성회가 전남대 단독으로 치러졌다면 15일 민주성회는 광주의 모든 종합대와 전문대 학생들이 합세한 집회나 다름없었다. 옆에서 듣고만 있던 중위가 또 한마디 했다.

"김대중 같은 좌파 정치인들이 문젭니더. 뒤에서 다 조종하고 있다, 아입니꺼."

"군인 아저씨, 대학생들은 바보가 아닙니다."

여학생이 반박했다. 그래도 중위가 침을 뱉듯 말했다.

"이러다간 북한 군바리 알라들이 침투할지도 모른기라."

남학생이 여학생 손을 억지로 끌고 강당이 있는 건물로 가버렸다. 중위가 두 남녀 학생이 사라진 쪽을 바라보며 욕설을 뱉어냈다.

"니미럴! 얼쩡거리기만 해보래이. 깔끔하게 걷어버릴끼다."

"김 중위, 대학생 상황까지 파악했으니 돌아가지."

두 지대 팀장은 각자의 군용트럭에 승차했다. 원래 임무인 지형정찰을 끝냈으니 날이 밝기 전까지 7공수여단 연병장으로 돌아가야 했다. 선도차의 지대 팀장이 정 상병에게 명했다.

"귀대하자."

"예, 지대장님."

"대학생들이 순진해. 평화는 강자가 주는 거야, 약자가 원한다고 얻어지는 것이 아니지."

"저도 그렇게 생각합니다."

"사회가 혼란해지면 평화도 민주화도 멀어지는 거야. 북한만 좋아서 오판할 거야. 시위를 해서 민주화가 얻어진다는 것은 몽상가 잠꼬대지."

"대학생들 생각이 짧은 거죠."

선도차 지대 팀장은 문득 머리끝이 쭈뼛했다. 광주로 내려오면서 잠깐 꾼 꿈이 생각나서였다. 자신이 피바다 속에서 허우적거리고 있었던 것이다. 김 중위는 전남대 정문을 빠져나오면서 참지 못하고 또다시 욕지거리를 뱉었다.

"쌍놈의 새끼들! 잡기만 해보래이. 부랄 한쪽이 입 밖으로 튀어나올끼다."

자신의 군홧발로 시위하는 학생들의 사타구니를 짓이기겠다는 욕설이었다. 지금까지 시위진압 훈련을 해온 것에 대한 보상이라도 받고 싶다는 듯 험악한 말을 뱉어냈다. 달도 없는 칠흑 같은 밤이었다.

5월 16일

경찰과 학생

전남경찰국은 도청 본관 건물 뒤쪽에 있었다. 박관현은 총학생회 간부를 앞세우고 전남경찰국을 찾아갔다. 혼자 가지 않고 총학생회 간부와 동행했다. 경찰국장을 면담할 때 주고받은 이야기를 자신 이외의 누군가가 기억해야 할 것 같았고, 또 다른 이유가 있다면 막연한 두려움 때문이었다. 전남경찰국 정문에서 경찰에게 용건을 이야기하고 학생증을 내밀자 출입증이 바로 나왔다. 경찰국 건물 안의 분위기는 다른 관공서와 달랐다. 국장실로 가는 복도는 형광등이 켜져 있었지만 조금 어두침침했다. 최근에 페인트칠을 한 듯 냄새가 코를 찔렀다. 박관현은 총학생회 간부를 흘깃 쳐다보면서 고개를 끄덕였다. 그가 불안해하고 있는 것 같아 안심시키기 위해서 그랬다. 그가 작은 소리로 말했다.

"형님, 잘되겠지라잉."

"어저께 우리들 시위를 보고받았을 것인게 잘되겠제."

박관현이 말한 '우리들 시위'란 어제의 광주학생연합시위를 뜻했다. 한마디로 평화 시위였는데, 질서정연하게 시작해서 불미스런 사고 없이 마무리했던 것이다. 경찰은 전날과 달리 가두진출을 제지하지 않았다. 치안본부가 5월 초에 전언통신문으로 교문에서 막지 말고 도심권에 저지선을 설정하라는 지침을 내렸는데, 이는 학생들이 관공서 밀집 지역이나 도심권에서 시위를 하라는 것이나 다름없었다. 그날 도경 상황실장이 상부의 통신문을 즉시 보고하자, 안병하 경찰국장은 "큰일 났다. 왜 그런 지시를 하는지 모르겠다"며 몹시 심각해했고, 상황실 경찰들도 조만간 무슨 일이 터지고야 말 것 같다고 수군거렸던 것이다. 경찰의 교문 저지는 통상적인 시위관리였으므로 그런 지시는 이상하고 괴이한 일이 틀림없었다.

경찰국장실 앞에 선 두 학생은 잠시 기다렸다. 제복을 입은 경무계장이 경찰국장실을 들어갔다가 나온 뒤에야 안내를 받았다. 안병하 경찰국장이 두 학생을 소파에서 일어나 맞이했다. 안병하 경찰국장은 이목구비가 또렷하고 체격이 단단했다. 그러나 얼굴형은 부드러워 강퍅하게 보이지 않았다. 한복 차림에 고무신을 신은 박관현의 모습은 안병하 경찰국장의 눈길을 사로잡았다. 평범한 대학생은 아닌 것 같아서였다.

"무슨 용건으로 왔는가?"

"국장님께서 바쁘실 테니까 간단하게 말씀드리겠습니다. 어제 대학생 시위 행진을 보호해주신 경찰 분들께 감사를 드립니다."

안병하 경찰국장은 박관현의 말에 미소를 지었다. 박관현이 다시 말했다.

"오늘 시위는 특별합니다. 저녁에 횃불 행진을 할라고 합니다. 질서를 더욱 철저히 지켜 방화 같은 불미스런 사건이 나지 않도록 최선을 다하겠습니다."

"시위를 날마다 할 것인가? 서울은 어제부로 끝냈다고 하던데."

"그저께 십사 일 시위는 학내 집회만 할라고 그랬는디 정문서 경찰분들이 과잉저지를 한 탓에 가두 시위로 바뀌어버렸습니다. 사실 민주성회는 어제와 오늘 양일만 할라고 했습니다."

"오늘이 마지막이라는 말이군."

"최규하 대통령께서 민주화 정치일정만 분명하게 밝혀주시면 학생들이 으째서 거리로 나오겠습니까?"

박관현은 안병하 경찰국장이 자신의 말에 귀를 기울여주고 왠지 큰형님 같은 느낌이 들어 다소 장황하게 말했다. 총학생회 간부는 가슴이 조마조마했다. 횃불 시위를 기획한 이유는 오늘이 5.16쿠데타 19주년이 되는 날이었으므로 '5.16화형식'까지 계획하고 있었던 것이다. 아무리 이해심이 많은 경찰국장이라 하더라도 학생의 입에서 '5.16쿠데타, 5.16화형식'이라는 말이 나오면 호의적인 분위기가 단번에 싸늘해져버릴 수 있기 때문이었다.

"오늘 횃불 시위에서는 질서유지조에다 수거조까지 짰웅께 불상사는 읎을 것입니다."

"약속하겠나?"

"예, 국장님."

"내가 전화해놓을 테니 세세한 것은 서부서장을 찾아가서 부탁하게."

학생 시위가 있을 때 전남대는 서부경찰서, 조선대는 광주경찰서가 맡아 관리했다. 박관현은 경찰국장실을 기분 좋게 나왔다. 박관현이 말했다.

"국장님께서 우리 입장을 이해해주시는그만."

"지금 바로 서부서장님을 만나봐야겠습니다."

전남경찰국 건물 정문을 나와서야 총학생회 간부가 마음이 놓이는지 웃으며 말했다.

"아따, 국장실에서 가슴이 무자게 콩닥콩닥 뛰어부렀그만요."

"죄 진 것도 읎는디 뭔 소리여."

"형님 입에서 뭔 소리가 나온다냐 허고 그랬당께요."

"내가 틀린 말을 해부렀는가?"

"형님이 오일육 쿠데타 어쩌구저쩌구 얘기헐 것 같아 그랬지라."

"그런 말을 아무 디서나 허겄는가. 경찰도 박통허고 한통속이었는디. 국장님도 육사 출신이라고 허드그만."

"육사 출신도 경찰 간부가 되는갑소잉."

박관현의 말대로 안병하 경찰국장은 육군사관학교 출신이었다. 강원도 양양에서 태어난 그는 1949년 육군사관학교 8기로 임관했고, 6.25전쟁 때는 6사단 포병대 장교로서 춘천, 홍천 전투에서 공을 세워 화랑무공훈장을 받았으며 1962년 중령으로 예편했다고 전해졌다. 예편 다음 날 특채로 경찰총경이 됐고, 이후 여러 곳의 서장을 거쳐 경무관으로 진급, 강원경찰국장, 치안본부 경비과장, 경기경찰국장에 이어 전남경찰국장으로 발령받아 내려왔던 것이다. 그러니까 안병하 경찰국장은 군인정신으로 무장한 경찰 간부인 셈이었다.

나라와 국민을 지키는 것이 군인이듯, 시민의 생명과 안전을 지키는 것이 경찰의 본분이라고 안병하 경찰국장은 생각했다. 그제도 안병하 경찰국장은 시위 현장에 있는 기동대 1중대장에게 무전으로 안전한 집회관리와 시위 학생들에게 피해가 가지 않도록 지시했다.

"시위진압 시 안전수칙 잘 지키기를 바란다. 시위 학생에게 돌멩이를 던지지 말라. 도망가는 학생은 쫓지 말라. 시민이 다치는 일 없도록 하라. 알겠는가?"

기동대 2중대장에게도 무전으로 지시했다.

"부대 지휘관은 과격한 행동을 금하고 시위대를 추격하지 말라. 사과탄은 안면에 던지지 말고 공중에 투척하라. 최루탄도 각도를 유지해서 발사하라. 알겠는가?"

어제 국장 주재회의에서도 서장들에게 신신당부했다.

"시위 시민에게 절대로 자극적인 언행을 삼가라. 시민들의 야유와 비난이 있어도 절대 대응하지 말라. 시민과 우리 경찰의 안전을 최우선하라."

이밖에도 도경국장실에서 일선 지휘관에게 수시로 무전 지시를 내렸다. 이를테면 이런 지시들이었다.

학생에 대하여 부상 및 희생자 없도록 최대한 노력, 상황 판단과 정보적 조치 사항 수시 보고, 시민에게 겸손함으로써 불쾌감을 주는 일 없도록 할 것, 소방차 등 비상동원하여 적절히 활용할 것, 단 유색수 살수 금지, 화학탄을 사용하지 말 것, 도주하는 학생은 추적하지 말 것.

공수부대의 시위진압 훈련인 충정작전과는 판이하게 달랐다. 다른 것이 아니라 정반대였다. 도주하는 학생을 끝까지 추적하여 진압봉으로 타격하고, 화학탄을 사용하여 시위 학생들의 사기를 초전에 꺾어버리고 시민, 학생 들에게 공포감을 주는 것이 공수부대 충정작전의 핵심전술이었다.

박관현이 도청 앞 분수대로 나왔을 때 민주성회 분위기는 무르익고 있었다. 분수대 주위에는 학생과 시민 들이 밀물처럼 들어차고 있었다. 전일빌딩에서 상무대, 도청 앞, 수산협동조합, 전일빌딩 맞은편인 YMCA 건물 앞까지 들어찬 시위 인파는 말 그대로 인산인해였다. 총학생회의 또 다른 간부가 박관현에게 다가와 흥분한 채 말했다.

"방금 어떤 경찰이 말하는디 팔천 명이라고 합니다."

"경찰 계산이 그라믄 삼만 명은 되겠제."

"그라고 쩌그 있는 서부경찰서장이 형님 쪼깐 보자고 헙디다."

"경찰국장님이 벌써 전화했그만."

"뭣이라고라, 경찰국장님헌테 부탁해부렀소?"

"좀 전에 만났는디 인상이 참 좋으시드그만."

박관현은 노동청 방향의 도롯가에서 시위진압 경찰차에 기댄 채 학생 집회를 관망하고 있는 서부경찰서장에게 갔다. 안면이 있어 쉽게 찾을 수 있었다. 박관현이 웃으며 말했다.

"서장님, 수고 많으십니다잉."

"국장님헌티서 전화 받았네."

서부경찰서장이 한 손으로 치켜들고 있던 지휘봉을 맞잡으면서 말했다.

"국장님실에 들어가서 사고 읎이 가두 행진허기로 약속허고 왔습니다."

그러자 서부경찰서서장이 부하 간부에게 메모지를 가져오도록 지시했다.

"불법행위를 허지 않았다고 각서 하나 써주게."

"시위 행진을 막지 않는다믄 얼마든지 써드리지라."

"국장님께서 이미 허락하셨네."

"사고가 나믄 제가 모든 책임을 지겠습니다."

"자네를 믿겠네."

박관현은 그 자리에서 서장이 내민 메모지에 각서를 썼다. 메모지를 받친 노트가 얇아 글씨가 바르게 써지지 않았다.

횃불 집회와 시위를 함에 있어서 어떤 불법행위도 하지 않으며 만약 사고가 발생할 시에는 제가 모든 책임을 지겠습니다. 전남대 총학생회장 박관현.

서부경찰서장 옆에는 영광경찰서에서 파견 나온 경찰들도 있었다. 박관현이 각서를 써주고 나서 부탁했다.

"서장님, 횃불을 들고 행진하려는디 안전사고가 날 수 있응께 경찰이 에스코트를 해주믄 으쩌겠습니까?"

"기동대는 가두 행진을 하는디 좌우로 보호하면 되고 에스코트는 아무래도 광주서에서 해야 쓰겄네."

사부서장이 무전을 쳤다. 광주서장을 찾았다.

"광주서장님?"

"김 서장님. 말씀하시지요."

"금남로는 광주서 관할인디 시위 행진 때 광주서 경찰차가 에스코트를 허믄 으쩌겠습니까?"

"그래야지라. 금남로는 광주서 경찰차가 에스코트허겠습니다."

두 서장 간에 무전기 속의 대화가 큰 소리로 들렸다. 박관현은 안병하 경찰국장의 지시로 모든 협조가 일사천리로 진행되고 있다는 것을 알고 안심했다. 박관현은 서부서장에게 감사를 표하고 도청 분수대 앞으로 돌아왔다.

도청 앞 시계탑의 시계는 오후 4시 정각을 가리키고 있었다. 시계탑 부근에는 '봉축 부처님 오신 날'이라고 쓰인 봉축 탑도 보였다. 5월 21일이 초파일이었다. 시계탑과 봉축 탑 밑까지 광주에 소재한 각 대학 학생들이 북적거렸다. 전남대, 조선대, 광주교대, 동신전문대, 조선대 공전, 기독교병원간호전문대, 성인경상전문대, 서강전문대, 송원전문대 등 광주시 내 9개 대학생과 대동고 등 일부 고등학생이었다. 구경하는 시민들까지 모여들었다.

이윽고 전남대 총학생회 간부 문석환의 사회로 민주성회라는 이름의 시국성토대회 막이 올랐다. 첫 순서는 5.16쿠데타를 단죄하는 화형식이었다. 5.16쿠데타라고 쓴 글씨에 불이 붙자 대학생들이 함성을 질렀다.

"와아! 와아!"

시위 열기는 단번에 달아올랐다. 유신체제하에서 민주화 투쟁을 하다가 제적된 뒤 복학한 대학생 대표가 시국선언문을 고했다. 각 대학의 대표들도 자기 순서에 따라 선언문과 성명서, 그리고 '국군에 보내는 메시지'까지 외쳤다. 이러한 호소들이 끝나자 분수대 주위에 앉은 학생들이 자연스럽게 노래를 부르기 시작했다.

무등산 정상을 비치던 햇살이 스러질 무렵이었다. 산그늘의 서늘한 기운이 봄바람을 타고 내려와 뿌려지는 듯했다. 분수대 주위에 주저앉은 시위 학생들은 어느 순간 어깨동무를 하고 '우리의 소원은 통일/ 꿈에도 소원은 통일/ 이 정성 다해서 통일/ 통일을 이루자'라는 가사의 '우리의 소원'을 불렀다.

뒤이어 '애국가'를 부를 때는 대학생과 고등학생, 민주성회를 구경하던 시민들이 합창했다. '애국가'는 어느 때보다 처연한 느낌이 들었고, 모인 사람들을 숙연케 했다. 곧바로 '선구자'가 학생들 사이에서 묵직하게 흘러나왔다. '애국가'보다 합창 소리는 작았지만 그 무게는 바윗덩어리처럼 가슴을 눌렀다.

일송정 푸른 솔은 늙어 늙어 갔어도/ 한줄기 해란강은 천년 두고 흐른다/ 지난 날 강가에서 말 달리던 선구자/ 지금은 어느 곳에 거친 꿈이 깊었나.

박관현은 총학생회 간부들을 불러놓고 점검했다. 전남경찰국장, 서부경찰서장과 한 약속을 지키기 위해서였다. 횃불시위조, 기름공급조, 질서감시조, 횃불수거조 등을 맡은 간부들에게 안전사고 및 불미스런 사고가 발생하지 않도록 당부했다. 그때 기독교 신자인 대학생들이 '내게 강 같은 평화, 내게 바다 같은 사랑'이라는 가사의 찬송가를 불렀지만 시민 호응은 그다지 크지 않았다. 함께 따라 부르는 사람이 적었다.

오히려 수산협동조합 앞에서 화장을 짙게 하고 웅성거리던 몇몇 여자가 '아리랑'을 불렀는데, 따라 부르는 이가 점점 불어나더니 장엄한 가락의 합창으로 변했다. 노동청 방향과 금남로 쪽에 들어찬 학생과 시민 모두가 부르는 '아리랑'은 노을이 번진 핏빛 하늘에 한스러운 가사와 달리 도도하게 울려 퍼졌다.

횃불 시위

땅거미가 깔렸다. 날빛이 어디론가 순식간에 사라졌다. 무등산은 밤바다의 먼 섬처럼 어둠 너머로 멀어졌다. 산정 위 하늘에는 시나브로 별들이 희미하게 돋아났다. 이윽고 먹물 같은 어둠이 스멀스멀 깔려오자 시위를 주도하는 전남대와 조선대 학생회 간부들은 바빠졌다. 횃불배급조가 대학생들에게 무명천 조각을 철사로 둥그렇게 감은 막대기를 재빨리 나누어주기 시작했다. 불을 붙이면 횃불이 되는 각목 같은 막대기였다. 플래카드와 피켓은 각 대학에서 제작한 것이 대부분이었다. 대학생들의 요구는 '비상계엄 철폐하라', '정치일정 단축하라', '전두환은 물러가라', '군은 정치적 중립을 지켜라' 등등이었다. 횃불배급조의 한 대학생 간부가 횃불 시위를 할 대표자 50여 명에게 말했다.

"오늘밤 우리가 횃불 시위를 하는 것은 박통 이후 캄캄했던 군부독재, 유신독재 십팔 년간의 어둠을 몰아내불자는 것입니다. 의미를 알고 횃불을 든다면 더욱 신명이 날 겁니다. 횃불의 불은 절대로 밑으로 흘러내리지 않으니 걱정할 필요가 읎습니다. 다만 처음에 불이 붙을 때는 횃불을 아래로 들고 있다가 세워야 헙니다. 기름이 떨어지믄 거리 곳곳에 기름공급조가 있응께 공급받으면 됩니다."

횃불 시위 대표자 50여 명은 횃불용 막대기 10여 개씩을 들고 시위 행렬이 대기하고 있는 금남로와 노동청 쪽으로 돌아갔다. 준비했던 400여 개의 횃불용 막대기는 금세 동이 났다. 횃불 시위 대열은 2개 조로 나누었다. 전남대 총학생회의 한 간부가 스피커를 통해 횃불 시위 코스를 알렸다.

"조선대 학생들이 앞장서는 일개 조는 금남로를 지나 유동삼거리까정 가서 광주천변도로를 타고 올라와불다 현대극장서 다시 금남로로 들어와 도청 광장으로 오는 코스고, 또 전남대 학생들이 앞장서는 일개 조는 노동청과 문화방송 앞 도로를 지나 광주고 앞을 거쳐 계림동사거리에서 산수동오거리를 통과해 도청 광장으로 오는 코스입니다. 이미 각 대학 간부들에게 코스를 설명했으니 착오 읎기를 바랍니다. 특히 주의할 것은 횃불로 인한 화재사고와 안전사고입니다. 화재가 나면 누가 좋아하겠습니까? 우리들 시위를 사회 혼란으로 몰고 가려는 군부 세력일 겁니다. 긍께 여러분들은 일제강점기에 광주학생의 거가 일어난 의로운 고장 사람이라는 자부심으로 질서를 지키시기 바랍니다."

시위 행렬 선두는 교수 일부가 섰다. 선두에 서지 않은 전남대 200여 명, 조선대 100여 명의 교수는 바람막이처럼 학생들 옆을 따랐다.

학생들과 함께하는 사람은 교수뿐만 아니라 고등학생, 시민 들도 있었다. 14일 가두 시위 때 냉담하던 태도와는 달랐다. 15일, 그러니까 어제부터는 시민들이 박수를 치고 응원하는 등 살갑게 구경하고 직접 행렬에 동참도 했다. 학생 시위를 구경하던 시민들 중에는 식당 주방장, 가구점 종업원, 대입 재수생, 주유소 수금원 등도 섞여 있었다.

"오메, 저것들. 황금동 가시내들이어야! 낯이 무자게 익은디."

술집이 늘어선 황금동에서 온 낯익은 아가씨라는 말이었다. 그러자 한 시민이 말했다.

"저것들이 뭣을 안다고 그란다냐."

"아따, 형씨 사람 차별허지 마쑈. 사정이 있응께 그라제, 누가 날 때부텀 술집 여자로 태어났다요."

"맞는 말이오. 내가 말실수를 해부렀그만잉."

14일 전남대 학생 가두 시위에 참가해 법원 앞까지 따라갔던 나명관도 노동청 쪽 학생 행렬에 가담했다. 김성섭도 도청 앞으로 나온다고 했지만 어디 있는지는 알 수 없었다. 대동고 유석은 급우 40여 명과 함께 전남대 학생들 사이에 끼었다. 유석은 횃불이 여기저기서 불타오르자 가슴이 마구 뛰었다. 김성섭은 횃불을 든 학생들을 보면서 중얼거렸다.

"인자 뭔가 되가는 모냥이네."

옆에 까치발을 하고 있던 노동자 행색의 시민들이 얘기를 나눴다. 김성섭과 같은 생각을 하고 있는 듯했다.

"그저껜가는 학생들이 경찰 봉급을 올려주라는 구호를 외치대야."

"조대 정문 앞에서는 학생들이 전경들에게 빵허고 우유를 나눠주드그만."

"따지고 보믄 다 성, 동상 같은디 디져라고 싸울 이유가 읎제잉."

"학생들 얘기를 듣고 봉께 전두환이가 진짜 독사 대가리여, 최규하는 물러터진 봉이고."

경찰의 태도가 달라진 것은 분명했다. 작년만 해도 학생들이 가두시위를 하면 최루탄을 쏘아대며 강경하게 진압했던 것이다. 시위를 주도하는 학생 간부를 현장에서 체포했고, 구호를 외치거나 플래카드를 든 학생들을 반드시 연행해 갔는데, 14일부터 경찰의 태도는 누구나 느낄 수 있을 만큼 부드러웠다. 그래서 시위 학생들 간에 자연 발생적으로 생긴 것이 질서유지조였다. 질서유지조는 집회할 때 이견이 노출되고 분위기가 한껏 달아오르면, 어김없이 "질서 유지!"를 반복해서 복창했다. 김성섭은 학생과 경찰 들이 서로 수고한다는 말을 주고받는 것을 보고는 또다시 중얼거렸다.

"세상 참 많이 좋아져부렀네."

횃불 시위 행렬은 30여 분 동안의 준비가 끝나고 도청 분수대를 출발했다. 광주공원 너머 푸르스름한 하늘에는 초사흘 여문 초승달이 선명했다. 마치 예리한 칼로 오려낸 듯 치켜올라간 눈썹 모양을 하고 있었다. 송기숙 교수는 흰 교복을 입은 여고생의 무리를 보고는 가슴이 벅차올라 탄성을 내질렀다.

"니들이 희망이다!"

"송 교수님, 딸 같은 여고생들을 보니 가슴이 참 뿌듯해져붑니다."

"박 교수님, 여고생들뿐만 아니라 시민 모두가 암흑을 밝히는 인간 횃불 같아부요."

"아! 역시 작가다우십니다."

"나는 저 광주천 너메 초승달만 봐도 가슴이 먹먹허요."

"어째서요?"

"몇 해 전《녹두장군》을 쓸 때 내내 나를 사로잡은 것은 전봉준의 눈이었어라. 분노에 찬 눈 말이오. 글이 안 써질 때마다 그 형형한 눈빛을 떠올렸지라."

"시민들 모습에서 전봉준을 본다는 말인가요?"

"아니요, 저 초승달이 전봉준의 눈 같으요. 오늘은 저 초승달이 분노에 떠는 것 같그만요."

《녹두장군》을 구입하여 작가의 친필 서명을 받아 보관하고 있는 박 교수는 송기숙 교수의 마음을 어느 정도는 알 것 같았다. 검푸른 하늘에 또렷하게 박힌 초승달이 전봉준의 이글거리는 눈초리처럼 보였다.

박 교수는 잠시《녹두장군》에 등장하는 고부 지방의 동학 접주(接主) 전봉준을 떠올렸다. 동학에 입교한 전봉준은 왜 '크게 되지 않을 것 같으면 차라리 멸족당하고 말겠다'라고 말하고 다녔을까. 고부군수 조병갑의 탐학에 저항하다가 치도곤을 당하고 장독이 올라 한 달 만에 죽은 아버지 전창혁의 원수를 갚기 위해서? 그러나 그건 아니었다. 전봉준은 자신의 한을 사회개혁의 힘으로 승화시켰던 것이다.

"송 교수님, 전봉준이 동학에 입교하지 않았더라면 어떤 사람이 됐겠습니까?"

"박 교수님 생각은요?"

"산적이나 역도(逆徒)가 됐을 것 같습니다."

"그랬을지도 모른디 동학 이념이 전봉준을 민초들의 녹두장군으로 만든 겁니다."

"경천수심(敬天守心)의 도(道)를 닦아 보국안민(輔國安民)을 이룬다는 동학 이념 말이군요."

"박 교수님이 정확하게 짚으신 겁니다."

"한심하지라. 유신독재 무리들이 경천수심이 뭔지, 보국안민이 뭔지 알기나 허겠습니까? 그래서 《녹두장군》을 쓰셨그만요."

"안 팔리는 책 쓰면 뭣 합니까? 오늘 밤 횃불 시위보다 감동을 주지 못헌 소설나부랭이 같은께 허는 말입니다."

박 교수가 입을 다물었다. 수십 개의 횃불이 캄캄한 밤을 밝히고 있었다. 전남대 학생들이 앞장서고 있는 횃불시위조는 어느새 계림동사거리에서 산수동오거리 쪽으로 향하고 있었다. 대동고생 유석은 급우들이 다 떨어져 나간 채 친구 송응령만 남아 있는 것을 보고 밤이 깊었음을 문득 느꼈다. 교내 독서회 회원인 김용필과 김향현도 보이지 않았다. 도청에서 출발할 때는 옆에 있었는데 어느 시위 행렬 속으로 들어가버렸는지 찾을 수 없었다. 유석은 송응령에게 말했다.

"응령아, 시위를 마치고 집으로 갈래?"

"니는?"

"전남대 형들이 학교로 돌아가 농성을 헌다는디 나는 거그로 갈란다."

"니가 간다면 나도 가볼란다."

"그래, 형들이 뭔 얘기를 허는지 들어보자."

두 학생은 이야기를 하다가도 대학생들이 부르는 홀라송을 따라했다. 홀라송은 유행가처럼 고등학교까지 퍼져 고교생들도 잘 불렀다.

노래를 따라하면 흥이 나서 발걸음이 절로 가벼워졌다.

비상계엄 철폐하라 홀라 홀라
정치일정 단축하라 홀라 홀라
전두환은 물러가라 홀라 홀라
우리들은 정의파다 홀라 홀라

홀라송은 상여꾼의 상여 소리처럼 비장하지만 무겁지 않고 리드미컬했다. 시위 구호에 '홀라 홀라'만 붙이면 홀라송이 되었다.

노동인권 보장하라 홀라 홀라
농민수탈 중지하라 홀라 홀라
경찰봉급 올려달라 홀라 홀라
평화 시위 막지 말라 홀라 홀라

개사한 홀라송은 혼잡한 곳에서 교통정리를 하는 경찰들을 웃게 했다. 서로 수고한다며 농담을 주고받게 했다.

이윽고 전남대가 앞장선 횃불 시위 행렬이 도청 앞에 이르자, 금남로를 따라 떠났던 조선대가 선도한 횃불 시위 행렬도 가톨릭센타 앞을 이미 지나고 있었다. 두 횃불 시위 행렬이 거의 동시에 도청 광장으로 들어서고 있는 셈이었다. 시계탑의 시계는 오후 9시 30분을 가리키고 있었다. 지연될 것이라고 생각했던 학생회 간부들의 예상은 빗나갔다.

햇불 시위 학생들은 질서정연하게 도청 앞 분수대를 향해 다가왔다. 고등학생들은 보이지 않았지만 직장에서 퇴근한 시민들이 합류하여 햇불 시위 참가자는 출발할 때보다 더 많았다.

햇불 시위 학생들이 햇불수거조를 찾아 바로바로 반납했다. 둥그런 분수대 주위에는 50여 개의 햇불만 활활 타올랐다. 학생들은 분수대 주위에 빙 둘러앉아 평화로웠던 햇불 시위를 아쉬워했다. 시민들에게 박수를 받고, 오랜만에 시민과 하나 된 쾌감을 맛보았던 것이다. 학생 누군가가 제안했다.

"여러분, 수고하신 경찰 분들에게 박수 한번 보내봅시다."

우레와 같은 박수 소리가 터져 나왔다. 그러자 그 학생이 또 말했다.

"여러분, 박수만 가지고 되겠습니까? 성금을 모아 수고하신 경찰들 분께 드립시다."

즉석에서 모금을 시작했다. 모금 자루가 분수대를 한 바퀴 도는 동안 순식간에 15만 원이 모아졌다. 학생들이 지켜보는 가운데 위로금은 전남경찰국 경비계장에게 전달됐다.

이윽고 전남대 총학생회장 박관현이 분수대 위로 올랐다. 그의 목소리는 쩌렁쩌렁했다.

"민주학생 여러분, 애국시민 여러분 수고하셨습니다. 오늘밤 햇불 시위는 이것으로 끝을 맺습니다."

누군가가 박관현의 목소리에 반한 듯 말했다.

"저런 사람이 정치를 해야 허는디!"

박관현은 목이 잠겨 잠시 쉬었다가 다시 말을 이었다.

"최규하 대통령이 곧 귀국하시면, 정부에선 정치일정을 소상히 밝히고, 우리의 민주회복운동에 부응하는 반응을 즉각 보여주시리라 믿습니다. 이에 희망을 걸고, 민주학생 여러분과 애국시민 여러분, 참고 기다려봅시다. 그러나 만약의 경우 납득이 안 가는 결과가 생길 것을 대비하여, 대학생 여러분은 십구일 월요일에 일단 도청 앞 광장으로 나와주실 것을 빌어마지 않습니다. 내일 토요일은 시위를 하지 않습니다. 그러나 혹시 내일 무슨 일이 발생하면 전남대생들은 오전 열 시까지 학교로 모입시다."

교수들은 민주성회가 무사히 끝나자 안도했다. 그러나 전남대 학생 일부는 의혹이 해소되지 않은 듯 어제와 같이 학생회관으로 돌아가 철야농성을 하려고 준비했다. 이는 횃불 시위가 있기 전부터 학생들에게 이미 고지한 철야농성이었다. 100여 명의 전남대생은 귀가하지 않고 학교로 돌아갔다. 유석도 송웅령과 함께 전남대생들을 따라갔다.

분수대를 밝히던 횃불이 일제히 꺼졌다. 그러자 횃불을 대신하듯 어둔 밤하늘에 별들이 한가득 반짝였다. 밤하늘의 경이로운 신비였다. 좀 전까지 승천할 기세로 타오르던 횃불이 별이 된 듯했다. 시위 학생과 시민 들의 염원이 밤하늘에 별빛의 꽃으로 피어나고 있었다. 누군가가 황홀해하며 외쳤다.

"쩌어그 무등산을 봐!"

광대무변한 밤하늘의 별들이 듬직한 아버지 어깨 같은 무등산 산등성이에 직하하는 장대비처럼 마구 쏟아져 내릴 듯 보였다. 아기주먹만 한 별들이 크고 선명하게 또록또록 반짝거렸다.

출동 전야

광주의 횃불 시위 행렬이 도청 광장에서 출발할 무렵, 전북 금마 7공수여단에서는 공수대원들이 한자리에 모여 회식을 시작하고 있었다. 군부대의 문선대까지 동원한 회식은 근래에 없던 일이었다. 문선대 밴드 병사들이 음을 조율하느라고 번쩍거리는 악기를 어루만졌다. 트럼펫과 트롬본이 붕붕하고 전자기타가 삑삑거렸다. 공수대원들은 가설무대를 주시했다. 가설무대 뒤쪽에 설치된 몇 개의 조명등이 벌써부터 강렬한 불빛을 내쏘았다. 어둠이 짙어지자 조명등은 공수대원들의 눈을 더욱 눈부시게 찔렀다.

어제 초저녁에 들어온 군용트럭들은 연병장 한쪽에 대오를 맞추어 숨을 죽이고 있었다. 7공수 33대대와 35대대 병력을 태우고 광주로 내려갈 수송차량들이었다. 이윽고 가설무대에 베레모를 쓴 여단장 신우식 준장이 등장했다. 공수대원들이 환호했다. 신우식 준장은 환호성이 멈출 때까지 선 채로 기다렸다가 입을 열었다.

"우리 공수대원들이 한자리에 모인 것은 근래에 처음이다. 그동안 충정 훈련을 받느라 고생 많았다. 사령관님께서 공수부대원 여러분을 격려해달라는 말씀과 함께 오늘 위로금을 보내주셨다. 여러분은 위로받을 자격이 충분한 대한민국 최강 공수대원이다. 막중한 작전을 앞두고 있지만 오늘 밤은 마시고 취해도 좋다."

공수대원들이 치는 박수 소리가 사방으로 울려 퍼졌다. 어두운 숲에 막 깃을 접었던 새들이 놀라 푸드득 날아갔다.

"길게 말하지 않겠다. 나는 너희들을 믿는다. 번개처럼 빠르게 치고 안개처럼 사라지는 공수부대원을 나는 사랑한다."

박수 소리가 검은 장막 같은 밤하늘을 찢었다. 문선대 밴드가 4분의 4박자의 러시아 행진곡 '슬라브 여인의 작별'을 연주했다. 지금이라도 막 전장으로 달려가야 할 것 같은 비장한 행진곡이었다. 분위기는 금세 달아올랐다. 군의관 위계룡은 동료끼리 자리를 잡고 앉아 특별히 나온 맥주를 한 모금 했다. 군의관들은 위생병들의 서빙을 받았다. 맥주는 고참 위생병에게도 슬쩍슬쩍 돌아갈 터였다. 고참 위생병 중에는 각 지역대를 돌아다니면서 병사들에게 포경 수술을 해주고 용돈을 버는 이도 있었다. 술을 몇 잔 마신 지대장 중위가 한 병사에게 말했다.

"광주 가몬 마실 시간이 없을끼다. 마이 마시거래이."

"술집 하믄 광주 황금동이지라우."

"진압작전 들어가몬 다 적인기라. 황금동 가시낸가 뭔가, 다 우리 편이 아닐 끼다."

"공짜로 마시겠다는 것도 아닌디 적이겠습니까요."

"조 일병은 거기를 자주 들락거린기가? 우째 사정을 잘 아노."

조 일병이 헤헤 웃으며 말했다.

"자꼬 간 것은 아니지라우. 대학에 붙고 나서 선배 따라 딱지를 띠러 갔지라우."

"거기서 딱지를 뗀기가?"

"어치께 됐는지 모르겄그만이라우. 술이 취해 자부렀응께요."

"술집 가시내하고 잤다꼬? 그라몬 딱지를 뗀기라."

"자고 혼자 나올 때 학생증 잽히고 나왔그만이라우. 돈이 읎었응께라."

지대장이 조 일병에게 꿀밤을 먹이면서 말했다.

"용감하데이. 니는 외상술부터 배운기라."

"정신 읎었그만이라우. 외상술인지, 외상 거시긴지 기억이 안 났응께라."

"조 일병 고향이 목포라 캤나?"

"목포에서 쬐깐 떨어진 신안이그만요. 목포서 고등학교까지 댕기고 광주로 나왔지라우."

지대장은 술 때문인지 상담하듯 조 일병에게 이런저런 이야기를 물었다. 조 일병도 경상도 울산 출신인 지대장에게서 인간적인 친근함을 처음으로 느꼈다. 지대장의 언행이 거칠고 모질어서 쉽게 다가가지 못했는데, 술이 두 사람 사이를 좁혀주는 것 같았다. 조 일병은 지대장에게 술을 두 번이나 따라주면서 나중에는 문선대 밴드를 배경으로 기념사진을 찍자고 말했다.

"지대장님, 기념사진 한 컷 찍어불믄 으쩌겄습니까?"

"솔직하게 말해서 나 전라도 새끼들 안 좋아한데이. 그란데 니는 섬놈이어가꼬 진짜 순진해서 좋구마."

두 사람은 앞으로 나가서 기념사진을 찍었다. 문선대 앞에는 공수여단 사진촬영 병사가 나와 바쁘게 뛰어다니고 있었다. 공수대원들은 그를 '찍사'라고 불렀는데, 여단의 행사사진을 촬영하는 것이 그의 주요 임무였다.

7공수여단의 33대대와 35대대가 내일 광주로 투입한다는 것은 공수대원들 사이에 비밀 아닌 비밀이 돼버린 듯했다. 회식 자리에서 광주 이야기가 얼핏얼핏 자연스럽게 흘러나왔다. 여단의 대대장들은 내일 진압작전명이 '화려한 휴가'라는 것을 알았다. 여단장이 술잔을 돌리면서 대대장들에게 작전명을 흘렸던 것이다. 한 대대장은 여단장이 흘린 말을 놓치지 않고 엄지를 세워 내밀었다.

"여단장님, 작전명이 멋집니다."

그러자 맞은편에 앉아 있던 대대장이 걸걸한 목소리로 건배를 제안했다.

"작전은 화려한 휴가처럼! 건배!"

'작전은 화려한 휴가처럼'이라고 건배사를 한 것은 고된 시위진압 훈련이 끝났으니 이제는 휴가를 즐기듯 시위 시민, 학생을 상대로 산짐승몰이 방식으로 인간 사냥에 나서자는 말이었다. 대대장들은 멋들어진 건배사에 술맛이 더 당기는지 전령에게 맥주와 소주를 더 가져오게 지시했다.

"폭탄주는 내가 전문이오."

맥주가 담긴 컵에 소주를 붓고 요란하게 흔들었다. 전주의 어느 술

집에서 자신이 신고 있던 워커에 생맥주를 붓고 마신 일화는 대대 부하들이 다 아는 사실이었다. 월남전에 참전한 장교로서 자신의 무용담을 증명이라도 하듯 술집 어항 속에 있는 고기를 손으로 잡아 먹어 치운 대대장이었다.

"빨리 취하고 빨리 깨지 않으면 폭탄주가 아니오."

"느리게 취하고 느리게 깨는 것은 무슨 술인기요?"

"마셨으면서도 마신 것 같지 않으니 불발탄주가 아니겠소."

폭발이 안 됐으니 불발탄과 같은 술이라는 말이었다.

"빨리 취하고 느리게 깬 술은 무엇이오?"

"배합이 잘못된 저질 폭탄주지요. 하하하."

대대장들의 웃음소리가 공수대원들이 자리한 곳까지 들려왔다. 공수대원들은 막걸리를 마셨다. 회식을 시작한 지 한 시간 만에 플라스틱 빈 병들이 나뒹굴었다. 돼지고기 안주가 푸짐해서 그런지 취해서 흐느적거리는 대원은 별로 없었다. 작년 박정희 대통령 시해 사건 이후 휴가와 외박이 금지됐으므로 불만이 터져 나오기도 했다. 특히 애인이 변심한 탓에 사기가 극도로 떨어진 어느 대원은 술을 자작으로 거푸 마시면서 스스로를 위로했다. 고참 대원이 눈치를 채고 말했다.

"또 애인 생각하고 있구먼."

"고무신 거꾸로 신었으니께 다 지난 일이지유."

"편지는 보냈어?"

"보내면 뭐 해유. 함흥차사지유."

"술이나 마셔."

"맞아유. 술이 애인보다 좋구먼유. 변심도 하지 않구."

"이번 작전이 끝나고 나면 포상휴가가 있다고 하니 그때 만나서 고무신 돌려봐."

"됐슈."

문선대 밴드는 10시까지 연주를 했다. 행진곡풍의 군가와 톰 존스의 '딜라일라'와 폴 앵카의 '크레이지 러브' 같은 귀에 익은 팝송을 번갈아가며 연주했다. 그뿐만 아니라 무대에 뛰어올라 노래하는 공수대원을 위해 반주를 해주었다. 그러나 9시가 넘어서자 대원들의 호응은 어느새 시들해졌다. 여단장과 대대장이 자리를 뜨고, 술이 거나해진 지대장들은 막사로 들어갔다가 나오지 않았다. 그러나 술과 안주가 남아돌았으므로 공수대원들의 회식은 문선대 밴드 없이도 11시까지 이어졌다.

한편, 김포에 임시로 주둔하던 11공수여단 63대대의 정찰조는 동국대학교로 향했다. 김포에서 동국대까지는 한 시간 거리밖에 안되었다. 11공수여단 63대대 공수부대원들은 내일 자정까지 동국대로 투입할 예정이었다. 정찰조를 태운 2.5톤 군용트럭은 정확히 밤 10시 30분에 시동을 걸었다. 정찰의 임무는 밤 11시 이후에 동국대로 들어가서 공수부대원들이 묵을 숙영지와 대학 건물, 그리고 동국대 학생들의 동향을 살피는 것이었다.

동국대는 퇴계로 필동 쪽에 후문이, 엠베서더호텔 옆의 중문(혜화문)이, 장충동공원 위에 정문이 있었다. 63대대 공수부대원들이 천막을 치게 될 장소는 장충풀장 옆의 동국대 운동장이었다. 학교 지도를 사전에 살펴보고 나가기 때문에 정찰은 현장 확인 차원이었다. 내일

미상의 시각에 비상계엄지구를 제주도까지 확대하고, 선포할 포고령에 의거하여 전국의 모든 대학에 휴교령이 내려질 터였다. 정찰조의 지대장은 이미 예감하고 있었다.

정찰조 군용트럭은 한강 강변도로를 달렸다. 한강을 따라 강변에 솟은 아파트들이 거대한 성벽처럼 보였다. 하급 장교의 월급으로는 넘볼 수 없는 강변의 아파트 단지들이었다. 그래서 지대장의 눈에는 넘지 못할 견고한 성벽처럼 보였는지도 몰랐다. 그러기는 해도 불 켜진 창들은 사람의 체온이 어렴풋이 느껴졌다. 지대장도 아내와 어린 아들이 있는 사람이었다.

맞은편 강변도로에도 차들이 쌩쌩 달리고 있었다. 움직이는 차들의 헤드라이트 불빛이 여러 개의 붉은 띠를 이뤘다. 김포 쪽으로 흐르는 한강은 여전히 무언가를 비밀스럽게 나르는 듯 잠행했다. 출렁거리는 검은 물결에 자동차 불빛들이 희미하게 난반사했다. 운전석 옆에 앉은 지대장이 말했다.

"임 상병, 한남대교에서 좌회전해야 해."

"이쪽에서 사셨습니까?"

"쓸쓸한 추억이 있는 곳이지."

"죄송합니다, 지대장님."

"동국대 경찰행정학과를 낙방한 뒤 재수하다가 삼사를 지원했지."

지대장이 말한 삼사란 3군사관학교를 뜻했다. 삼사 출신들은 육사를 졸업한 장교들보다 무슨 임무든 더욱더 충성스럽게 했다. 육사 출신과 경쟁할 때 자신들의 무기는 그것밖에 없다고 믿었다. 지대장도 그러한 성향이 있었다. 장교로서 승진하고 예편당하지 않으려면 상관

에게 절대복종하고 충성하는 것이 유일한 길이라고 생각했다. 군용트
럭은 한남동 로터리에서 직진했다. 좌회전해서 남산터널을 지나면 서
울시청이 나왔다.

"우리는 쭈욱 직진해야 돼."

"예, 알겠습니다."

한남동 고개를 막 넘으면 왼쪽에 국립극장이, 오른쪽에 자유총연맹
건물과 타워호텔이 나타났다. 내리막길을 더 내려가면 왼쪽에 장충동
공원과 오른쪽에 신라호텔, 장충체육관이 있었다. 동국대학교 정문으
로 가려면 장충동공원에서 좌회전하면 되었다. 지대장은 장충체육관
너머 신당동에서 자취하면서 재수를 했기 때문에 군용트럭이 지금 달
리고 있는 곳의 지리에 훤했다.

군용트럭은 곧장 동국대 정문으로 올라갔다. 정문은 열려 있었고
학생들은 보이지 않았다. 학생들은 밤이 되면 주로 시내버스가 많이
다니는 후문을 이용했다. 수위는 고개만 까닥하면서 통과시켜주었다.

"좌측이야. 운동장은."

운동장은 남산의 산자락을 깎아 조성해서인지 겨우 성인 축구장만
했다. 그래도 63대대 병력이 숙영하기에는 충분했다.

"학교가 남산에 붙어 있습니다."

"그렇다. 대대별로 각 대학이 정해졌다. 우리 대대는 동국대다."

지대장이 군용트럭에서 내려 담배를 꺼내 물었다. 그런 뒤 한마디
했다.

"기분이 엿 같구먼."

"지대장님 심정 조금은 알 거 같습니다."

"임마, 알긴 뭘 알어. 자, 피워."

그러나 임 상병은 사양했다. 맞담배를 피웠다가 어느 순간 날벼락이 떨어질 줄 몰랐기 때문이다. 운전병은 지대장의 기분을 잘 살폈다. 그러지 못하면 몸이 고달파졌다. 머리 회전이 느리면 군대생활 내내 몸은 고생할 수밖에 없었다.

군용트럭은 다시 부처 입상이 있는 광장으로 올라갔다. 부처상은 석조 건물 바로 앞에 있었다. 왼쪽의 도서관, 오른쪽의 대학 본관 건물이 부처상을 호위하고 있는 듯했다. 광장 잔디밭에는 조악한 코끼리상이 여전했다. 지대장은 부처상을 보고는 피식 웃었다. 입학시험을 보기 전에 불교 신자도 아니면서 빌었던 기억이 나서였다. 결과는 낙방이었던 것이다. 공수군복 차림인 채 도서관에 들어가 정찰하고 나온 운전병이 말했다.

"지대장님, 학생들이 꽤 많습니다."

"공부는 안 하고 데모하는 놈들, 나한테 걸리면 국물도 없다."

"정신 차리지 못한 놈들에게는 충정봉이 약입니다."

공수대원의 충정봉은 경찰의 진압봉보다 크고 단단했다. 충정봉으로 가격하면 머리가 깨지고 쇄골이 부서졌다. 두 사람은 다시 군용트럭을 타고 학생회관 건물이 있는 후문 쪽으로 내려갔다. 학생회관에 방송실 및 신문사, 그리고 학생들의 서클룸들이 있기 때문이었다. 두 사람은 군용트럭 안에서 사복으로 갈아입었다.

연극반 친구

    동리소극장 안은 밤의 거리처럼 어두웠다. 무대 위만 조명등이 한두 개 켜져 있었다. 객석은 어둠과 밝음을 반반씩 섞어놓은 듯했다. 조명 등을 다 켜서 대낮처럼 밝게 한 적은 거의 없었다. 막이 올라가기 전까 지는 땅거미가 지고 어둠이 스멀거리는 공터 같은 분위기였다. 관객이 차야만 생기가 도는 게 소극장이었다.

    전남대 국문과 동기이자 연극반 회원이었던 이희규와 박정권이 박 효선을 만나기 위해 동리소극장으로 찾아왔다. 박효선은 무대장치를 마지막으로 점검하고 있는 중이었다. 제작비를 아끼기 위해 출연하는 배우들과 직접 망치와 톱을 들고 꾸민 무대였다. 원작은 황석영의《한 씨연대기》였다. 연극 연출을 여러 번 해본 박효선이었지만 살아 있는 작가의 작품을 무대에 올리려다 보니 신경이 곤두섰다. 날마다 긴장 의 연속이었다. 더군다나 〈한씨연대기〉는 동리소극장 개관 기념작이었다. 광주 경신여고 교사를 사직한 박효선은 동리소극장 개관과 출연 배우로서 연기 연습에 집중했다. 박효선이 먼저 말했다.

"으쩐 일이냐? 열 시가 넘었는디."

"니 좋아허는 막걸리하고 오징어 안주 사 왔어."

"뜬금없이 밤에 뭔 일이냐고."

"방금 횃불 행진 끝난 거 보고 이리 와부렀어."

경신여고 교사 자리를 소개했던 박정권이 말했다.

"구례에 가 있는 니를 광주로 부른 내가 잘한 건지 실수한 건지 모르겠다."

"구례에 처박혀 있었어도 결과는 마찬가지였겠지 뭐."

박효선이 국어 교사 임용고시시험을 합격하고 난 뒤의 첫 부임지는 구례읍 소재의 중학교였다. 그런데 박정권이 박효선을 경신여고로 불러 올렸던 것이다. 구례로 내려가 6개월 동안 연극과 잠시 멀어졌던 박효선은 광주로 올라오더니 교사직을 그만둘 정도로 연극에 다시 몰입했다. 박정권으로서는 친구 박효선의 선택을 존중하면서도 난처한 처지가 되고 말았다. 경신여고에서 3개월 만에 사직하고 떠났기 때문이다. 이희규가 말했다.

"대단해. 자, 막걸리나 한잔해."

"근디 밤에 웬일로 찾아왔냐니깐."

"응, 오늘 도청광장서 집회가 있다고 해서 학생 지도 나왔어."

"정권이 니도?"

"겸사겸사지 뭐."

교사로서 학생 지도는 핑계이고 심정적으로는 집회에 가담하고 싶어서 나왔다는 말이 정확했다. 행동보다는 생각이 깊은 이희규도 마찬가지였다. 어느 학교든 일부 교장과 교련 교사를 빼고는 교사 대부분이 두 사람과 비슷한 생각이었다. 말투가 느린 박정권이 물었다.

"연습은 어디서 해? 여기는 공사 중이라 아닌 거 같은디."

"YWCA에서 하고 있어. Y마당에서도 하고 소회의실을 빌려서도 하지."

"상원이 선배도 오냐?"

"오고 말고 할 것 읎지. 엎지면 코 닿을 데 있응께. 요즘은 상윤이 형하고 서점을 같이 운영하는 모냥이든디."

"상원이 선배를 볼라믄 녹두서점으로 가면 되겠네잉."

"나도 짜장면집 댕기데끼 왔다 갔다 허고 있어."

"니는 녹두서점이 계림동에 있을 때부터 잘 댕겼제."

"상원이 선배는 왜?"

"연극반 선배인께 물었제 딴 이유는 읎어. 지금은 노동운동허고 있지만 그때는 연기를 아주 잘했다고 허드라고."

"상원이 선배는 못허는 것이 읎어. 판소리, 탈춤, 연기, 대금 등등 로맨티스트지. 로맨티스트니깐 노동운동도 허는 것이여. 머리만 갖고 사는 교수들은 절대로 노동운동을 못해. 우리가 많이 봤지 않냐."

"그래, 상원이 선배가 존경시러워. 우리들이 뛰어들지 못허는 일을 헌께. 서울서 은행원 생활을 허다 접고 광천동 공단으로 내려와 그러기가 쉽깐? 효선이 니도 비슷해."

"내가 비슷허다고? 난 우유부단해. 사람들하고 잘 사귀지도 못하고."

미소 짓고 있던 박정권이 끼어들었다.

124

"노동운동이나 연극운동은 같은 거여. 좌파니 우파니 그런 것허고 거리도 멀고. 순수헌 면이 같어."

"니가 나를 잘 봐서 내가 연극할 수 있도록 니 아부지 건물을 빌려 줬제잉."

"니가 하도 연극허고 잪다고 해서 부모님한테 사정사정했제."

박정권 아버지 소유의 건물 3층에서 영업하던 탁구장 세입자를 내보내고 박효선에게 월세 없이 내준 것은 사실이었다.

"전대 앞이라서 장소가 좋기는 헌디, 시내까지 너무 떨어져서 할 수 읎이 이짝으로 옮겼어."

"잘했어. 할라믄 시내가 훨씬 좋아. 관객이 있어야 헐 거 아녀."

"경신여고 그만둔단께 니 집에서 뭣이라고 허디?"

"나도 미안허제잉. 효도는커녕 부모 생각하고 늘 반대로만 살아왔응께. 생각해보믄 쬐깐했을 때부터 부모님 속을 줄창 썩이고만 살았던 것 같어."

"또 그 얘기할라고?"

"사춘기 때 으째서 가출을 밥묵데끼 했는지 시방도 나는 잘 모르겄어."

이희규가 약간 심각해진 표정으로 말했다.

"나도 미스터리여. 시골서 뼈 빠지게 농사짓는 부모 밑에서 살면서도 나는 집 나갈 생각을 한 번도 못 했거든. 근디 니 아부지는 생활이 보장된 교육청 공무원이시지 않았냐."

장동 위산부인과 건물 지하인 동리소극장에서 녹두서점까지는 걸어서 10분 거리였다. 원래 녹두서점은 헌책방이 다닥다닥 붙어 있는 계림동에 있었는데 최근에 전남여고 옆으로 이사했던 것이다. 녹두 서점은 유신 시대부터 사회과학 서적을 찾는 대학생, 지식인, 동네 사람 들의 발걸음이 잦았던 책방이자 운동권 출신 인사들의 간이역 같은 곳이었다.

"니들은 도청 집회를 첨부터 봤겠다잉."

"네 시부터 돌아댕겼응께 그런 셈이제."

"니 학교 서석고생들을 봤어?"

"우리 반은 아닌디 몇 명이 얼쩡거리더라고. 희규는?"

"나도 우리 반 학생 몇 명을 봤는디 나를 보자마자 피해버리드랑께. 도청에서 가차운 광주여고생 교복을 많이 봤고, 전남대에서 가차운 사 례지오고생이나 조선대 안에 있는 조대부고생들도 눈에 띄더그만. 학 생들은 교사 영향이 절대적이여. 우리 대동고 학생들이 젤로 많은 것 같드라고. 박석무 선배님이나 박행삼, 윤광장 선생님 영향이 큰 거 같 어. 김준태 시인이 있는 전남고생들도 보이더그만. 뺏지를 보믄 금방 알 수 있제."

박효선이 웃으며 말했다.

"형사질 지대로 허고 댕기그만잉. 하하하."

"아따, 그런디 박관현이가 말은 참말로 딱 부러지대."

박정권과 박관현은 광주북중 동창이었다.

"상윤이 형이 탁월해."

"상윤이 형이 으째서?"

"상윤이 형이 박관현을 총학생회장 나가라고 충동질했당께. 긍께 박관현이가 총학생회장 된 것은 상윤이 형의 기획이여."

"효선이 니는 모든 것을 연극허데끼 말헌다잉."

"상윤이 형 지략에는 제갈공명도 울고 갈 거그만. 통찰력이 놀랄 만 허제. 내가 계림동 시절부터 만나봐서 안당께."

"그때 효선이 니는 연극도 연극이었지만 소설에 더 관심이 많던 시절 아니었어?"

"그건 맞어. 소설을 써서 학보사에 투고도 했응께. 그래서 동국대 국문과 다니는 고등학교 동창인 친구하고 친하게 지냈제. 서울에서 내려오면 소설 이야기하고 임철우하고 같이 쌍봉사 다리 밑으로 가서 바나로 밥해 묵고 희희낙락하고 그랬어. 그 친구를 녹두서점으로 데리고 가 상윤이 형을 소개해주기도 했그만. 근디 그 친구는 사회과학에는 관심이 벨로 읎더라고. 불교에 빠져서인지 리버럴허고 애늙이멩키로 초월적이여. 세상 모든 것이 결국엔 허망헌 것이라고 말허면서 말여. 근디 나는 녹두서점에 가보면 신기하더라고. 반항적인 내 기질에 맞아. 거기에 몰입하고 잪은 생각은 읎었지만. 사실은 나도 어디에 구속되기 싫어하는 리버럴헌 사람이거든. 그래서 사춘기 때 가출을 자주 했는갑서."

이희규가 깜짝 놀랐다. 박효선이 자신의 과거 이야기를 이처럼 길게 말한 적이 거의 없었던 것이다. 너무 과묵하여 이 사람이 친구인가 싶어 불만스러울 때가 적잖았는데 지난 과거를 술술 털어놓으니 박효선답지 않아서 오히려 이상했다. 세 사람은 막걸리를 세 잔째 돌린 뒤부터는 도청 앞 집회 이야기로 화제를 돌렸다. 박정권이 말했다.

"오늘 집회도 감동이었지만 횃불을 들고 시가지로 나서는 학생들을 보는 순간 울컥하드라고."

"나도 따라가야 되는디 지켜만 보고 있자니 갑자기 그러지 못해 서러운 생각도 들었어."

"희규 넌 천상 시인이야. 배우보다는 시인이 될 사람이랑께. 넌 생각이 깊어서 행동이 앞서야 허는 운동권은 안 맞아."

박정권 말에 박효선이 한마디 덧붙였다.

"나는 무슨 문제를 놓고 행동하는 사람과 행동하지 않고 괴로워허는 사람의 양심이랄까, 진정성의 질량은 같다고 봐. 긍께 눈에 보이는 것만 가지고 평가하는 것은 단면적인 사고지. 나도 횃불 시위에 가담허지 않고 여기 있지만 마음은 그짝에 가 있거든. 긍께 간접적이기는 허지만 가담허고 있는 거나 다름없는 것이제."

"맞아. 광주시민 마음이 다 니 같을 거여. 전일빌딩 앞에 있는 시민들이 박수를 치면서 막 호응하드라고."

"십사 일만 허드라도 냉담했는디 어저께부터는 시민들 반응이 달라. 학생들이 으째서 시위허는지 비로소 이해한 것 같어."

"학생들 요구는 계엄령 해제하고 유신독재 잔당인 전두환 신군부 물러가라는 것이거든. 학생들 구호는 민주화를 앞당기자는 것뿐이여. 김대중, 김영삼 같은 야당 정치인처럼 신군부 몰아내고 권력을 잡겠다는 것은 아녀."

"우리 이럴 게 아니라 도청 앞으로 나가볼까?"

"좋지."

박효선은 무대로 다시 올라가 망치와 톱을 연장통에 넣고 내려왔다. 그런 뒤 박정권과 이희규가 나가자 전등 스위치를 눌렀다. 소극장 안에 칠흑 같은 어둠이 들어찼다. 어둠이라는 존재는 묘했다. 공포이기도 하고 평화스럽기도 했다. 이를테면 두 얼굴을 가지고 있었다. 어쩌면 심리적인 감정이 투사되어 어둠이 두 개의 가면을 쓰는지도 몰랐다. 박효선이 느끼는 소극장 안의 어둠은 하루 일과를 마쳤다는 안도감 때문인지 평화스러웠다. 그런 기분으로 박효선은 한동안 소극장 안의 어둠을 응시하고 난 뒤 문을 나섰다. 박정권이 말했다.

"큰것허고 나왔어? 한참을 기다리게 허는그만잉."

"아니, 내 꿈을 보느라고. 소극장은 내 삶의 전부거든."

"미쳤어. 허긴 미칠 광(狂) 자에는 임금 왕(王) 자가 있제. 무리 중에서 으뜸이 된다는 거지."

"국어 선생 아니랄까 봐서 문자 쓰는그만잉. 개 견(犭) 부수는 어치께 설명할 건가. 나를 그냥 미친개라고 허지 뭐. 하하하."

횃불 행렬이 지나간 거리에는 열기가 남아 있는 듯했다. 퇴근한 시민들이 삼삼오오 모여 이야기를 나누고 있었다. 실체를 알 수 없는 감동 때문에 집으로 귀가하지 않고 서성거렸다. 모호한 정치 일정이 시민들 뜻대로 분명해질 것 같은 기대가 들었음인지 표정들이 밝았다. 도청 분수대 광장에도 횃불 행렬을 지켜본 시민들이 군데군데 모여 웅성거렸다. 시계탑의 시계는 11시를 가리키고 있었다. 분수대 주위에는 횃불을 태웠던 기름 냄새가 은근히 코를 자극했다. 황금동 여인들이 분수대까지 나와서 얼쩡거리는 사내들을 유혹하기도 했다.

자정 밑의 밤공기는 서늘했다. 초사흗날 밤 한기가 어깨를 지그시 눌렀다. 검푸른 밤하늘에 돋아난 별들이 도청 분수대를 내려다보면서 반짝였다. 박효선은 도청 분수대 광장이 거대한 무대라는 생각이 들었다. 30,000여 명의 관객이 배우가 되어 한바탕 마당극을 치른 무대 같았다.

"희규, 정권아. 나는 여기가 진짜 무대 같다야. 왠지 소극장 무대에 매달리는 내가 쪼짠헌 거 같어야."

"나는 여기가 광주의 심장 같다는 생각이 드는그만잉. 분수대에서 물을 뿜어 올리는 것을 보고 있으믄 이차돈의 흰 피가 솟구치는 것 같당께."

천주교 신자이지만 불교를 좋아하는 이희규의 별명은 '천불교(天佛敎) 신자'였다.

"다들 자기 식대로 생각허는그만. 나는 학생들 말대로 그냥 민주성회장(民主聖會場)이라 보고 잪그만. 거룩한 축제 같기도 하고. 흥이 넘쳐나는 축제 말여."

흥이라는 소리를 들었는지 옆에 있던 사내들이 세 사람에게 술을 권했다.

"형씨들 술 한잔하쑈. 이런 날 안 마시믄 은제 마시겠소."

박효선이 먼저 사내가 건네주는 소주잔을 받았다. 막걸리를 마신 속에 소주가 들어가자 진저리가 쳐졌다. 이희규도 크윽 소리를 내며 마셨다.

"또 만나자."

박정권이 엉덩이를 털고 일어났다. 이희규는 도청 바로 뒤에 있는 이모부 집으로 돌아갔고, 박효선은 동명동 집으로 향했다. 집에는 자식이 와야만 비로소 잠자리에 드는 어머니가 계셨다.

5월 17일

꽃다발

어젯밤 횃불이 지나간 토요일의 거리는 태풍의 전날처럼 음습하고 한산했다. 시민과 학생 들의 낙관과 달리 불온한 공기가 감돌았다. 물론 시민들 중에 일부는 학생들의 시위를 지켜보면서 음산한 낌새를 느꼈다. 학생들 사이에 낙관과 비관은 물과 기름처럼 겉돌았다. 학생들의 요구는 민주화 일정을 밝히라는 것이었지만 힘없는 최규하 대통령이 받아들일지는 미지수였다.

아침 일찍 전남대 학생들이 도청 앞에 다시 나타났다. 학생회장 박관현이 학생회 간부들과 함께 스쿨버스를 타고 왔다. 버스에서 내린 학생들은 분수대 주위부터 청소를 시작했다. 밤이슬을 맞아 축축해진 담배꽁초와 휴지를 주워 비닐봉지에 담았다. 박관현은 횃불 행렬에 자발적으로 참여해준 시민들에게 보답하는 마음에서 3일 동안 계속 이어진 가두 시위로 몹시 피곤했지만 도청 앞 거리 청소를 제안했던 것이다.

박효선은 동리소극장으로 갔다. 눈만 뜨면 장동 로터리에 있는 동리소극장으로 가는 것이 하루일과의 시작이었다. 그런데 그때 박효선은 전남대 스쿨버스를 발견하고는 동리소극장으로 들어가지 않고 도청 앞으로 갔다. 동리소극장과 도청은 지근거리였다. 청소하는 학생회 간부들 사이에서 박관현을 발견한 박효선이 말했다.

"관현 씨, 뭔 청소요?"

"어저께 호응해준 시민들이 고마워서라."

박효선과 박관현은 전남대 선후배였지만 나이가 엇비슷한 데다 들불야학 강학을 함께하면서 친해진 사이였다. 박효선은 들불야학생들에게 연극 지도를 했고 박관현은 중학 과정 영어를 가르쳤다.

"박 선배는 소극장 개관에 목숨 걸었그만이라. 교사도 그만두고. 상윤이 형이 말씀하시드라고요. 앞으로 생활은 어치케 헐라고 그라요?"

"나는 연극만 허고 와이프 될 사람이 벌면 되겠지요."

"아따, 수완이 좋그만요. 저도 그런 여자가 있으믄 소개 좀 해주씨요. 요즘도 참헌 여자가 있는 모냥이요잉."

"후배들 중에 잘 찾아봐요. 뜻이 맞는 동지가 있을 것잉께. 나도 후배를 만나고 있응께."

박효선이 말한 후배는 대학을 졸업하고 현재 목포 정명여중에서 국어 교사로 근무하고 있는 허순이였다. 국문과 후배인 허순이를 만난 것은 박효선이 군대를 제대하고 복학했을 무렵이다. 박효선은 수업 시간에 허순이를 본 순간 자신이 연출하려고 하는 이상 작 〈날개〉의 한 배역을 생각했다. 대사가 몇 마디 안 되는 단역이었지만 허순이는 선선히 응했다. 그런데 허순이는 연극보다는 기독학생회 활동에 더 적극적이었다. 연극반으로 와서 활동할 가능성은 거의 없었다. 그런데도 박효선은 연극을 연출할 때마다 허순이를 떠올리곤 했다. 자기 질서가 확실한 허순이는 이중적이지 않고 내면의 정체성이 깔끔한 데다 단순 명쾌한 여자였다. 박효선은 자신의 엉성한 구석을 허순이라는 후배를 통해서 문득문득 발견하기도 했다. 언젠가 박효선은 술에 취해서 '나에게 신념이 있기라도 한 것일까. 삶을 두려워하는 나에게 연극은 도피처가 아닐까. 소설 습작이 어려우니까 잠시 피신한 것은 아닐까. 나는 운동권이 아닌데도 운동권 선후배 쪽에서 얼쩡거리고 있다. 내가 존경하는 분 중에는 녹두서점 상윤이 형이 있다. 형 머릿속에는 민주화라는 말뚝이 강고하게 박혀 있다. 신념이 약한 나는 운동권이 될 자격이 없다. 그 동네는 내 번지수가 아닌 것 같다. 그렇다면 나의 참모습은 무언가. 나는 복잡한 놈이다. 나를 다시 더 생각해 봐야겠다'라고 고백한 적도 있었던 것이다.

졸업 후, 박효선은 선후배 관계를 넘어 허순이에게 애인이라는 감정이 들었다. 허순이가 목포로 내려간 뒤부터 더 그랬다. 날마다 만나지 못하기 때문에 안타깝고 함께 이야기를 나누던 나무 그림자 짙은 교정의 벤치가 그리웠다. 특히 졸업을 앞두고는 더 자주 만났는데 추억의 잔해처럼 뒹구는 교정의 가로수 낙엽들이 잊히지 않았다. 허순이의 감정변화도 마찬가지였다. 어느 순간 애인의 감정이 싹텄다. 토요일 오후에 목포에서 올라와 박효선을 동리소극장에서 만났다가 일요일이 되면 버스공용터미널에서 헤어지곤 했다. 그런데 두 사람의 깊어진 관계를 서로의 집에서는 전혀 눈치채지 못했다.

"아침 식사는 했소?"

"집에서 했지라."

"우리는 청소 마치고 공원 앞 국밥집에서 묵어야겠소."

"시간 나는 대로 녹두서점로 와요. 상윤이 형도 뵐 겸."

"그라지라."

학생들은 분수대 주위 청소를 다 마친 듯 이마에 땀을 훔치고 있었다. 박효선은 동리소극장으로 돌아와 어지럽혀진 무대 위 나무토막과 베니어판 조각을 치웠다. 무대 설치를 하고 남은 것들이었다. 〈한씨연대기〉에 출연하는 배우들은 상관없지만 어려운 손님들이 찾아오기 때문이었다. 〈한씨연대기〉의 원작자인 황석영 작가도 조만간에 한번 올 거라 하고 교수들이 불쑥 나타날지 몰랐다.

오랜만에 연습이 없는 토요일이었으므로 YWCA에 갈 일은 없었다. 박효선은 소등하고 소극장 소파에 누워 잠을 청했다. 그런데 그때 누군가가 소극장으로 내려오는 계단을 밟는 소리가 났다. 박효선은 다시 일어나 전등 스위치를 눌렀다. YWCA 신용협동조합에 다니는 김영철이었다. 다부진 체격의 김영철은 불빛에 눈이 부신 듯 얼굴을 찡그렸다.

"영철이 형, 웬일이요?"

"녹두서점에 들렀다가 왔어."

김상윤은 김영철과 광주일고 동창이자 고교 시절부터 의기투합해온 친구였다. 그리고 윤상원은 들불야학 강학이었다. 그러니까 서로의 인연이 씨줄 날줄로 엮인 셈이었다.

"여그는 곁다리로 왔그만요."

"같은 식군디 우리들한테 곁다리가 으디 있겄는가. 개관허믄 식구들 델꼬 공연 보러 올게."

"형이 심쓴 덕분에 Y에서 소회의실 빌려줘 연극 연습허는 것만도 고맙지라."

"내가 뭐 헌 일이 있간디. 개관헐 때 내가 델고 있는 용준이에게 부탁헐게. 심부름 시키면 잘헐 거여."

박용준은 고아 출신인데 김영철과 의형제를 맺은 사이로 서로가 기독교 신자로서 종교적인 정서가 끈끈했다. 들불야학 교장 격인 김영철이 고아들의 후견인처럼 된 것은 어린 시절부터 몸에 밴 환경의 영향이 컸다. 의사와 수간호원을 부모로 둔 김영철은 여섯 살 때 아버지가 작고하면서부터 고아원에서 보냈다. 자연스럽게 부모가 버린 고아들과 형제처럼 살았다. 수간호원이었던 어머니가 고아원 보모로 일했기 때문이다.

목포에 있던 고아원이 광주로 이사하자, 김영철은 광주 서석국민학교로 전학을 왔고 광주서중, 광주일고를 다녔다. 졸업 후에는 지방직 5급행정공무원시험에 합격하여 승주군 별량면사무소에서 근무했지만 곧 사직하고 말았다. 이후 군복무 중에 어머니가 돌아가신 바람에 그 자신도 몹시 외로운 사람이 되었다. 제대하고 난 그는 신문 배달, 청과물 장사, 목장 잡부, 우산팔이 등등을 했다. 이때 그는 YWCA의 조아라 전남협동개발단 단장을 만나 간사의 일을 보기 시작했는데, 첫 번째 사업은 빈민 지역인 광천동 시민아파트 개조사업이었다. 김영철은 군복무 중 첫 휴가 때 만나 결국 아내가 된 김순자의 뒷바라지로 빈민을 위한 일에 깊이 뛰어들었다. 1977년 서른 살의 김영철은 아예 광천동 시민아파트로 이사해 주민들과 직접 부딪치며 공동화장실의 청결과 내부 벽의 도색, 쓰레기 하치장 같은 놀이터 정비 등을 하여 아파트 환경을 쾌적하게 만들었다. 그런 뒤였다. YWCA 전남협동개발단이 해체되자 김영철은 간사직을 그만두고 YWCA 신용협동조합에서 근무했다. 광천동 들불야학은 1978년 7월에 개소했다. 야학생들을 가르치는 강학은 고교 친구인 김상윤이 주로 전남대 재학생들을 연결해주었다. 윤상원, 임낙평, 박기순, 임희숙, 최영철, 최기혁, 나중에 참여한 박관현, 서대석, 신영일 등이었다. 박효선이 뒤늦게 강학에 나선 것도 김상윤이 김영철에게 소개해주어서였다. 김영철은 동병상련의 정이 있어서인지 고아 출신 박용준을 살뜰하게 대했고 그의 성품과 능력을 믿었다.

"책임감이 강헌 용준이가 나서서 도우면 틀림없을 틴께."

"영철이 형이 고로코름 해준다믄 고맙지라."

"긍께 연극이나 잘 맹글어부러. 나는 무식해서 연극이 뭔지 모릉께로."

"워미, 연극이 벨것 있다요. 형의 삶이야말로 드라마틱허드그만요."

"드라마가 읎는 사람이 있간디. 모든 인생이 다 결말을 알기 심든 각본 읎는 연극이제. 시방은 요롷케 빈민운동한답시고 살지만 내 인생 끝을 내가 어치케 안당가."

"형은 잘 살고 있지라. 쓰레기장이나 다름읎던 아파트가 시방은 광천시장 상인들이 서로 이사 오고 싶어 헌다고 그라드그만요."

"돈으로 환산허는 것이 속되지만, 내가 A동 이백십육 호로 이사올 때만 해도 사십만 원이었는디 시방은 삼백만 원 이상을 줘도 못 온다고 그라대, 그만치 주민소득이 올라가부렀어."

"인자 다른 빈민 동네로 이사 가서 운동해야겠네요."

"아니, 광천동에서 십 년만 더 살라고. 주민들이 협동하믄 얼마든지 인간답게 오순도순 잘 살 수 있는 천국이 될 것 같은게."

김영철은 YWCA로 갔다. YWCA는 도청 앞의 전일빌딩 뒤쪽에 있었다. 그러니까 녹두서점이나 동리소극장, 도청은 걸어서 10여 분 거리로 한동네나 다름없었다. 박효선은 소파에 다시 누웠지만 잠은 오지 않았다. 박관현을 녹두서점으로 오라고 했던 아침 약속이 떠올라 긴팔 와이셔츠를 걸쳤다. 거리는 5월의 정오 햇살이 눈부시게 난반사하고 있었다. 침잠해 있던 아침의 공기와 사뭇 달랐다. 여자들은 양산을 펴 들고 유영하듯 밝은 얼굴로 잰걸음을 하고 있었다.

녹두서점은 평일에는 시민들이, 주말에는 단골손님이 주로 오가는 편이었다. 벌써 네댓 명의 단골손님이 들러 서가에 꽂힌 책들을 둘러보고 있었다. 김상윤의 동생 김상집이 의자에 앉았다가 일어나 박효선에게 인사했다. 전남대 운동권 후배 하나가 말했다.

"상윤이 선배님은 방금 식사 나갔는디요."

"관현 씨도?"

"아니요."

"아침에 도청 앞서 만나 여기서 보자고 했는디."

"몇 시에 약속했는디요."

"그냥 오라고 했어."

"그라믄 오겄그만요."

"상원이 형은 안에 계시고?"

140

"아니요, 선배님도 잠깐 다른 데 가신 것 같그만요. 안에서 기다리지라."

안이란 서점에 딸린 김상윤 부부가 사는 작은 살림방이었다. 김상윤을 찾아오는 운동권 후배들이 긴한 이야기를 나누는 사랑방이기도 했다. 박효선은 30분쯤 서 있다가 녹두서점을 나와 전남여고 앞 꽃집으로 갔다. 그때 윤상원이 웃으면서 모르는 사내들과 함께 다가왔다.

"바쁘지 않으믄 커피라도 한잔허고 가."

"서점에서 나와부렀는디요, 뭐."

"오늘 허순이 후배 오는 날이그만. 토요일인게. 얼능 가봐."

"이따 밤에 자취방으로 들를께라."

박효선은 윤상원과 헤어진 뒤 꽃집 앞에 서서 서성거렸다. 백합과 장미꽃을 번갈아 쳐다보면서 갈등했다. 백합의 꽃말은 '영원한 사랑'이고, 장미꽃은 '뜨거운 사랑'이었다. 백합 한 송이를 들고 가자니 무성의한 듯했고, 장미꽃 한 다발을 사자니 남들을 흉내 내는 듯해 상투적인 느낌이 들었다. 그래도 허순이 성격과 입장에서 생각하니 선택은 의외로 쉬웠다. 허순이는 장미꽃 한 다발을 더 원할 것 같았다. 꽃을 고르던 여고생들이 수군거렸다.

"아저씨 멋져부러!"

소극장으로 돌아온 박효선은 무대에 의자 두 개를 배치한 뒤 조명등을 켰다. 그제야 속이 떨릴 만큼 허기가 느껴졌다. 박효선은 무대 뒤에서 라면을 끓였다. 그에게 중국집 짜장면은 특식이었고, 라면은 정식이었다. 짜장면과 군만두에 배갈 한 잔이면 더 바랄 게 없었다.

허순이는 어김없이 오후 3시가 조금 넘자 위산부인과 건물 지하에 있는 동리소극장으로 왔다. 박효선은 무대 위에서 허순이를 불렀다.

"순이 씨, 이리 와요."

"시방 연극하셔요?"

"그래요, 이 세상에서 가장 멋진 연극이지요."

박효선이 연극 대본 발성으로 목소리를 잡아내자 분위기가 바뀌었다. 허순이는 무엇에 홀린 듯 무대 위로 올라갔다. 조명등 불빛이 자신에게 쏟아져 현기증이 일었다. 그제야 박효선이 탁자 위에 숨겨두었던 장미꽃 한 다발을 꺼내 허순이에게 건네주었다.

"자, 받아요. 내 마음이니까."

"너무 뜻밖이라 얼떨떨해요."

박효선이 두 팔을 뻗자 허순이는 혼절하듯 안겼다. 그녀는 자신의 몸이 분해돼 어디론가 사라져버린 듯했다. 두 사람은 한동안 껴안은 채 말없이 서 있었다. 순간 박효선은 인생이 연극이라는 사실을 깨달았다. 그것은 명백한 진실이었다. 두 사람은 의자에 앉고 나서야 손수건을 꺼내 흐르는 눈물을 닦았다. 잠시 후 밖으로 나온 박효선은 호프집을 찾았다. 술기운을 빌려서라도 속마음을 작심하고 고백할 참이었다. 그러나 호프집으로 들어간 박효선은 그녀에게 결혼하자는 고백을 차마 못했다. 자신의 처지가 무직이나 다름없는 연극쟁이였으므로 염치가 없었다. 박효선은 생맥주를 두어 시간 동안 찔끔찔끔 마시다가 일어섰다.

결국 박효선은 그녀를 집 앞까지 바래다주고 돌아섰다. 그런 뒤 광천동 윤상원 자취방까지 으슥한 밤길을 터벅터벅 걸어갔다. 방문을 열었을 때 윤상원은 초연히 상념에 잠긴 모습이었다. 먼저 온 후배 임낙

평과 노준현만이 무슨 문제를 놓고 심각한 얼굴을 하고 있었다. 그들도 얼굴빛이 불쾌했다. 박효선은 취기 때문에 그들과 한두 마디 이야기를 하다가 곧 코를 골았다.

계엄군 투입

전남대 문학부 건물을 한 바퀴 돈 김웅산은 숙직실로 들어와 다리를 뻗었다. 최근에는 토요일인데도 학생들이 밤늦게 건물을 출입했으므로 경비 보는 일이 힘들어졌다. 어떤 날은 마음에 맞는 수위끼리 만나 상대 건물 뒤쪽에 있는 대폿집으로 가서 막걸리를 한두 잔 마시기도 했지만 늘 고단했기 때문에 각자 숙직실로 들어가 휴식을 취하곤 했다. 사십 문턱을 갓 넘긴 김웅산은 한밤중에 순찰이 있어 쪽잠을 자려고 숙직실 방바닥에 누웠다. 밤 10시이니 쪽잠을 자두어야 하는 시각이었다.

그러나 잠은 오지 않았다. 5월 들어 이삼일 터울로 이어진 학생들의 시위 여파 때문인지도 몰랐다. 구호를 외치며 시위하는 학생들의 잔상이 머릿속을 맴돌았다. 게다가 상대 건물 뒤쪽 숲에서 소쩍새 울음소리까지 귓속을 후비듯 파고들었다. 김웅산은 텔레비전을 켠 뒤 이 방송 저 방송으로 채널을 돌리다가 멈췄다. MBC 텔레비전에서 미스코리아 선발대회 녹화중계를 하고 있었다. 각 지방에서 뽑힌 후보들이 수영복을 입고 무대 위를 고혹적인 포즈를 취하며 느릿느릿 오갔다.

김웅산은 갑자기 3군 하사관학교 교관 시절에 한쪽 눈을 실명한 불운한 사건이 떠올라 화가 치밀었다. 자신의 청춘이 날아가버린 사건이라고 늘 생각해왔기 때문이다. 울진, 삼척지구로 무장공비들이 침투했을 때 토벌작전에 나가 왼쪽 눈을 다쳐 시력을 잃어버렸던 것이다. 한쪽 눈으로만 미스코리아 선발대회를 보고 있자니 부아가 치밀었다.

담배를 꺼내든 김웅산은 벌떡 일어나 앉았다. 미스코리아 선발대회에 나와 자신의 미모를 뽐내는 아가씨들 탓만은 아니었다. 텔레비전 화면 하단에 한 줄의 자막이 반복적으로 나왔다. 기존의 계엄령을 제주도까지 확대한다는 자막이었다. 자막은 속보로 5월 17일 24시부터 발효되는 포고령 제10호를 알리고 있었다. 정치 집회와 시위는 물론 전국의 모든 대학에 휴교령을 내린다는 속보였다. 김웅산은 혼잣말로 중얼거렸다.

"학생들 다 때려잡을 모냥인갑다."

담배 한 대를 아껴가며 다 피우고 났을 때 숙직실 창문을 두드리는 소리가 났다. 벽시계가 10시 30분을 가리키고 있었다. 여학생이 달려오더니 다급한 소리로 외쳤다.

"아저씨, 아저씨! 문 좀 열어주셔요."

"뭔 일이여?"

"예, 삼층 학생회 사무실에 볼 일이 있어라."

문학부 건물 3층에는 인문대 학생회 사무실이 있었다. 여학생은 전남대생이 분명했다. 김웅산은 문을 열어주었다. 여학생이 말했다.

"아저씨, 계엄군이 곧 학교로 들어온대요. 삼층에 학생들이 있어요?"

"몇 명 있제잉."

여학생은 허둥지둥 3층으로 뛰어올라갔다. 실제로 3층 학생회 사무실에는 일고여덟 명의 학생회 간부들이 회의를 하고 있었다. 여학생에게 계엄군 소식을 접한 학생회 간부들은 시위 때 작성했던 선언문과 서류 등을 대충 챙긴 뒤 문학부 건물을 빠져나갔다. 여학생도 나가면서 김웅산에게 고맙다는 표정으로 인사했다.

그때 정문 수위인 채춘영이 손전등을 들고 숙직실로 들어왔다. 야간 순찰을 돌고 있는 중이었다. 채춘영이 말했다.

"벨일 읎제라."

"읎기는. 방금 테레비서 봤는디 계엄령을 제주 일원까정 확대헌다고 그라대. 학생들을 전부 잡아갈 모냥이네."

"은제부터라?"

"자정에 땡허믄. 근디 뭔가 틀어져가고 있는 것 같네."

"나랏일은 나랏일이고. 출출해서 왔는디 한잔해불까라?"

"마침 나도 뱃속이 헛헛허그만."

두 사람은 상대 건물 뒤 대폿집으로 올라갔다. 학교 건물 공사장 일꾼들과 학생들을 상대로 밥과 술을 파는 대폿집이었다. 두 사람은 막걸리 한 주전자를 시켜놓고 쉬엄쉬엄 마셨다. 단숨에 들이켜면 막걸리라도 취했다. 채춘영이 술을 마시다가 김웅산을 빤히 쳐다보았다. 김웅산이 퉁명스럽게 말했다.

"내 눈을 보고 있그만. 나를 화나게도 허지만 가만히 따져보믄 이 눈

146

땜시 팔자를 고쳤제."

"뭔 억지다요? 술 취헌 사람멩키로."

김웅산은 눈 때문에 바뀐 자신의 운명을 채춘영에게 처음으로 이야기했다. 속에 담고 있는 것을 꺼내듯 실토했다. 상사 계급으로 제대한 후 출판사 수금사원이 되어 3년 동안 일했다. 그런데 수금사원 자리가 부담스러워서 원호청을 찾아갔다. 원호청은 김웅산이 무장공비 토벌작전을 하다가 왼쪽 눈을 실명한 보훈대상자였기 때문에 고향의 우체국 직원으로 취업시켜 주었다. 그는 우체국에서 저금과 보험 업무를 맡았는데, 그 업무가 농협으로 이관되자 자동으로 고향의 단위농협으로 전직이 되었다. 그러나 농협은 그의 생리에 맞지 않았다. 농협이 농민을 위한 조직인 줄 알았는데 농민을 상대로 장사를 하고 있었다. 농민의 피땀으로 운영되므로 농민을 우롱하고 있는 것이나 다름없었다. 김웅산은 1979년 농협을 그만두고 광주로 올라와 지산중학교 서무과에서 3개월 근무하다가 1980년 4월 21일에 전남대 수위로 옮겼다. 그러니까 5월 17일은 전남대 수위가 된 지 한 달 정도밖에 되지 않는 날이었다.

"왼쪽 눈을 잃어 여그까정 온 것 같네. 안 그랬으믄 군대 가기 전멩키로 고깃배를 타거나 농사짓고 있을지 모르제."

"출세했다는 말인지 불운했다는 건지 모르겄소. 병 주고 약 주고 했다는 말 같은디요잉."

"운명이여. 근디 대학이 아조 시끄럽그만잉. 학생들이 '계엄령 철폐하라!', '전두환 물러가라!' 허고 단과대별로 돌아감시롱 악을 써댄께 말여."

"여그는 그래도 천국이어라. 여그서는 학생들 구호 소리만 듣지만 나 같은 정문 수위는 경찰이 쏘는 최루탄 까스 맡으랴, 학생들이 던지는 돌멩이 맞으랴, 고래 싸움에 새비등 터지는 꼴이지라."

"근디 정문은 학교 얼굴이라 아무라도 가는 곳이 아니라고 허드 그만."

"말만 제복 입은 정문 수위제, 빛 좋은 개살구 신세지라."

김웅산이 주전자를 거꾸로 들다시피 했다. 그러자 막걸리가 겨우 채 춘영 잔 밑바닥만 적셨다. 두 사람이 주거니 받거니 네댓 번 했을 뿐인데 한 되들이 주전자 술이 어느새 비워지고 없었다. 두 사람은 엉덩이를 털고 일어났다.

잠시 후에는 정문이 내려다보이는 경영대 건물 앞에서 헤어졌다. 그런데 그때 정문 쪽으로 공수부대 계엄군을 태운 군용트럭들이 들어오고 있었다. 거뭇거뭇한 계엄군들의 철모가 군용트럭 헤드라이트 불빛에 번뜩거렸다. 김웅산이 급하게 말했다.

"정문으로 얼능 돌아가 근무허게."

"참말로 뭔 일이 터져분 거 같그만요."

"아까 여학생 말이 맞그만."

김웅산은 문학부 건물 숙직실로 돌아와 앞문을 잠근 뒤 텔레비전을 켰다. 여학생 말대로 30분쯤 지나자 공수부대 계엄군들이 문학부 건물에도 나타났다. 공수부대원 하나가 숙직실 창문을 두드리며 소리쳤다.

"아저씨! 우린 계엄군입니다. 문 좀 열어주이소."

"여그는 출입문이 읎응께 저짝으로 돌아와부씨요."

김웅산은 태연한 척하며 문을 열었다. 그러자 착검한 총을 든 두 명이 그에게 달려들며 총부리를 들이댔다. 육군 상사 출신에게 착검한 총을 들이대다니 뜻밖이었다. 멋쩍어하는 김웅산에게 공수부대원 한 사람이 말했다.

"학생들 어디 있십니꺼?"

"학생들? 이 건물에는 하나도 없어요."

"정말로 한 사람도 없십니꺼? 이 건물 구조가 어케 돼 있는교?"

"삼층 건물인디 학생들은 나가고 하나도 없어요."

좀 전에 만났던 여학생과 학생회 간부들이 모두 나갔으므로 김웅산은 자신 있게 말했다. 그래도 공수부대원들은 건물 안과 밖을 몇 명씩 조를 짜서 수색을 시작했다. 김웅산은 실내 수색조를 따라가면서 안내했다. 층을 오르면서 실내 수색조 조장이 각층 벽에 붙은 벽보를 보더니 짜증을 냈다.

"짜식들이 하라는 공부는 안 하고 이런 것이나 써 붙이고 말이야!"

수색조 조장이 신경질을 부리자 조원들이 '민주일정 앞당기라', '신현확 물러가라' 등등의 시위 구호가 적힌 벽보를 일제히 떼기 시작했다. 또 일부 공수부대원은 학생회 사무실에 있던 유인물들을 한 아름씩 가지고 내려와 문학부 건물 앞에 쌓았다. 문학부 건물 안팎을 수색하던 공수부대원은 30여 명쯤 되었다. 맨 나중에 나타난 두 명의 공수부대원이 학생 한 명을 끌고 왔다. 김웅산은 부들부들 떨고 있는 학생에게 안심하라고 눈짓했다. 공수부대원이 끌고 온 학생을 김웅산 앞에 무릎 꿇게 하더니 물었다.

"아저씨, 이 새끼 학생이오, 아니오?"

"학생이 아니그만요."

김웅산은 침착하게 말했다. 학생이라고 말하면 봉변을 당할 것이 뻔했다. 그렇게 말해놓고 자세히 보니 낯익은 이 목수의 아들이었다. 이 목수는 상대 증축공사 책임자였고, 아들은 낮에는 아버지 일손을 돕고 야간에는 증축공사장 옆의 천막에서 경비를 봐왔던 것이다. 이 목수 아들은 군대를 제대하고 나서 상대 3학년 2학기 복학을 앞두고 있었다.

"학생이 아니라면 천막에 숨어 있을 이유가 없지 않습니까?"

공수부대원이 이 목수 아들을 곧 짓밟을 듯이 군홧발을 쳐들었다.

"이 사람은 학생이 아니고 공사장 자재를 경비하는 일꾼이랑께요. 요 뒷동네서 온 공사장 일꾼이란 말이오."

다그치던 공수부대원이 군홧발로 이 목수 아들을 툭 치더니 말했다.

"아저씨 말을 믿어보지요."

이 목수 아들이 너무 긴장했던지 일어나지 못하자 계엄군이 다시 군홧발로 이 목수 아들의 엉덩이를 차며 말했다.

"이 새끼, 어서 가!"

그 사이에 공수부대원 두어 명이 대기하고 있던 작은 군용트럭에 학생회 사무실에서 가져온 유인물을 실었다. 김웅산은 유인물이 작은 군용트럭이지만 한 차 분량인 것을 보고는 놀랐다. 숙직실에 다시 들어오니 여기저기서 전화가 걸려왔다. 취기가 확 가시고 막연하게 불안함 같은 것이 밀려왔다. 도서관에서 숙직하고 있던 고광윤 씨한테서도 전화가 왔다. 그 역시도 말투에 걱정이 묻어 있었다.

"무장헌 계엄군 이십 명 가량이 공대 본관으로 갔는디 거그는 으쩐가?"

"형님, 계엄군들이 학생회 사무실을 뒤지고 엠병을 허고 갔지라."

"학생들 열람실에서 다 내보내고 잠자는디 군인 놈덜이 숙직실 문을 두드리고 난리가 나부렀네. 도서관을 수색허고 말이여."

고광윤 씨는 고참 수위로 주로 도서관에서 숙직했는데, 잠을 자다가 깬 탓에 화난 목소리로 전화를 끊었다. 제1학생회관 숙직실에서도 전화로 상황을 알려왔다. 안용호는 후생과 고용직 신분으로 제1학생회관에서 일하는 수위였다.

"친구야, 공수들이 학생들을 잡아가고 있네."

"여그는 아까 왔다 갔는디."

"학생들이 도망치고 난리여. 한 학생이 박관현이가 온다고 문을 잠그지 말라고 허드니 말여."

"학생들 잡히지 말어야 헌디 어치게 됐는가?"

"모다 도망쳤는디 무사헌지 모르겠네."

"인자 자네도 학생들을 이해허는 거 같그만."

"이해해야제 으쩌겠는가?"

"자네는 십년 동안 역전서 짐꾼을 했담시로. 긍께 시방은 잘된 거여. 정식으로 발령 받은 국립대학교 수위 아닌가."

"수위가 한둘인 게라? 그라고 학생들이 문 열어달라고 허믄 열어줘야 하고 또 형사들이 볶아대도 끽소리 못허고. 만만헌 것이 수위랑께요."

실제로 형사들은 수위를 학생들 못지않게 귀찮게 했다. 학생들이 화장실 같은 데에 붙인 벽보를 "뜯었네. 안 뜯었네", "봤냐. 안 봤냐. 그런 것을 왜 살펴보지 않았느냐" 하면서 닦달했던 것이다.

안용호에게 문을 잠그지 말라고 한 학생은 학생회 부회장 이승룡이었다. 오전에 총학생회장 박관현을 비롯한 학생회 간부들과 도청 앞을 청소할 때만 해도 계엄군 투입을 반신반의했는데, 밤 11시쯤 본부 건물 앞에서 군용트럭 한 대를 보고는 위기가 닥쳐오고 있음을 직감했다. 군용트럭 운전병에게 말을 걸자 그는 통신 점검차 들렀다며 둘러댔다. 그러나 사전에 학내 상황을 살피려고 들어왔음이 분명했다. 이승룡은 본능적으로 그렇게 느꼈다.

한 시간쯤 흘렀을까. 공수부대 계엄군이 정문과 후문을 통해서 교정으로 들이닥치자 학생회 사무실에 있던 일곱 명은 두 개조로 나누어 피신했다. 양강섭과 이청조 등 세 명은 상대 건물 뒤쪽으로 도망쳤고, 나머지 학생회 간부 네 명은 후문 쪽의 담을 넘어가려다가 실패했다. 헤드라이트 불을 켠 공수부대 계엄군 군용트럭들이 계속 들어오고 있었으므로 학교 밖으로 나가지 못하고 말았다. 소쩍새가 상대 건물 뒤쪽 숲에서 초나흘의 가녀린 초승달이 진 뒤부터 피를 토하듯 울고 또 울었다.

야만의 밤

서명원은 마루에 앉아서 담배를 꺼내 물었다. 서쪽 밤하늘은 장막을 드리운 듯 캄캄했다. 두 사람과 저녁 식사를 마친 뒤 귀가할 때만 해도 떠 있던 초나흘 초승달이 감쪽같이 사라지고 없었다. 실반지 같은 초승달이 검푸른 밤하늘에 홀연히 실종돼버린 듯했다. 음흉한 어둠의 손이 훔쳐가버린 것 같았다. 저녁 식사를 함께했던 두 사람과 나눴던 시국이야기가 서명원의 가슴을 답답하게 눌렀다. 서명원은 담배 연기를 깊게 들이마셨다가는 울화를 토해내듯 길게 뱉어냈다. 두 사람은 유신 독재를 반대해 고초를 겪었던, 복학을 앞둔 농대 축산과 윤한봉과 녹두서점을 운영하고 있는 국문과 출신 김상윤이었다. 그들은 신군부를 이끄는 전두환이 언제 어느 때 허수아비로 내세운 최규하 대통령을 밀어내고 얼굴을 내밀지 모른다고 주장했다. 유신 잔당의 신군부와 또 맞서 싸울 것을 생각하니 암담하다고 두 사람 모두 격정을 토했다. 두 사람은 서명원에게 형님 대하듯 스스럼없이 털어놓았다. 토요일에는 정식 강의가 없었지만 교련이나 체육 등은 수업을 했고, 결강했던 교수들이 보강하기도 해서 서명원은 오후 늦게까지 학교에 있다가 저녁 식사를 약속한 대인동의 한 식당으로 나갔던 것이다.

어젯밤 횃불 집회가 평화로운 분위기 속에서 무탈하게 끝났는데, 만약에 신군부의 음모가 드러난다면 학생들은 결코 좌시하지 않을 터였다. 윤한봉과 김상윤의 주장이 아니라도 서명원 자신의 생각도 마찬가지였다. 만약에 신군부가 학생들의 요구에 응하지 않는다면, 더 나아가 학생들을 억누른다면 재앙은 불을 보듯 뻔했다. 서명원은 방으로 들어가 자라는 아내의 말을 귓등으로 흘렸다.

"여보, 오늘 학생들이 사고라도 쳤소?"

"강의 읎는 토요일인디 사고는 무슨 사고."

"저녁은 밖에서 묵지 말고 집에서 허랑께. 속도 안 존심시로 말이요."

"내 방에 있응께 위장약 좀 가져오소잉."

서명원은 최근 들어 신경성 위장병에 또 시달렸다. 군 보안대나 경찰서 등에서 학생회 간부나 시위 학생들의 신상 정보를 달라고 할 때가 많았다. 그럴 때마다 이 핑계 저 핑계를 대면서 거절하곤 했는데, 그런 상황이 지속되자 신경이 곤두서고 젊은 시절에 아팠던 위장병이 슬슬 도졌다. 서명원은 사찰기관원들에게 협조하지 않는다는 이유로 코가 센 교직원이라며 눈 밖에 나 있던 중이었다. 아내가 위장약을 가져왔다. 그러나 서명원은 담배를 또 한 대 더 피워 물었다. 이번에는 아내가 하소연을 했다.

"몸에 해롭다는디 뭘 담배만 뻐끔뻐끔 피우요. 남들같이 딱 끊어부씨요. 사십부텀 몸관리도 잘해야 헌답디다."

"잔소리 좀 그만하소. 시국이 조용해지믄 끊지 말라고 해도 끊어불랑께."

"시국이 은제 조용헐 때가 있었소? 박정희 죽고 나서 시방까정 맨날 요로크롬 씨끄러웠지라."

"몬자 자소. 나는 여그서 더 있다가 들어갈랑께."

"얼능 약 드씨요."

서명원은 약봉지를 찢어 가루약을 입안에 털어 넣고 사발에 든 물을 반쯤 들이켰다. 쓴 약가루가 입안에 남은 것 같아 사발 물을 마저 마신 뒤 입안을 헹궜다. 담배를 또 피우려다가 아내가 마루로 나와 그만두었다. 아내가 말했다.

"으째야쓰까라우."

"뭔 소리여?"

"테레비에 속보가 나오는디 제주도까정 계엄령을 내린다고 허요. 휴교령을 내리고라."

"휴교령을 내리더라도 나는 학교에 계속 나가야 헐 틴디 뭘."

"낼 아침에 일쩍 출근할라믄 얼능 자란 말이요."

이번에는 아내가 서명원의 손을 끌었다. 서명원은 마지못해 방으로 들어가 누웠다. 아내는 한참 후 코를 골았다. 서명원은 사각 베개를 뉘었다 세웠다 하면서 두어 시간 뒤척거렸다. 밤은 무서리 내린 날의 구렁이처럼 유난히 더디게 갔다. 학교에 무슨 일이 벌어지고 있는지 궁금하고, 휴교령을 내린다고 하니 내일 학생들의 반응이 걱정되기도 했다.

　실제로 전남대 안에서는 특전사 제7여단 33대대가 들어와 대대장 권승만 중령의 지시로 학생들을 붙잡기 위해 수색작전을 벌이고 있었다. 학생들을 체포하기 위해 20, 30명씩의 공수부대 계엄군들이 각 단과대 건물과 도서관 안팎을 샅샅이 뒤지고 있었다. 공수부대원들은 대항할 힘도 없고, 무장도 하지 않은 학생들을 적군 색출하듯 착검한 총을 들고 조를 짜서 빈틈없이 뒤졌다. 학교는 공수부대원들이 받아왔던 적진 침투 훈련의 실전지가 돼버렸다.

　후문 담을 넘어가려다가 실패한 이승룡 일행은 공사 중인 공대 건물 5호관으로 피신했다가 공수부대원에게 붙잡혔다. 총학생회 사회부장 오진수, 공대 학생회 총무부장 권창수, 박관현 후배 등이었는데, 권창수가 공사 중인 공대 건물 5호관으로 숨자고 해서 왔던 것이다.

　"이 새끼들 여기서 뭐 해?"

　"늦어서 자려고 들어왔습니다."

　"학교가 여관이야? 니들 낮에 데모하다가 이리 왔지? 말해, 새끼들아!"

　이승룡 일행은 번개처럼 달려드는 공수부대원의 군홧발에 채였다. 비명을 지르며 넘어졌다. 그러자 다른 공수부대원이 짓이기듯 질근질근 밟았다.

　"학교가 니 집 안방이야?"

　"후문에서 버스를 놓쳐서 왔습니다."

　"사실대로 말해도 살려줄 둥 말 둥이야. 이 새끼야!"

공수부대원이 학생들의 옆구리를 걷어차곤 했다. 말끝마다 '새끼야!'를 붙이며 협박했다.

"우리가 여기 왜 온 줄 알아? 간첩 지령 받고 데모하는 니들 잡으러 왔어, 새끼야. 니들은 쥐도 새도 모르게 묻어버리면 그만이야."

이승룡은 민첩하게 움직이지 못한 것을 후회했다. 서울에서 저녁 7시경에 학생회 사무실로 전화가 왔는데, 다급한 여학생의 목소리였다. 지금 서울에서는 학생회 간부들을 검거하고 있으니 빨리 피하라는 전화였다. 그러나 저녁 식사를 느긋하게 한 뒤 박관현 등 몇몇 학생회 간부에게 일일이 서울에서 알려온 전화 소식을 알려주느라고 시간이 어느새 자정 밑까지 흘러가버렸던 것이다. 이승룡은 상대 건물 뒤쪽으로 도망친 총무부장 양강섭과 섭외부장 이청조 등은 어떻게 됐는지 속이 탔다.

"이 자식들, 공수 손맛을 봐야 정신 차릴 거야? 일어나!"

겁에 질린 데다 기가 죽어버린 이승룡 일행은 군홧발로 허리와 정강이 등을 짓밟혔는데도 반사적으로 일어났다. 공수부대원 한 명이 포승줄로 이승룡 일행을 능숙하게 묶었다. 이제 손을 쓰지 못하므로 도망친다는 것은 불가능했다.

"너부터 이리 와."

"예."

"공수 손맛이 어떤지 보여주마."

계엄군이 공수부대라는 것을 알고 이승룡 일행은 더욱 떨었다. 공수부대원이 손에 가죽 장갑을 끼었다.

"어금니 꽉 물어!"

"니부터 이리 와, 새끼야!"

한 사람씩 앞으로 부르더니 무자비하게 구타하기 시작했다. 이승룡 일행 모두 안경을 썼는데 앞에 선 학생부터 죽음의 공포를 느꼈다. 공수부대원은 안경을 향해 주먹을 날렸다. 두세 번 가격에 안경이 깨치면서 피가 흘러 얼굴을 붉게 적셨다. 마구 휘두르는 주먹이 아니라 정확하게 안경 쪽만 가격했다. 학생이 나뒹굴자 숨통을 끊듯 군홧발로 목덜미를 짓이겼다. 두 번째 학생은 단 한 번의 가격에 안경테가 부러지면서 유리알이 달아났다. 코뼈가 주저앉고 코피를 시멘트 바닥에 뿌렸다.

"빨갱이 새끼들아, 니들 때문에 우리가 얼마나 고생한 줄 알아? 니들이 아니라면 이북 가서 괴뢰군 잡는 우리가 왜 충정 훈련을 받겠냔 말이야."

"아이고메!"

"엄살떨지 마, 자식아. 우리 공수는 광주에 빨갱이 청소하러 왔어."

마지막으로 이승룡을 불러 세웠다. 그에게도 안경을 겨냥해 주먹을 휘둘렀다. 인정사정없이 잔인했다. 공수부대원들은 학생이 실명을 하건 말건 관심이 없었다. 이승룡은 공포가 엄습해 반항할 생각조차 못한 채 부들부들 떨었다. 그래도 가죽 장갑이 안경을 향해 날아오자 본능적으로 얼굴을 돌렸다. 공수부대원이 피식 웃었다. 그러더니 얼굴을 다시 돌려놓고 안경을 향해 주먹을 뻗었다. 순간 안경이 깨지면서 양미간의 살이 깊게 찢어졌다.

이승룡 일행이 구타를 당한 지 40여 분쯤 지난 뒤였다. 본부로 끌려가서 보니 이미 머리가 깨지고 얼굴이 퉁퉁 부은 학생 30여 명이 붙잡혀 와 있었다. 그중에는 시위와 상관없는 학생이 많았다. 시험공부 중인 학생도 있고 건축 작품을 준비하던 학생도 있었다.

서명원은 어렵사리 잠이 들려다가 전화벨 소리에 눈을 뜨고 말았다. 아내가 한두 마디 통화하더니 전화기를 손으로 막은 채 서명원에게 말했다.

"계엄사라고 허요. 바꿔줄게라?"

"이리 주소."

전화기 속의 사람이 대뜸 물었다.

"전대 학생과장이요?"

"예."

"잠깐 나와보쇼. 집 앞에 차가 있소."

서명원은 몸이 무거웠지만 옷을 주섬주섬 걸쳤다. 아내가 걱정스럽게 물었다.

"뭔 일이다요?"

"계엄사에서 잠깐 보자고 하니 나가봐야 알겠그만."

서명원은 계엄령이 전국으로 확대되고 휴교령이 내린다더니 마침내 올 것이 왔다고 체념했다. 집 밖에는 검은 지프차가 헤드라이트 불을 끈 채 대기하고 있었다. 한 사람이 서명원을 태우자 시동을 걸어놓은 지프차는 바로 움직였다.

지프차가 멈춘 곳은 집에서 가까운 풍향동파출소였다. 파출소에 들어서자마자 앉아 있던 사복 입은 한 사람이 말했다. 보안대 요원이거나 형사인 듯했다.

"오늘 윤한봉이하고 저녁 먹은 사실이 있지요? 사실대로 말해야 바로 집으로 갈 수 있소. 윤한봉이를 어디다 숨겼소?"

"대인동 식당에서 저녁 묵고 아홉 시쯤 헤어졌그만요."

"윤한봉이는 어디로 갔지요?"

"헤어진 뒤 풍향동 집으로 바로 와서 한봉이가 어디로 갔는지는 모르겠소."

그러자 사복 입은 한 사람이 어디다 전화를 걸어 확인했다. 그런 뒤 다시 윤한봉을 어디 숨겼느냐고 다그쳤다.

"사실대로 얘기하시오! 김상윤이는 지금 우리한테 있으니까."

서명원은 순간 김상윤이 붙잡혀 간 것을 눈치채고는 윤한봉의 행선지를 사실대로 말했다.

"윤한봉은 YWCA 강당에서 열리는 박현채 선생 강연회에 갔고, 김상윤은 녹두서점으로 간다고 했어요."

심문하듯 캐묻던 사람이 서로 헤어진 시간과 행선지가 그들의 첩보와 일치하자 질문을 바꾸었다. 봉투 속에서 사진들을 꺼내더니 물었다.

"데모하는 이 학생들 다 전남대생이오? 이름을 말해주시오."

"나는 시위 현장에 직접 나가지 않아요. 시위 전개 상황은 직원들을 통해 들으니까요."

"그래서 모른다는 말이오?"

"사진에 나온 학생들을 모른데 어치게 이름을 알겠소."

서명원은 실제로 사진 속의 학생들이 낯설었다. 어쩌면 조선대생일 수도 있고, 광주에 있는 다른 대학생일 수도 있었다. 그러니 사진 속 학생들의 이름을 알 리 만무했다. 서명원을 상대하던 사복 입은 사람이 신경질을 부리듯 볼펜을 봉투에 던지면서 말했다.

"좋습니다. 돌아가시오."

"밤중에 자는 사람 깨워 오라 가라 했으니 미안하지도 않소?"

"우리는 상부 지시대로 움직이는 사람이오. 이분 차로 데려다드려."

"아니오. 집이 가차운께 걸어가겄소."

파출소를 나온 서명원은 잠시 걸음을 멈추고 심호흡을 했다. 눈앞에 불 꺼진 광주상고 건물들이 왠지 슬프게 보였다. 급기야는 어린 고등학생들까지 거리로 나설 것만 같은 불길한 예감이 들었다. 집으로 돌아온 서명원은 명노근 교수에게 전화를 했다. 학생과장으로서 심각해진 상황을 알려주기 위해서였다.

"교수님, 학생과장입니다."

"한밤중에 웬일이요?"

"학생들을 검거하고 있는 거 같그만요."

"학생은 물론 민주인사들을 예비검속하고 있어요. 방금 송기숙 교수님 전화를 받았어요."

"조심하십시오."

"설마 들어갔다가 나온 나까지 또 잡아가겄습니까?"

송기숙, 명노근 교수의 신분에 이상이 없음을 확인한 서명원은 그나마 안도했다. 그러나 김상윤이 연행돼 간 것 같아 마음 한구석이 아렸다. 잠자리에 누웠지만 잠은 저만큼 달아나버렸다. 아내도 잠을 못 자는지 돌아누우면서 말했다.

"안 자요?"

"광주에 난리가 나분 것 같네."

서명원은 아내가 잠이 든 것을 확인한 뒤 길게 한숨을 쉬었다. 그러자 눈가에 물기 같은 것이 흘렀다.

피신

조선대 전자공학과 3학년 김동수는 조금 전 도청 앞에서 끝난 초파일 봉축의 탑 점등식 뒷얘기를 하려고 불교학생회 사무실에서 회원 서너 명과 둘러앉았다. 제등 행렬을 생략했기 때문에 밤인데도 학교로 올라올 시간적인 여유가 있었다. 작년에는 증심사, 원효사, 원각사, 관음사, 향림사 및 광주 지역 사암연합회 신도들이 금남로에서 공원까지 갔다가 돌아오는 제등 행렬을 했지만 올해는 불안한 시국을 감안해서 봉축의 탑 점등식만 하고 말았던 것이다. 점등식 사회는 한국대학생불교연합회 전남지부 지부장인 김동수가 맡았다. 조대부고 동창이자 관음사 고등부 불교학생회에서 함께 활동했던 회원이 먼저 말했다.

"제등 행렬이 빠진게 등대 읊는 밤바다 같드라."

"워미, 은제부터 시인이 돼부렀냐."

"시인이 삘거간디. 제등 행렬을 하는 것은 어두운 세상을 밝히자는 거 아닌가?"

"큰스님들 앞에서 사회를 보는디 겁나게 떨리드라고."

불교학생회 후배 회원이 말했다.

"선배님이 사회를 멋지게 봐부렀지라. 실수없이."

점등식은 삼귀의례와 반야심경 봉독, 찬불가, 봉축위원장 스님의 인사말, 격려사, 축사, 발원문 낭독, 합창단의 음성공양, 점등 순으로 진행했는데 실수가 전혀 없었던 것은 아니었다. 격려사와 축사 순서를 실수로 바꾸어버렸던 것이다. 후배는 김동수가 고조할아버지 묘지 이장 일로 고향인 장성에 가 있을 때 거기까지 온 열성적인 조선대 불교학생회 회원이었다. 초파일이 곧 다가오는데 한국대학생불교연합회 전남지부장이자 조선대 불교학생회 회장이 고향에만 있을 것이냐고 채근해서 김동수를 광주로 불러올렸던 후배였다.

"실수가 읎었던 것은 아니지만 나로서는 영광스런 일이제. 영장 나온 대로 군대 갔으면 못 봤을 것이여. 입대를 연기했응께 사회를 봤제."

실제로 1학년 때 김동수와 함께 불교학생회에 들어온 학번이 같은 동기는 군대를 가고 없었다. 그 친구는 출가를 고심할 정도로 불심이 깊은 동기였다. 방송반이었다가 탈퇴하고 불교학생회로 들어온 후배 회원이 잠깐 나갔다가 오더니 떡을 한 사발 가득 가져왔다.

"방송반 친구를 만나러 갔다가 얻어 왔그만요."

"무슨 행사가 있던가?"

"방송국 개국 기념행사를 마치고 이 부 순서로 학원자율화 선후배 토론을 하면서 철야헌답니다."

"이 부는 농성이그만."

"단과대학별로 농성허니까 보조를 맞추는 거 같그만요."

그때, 방송반에 토론하러 온 국문과 출신이라는 30대 선배 한 명이 불교학생회 사무실 문을 열고 들어와 급하게 말했다.

"수사기관에서 예비검속을 헌다고 헝께 얼능 피하소!"

"언제부터요?"

"나도 자세히는 모르겄네. 문병란 선배님께 전화했다가 알았어. 문 선배님은 시방 조비오 신부님이 계시는 계림동성당으로 피신하신다고 그러네. 내 생각으로는 거기도 안전하지는 못할 것 같네. 조비오 신부님을 정보기관에서 감시하니까. 아마도 다른 성당으로 가셔야 할 거네. 그래도 성당이나 절이 안전하니까."

"고맙습니다. 선배님."

불교학생회 회원들은 일제히 김동수를 걱정스럽게 쳐다보았다. 예비검속을 한다면 불교학생회에서 대상 인물은 김동수뿐이었다. 김동수는 불교 단체에서 간부를 맡기도 했지만 조선대 학원자율화추진위원회와 민주투쟁위원회 위원이었다. 친구가 말했다.

"국문과 선배님이 우리를 찾아온 것은 부처님 가피다. 얼능 피신해라. 집으로 가지 말고. 수사관들이 지키고 있을지 모릉께. 방금 선배님 말씀대로 니는 절로 가야겄다."

"그럼, 나 혼자 갈게. 원각사나 관음사로 갔다가 낼 목포 정혜사로 가 피신해 있을께."

유달산 기슭에 자리한 정혜사는 백양사 말사로서 목포 포교당이었다. 법정스님이 목포에서 학교에 다닐 때 불교학생회 총무를 보았던 인연으로 불자들에게 널리 알려진 절이었다. 김동수가 문을 나서자 나머지 회원들도 각자 서둘러 흩어졌다. 김동수는 학교 정문 앞에서 계엄군 군용트럭을 보고는 재빨리 나무 뒤로 숨었다. 정문 앞에는 학교로 진입하려는 군용트럭들이 헤드라이트 불을 켠 채 대기하고 있었다. 김동수는 학교 담을 넘었다. 으슥한 농장다리 쪽으로 갔다가 중앙국민학교로 뚫린 거리를 뛰다시피 했다. 자신이 고등학교 때부터 나갔던 관음사보다는 원각사가 더 안전할 것이라고 판단했다. 원각사는 중앙국민학교와 금남로 사이에 있었다. 다행히 원각사는 문이 열려 있었고 불이 켜져 절 마당이 환했다. 21일이 초파일이었으므로 신도들이 밤늦게까지 연등을 만들고 있는지도 몰랐다. 요사채 툇마루에는 신도들이 만든 연등이 수북하게 쌓여 있었다.

한편, 조선대 방송국에서는 1부 행사 끝에 촛불 행진까지 마치고 2부 행사를 들어가려고 잠시 휴식을 취하고 있었다. 1부 순서인 '조선대학교 방송국 개국기념식' 뒤끝이어서인지 방송국 안의 분위기는 들떠 있었다. 떡과 과일, 막걸리와 음료수가 책상 위에 정갈하게 놓여 있었다. 원래는 5월 19일 월요일에 가지려고 했으나 직장을 나가는 선배들이 있어 토요일 밤으로 당겨진 행사였다.

2부 행사의 정식 명칭은 '학원자율화를 위한 선후배 간담회'였고 진행방식은 철야농성이었다. 2부는 철야농성이었으므로 여학생들은 모두 집으로 돌려보냈다. 남자 선후배 20여 명만 남았다. 방송반인 진호림은 책상 위에 놓인 떡과 음료수나 과일 중 일부를 철야농성 중에 간식용으로 챙겼다. 그런데 그때였다. 31사단 소속의 군인 세 사람이 방송국에 들어와 자신들의 신분을 밝히면서 용무를 말했다.

166

"통신시설 점검 나왔습니다."

"대학 통신시설도 점검합니까?"

"계엄령하에서는 합니다."

통신장교가 서울말로 말했다. 두 사람은 통신병이었다.

"수고가 많그만요. 여기 술과 떡이 있웅께 묵고 허시지라."

"아니오. 작전 중이니까 점검한 뒤 바로 내려가야 합니다."

통신병들은 방송국 안의 방송실 실무국, 자료실, 각 부서의 서랍을 열어보거나 스튜디오를 들어가보기도 했는데 건성으로 둘러보는 듯했다. 점검을 마친 한 통신병이 말했다.

"잠시 후 다시 올라올지 모르니 그때 같이 어울립시다."

그러나 그들은 방송국을 장악하기 위한 계엄군의 사전 정찰조였다. 특전사 제7여단 35대대는 벌써 교내로 진입해 대대장 김일옥 중령의 지시로 각 단과대학을 수색하며 피신하는 학생들을 체포하고 있었다.

진호림은 화장실에서 볼일을 보고 방송국으로 돌아가려다가 비명 소리를 들었다. 불과 10여 분 사이에 벌어진 일이었다. 화장실에서 방송국까지 20여 미터쯤 되는 거리였는데, 학생들의 비명 소리와 물건이 날아가 쿵쿵 부딪치고 깨지는 소리가 와장창 들려왔다. 진호림은 바지춤을 올린 뒤 방송국으로 뛰었다. 그 순간 누군가가 진호림을 붙잡았다. 본관 수위였다.

"당직허는 조명래 교수도 뚜들겨 맞고 있는디 자네가 가서 뭣을 허겠는가?"

"당직 교수님도 폭행당했다고라."

"긍께 자네는 날 따라오게."

진호림은 수위가 끄는 대로 두 평의 좁은 수위실로 들어갔다.

"술 한잔했그만. 술도 깰 겸 누워 있어볼게."

수위가 진호림을 수위실 방바닥에 앉게 하더니 이불을 둘러씌워버렸다.

"꼼작 말고 있어볼게. 방금 방송반 학생 한 명이 식당으로 도망치다가 계엄군에게 붙잡혀 군홧발로 무자게 당해불대."

진호림은 운이 좋아 공수부대 계엄군과 엇갈렸다. 공수부대원들은 학적과, 교무과, 신문사는 물론 남녀 화장실까지 다 뒤지다가 그중에서 10여 명이 방송국으로 왔던 것이다. 불이 환히 켜진 방송국 안에서 웅성거리는 사람 소리가 나니 공수부대원들에게는 찾던 사냥감이나 다름없었다.

잠시 뒤 방송국 안의 방송반 선후배 20여 명은 밖으로 나와 종합운동장 야구장으로 끌려갔다. 두 사람씩 포승줄로 묶어 도망치지 못하게 했다. 그들에게 끌려가는 소리가 수위실까지 들렸다. 방송반 선후배 20여 명 중에는 학생과 현역 군인, 전경, 방위병 등이 있었는데 현역 군인은 바로 풀어주었지만 전경에게는 학생들처럼 무자비하게 구타를 했다.

"전경은 이리 나오래이."

공수부대원은 후방에서 근무하는 전경에게는 적의 같은 것을 품고 있었다. 군대생활 대신 전경으로 복무하고 있지만 인정해주지 않았다.

"니들은 낮에는 데모 진압하고 밤에는 학생들하고 데모하는 놈들인기라."

공수부대원 한 명이 전경에게 진압봉으로 가격했다. 전경이 픽 쓰러지자 옆에 있던 공수부대원이 군홧발로 짓이겼다. 하사관이 나와서 겁을 주었다.

"이 새끼들은 시범 케이스로 걸렸으니 헬리콥터로 실어 태평양 상공에서 떨어뜨려야겠어."

방송국에서 공수부대원에게 반항한 학생들은 더욱 가혹하게 구타를 당했다. 학생들은 피투성이가 되었고 차츰 죽음의 공포를 느꼈다.

"데모는 왜 하나?"

피투성이가 된 학생들은 두려움 넘어 자포자기 상태가 되었다.

"니들 때문에 일곱 시간 동안 밥도 못 먹고 이런 생고생을 하고 있다, 이 개새끼들아!"

공수부대원들이 또다시 진압봉을 휘두르고 군홧발로 발길질을 하는데 장교인 지대장이 나타나 목에 힘을 주며 말했다.

"난 조대부고 출신이다. 니들 세빠지게 고생하는 부모님 생각해서라도 공부해야지 데모나 허고 사회를 시끄럽게 해서야 쓰겠냐?"

그때 포승줄로 묶은 자국 때문에 양 팔목이 빨갛게 부어오른 방송반 학생 하나가 말했다.

"선배님 저도 조대부고 출신입니다."

"그래? 부탁할 것이 있으면 말해라."

"물 좀 주십시오."

지대장은 뜻밖에 후배가 나타나자 난처했는지 다른 곳으로 가버렸다. 그러자 공수부대원 두 명이 달려들어 학생을 두들겨 팼다.

"이 새끼야, 내가 데모한 놈 물 주려고 여기 온 줄 알아?"

그 사이에 의식을 잃은 학생 세 명은 조대병원 응급실로 실려 갔다.

종합운동장으로 끌려와 만신창이가 되도록 구타당한 학생들은 차라리 병원으로 가는 그들이 부러웠다. 공수부대원에게 맞아 어느 순간 죽을지도 모르므로 시간이 멈춘 것 같은 살벌한 밤이 두려웠다.

진호림은 수위실에서 나오지 못했다. 이불을 뒤집어쓴 채 밖의 동향을 살필 뿐이었다. 군홧발 소리는 여전히 간헐적으로 들렸다. 공수부대원들이 본관을 대부분 수색한 듯했다. 이번에는 공수부대원 두 명이 수위실로 들어왔다. 한 공수부대원이 이불을 확 젖혔다. 진호림을 발견한 공수부대원이 수위에게 물었다.

"이 새끼 누구야?"

진호림은 순간적으로 잠을 자는 체했다. 수위가 태연하게 대답했다.

"근무 교대하러 왔는디 술을 마시고 자버리는 모냥이요."

두 명의 공수부대원은 수위를 협박하듯 군홧발로 벽을 차거나 비좁은 수위실을 빙빙 돌았다. 그들이 나가자 수위가 욕설을 내뱉었다.

"쌍놈으새끼들! 국민 세금으로 밥 처묵고 훈련받은 놈덜이 철조망은 안 지키고 맬갑시 학교에 와서 갖은 유세를 다 부리네."

공수부대원이 사라진 뒤에야 소란스럽던 수위실 밖은 조용해졌다. 수위와 진호림은 살그머니 수위실을 나와 조심스럽게 방송국으로 갔다. 방송국은 난장판으로 변해 있었다. 방송실 문은 개머리판으로 가격했는지 구멍이 났고 붉은 핏자국들이 선명했다. 부서진 의자와 책상들은 아무렇게나 뒤집혀 널브러져 있었다. 방송국 기재나 캐비닛 등은 군데군데 찌그러져 보기에 흉했다. 먹다 남은 술과 떡, 과일 등이 바닥에 뒤엎어져 마치 음식물 쓰레기장 같았다. 진호림은 자신도 모르게 눈물을 흘렸다. 방송국으로 달려와 계엄군에게 대항하지 못한 자신이

야말로 쓸모없는 쓰레기 같았다. 선후배들과 함께 잡혀가지 못한 죄책
감이 들어 끝내는 소리 내어 꺼이꺼이 울고 말았다.

　원각사까지 혼자서 무사히 걸어온 김동수는 절의 법도대로 대웅전
불상 앞에 엎드려 절한 뒤 주지스님을 찾았다. 주지실은 대웅전 왼쪽
에 있었다.

　"스님, 주지스님!"

　방에서 나온 주지스님이 김동수를 금세 알아보고는 깜짝 놀라며 물
었다.

　"오늘 점등식 사회를 봤던 거사님 아니요?"

　"예, 맞습니다."

　"무신 일이요?"

　"예비검속을 헌다고 해서 피신 왔습니다."

　"어서 들어와요. 걱정 말고 주지실 서재에 있으면 안전할 거요."

　김동수는 비로소 안도했다. 쫓고 쫓기는 사바세상에서 걱정을 놓아
도 되는 피안에 온 것 같았다. 김동수는 자신도 모르게 두 손을 모으고
합장했다. 주지스님은 김동수를 주지실 안의 서재로 들인 뒤 자신은
법당으로 가서 독경을 했다. 초파일까지는 스님들이 돌아가며 철야독
경 정진을 하는 모양이었다. 김동수는 주지스님이 외는 독경 소리에
잠을 이루지 못했다.

5월 18일

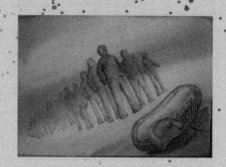

분노의 아침

통행금지 시간이 지나기를 기다렸다가 아침 6시쯤에야 서명원은 집을 나섰다. 그의 눈은 붉게 충혈되어 있었고 머리는 부스스했다. 새벽 2시에 학교가 아수라장이 됐다는 숙직하는 교직원의 전화를 받고는 한숨도 잠을 자지 못했던 것이다. 서명원은 걸어서 정문을 통해 본관 건물로 갔다. 공수부대 계엄군이 막았지만 정문 수위가 학생과장이라고 말하자 신분증을 확인하고는 출입을 허락했다. 꼭두새벽에 보고받은 교직원의 말대로 본관 현관은 삼엄한 포로수용소 같았다.

공수부대 계엄군이 학교에 남아 있던 60여 명의 학생들을 본관 현관에 꿇어앉혀 놓고 있었다. 끌려온 학생들은 모두 상의가 벗긴 채 허리띠를 풀고 신발을 신지 않은 전쟁포로의 몰골이었다. 얼굴이 부은 학생, 이마에 멍이 든 학생, 콧대가 주저앉은 학생, 머리가 찢긴 학생, 다리를 저는 학생 등을 보는 순간 서명원은 분노가 치밀어 올랐다. 한 학생이 서명원을 보자 일어서더니 다가왔다. 얼굴이 부어 처음에는 알아보지 못했으나 자세히 보니 학생회 부회장 이승룡이었다.

서명원은 일단 학생처장에게 현재 상태를 보고했다. 일요일이지만 전 교직원이 빨리 출근해야 할 것 같다고 건의했다. 그런 뒤 서명원은 계엄군 장교에게 사정하여 공포에 떠는 학생들을 본관 3층 회의실로 옮겨 안정을 취하도록 했다. 수위에게 빵과 우유를 사 오도록 시킨 뒤 학생들에게 나눠주었다. 또 학생회관에서 일하는 아주머니들을 출근시켜 빵을 먹지 않는 학생들을 위해 밥을 짓도록 조치했다.

7시쯤 서명원 자신도 아침을 먹기 위해 후문을 이용해 집으로 왔다. 후문에 모인 학생들 10여 명이 학교 출입을 막는 계엄군과 실랑이를 벌이고 있었다. 대부분 휴교령이 내린 줄 모르고 아침 일찍 도서관으로 들어가 공부하러 나온 학생들이었다. 학생들은 신기한 듯 계엄군을 바라만 보고 있었는데 배짱 좋은 한 학생이 나서서 항의했다. 그러자 계엄군이 그 학생을 진압봉으로 실신할 만큼 두들겨 패고 나서는 후문 앞에 꿇어앉혔다. 누구든 반항하면 가차 없이 진압봉 맛을 보여주겠다는 본보기였다. 공수부대원은 후문 쪽 동네 주민들이 보고 있었지만 아랑곳하지 않았다. 공수부대 계엄군의 만행을 눈앞에서 본 서명원은 암담했다. 민주화는 고사하고 지금 본관 3층 회의실에 잡혀 있는 학생들이 걱정되어 발걸음이 무겁기만 했다. 집에 오자마자 아내가 말했다.

"학교는 으쩌요?"

"계엄군이 학생을 무지막지허게 패대. 광주가 걱정이네. 참말로 큰일 나불 거 같네야."

"당신 성질대로 허지 말고 몸 조심허쑈잉."

"전 교직원 비상령을 내렸응께 시방 다 출근허고 있을 거그만."

"얼능 한 숟가락이라도 뜨고 가씨요."

아침밥은 식탁보에 덮여 있었다. 아침밥을 늘 7시쯤에 아내와 함께 먹어왔던 것이다. 서명원은 밥을 국에 말아 뜨는 둥 마는 둥 했다. 본관 3층 회의실에 있는 학생들 중에 부상이 심한 몇몇이 생각나 밥이 잘 넘어가지 않았다.

서명원은 문득 조선대 상황이 궁금했다. 광주시 소재 대학교 학생과장 회의 때 서너 번 만났던 조선대 학생과장 명함을 찾아서 전화를 했다. 학교 전화는 받지 않고 자택 전화는 받았다. 그 역시 출근을 서두르는 듯했다. 서명원이 묻는 말만 대답하고는 끊었다. 조선대도 간밤에 공수부대 계엄군이 들어와 학교에 있는 40여 명의 학생들을 종합운동장으로 끌고 가서 무자비하게 구타했다고 전했다. 서명원은 전문대인 송원전문대 학생과장에게도 전화해 상황을 파악했다. 송원전문대, 호남신학대, 대건신학대, 동신전문대, 서강전문대, 성인경상전문대(현 호남대), 서원보건전문대(현 광주보건대), 기독교간호전문대에는 31사단 계엄군이 투입해 학교를 장악하고 있다고 전해주었다.

"조심하쑈잉. 앞에 나서지 말고라."

"설마 학생과장을 잡아가지는 않겄제."

서명원은 집에서 걸어 이번에는 정문으로 갔다. 정문 쪽 계엄군 동태를 알아보기 위해서였다. 정문은 닫혀 있고 M16소총을 멘 공수부대원이 서명원을 막았다. 수위가 서명원의 신분을 말해주자 쪽문 출입을 허용했다. 정문 안에는 학생 20여 명이 무릎을 꿇고 있었다. 서명원이 흥사단에서 활동할 때 몇 번 보았던 아카데미서클 학생들이었다. 회장 학생이 수련회를 가려고 학교에 왔다가 봉변을 당하고 있다며 투덜거렸다.

"과장님, 날벼락입니다요."

수위실에는 계엄군 장교가 진압봉을 든 채 양미간을 잔뜩 찌푸리고 있었다. 정문 밖에 학생들의 숫자가 점점 불어나자 부하 공수부대원에게 신경질을 부렸다.

"저 개새끼들 쫓아버려!"

"명령만 내려주십시오. 개운하게 걷어버리겠습니다."

9시 30분쯤에는 학생의 숫자가 200여 명으로 불어났다. 무리가 된 학생들은 집으로 돌아가지 않은 채 공수부대원들에게 대들고 항의할 태세를 취했다.

10시가 되자 학생의 숫자는 더 불어났다. 계엄령이 확대되면 학교 정문 앞에서 10시에 모이자는 16일의 약속에 따라 나온 학생들이 대부분이었다. 3일 동안의 시위에 계속 참여했던 천영진도 피곤이 쌓여 늦잠 자다가 가게 문을 열던 아버지의 "뭔 일이다냐! 학교 앞에 군인들이 서 있어부네"라는 말을 듣고는 잠결에 벌떡 일어나 아침을 먹자마자 시내버스를 타고 전대 정문 앞으로 나온 경우였다. 서강전문대 정문에는 무장한 전투복 차림의 31사단 계엄군들이 서 있었다. 그의 집은 서강보건전문대 앞에서 소금 가게를 하고 있었는데, 그의 아버지가 먼저 계엄군을 보고 소스라쳤던 것이다.

학교 정문 앞에는 M16소총을 멘 공수부대 계엄군 예닐곱 명이 진압봉을 든 채 학생들을 노려보고 있었다. 정문 안에도 우리에 갇힌 맹수처럼 공수부대원 10여 명이 어슬렁거리고 있었다. 종합운동장 한쪽에는 카키색 대형 천막들이 쳐져 있었다. 웅성거리던 학생들이 누군가가 구호를 외치자 노래를 부르기 시작했다. 시위 때마다 목이 터질 듯 불렀던 '어서 모여 하나가 되자'였다. 또 누군가가 외치자 학교 정문 앞에 있는 다리 위로 몰려가 연좌농성에 들어갔다. 한 학생이 "우우우우!" 하고 야유를 유도했다. 그러자 공수부대 장교가 메가폰을 입에 대고 경고했다.

"다리에 있는 학생들에게 알린다. 휴교령을 내렸으니 즉시 귀가하라."

"버르장머리없는 자식아, 누구헌테 반말이냐!"

학생들이 손나팔을 만들어 큰 소리로 응수했다. 그러자 공수부대 장교가 존댓말로 바꾸는 척하더니 다시 처음처럼 "강제해산시키겠다. 학생들은 즉시 귀가하라" 하고 경고했다. 위압적인 경고에 학생들이 서서히 흥분했다. 누군가가 공수부대원을 향해 돌을 던졌다. 돌멩이들이 학교 정문 쪽으로 날아갔다. 그래도 공수부대원들은 학생들을 비웃듯 꿈쩍도 안 했다. 돌멩이가 정문 앞까지 날아가 나뒹굴었지만 공수부대원들은 조금도 두려워하지 않았다. 계엄군 장교가 명령을 내리기 전까지는 반원형 대오를 지키면서 목석처럼 자리를 이탈하지 않았다. 이윽고 계엄군 장교가 소리쳤다.

"돌격 앞으로!"

진압봉을 빼든 20여 명의 공수부대원이 학생들을 향해 지그재그로 돌진해왔다. 시위를 진압하는 전경들과는 공격 자세가 달랐다. 먹잇감을 사냥하는 맹수처럼 달렸다. 학생들은 혼비백산한 채 도망쳤다. 공수부대원들은 다리 너머에 있는 자동차정비 공장까지 학생들을 쫓아 갔다. 학생들이 도망가 버리고 없자 공수부대원들은 자동차 정비공들을 잡아갔다. 나이 든 시민이 말렸지만 공수부대원은 노인에게도 진압봉을 휘둘렀다. 노인은 힘없이 비틀거렸다.

용봉슈퍼마켓 앞의 자전거에 걸려 넘어진 학생도 생겼다. 뒤쫓던 공수부대원이 넘어진 학생을 군홧발로 걷어차고 두 손으로 자전거를 들더니 그 학생에게 던졌다. 용봉슈퍼마켓 반대쪽에 있는 독서실에서 중간고사 시험공부 중인 고교생들이 우우 하고 야유를 퍼붓자 공수부대원 네 명이 3층 독서실까지 올라왔다. 주인이 문을 막았다.

"여그는 학생들이 공부허는 독서실이요."

"독서실은 뭔 얼어죽을 놈의 독서실이야. 비켜!"

독서실로 들어온 공수부대원이 시험공부 중인 학생들의 교복 배지를 살피더니 덩치가 큰 고 3학생을 발견하고는 소리쳤다.

"너 이 새끼! 일어서."

"왜 그러십니까?"

공수부대원은 더 이상 묻지 않고 진압봉으로 고3 학생의 정수리를 후려쳤다. 학생은 그 자리에서 픽 쓰러졌다. 책상에 펼쳐두었던 책과 노트에 붉은 피가 선명하게 번졌다. 공수부대원들이 독서실을 나가자마자 공부 중이던 고교생이 쓰러진 고3 학생을 들쳐업고 밖으로 나가 택시를 잡기 위해 기다렸다. 그 광경을 본 대학생이 다가오더니 사정을 묻고는 택시비와 치료비에 보태 쓰라고 만 원을 주고 갔다. 한 고교생이 일신슈퍼마켓 앞에서 택시를 잡아오자 또 다른 고교생이 고3 학생을 택시에 싣고 병원으로 달렸다. 그 모습을 본 시민들이 너도나도 분통을 터뜨렸다.

도망쳤던 학생들이 다시 다리 쪽으로 나왔다. 잡혀간 학생 두 명이 정문 앞에서 군홧발로 질근질근 구타당하고 있었다. 흩어졌던 학생들은 다리께로 다시 돌아와 돌멩이를 던졌다. 실신할 만큼 구타당한 두 학생은 종합운동장으로 끌려갔다. 그때 시위 경험이 많은 한 학생이 외쳤다.

"여러분, 여그서는 승산이 읎응께 도청으로 갑시다!"

"옳소. 여그서 이럴 것이 아니라 도청으로 가서 싸웁시다!"

시위 경험이 많은 학생이 차도로 내려와 앞장을 섰다. 그러자 학생 대부분이 그를 뒤따랐다. 공수부대원들은 학생들을 더 이상 쫓지는 않았다.

한편, 전남대 후문 쪽은 정문과 달리 조용했다. 학생들의 시위는 없었다. 그 대신 후문 앞을 지나가는 시내버스들이 공수부대원들의 눈치를 보며 통과했다. 학생들을 색출하기 위해 공수부대원들이 시내버스에 올라 검문했다. 시민들은 느닷없는 검문에 어이없어했다.

전남대 후문을 지나면 농사짓는 농부들이 살았다. 입대를 앞둔 범진염은 농사철이어서 직장생활을 그만두고 아버지 농사일을 거들었다. 얼마 전에 입대했으나 귀가조치되어 다시 입영을 기다리고 있었으므로 그의 머리는 삭발한 모습에 가까웠다.

10시가 조금 지나서였다. 범진염은 서방에 있는 원예사로 농약을 사기 위해 시내버스를 타고 가는 중이었다. 시내버스가 전남대 후문 앞에서 멈췄다. 학생이 한 명 내리고 난 뒤였다. 공수부대원들이 갑자기 나타나 승객들을 내리라고 소리쳤다.

"전부 내려!"

그러나 M16소총을 메고 진압봉을 든 공수부대원들이 무서워 아무도 내리지 않았다. 그러자 공수부대원들이 올라와 의자에 앉아 있는 시민들에게 진압봉을 휘둘렀다. 범진엽도 얼떨결에 두어 대 맞았다. 시내버스 운전수는 멀거니 보고만 있었고 여자들은 비명을 질렀다. 공수부대원들은 젊은 사람들만 끌어내렸다. 무려 20여 명이 영문도 모른 채 시내버스에서 강제로 하차했다. 그중에서 일곱 명이 도망치다가 공수부대원들에게 붙잡혀 초주검이 되도록 두들겨 맞았다. 한 여학생은 다리뼈를 다쳤는지 걷지 못하고 절뚝거렸다.

시내버스에서 내린 승객 20여 명은 후문 안쪽으로 끌려와 담벼락을 등친 채 꿇어앉았다. 공수부대원 하나가 삐딱하게 앉은 사람부터 M16소총 개머리판으로 가격했다. 공수부대원의 기세에 눌려 한마디도 항의하지 못했다. 범진엽도 공수부대원을 쳐다보지 않고 고개를 숙인 채 맞았다. 진압봉으로 맞은 왼쪽 귀가 웅웅거리어 소리가 잘 들리지 않았다. 그뿐만 아니라 군홧발로 걷어차인 척추가 쩌릿쩌릿했다. 공수부대원들은 분풀이라도 하듯 젊은 사람들을 마구 두들겨 팼다. 여기저기서 우는 소리, 신음 소리, 비명 소리가 터져 나왔다.

그제야 공수부대 장교가 나와 말했다.

"학생 아닌 사람은 앞으로 나왓!"

몇 사람이 겨우 일어나서 나갔다. 범진엽은 왼쪽 귀를 맞아 소리가 잘 안 들린 탓에 그대로 앉아 있었다. 그때 옆 사람이 범진엽의 머리가 짧은 것을 보고는 부축해주었다. 공수부대 장교가 앞으로 나온 사람들을 일일이 둘러보면서 확인했다. 그가 범진엽에게 말했다.

"감방에서 출소했어?"

"입대할라고 깎았지라."

"사실이야?"

"예."

"니는 빨갱이들하고 섞이지 마라."

장교가 범진염을 먼저 가라고 했다. 범진염은 부축해준 사람에게 고맙다고 눈인사를 했다. 그가 아니었으면 종합운동장으로 끌려갈 뻔했던 것이다. 범진염은 몇 사람과 함께 후문을 빠져나왔다. 시내버스를 검문했던 공수부대원들이 또 진압봉을 휘두르며 행패를 부렸다.

"뭐 하러 나왔어?"

"장교님이 가라고 했지라."

범진염은 엉망진창이 된 몸으로 시내버스를 기다렸다. 기다리는 동안 구토를 심하게 했다. 그래도 원예사로 가기 위해 시내버스를 타고 서방으로 나갔다. 또다시 토할 것 같아 겨우 참아냈다.

가물가물한 정신으로 겨우 농약을 산 뒤 다시 생용동 집으로 가는 시내버스를 탔다. 앉아 있을 수가 없어 거의 눕다시피 했다. 병원으로 가고 싶었지만 가다가 죽을 수도 있겠다는 생각이 들어 집으로 돌아갔다. 죽더라도 집에서 죽겠다는 생각뿐이었다. 범진염은 집에 와서 그의 아버지를 보자마자 농약 봉지를 놓아버렸다. 그의 아버지가 놀라 물었다.

"진염아, 웬일이냐?"

"진염아, 진염아. 어치게 된 일이다냐."

그의 어머니가 달려와 이름을 부르더니 울부짖었다. 마침 일요일이

서 학교를 가지 않은 그의 남동생과 여동생들까지 쓰러진 그를 보고는 울음바다가 돼버렸다. 그러나 범진염은 가족들의 울음소리를 듣지 못한 채 한동안 혼절해 일어나지 못했다.

금남로 최루탄

본관 건물 수위의 도움을 빌어 새벽 4시 30분쯤 학교를 빠져나온 진호림은 날이 새기를 기다렸다가 방송국 개국기념행사에 참여했던 방송반원들에게 전화를 했다. 간밤에 무슨 고약한 일을 당했는지 걱정이 됐던 것이다. 전화를 끊고 나자 불길한 예감이 들었다. 귀가한 방송반원은 한 사람도 없었다. 계엄군에게 붙잡혀 종합운동장으로 끌려간 방송반원들이 아직도 풀려나지 않은 것 같아 머리가 무거워졌다. 자신도 수위가 아니었더라면 지금쯤 종합운동장에서 봉변을 당하고 있을지 몰랐다. 수위의 임기응변으로 위기를 아슬아슬하게 넘겼던 것이다.

불과 몇 시간 전이었다. 밤새 수위실에 피신해 있던 진호림은 어두컴컴한 꼭두새벽에 학교를 빠져나가려고 궁리했다. 날이 밝아지면 수위실도 위험하기 때문이었다. 진호림은 한참 동안 우두커니 앉자 있다가 수위에게 부탁했다.

"아저씨, 지금 나가야겠습니다."

"잽히면 죽어."

"근다고 여그서 있을 수만은 읎지 않겠습니까?"

"아칙에 나 퇴근헐 때 같이 가. 혼자 댕기믄 위험헌께."

"캄캄한 시방이 더 좋을 거 같은디요."

"그라믄 종합운동장을 피해서 나가세. 학생 말도 일리가 있네."

정문으로 가려면 종합운동장 옆을 지나야 했고, 후문 쪽으로 빠지려면 조대여고 앞을 거쳐 가야 했다. 두 사람은 후문으로 가기로 했다. 그런데 본관 건물을 빠져나온 두 사람은 조대여고로 가는 길목에서 M16 소총을 멘 공수부대 계엄군에게 붙잡혔다. 그곳 가로등 불빛에 두 사람이 드러나고 말았던 것이다. 공수부대원이 수위에게 다가와 말했다.

"당신 뭐야?"

"지산동 사는디 학교 뒷마을 큰집서 제사 지내불고 오는 중이요."

공수부대원 입에서 막걸리 냄새가 풍겼다.

"제사?"

"조부님 제사요."

수위가 능숙하게 둘러댔다. 공수부대원이 진호림을 가리키며 물었다.

"이 새끼는 누구야?"

"내 조카요."

순간 진호림은 수위의 조카가 되었다.

"학생 같은데."

"조카도 제사 지내고 가는 길이단 말이요."

옆에 있던 다른 공수부대원이 말했다.

"학생 같은데 운동장으로 끌고 가!"

"예."

수위가 공수부대원에게 떡을 내보이며 말했다. 방송국 행사 때 받아서 싸두었던 떡이었다.

"이거 제사 떡이요. 이래도 나를 못 믿어불겠소. 제사 떡 묵어볼라요?"

그제야 공수부대원이 말투를 누그러뜨리며 말했다.

"통금 시간에 다니면 누구든 체포해요. 운이 좋은 줄 아시오."

두 사람은 그 자리를 잰걸음으로 벗어났다. 심장이 쿵쿵 뛰던 진호림은 안도의 한숨을 쉬었다. 조대여고 운동장에는 군용트럭 한 대가 있었다. 공수부대원들은 무료했던지 진압봉과 M16소총을 가지고 장난을 치는 듯했다. 또 일부는 빈 막걸리병으로 제기차기를 하면서 키득거렸다. 공수부대원들의 웃음소리에 진호림은 소름이 끼쳤다. 뒤돌아보지 않고 그곳을 벗어난 두 사람은 공수부대원들이 보이지 않는 길에서 헤어졌다.

집에 무사히 도착한 진호림은 수위 말대로 제사를 지내고 온 느낌이 들었다. 공수부대원에게 붙잡혀 한 번 죽었다가 살아 돌아왔다는 짜릿한 기분에 휩싸였다. 잠시 후에는 어젯밤에 붙잡혀간 방송반원들이 생각났다. 그들의 안부가 궁금했지만 아침이 되기를 기다렸다. 그들 집에 전화라도 하기 위해서였다.

아침 8시 무렵에야 종합운동장으로 끌려갔던 한 방송반원이 학교 부근에서 자취하는 친구 집에 있다는 연락이 왔다. 진호림은 곧장 그

곳으로 갔다. 자취하는 방송반원 학생도 역시 종합운동장에서 구타를 당했던지 얼굴이 퉁퉁 부어 있었다. 그는 간밤에 당한 전모를 이야기하면서 간헐적으로 통증을 호소했다.

"턱이 아픈께 말이 잘 안 나온다야. 아이고메."

공수부대원이 휘두른 주먹에 턱을 맞아 입을 잘 벌리지 못했다. 헛웃음을 칠 때는 씁쓸한 표정을 지었다가 기묘하게 얼굴을 일그러뜨렸다. 멍이 든 얼굴과 팔다리의 통증을 참으려다 보니 그런 것 같았다.

"공수들이 아예 운동장에 주둔할 모냥인갑서."

"군용천막 네댓 개가 쳐져 있고 운동장 수돗가에는 가마솥을 예닐곱 개를 걸어놨드랑께."

"취사장 앞 대형 천막에는 쌀가마니를 쌓아놓았드라고."

"근디 공수새끼들이 수위 아저씨까지 죽일 기세드랑께."

"으째서?"

"수위 아저씨가 학교 기물을 함부로 손대지 말라고 하니까 지 아버지뻘인디 저 새끼 쏴버려! 허드랑께."

세 사람은 두어 시간 동안 간밤에 일어났던 이야기를 주고받으면서 허탈해했다. 모두가 잠을 자지 못한 탓에 하품을 토해냈다. 극도로 긴장했던 심신이 갑자기 나른해지기도 했다. 한번 잠이 쏟아지면 몇 시간이고 곯아떨어질 것만 같았다. 학교 방송국으로 올라가 부서진 기재들을 정리하고 싶었지만 그럴 엄두는 아예 내지 못했다. 정문과 후문에서 M16소총과 진압봉으로 무장한 공수부대 계엄군들이 학생 출입을 막고 있기 때문이었다.

실제로 정문에서는 공수부대원들이 만행을 저지르고 있었다. 시민들을 분노케 했다. 공수부대원이 한 학생을 정문 안쪽의 느티나무에 묶어놓고 있었다. 그러더니 다른 공수부대원이 진압봉으로 머리와 어깨를 몇 차례 가격하고 나서는 군홧발로 정강이를 찼다. 반항하다가 붙잡히는 학생은 무자비하게 본때를 보여주겠다는 겁주기였다. 급기야 분개한 시민들이 정문 앞에 모여들어 웅성거렸다. 한 아주머니가 "니덜은 어느 나라 군대냐!"고 소리쳤다. 아주머니들이 더 가세하여 "전방지키라고 세금 냈제 대학생 때려잡으라고 세금 냈나!"고 항의하자 정문 검문 책임자인 공수부대 대위가 지시했다.

"야, 풀어줘라."

결국 학생은 절뚝거리며 정문을 나왔다. 정강이 부분의 바지는 피가 번져 벌겋게 젖어 있었다. 아주머니들이 병원으로 가라고 하자 학생은 고개를 흔들었다.

"미친개에게 물렸그만요."

"학생, 괴안찮겠어? 오메, 짠헌 거. 누가 집에 델꼬 가줄 사람 읎소?"

그러자 서너 사람이 나서서 학생을 부축했다. 학생은 자취방이 동명동 농장다리 부근에 있다고 말하면서 제대로 서 있지 못하고 비틀거렸다. 두 사람이 부축하자 학생은 고통스러운 듯 양미간을 찌푸렸다.

"도서관에 갈려고 헌 죄밖에 읎어라."

학생이 사라지고 난 뒤에도 흥분한 시민들이 자리를 뜨지 못했다. 정문을 들어가지 못한 학생 20여 명이 어딘가에 가방을 맡겨두고 30분쯤 후에 다시 나타났다. 한 학생이 외쳤다.

"우리 도청으로 갑시다!"

공수부대원을 비웃듯 등을 돌렸다. 그런 뒤 학생 하나가 차도로 내려가서 '홀라송'을 선창하자, 뒤따르는 학생들도 박수 치며 노래를 불렀다.

전두환이 물러가라, 좋다 좋다.
공수부대 물러가라, 좋다 좋다.

조선대 학생들이 도청 쪽으로 나왔을 때는 이미 전남대 학생 200여 명이 전경과 불과 10여 미터 거리에서 대치하고 있었다. 전남대 학생들은 '흔들리지 않게', '내게 강 같은 평화' 등의 노래를 부르며 어깨동무를 한 채 연좌농성 중이었다. 시계탑의 시계는 오전 11시 30분을 가리키고 있었다. 시계탑 옆의 초파일 봉축 탑의 대형 연등은 어젯밤까지는 있었는데 어느새 치워지고 없었다.

전경의 페퍼포그차는 농성하는 학생 쪽으로 조금씩 다가왔다. 학생들은 페퍼포그차를 전혀 신경 쓰지 않았다. 지난 14일, 15일, 16일 동안 한 번도 과잉진압을 당해보지 않았기 때문이었다. 학생들은 구호를 소리소리 외쳤다. 전두환 물러가고 계엄령 철폐하라는 것이 학생들의 입에 붙은 구호였다. 한 학생이 전경을 향해 돌맹이를 던지자 "질서, 질서!"를 외쳤다. 연좌농성 중에는 투석하지 말자는 소리였다. 시민들은 도로 양쪽을 꽉 메운 채 구경했다. 도로 양쪽 전일빌딩, YMCA 건물에 든 사람들도 마찬가지였다. 창을 열고 학생들이 외치는 구호를 들으면서 박수를 치기도 했다.

그런데 그때 금남로 2가 쪽에서 두꺼운 진압복을 입고 철망철모를 쓴 전경들이 도청을 향해서 좁혀 오고 있는 것이 보였다. 연좌농성하는 학생들을 앞뒤에서 밀어붙이려는 협공작전이 분명했다. 그러자 연좌농성을 풀고 일어나 두리번거리는 학생이 생겨났다. 도로 양쪽에는 시민들이 더욱 들어차서 퇴로는 막혀 있는 것이나 다름없었다. 자진해서 구호를 선창하는 학생만 있을 뿐 시위를 이끄는 주동자가 없었으므로 학생들의 시위 대오는 견고하지 못했다. 일어나 두리번거리던 학생이 소리쳤다.

"전경차가 오고 있다!"

어느새 페퍼포그차는 연좌농성하는 학생들과 3미터 정도 거리까지 다가와 있었다. 또다시 일어난 학생이 무어라고 말하는 순간 전경의 페퍼포그차가 쉬쉬식 쉬쉬식 다연발 최루탄을 발사했다.

"지랄탄이다!"

최루가스는 순식간에 학생들을 혼비백산케 했다. 학생들은 최루가스에 눈을 뜨지 못하고 우왕좌왕했다. 아스팔트 도로에 흰색 가루가 밀가루처럼 흩뿌려졌다. 전경들이 도망가는 학생들을 쫓아왔다. 광주관광호텔 앞 도로에서는 수십 명의 학생이 넘어졌다. 넘어진 학생 위로 또 넘어져 도로 위에 겹겹이 쌓였다. 전경들은 맨 위에 넘어진 학생들부터 주동자인 양 잡아갔다.

시민들 사이로 도망친 학생들은 다행히 잡히지 않았다. 광주천변이나 광주MBC 쪽으로 달아난 학생들은 10여 명씩 어울려 시민들 호응을 얻어내기 위해 또다시 구호를 외쳤다. 특히 광주공원 쪽에서 내려온 학생들은 현대극장 앞에서 어깨동무를 하고는 광주천변 도로를 따라 올라갔다. 때마침 반대편인 태평극장 쪽에서 내려오는 학생들과 합류하면서 시위 학생 수는 배로 불어났다. 학생들은 자신감이 생긴 듯 금남로로 향했다. 그러나 경찰기동대 전경들에게 막혀 외곽으로 돌았다. 전남대 의대 사거리 쪽으로 나갔다가 전남공고 방향으로 우회해서 도청으로 가려고 했다.

전경들의 진압은 오후 2시가 넘어서면서부터 강경하게 돌변했다. 가톨릭센타 앞에서 학생과 시민이 1,000여 명 정도가 모이자 페퍼포그차가 시위 군중을 향해 질주하면서 숨이 막혀 기절할 만큼 다연발 최루탄을 쏘아댔다. 시민들이 재채기를 하면서 물러섰다. 뒷사람이 한꺼번에 밀자 앞사람이 쓰러졌다. 비명 소리가 났다.

"아이고메, 사람 죽네에!"

누군가가 큰 소리로 말했다.

"골목이 좁은께 한꺼번에 나가믄 다쳐라우!"

금남로 지하상가는 공사 중이어서 돌멩이나 건축자재 각목이 많았다. 시위 군중은 최루탄을 쏘는 전경을 향해서 돌멩이나 보도블록을 깨서 던지기 시작했다. 전경의 추격은 오전과 판이하게 달랐다. 도망치는 학생들을 그악스럽게 쫓아갔다. 금남로 쪽에서 학생 한 무리가 계림동 방향으로 도망치다가 중앙교회로 피신해 들어갔는데, 뒤쫓아 오던 페퍼포그차가 예배당을 향해 최루탄을 발사했다. 중앙교회 옆의 대인시장 상인들이 혀를 찼다.

"오메, 시상에 교회까정 까스를 퍼붓어분만잉."

지나치던 시민들 입에서 거친 소리가 나왔다. 일요예배를 보러 나왔던 신자들과 목사가 항의하자 페퍼포그차는 싸이렌을 울리며 사라졌다. 그때 현대극장 쪽으로 쫓겨 갔던 시위 학생들이 중앙교회 앞으로 와 예배당에 있던 학생들과 합류해 동명동 동산파출소로 갔다. 화가 난 학생들은 파출소 유리창을 깨고 벽에 걸린 최규하 대통령 사진을 뗀 뒤 짓밟아버렸다. 파출소에서 근무하던 경찰 두 사람은 황급히 뒷문으로 도망쳤다. 학생들은 굳이 경찰을 쫓아가지는 않았다.

늘어지게 잠을 자고 일어난 진호림은 3시 30분쯤 친구와 함께 금남로 한일은행 사거리로 나갔다. 학생들과 시민들이 전경들의 진압작전에 흩어졌다가 300여 명이 다시 모여 50여 명의 전경과 맞서고 있었다. 진호림은 처음으로 '김대중을 석방하라'는 구호 소리를 들었다. 시민들이 시위에 가담하고 있다는 증거였다. 학생들은 김대중을 단 한 번도 들먹이지 않았던 것이다. 시위는 계림동, 동명동, 장동, 공용터미널 등에서 산발적으로 벌어졌다. 밀고 밀리는 금남로는 흡사 전쟁터 같았다. 아스팔트 도로는 최루탄 가스 분말로 하얗게 얼룩졌다. 전경들은 최루탄을 맞고 쓰러진 학생들을 낚아채 갔다. 부상당한 몇몇 시민은 병원으로 급히 옮겨졌다.

그때였다. 군용헬리콥터 한 대가 나타나 저공비행을 하면서 시위 군중에게 위협을 가했다. 헬리콥터 기계음 소리로 겁을 주고, 프로펠러 회오리바람으로 최루가스 분말과 먼지를 일으켜 눈을 뜨지 못하게 했다. 헬리콥터는 시위 군중을 찾아다니며 금남로 상공을 왔다 갔다 날아다녔다. 헬리콥터를 본 시위 군중은 골목으로 나뭇잎처럼 흩어지곤 했다.

깨지는 꿈

아침 안개가 구렁이 같은 개울을 휘감고 있었다. 아직 간밤의 어둠을 털어버리지 못한 개울은 광주천의 지류였다. 박효선 가족이 사는 동명동 집의 두레박우물도 마찬가지였다. 안개와 어둠이 혼재해 입을 크게 벌린 동굴 같았다. 개울 건너편에 있는 교육청 회색 건물은 늘 우울하게 보였다. 뾰쪽한 첨탑 모양의 히말라야시다 나무들에 둘러싸여 음침했다.

박효선은 아침밥을 몇 숟가락 뜨다 말았다. 밥이 모래알처럼 목구멍으로 넘어가지 않았다. 그의 어머니가 물었다.

"으디서 잤냐?"

"광천동 상원이 형 집에서요."

"뭔 일로?"

"그냥."

"니 아부지 말로는 계엄령이 내렸다고 하드라."

박효선은 들었던 숟가락을 놓았다. 라디오 뉴스를 듣고 있던 윤상원 선배가 계엄령과 휴교령이 내려졌다고 흥분해서 소리쳤고, 잠을 자던 모두가 화들짝 놀라 자리를 박차고 일어났던 것이다. 박효선은 광천동에서 동명동까지 어떻게 왔는지 기억이 안 날 만큼 충격이 컸다. 동리소극장 개관기념공연에 전념하겠다고 자신은 여고 교사 자리도 그만두었고, 그동안 모든 배우가 땀을 쏟아왔는데 헛수고가 될 것이 뻔했기 때문이었다.

"니 연극은 잘되겄냐?"

박효선은 대답을 못했다. 어머니의 얼굴만 빤히 쳐다볼 뿐이었다. 경신여고를 사직하고 나서 실망한 어머니를 달래기 위해 동리소극장 대표가 됐고 연극이 잘되면 교사가 부럽지 않을 거라고 둘러댔는데 이제는 달리 변명할 말이 없었다.

"계엄령이 니랑 뭔 상관인디 그라냐?"

"후배들이 도청 앞으로 나와 싸울 것인디 어치케 연극이 되겠소? 불이 났으믄 불을 몬자 끄고 내 할 일을 허는 것이 도리제라."

"니 아부지가 걱정하드라."

"아부지는 으디 갔소?"

"오늘 일요일이라고 새복에 등산 가신 모냥이다."

"어머니, 걱정 마쇼. 절에 가시믄 기도나 많이 해주쇼."

"절에 갈 때마다 니 연극 잘되라고 기도허고 있어."

어머니는 아버지와 달랐다. 박효선의 어머니도 그가 경신여고를 사직했을 때 실망하여 한숨만 몰래 쉬었지만 지금은 아들 박효선 편이었다. 반면에 고지식한 박효선의 아버지는 "니가 그러면 그렇지!" 하는 식으로 무덤덤했다. 아들이 하는 일에 대해서 기대하는 것도 아니고, 접은 것도 아니었다. 어정쩡하거나 무덤덤했다. 박효선이 어린 시절부터 가출한 적이 여러 번 있어서인지 아들로 인정은 하되 드러나게 신뢰하지는 않았다. 박효선 역시 아버지와 스스럼없이 지내기보다는 적당한 거리를 유지하는 것이 마음 편했다. 어머니와 달리 아버지와 마주 앉으면 늘 데면데면하고 불편했다. 박효선은 집안에서조차 가능한 한 아버지를 마주치지 않으려고 으슥한 뒷골방을 자기 방으로 삼아 친구와 선후배 들을 불러들였다.

집을 나선 박효선은 마트로 가서 두 홉들이 소주 한 병과 오징어포를 샀다. 해장술이었다. 장동 로타리는 도청으로 가는 학생들로 여느 일요일 같지 않게 붐볐다. 동리소극장으로 들어간 박효선은 조명등을 하나만 켜고서 소주병 마개를 땄다.

자신이 선택한 연극연출과 배우의 길이니 책임 또한 자신이 져야 했다. 희망도 절망도 자신의 몫이었다. 그러나 자신이 끌어들인 배우들을 생각하면 마음이 복잡해졌다. 배우라는 길로 들어섰다가 막이 오르기도 전에 기약 없이 각자 헤어져야 할 후배들이기 때문이었다. 박효선은 무엇보다도 그것 때문에 더 절망했다. 선배 박효선만 믿고 〈한씨 연대기〉에 배역을 맡은 후배들이 무대를 잃을 것이 뻔했고, 어디에서 방황할지 알 수 없는 일이었다.

박효선은 유리컵에 소주를 반쯤 따라서 입안에 털어 넣었다. 문득 경신여고 이사장에게 미안한 생각도 들었다. 자신을 기꺼이 채용해주었는데 불과 세 달 만에 사직서를 써서 이사장실 출입문 밑에 밀어 넣고는 학교를 도망쳐버렸던 것이다. 물론 경신여고 자리를 소개했던 서석고 박정권 친구도 체면이 서지 않을 터였다. 박효선이 대학 시절부터 품어온 연극에 대한 집념은 광기에 가까웠다. 박효선은 혼잣말로 웅얼거렸다.

"계엄령이 내 연극을 짓밟아버리는구나."

박효선은 유리컵에 남은 소주를 마저 마셨다. 이번에는 소리 내어 중얼거렸다.

"그동안 연습해온 연극이 이렇게 사라지고 마는 것인가."

소극장 안의 어둠이 자신의 목을 옥죄는 것 같아 두 손으로 목덜미를 만졌다. 병에 남은 술을 물 마시듯 들이켰다. 술기운이 배 속에서 퍼지자 절망에 빠졌던 사고가 마비되는 듯도 했다. 견딜 만한 힘이 배 속 어딘가에서 솟구치는 것 같았다.

'그래, 여그서 이러고 있을 때가 아니지.'

박효선은 소극장을 나와 녹두서점으로 갔다. 녹두서점까지는 담배를 한 대 피우면 닿는 거리였다. 박효선은 담배를 피워 문 채 녹두서점 앞에서 걸음을 멈췄다. 녹두서점 분위기가 스산해 불길한 예감이 들었다. 단골손님이 제법 드나들던 여느 일요일과 달랐다. 셔터는 거의 내려진 채 문은 한쪽만 겨우 열려 있었다. 서점 안의 분위기는 음산하기조차 했다. 서점 안에 김상윤 선배는 없었다. 부인 정영애가 다급하게 전화 다이얼을 정신없이 돌리고 있었다. 박효선이 김상윤을 찾았다.

"상윤이 형 안 계셔요?"

"형이 잡혀갔어라. 어젯밤 열한 시쯤 엉겁결에 당한 일이라 어디서 온 누구인지 모르겠소."

196

정영애가 송수화기를 든 채 고개만 돌리고 말했다. 서점 안쪽에 딸린 작은방이 김상윤 부부의 신혼방인데 초라하고 옹색했다. 김상윤도 수사기관 요원에게 어젯밤 예비검속 때 연행돼 간 것이 분명했다. 70년대 민청학련 사건 때 구속된 바 있고, 전남대 국문과 출신으로 한때는 문학청년이던 박효선의 직계 선배였다. 김상윤은 전남대 운동권 후배들이 의지하는 형님 격이었으므로 수사기관이 가만 놔둘 턱이 없었다.

동리소극장으로 돌아온 박효선은 오후에 충장파출소 옆의 송학다방에서 대동고 교사 이희규를 만나기로 한 약속이 떠올랐다. 의자를 네 개 붙여 누웠다. 그래도 소극장에 있을 때가 양수 속에서 꿈지락거리는 태아처럼 자연스럽고 편안했다. 어느 공간보다 무엇엔가 쫓기고 시달리는 느낌이 덜하고 아늑했다. 지하 소극장에서는 지옥이라도 가장 좋은 곳인 듯 불편한 쪽잠을 자도 악몽을 꾸지 않고 깊이 빠져들었다. 그럴 때마다 단테의 《신곡》에 등장하는, 예수보다 먼저 태어나 세례를 받지 못한 시인 호메로스의 후예인가보다 하고 희극적인 자기 모습을 자평하고는 멋쩍게 피식 웃었다.

박효선은 서둘러 충장로를 향해 걸었다. 이희규와 4시에 약속했는데 10분 전이었다. 서너 시간을 죽은 듯이 자버린 바람에 그랬다. 그러나 박효선은 금남로에서 공수부대 계엄군을 보고는 섬뜩한 기분이 들어서 걸음을 멈췄다. 공수부대 계엄군들이 보수공사 중인 충금지하상가 쪽으로 양쪽 인도를 제압하듯 일렬종대로 걸어오고 있었다. 모두가 착검한 M16소총을 멘 채 손에는 진압봉을 쥐고 있었다. 박효선은 공수부대원의 행렬이 끊어진 틈을 이용해 금남로를 건너 송학다방으로 달리다시피 했다. 이희규는 먼저 와 있었다. 이희규는 전남대 연극반 배우 출신인데 지금은 희곡작가가 되기 위해 희곡을 습작하고 있는 친구였다. 이희규가 얼굴을 찡그리며 말했다.

"효선아, 올 것이 와분 것 같다. 인자 어치게 해야 쓰겄냐?"

"나도 괴로와서 니에게 상의해볼라고 만나자고 했어."

"뭣이 괴로운디."

"계엄령이 내렸는디 뭔 연극이 되겠냐. 참말로 〈한씨연대기〉 연극 후배 배우들 모두가 Y에서 맹렬히 연습했는디 못허게 되부렀단 말이다. 공수 놈들을 본께 더 분노가 치민다마다."

"그러겄다. 올 것이 와분 것 같다."

"나를 망허게 한 저 공수들을 어치게 해야 할지 모르겄다야."

"학생들하고 같이 싸울라고?"

"우리 광주에 불이 났응께 불을 몬자 꺼야제. 그라고 나서 연극을 또 생각해봐야겄제."

"나는 니 심정은 이해허지만 싸우지는 못헐 거 같다야."

"그렇다고 니가 정의감이 없는 것은 아닌께 그건 자유야. 운동권 애들이 시위 안 나온다고 불만이 많았지만 그때 우리가 논 것은 아니잖아. 연극에 빠져서 미쳤던 것이제."

"맞아. 연극반 학생들은 시국이 으떤지도 모르는 필요악 같은 낭만주의자라고 욕들을 묵었어."

이희규뿐만 아니라 대학 연극반 출신들은 동료들이 시위할 때 연극만 했으므로 실제로 시위 경험이 전무했다. 그러니 학생 시위를 볼 때마다 이희규는 왠지 어색하고 즉각 반응을 못했다. 처음에는 나서지 못하는 자신을 소심하고 부끄럽고 비겁하게 생각했지만 가만히 생각해보니 원인은 그게 아니었다. 자신에게도 한 줌의 사회정의감은 있었다. 다만 학생들의 구호가 옳다고 동조하면서도 몸이 주저했다. 사람 사귀기가 힘들듯 자신에게는 시위가 늘 어색하고 낯설었다.

그때 송학다방에 앉아 있던 사람들이 여러 명 일어나 창문 쪽으로 갔다. 박효선과 이희규도 창문 앞에 섰다. 20대 후반의 한 사람이 유난히 창문 쪽으로 다가서려는 또래의 사람을 뒤로 끌어당겼다.

"장우야, 위험해. 고개 내밀지 말어."

"저 새끼들 봐라!"

"어허, 문장우. 사업 얘기허자고 만났응께 신경 꺼부러."

"박관수, 사업도 사업이지만 저놈의 새끼들 쪼깐 보란께."

문장우는 체격이 날렵하고 단단했지만 그의 친구는 둔하고 허약해 보였다. 허약한 친구가 문장우를 잡았지만 오히려 그가 끌려갔다. 창 너머는 바로 충장파출소였다. 학생 예닐곱 명이 진압봉을 든 공수부대원들에게 쫓기고 있었다. 그러나 충장로 지리에 밝은 학생들은 잽싸게 골목으로 달아나버렸다. 그러자 공수부대원들이 지나가는 행인을 아무나 붙들고 진압봉을 휘둘렀다. 청바지에 긴팔 티를 입은 여학생을 잡아당기더니 길바닥에 내팽개쳤다. 여학생의 티가 벗겨져 가슴이 보일 만큼 난폭하게 질질 끌고 갔다. 그뿐만 아니라 자전거를 타고 가던 사오십으로 보이는 남자를 붙잡은 뒤 진압봉으로 두들겨 팼다. 시민들 보란 듯이 자전거는 길바닥에 사정없이 던져 망가뜨렸다. 지켜보는 시민들은 두려움 때문에 아무도 항변을 못했다. 문장우 역시도 처음에는 말을 못하다가 꾸역꾸역 끓어오르는 분노를 참지 못했다.

"야, 개새끼들아. 니들이 대한민국 군인이냐? 죄없는 사람들까지 왜 때려!"

그제야 상가 건물에 있던 사람들이 공수부대원들에게 욕을 퍼부었다.

"광주 사람 죽이러 왔냐, 나쁜 놈들아!"

박효선도 한마디 큰 소리로 말했다. 연극으로 다져진 목소리였으므로 발음이 정확했다.

"군인 후배들, 내 말 좀 들어보소. 광주 사람들은 당신들의 적이 아니요. 당신들이 보호해야 할 시민들이요. 부당한 명을 받았으면 거부하시오. 그런 명령불복종은 죄가 안 돼요."

이희규가 박효선을 뒤에서 당기는 바람에 더 이상의 말은 하지 못했다. 공수부대원 하나가 창문 쪽을 주시할 때는 박효선이 고개를 돌린 뒤였다. 공수부대원과 눈을 마주친 사람은 문장우였다. 문장우는 공수부대원의 눈길을 느끼고는 가슴이 뜨끔했다. 문장우는 자리로 돌아와 담배를 한 대 피워 물면서 태연한 체했다. 공수부대원 예닐곱 명이 다방으로 쫓아와 두리번거렸다. 송학다방에는 손님이 20여 명쯤 되었는데 대부분 나이 든 사람이었다. 이미 박효선과 이희규는 뒷문으로 피해버리고 난 뒤였다. 젊은 사람은 문장우와 그의 친구뿐이었다. 공수부대원이 두 사람만 일으켜 세우더니 진압봉으로 몇 차례 가격했다. 그런 뒤 신분증을 보여달라고 했다. 문장우가 주민등록증을 보여주자 학생이 아니라는 듯 바로 돌려주었다. 나이가 20대 초반이었다면 개처럼 끌려갔을 터였다. 장교 하나가 공수부대원들에게 지시했다.

"야! 가자."

장교 한마디에 위기를 모면한 문장우와 박관수는 조금 전의 살벌했던 분위기 때문에 사업 얘기를 더 못했다. 학운동 예비군 소대장이자 광고대행사 지사장이 된 문장우가 인맥이 좋은 친구 박관수를 불러 사업 얘기를 나누려고 했던 것인데 공수부대원들의 무지막지한 행패 때문에 그의 영업 구상은 머릿속에서 날아가버렸다.

박효선은 이희규와 동리소극장까지 와서 헤어졌다. 이희규는 도청 뒤쪽에 있는 이모부 집에 얹혀살고 있었으므로 박효선과는 아무 때나 자주 만났다. 박효선은 거리가 캄캄해진 밤에야 녹두서점을 또 갔다. 서점에는 김상집과 윤상원이 나와 무언가 논의하고 있었다. 심각하고 살벌해진 거리의 상황만큼이나 그들의 얼굴에는 황당하고 난감해하는 표정이 역력했다. 윤상원은 "요런 꼴 볼라고 광주로 온 것은 아닌디. 허망하그만" 하면서 좀체 웃지 않았다. 김상집 역시도 형 김상윤이 수사기관에 잡혀가버렸으니 무슨 일부터 해야 할지 모르겠다며 분개했다가도 허탈한 듯 가만히 앉아 있지 못하고 서점 안을 왔다 갔다 하기를 반복했다. 모두가 꿈이 깨지는 것이 두려워 허둥댔다.

불타는 차

불교 명절인 초파일이 다가오고 있었다. 유석은 원각사로 가는 중이었다. 마침 일요일이어서 시간이 났다. 성격이 활달한 친구 김성칠도 만나기로 했다. 원각사 불일불교학생회 회원으로서 연등을 만들기 위해서였다. 연등은 손재주가 없어도 누구나 쉽게 만들 수 있었다. 둥근 철사 틀에 붉은 꽃잎 종이를 연달아 붙이면 연등이 되었다.

유석은 3시가 조금 넘어서 금남로에 도착했다. 그런데 도민체전을 알리는 아치 밑에서 어제까지 보지 못했던 공수부대 계엄군과 군용트럭을 보고 놀랐다. 공수부대원들은 철망이 달린 철모를 쓰고 있었는데, 마치 철망복면을 한 감정이 없는 기계들 같았다. 하나같이 진압봉을 들고 M16소총을 메고 있었다. 유석은 공수부대 계엄군이 전투경찰보다 더 무서울 거라는 생각이 들어 서둘러 원각사로 갔다. 원각사에 들자 스님이 말했다.

"학생, 돌아댕기지 말어. 연등이나 맹글어 복 많이 지어부러."

사춘기에다 반항하는 기질이 남다른 유석은 은근히 거부감이 들었다.

"스님, 연등은 으째서 만듭니까?"

"어둔 시상을 밝히자고 맹그는 것인께 복을 짓는 일이여."

"지금 세상은 어둡습니까? 아니믄 밝습니까?"

"일체유심조, 마음묵기 따라 달라. 어둡다믄 어두와불고 밝다믄 밝아불어. 긍께 학생은 여그서 복이나 지으란 말이여."

연등을 만들고 있던 아주머니 보살들이 유석을 불렀다.

"학생, 맹글어논 연등을 저짝으로 옮겨줄란가?"

"예."

유석은 밖이 궁금하여 아주머니 보살들을 도와주는 척하다가 다시 금남로로 나갔다. 상황이 좀 전보다 돌변해 있었다. 전경들이 학생들을 진압할 때는 밀고 밀리는 공방이 벌어졌는데, 공수부대원들의 진압방식은 초전박살이었다. 학생들은 공수부대원들에게서 도망치다가 다방이나 식당, 제과점 등으로 몸을 숨겼다. 그러면 공수부대원들은 진압봉을 들고 끝까지 추격했다. 전일빌딩 건너편 삼양백화점 3층 당구장도 마찬가지였다. 시위하던 대학생 세 명이 당구장으로 도망쳐오자 공수부대원들이 3층 당구장까지 쫓아 올라왔다. 당구장에는 고등학교를 자퇴한 학생들이 당구를 치고 있었는데, 대학생은 물론 고교 자퇴생들까지 모두 끌고 나와 도롯가에서 진압봉을 치켜들고 가격하는가 하면 M16소총 개머리판으로 찍었다. 고교 자퇴생들이 당구를 치면서 손에 묻은 초크 가루를 보여주었으나 소용없었다. 도롯가에 있던 아주머니들이 공수부대원들을 나무랐다.

"으째서 학생들을 잡아가시오. 얼능 풀어주씨요."

"씨발, 뭔데 간섭이야!"

공수부대원들은 항의하는 아주머니들에게 욕을 퍼부었다. 아주머니들과 실랑이를 하는 사이에 고교 자퇴생들은 줄행랑을 놓았다. 자퇴생들이 도망치면서 공수부대원들에게 감자를 먹였다.

"개새끼들아! 니들이 우리나라 군대냐!"

자퇴생 중에는 충장중학교 졸업생 안성옥도 있었다. 안성옥은 뒤도 안 돌아보고 친구와 자취하는 남광주 부근의 집으로 뛰었다. 공수부대원의 진압봉이 무서워 있는 힘을 다해 달렸다. 유석은 무서워서 도청 앞으로 가지 못하고 한일은행 앞까지 슬금슬금 물러섰다. 그런데 한일은행 쪽도 살벌하기는 마찬가지였다. 공수부대원들이 마치 인간 사냥하듯 도망치는 시민들을 쫓아가 진압봉으로 쓰러뜨린 뒤 군홧발로 짓이겼다. 방철호 목사도 광주 시내에 극악한 일이 벌어지고 있다는 친한 목사의 전화를 받고 광주천변에서 한일은행 쪽으로 올라오는 중이었다. 그가 시무하는 교회 장로로부터도 "목사님, 이럴 수가 있습니까. 큰일 나부렀습니다"라는 전화가 걸려와서 오후 2시 예배를 끝낸 뒤, 몹시 피곤하여 휴식을 취하고 있다가 교회를 나섰던 것이다.

방철호 목사는 끔찍한 장면을 보고 몸을 떨었다. 바로 몇 걸음 앞에서 진압봉으로 머리가 찢긴 젊은 청년이 피투성이가 되어 공수부대원에게 끌려가고 있었다. 방철호 목사는 자신도 모르게 소리를 질렀다.

"이 잔학무도한 놈들아!"

시민 대부분은 혀를 차면서도 항의하지 못하고 있었는데, 뒤에서 소리가 나자 공수부대원 중사가 방철호 목사를 지목하며 지시했다.

"저놈 잡아!"

공수부대원들이 쫓아오는 것을 보고 방철호 목사는 힘껏 뛰었다. 시민들이 공수부대원들의 시야를 가려준 덕분에 방철호 목사는 한일은행 철문을 뛰어넘었다. 은행 건물 안으로 피신한 뒤에야 벽에 기대고 서는 숨을 헐떡거렸다. 숨이 진정되자, 예수님은 참으로 담대한 분이라는 생각이 번개처럼 머릿속을 스쳤다. 예수는 자신을 잡으러 온 로마 병사에게 "너희가 찾는 예수가 바로 나노라" 하셨던 것이다. 방철호 목사는 두 손을 모으고 짧은 기도를 했다.

"주님, 광주시민의 피를 처음 보았습니다. 저는 비굴하게도 은행 건물 한구석에서 숨을 헐떡이고 있습니다. 주님, 지금 광주 시내에서는 공수부대원들로 인해 차마 눈뜨고 볼 수 없는 극악한 일이 벌어지고 있습니다. 왜 이런 비극이 광주 땅에서 일어나야만 합니까. 광주시민은 어찌해야 합니까?"

방철현 목사가 기도하는 동안에도 금남로에서는 공수부대원들이 학생이나 젊은이를 닥치는 대로 붙잡아 구타했다. 공수부대원들은 학생, 시민 들을 가톨릭센터 앞까지 끌고 가서 군용트럭에 짐짝처럼 던졌다. 군용트럭에 사람이 채워지면 어디론가 떠나고 또 다른 군용트럭이 달려와 대기했다. 스무 살이 채 안 된 김현채는 웅성웅성하는 시민들을 뚫고 앞으로 나아갔다. 학생이 아니라는 안도감에다 호기심이 들었던 것이다. 김현채는 서울에서 광주로 내려와 주민등록증 분실신고를 하고서 발급을 기다리고 있는 중이었다. 시민들이 흩어지지 않고 모여든 까닭은 학생들을 초주검이 되도록 팬 뒤 군용트럭에 던지고 있기 때문이었다. 김현채 뒤에 있던 시민이 돌멩이를 던지면서 공수부대원들에게 큰 소리로 욕을 했다.

"이 자식들아, 광주시민이 니들 적이냐?"

그러자 진압봉을 든 공수부대원들이 시민들을 향해서 달려왔다. 시민들은 일제히 달아났지만 맨 앞에 있던 김현채는 영문도 모른 채 붙잡혔다. 공수부대원이 김현채의 멱살을 잡고 흔들었다.

"니가 욕했지?"

"아닙니다."

"누구야? 말해. 죽여버릴 테니까."

김현채는 겁에 질려 공수부대원에게 하소연했다.

"저는 학생이 아닙니다. 서울서 주민등록증 발급받을라고 광주에 왔어라."

"학생이 아니라면 직업이 뭐야?"

"식당 종업원이라."

"꺼져!"

공수부대원이 군홧발로 김현채의 배를 걷어차며 말했다. 김현채는 배를 움켜쥐고 부근 병원의 계단에 쭈그려 앉았다. 한 시민이 김현채를 위로했다.

"학생, 괴안찮은가? 큰일 날 뻔해부렀네."

김현채는 한참 동안 배를 움켜쥐고 있다가 겨우 일어나 충장로 쪽으로 걸어갔다. 도청 앞을 피해서 조선이공대 부근에 있는 친구 집으로 가서 쉬기 위해서였다. 그런데 광주은행 사거리에 있는 시민들은 금남로와 달리 몹시 흥분한 채 학생들 시위에 당장이라도 가담할 기세였다. 한 시민이 치를 떨며 말했다. 광주은행 앞 사거리에서 여학생이 도망치다가 공수부대원에게 붙잡혔는데, 웃옷 긴팔 티가 다 찢겨져 유방이 드러난 채 끌려갔다고 분개했다.

김현채는 자신도 재수 없으면 당하겠다는 생각이 들어 그곳을 벗어나 친구 집으로 갔다. 마침 친구는 MBC 텔레비전의 권투시합 중계를 침을 삼키면서 기다리고 있었다. 장충체육관에서 벌어지는 WBC플라이급 챔피언 박찬희 선수의 방어전이었다. 도전자는 스물여덟 살의 일본 선수 오쿠마 쇼지였다. 전적은 스물세 살의 박찬희가 13승 6KO 2무였고 오쿠마 쇼지는 33승 19KO 8패 1무로써 왼손잡이였다. 김현채는 좀 전에 군홧발로 걸어차였던 배를 살살 만지면서 텔레비전 앞에 바싹 다가앉았다. 친구가 말했다.

"한물간 놈을 델꼬 왔그만잉."

"조심해야 써. 일본 놈이 여시같이 생겨묵었그만. 긍께 백전노장이라고 허제."

김현채는 공수부대원만 생각하면 부아가 치밀곤 했는데 군홧발로 맞은 것을 잊은 채 텔레비전에 빠져들었다. 마치 자신이 링에 있는 선수라도 되는 양 엉덩이를 들고 주먹을 불쑥불쑥 내밀었다. 언제 보아도 박찬희의 스텝은 날렵했다. 스트레이트와 잽을 날리고는 재빨리 쇼지의 주먹을 벗어나곤 했다. 친구가 또 말했다.

"으쩐 일이다냐. 박찬희 주먹에 심이 읎어야. 체중 감량을 많이 해부렀는지 모르겄네잉."

친구 말대로 4회전까지는 평소 보여주던 대로 아웃복싱을 했는데, 5회전부터 쇼지에게 복부 공격을 몇 차례 받더니 발이 눈에 띄게 느려졌다.

"워메, 으째야쓰까."

6회전부터는 박찬희가 속수무책으로 당했다. 쇼지의 주먹이 세지 않아서 링 사이드로 피하면서 버틸 뿐이었다. 친구는 그래도 희망을 걸어보는 눈치였지만 김현채는 일어서려고 엉덩이를 반쯤 들었다.

"앉어. 박찬희에게 한 방만 걸리믄 저놈도 자빠질 수 있응께."

"틀렸어. 박찬희 주먹을 봐바. 가격허는지 맛사지를 허는지 모르겄 당께."

그때 계엄사령부에서 통행금지 시간을 연장한다는 발표가 자막에 비쳤다. 처음에는 오후 8시로 알렸다가 10분쯤 뒤에 밤 9시부터 통행을 금지한다는 자막이 흘렀다. 자막을 본 김현채는 벌떡 일어나 밖으로 나와버렸다. 박찬희가 KO패 할 것 같아서였다. 또 다른 친구 한 명도 시내가 궁금하다며 따라나섰다. 그런데 조선대 앞 철길을 지날 때였다. 철길 부근의 술집에서 술을 마시고 있던 공수부대원 한 명이 두 사람을 불러 세웠다.

"니들 지금 어디로 가는 거야?"

"백화점에 살 것이 있어라."

친구가 먼저 대답했다. 공수부대원은 김현채에게도 물었다.

"니는!"

김현채는 대답하고 싶지 않았다. 군홧발로 맞은 반감 때문이었다. 그러자 친구가 대답해주었다.

"일행이어라."

공수부대원이 김현채에게 트집을 잡았다.

"이 새끼야, 사람이 물으면 대답을 해야지."

갑자기 공수부대원의 주먹이 날아왔다. 주먹으로는 성이 안 풀리는 지 M16소총 개머리판을 들고 찍으려 했다. 지나가는 노인이 말렸지 만 소용없었다. 노인이 말린 탓에 기분이 더 나빠진 듯 술 냄새를 풍기 면서 김현채에게 달려들었다. 김현채는 맞으면서 이를 뿌드득 갈았다. 두 번씩이나 이유 없이 맞다 보니 복수심 같은 것이 솟구쳤다. 순간 공 수부대원이 대수롭지 않게 보였고 싸워서 이겨야 할 적이라고 생각했 다. 함께 술을 마시고 있던 중위가 "야, 그만해!"라고 지시하자 그제야 공수부대원은 손을 털고 술집으로 들어갔다. 김현채는 술집을 향해서 욕을 하고는 시내 쪽으로 잽싸게 도망쳤다.

"이 개새끼들아! 느그들 죽는 수가 있어."

시내로 들어와서 공수부대원에게 백화점 간다고 둘러댔던 친구와 는 헤어졌다. 친구는 광주천변 적십자병원 부근에서 살고 있었다. 김 현채는 전일빌딩 앞의 횡단보도를 건너다가 처음으로 장갑차를 보았 다. 그가 장갑차를 신기한 듯 유심히 쳐다보고 있자 공수부대원 한 명 이 악을 썼다.

"이 자식아, 빨리 집에 들어가!"

김현채는 삼양백화점을 거쳐 학생회관 쪽으로 갔다. 그때 황금동 원 호청 쪽에서 학생들 200, 300여 명이 '계엄령 해제하라', '김대중 석 방하라'를 외치며 충장로로 접어들고 있었다. 주위의 시민들이 박수 를 치며 응원했다. 무등극장 쪽에서는 페퍼포그차를 앞세운 경찰트럭 이 학생회관을 향해 오고 있었다. 김현채는 학생들과 전경들이 부딪 칠 것 같은 예감이 들었는데 여지없이 맞아떨어졌다. 공수부대원들에게 당하기만 했던 학생들은 전경들을 발견하자 분풀이하듯 페퍼포그 차에 일제히 돌멩이를 던졌다. 그러자 뒤따르던 경찰트럭은 무등극장 쪽으로 돌아가버렸다. 페퍼포그차에 타고 있던 전경 대여섯 명도 뛰 어내리더니 어디론가 사라졌다. 잠시 후 시위 학생들이 몰려와 페퍼 포그차를 옆으로 넘어뜨렸다. 전경의 무전기가 튀어나오자 돌로 찍어 서 차 안에 던졌다. 누군가가 차에 불을 지르려고 했지만 잘 붙지 않았 다. 김현채가 소리쳤다.

"연료통을 깨버려!"

시위 학생 중 하나가 연료통을 깨자 기름이 삐질삐질 새어나왔다. 곧장 차에 불이 붙었다. 학생들과 시민들이 공수부대원에게 당한 것을 조금이라도 복수한 것처럼 환호성을 질렀다.

유석은 6시쯤에야 원각사로 돌아와 2층 다락방으로 올라가 망보 듯 밖을 보았다. 연등을 만들 기분은 도저히 나지 않았다. 맞은편 세 종장호텔 앞에서도 공수부대원들이 인간 사냥을 하고 있었다. 20대 중반의 남녀가 공수부대원들에게 붙잡혀 여자는 어디론가 바로 끌려 갔고, 장발의 남자는 팬티 바람으로 무릎을 꿇은 채 공수부대원들에 게 진압봉으로 서너 차례 머리와 쇄골을 가격당한 뒤 군홧발에 짓밟 히고 있었다. 시민들이 모여들어 공수부대원들을 향해 "저놈들 죽여 라!" 하고 흥분하기 시작했다. 그제야 공수부대원들이 금남로로 급히 빠져나갔다.

5월 19일

오! 하느님

유석은 학교를 가지 않았다. 갈 수 없었다. 어제 세종장호텔 앞에서 벌어진 계엄군의 만행을 직접 보고 받은 충격 때문이었다. 공수부대원의 잔혹한 만행이 뇌리에서 좀체 사라지지 않았다. 공수부대원에게 무자비하게 짓밟힌 남자는 어떻게 되었을까. 오늘은 또 무슨 일이 자행되고 있을까.

유석은 갑자기 외로웠다. 학교 밖에 혼자 있다는 것을 실감했다. 자신이 외딴 섬 같았다. 흠모해왔던 선생님들도 홀연히 멀어져버린 듯했다. 고등학생이 된 이후 처음으로 경험하는 감정이었다. 학교 안팎에서 유기체처럼 알게 모르게 하나로 움직여왔는데 자신만 튕겨져 나온 듯했다. 원각사 누각 다락방에서 본 붉은 피로 얼굴을 적신 그 청년이 자꾸만 떠올랐다. 유석은 오전 수업만 빠지겠다는 생각을 하면서 시내로 나갔다.

한편, 유석의 급우들은 1교시 수업을 듣기 위해 교과서를 펼치고 있었지만 몇몇은 교과서를 내팽개친 채 웅성거렸다. 박행삼 선생이 출석부를 들고 들어왔다. 박석무, 윤광장 선생 등과 대동고 삼총사로 불리며 학생들이 존경하는 40대 초반의 교사였다. 그런데 반장이 일어나 "차렷 경례" 구호를 끝내자마자 한 학생이 일어나 울부짖듯이 말했다.

"선생님, 공부하는 목적이 무엇입니까?"

"나도 답답하고 암울하기는 여러분 같아요."

"지금 우리가 공부를 해야 합니까?"

"여러분 마음을 나도 알아요."

"금남로에서는 우리 형제들이 죽어가고 있습니다."

학생이 울음을 터뜨리자 또 다른 학생이 일어나 말했다.

"고등학생이지만 우리도 나서야 합니다. 선생님!"

그 학생 역시 더 이상 말을 못하고 울먹였다. 박행삼도 학생들과 같은 심정이었으므로 교사 신분을 잊어버리고 분필을 집어던지면서 눈물을 흘렸다. 박행삼이 비통하게 말했다.

"여러분, 우리는 어째서 비극의 역사를 반복하는지 참담할 뿐입니다."

교실은 울음바다가 돼버렸다. 잠시 후에는 성격이 불같은 학생이 일어나 의자를 부숴 몽둥이를 만들더니 운동장으로 나가자고 외쳤다. 교실은 순식간에 어수선해졌다. 다른 반도 마찬가지였다. 잠시 후 운동장에 학생들이 벌 떼처럼 모였다. 이윽고 학생들이 구호를 외치기 시작했다.

"민주교사 합세하라."

"민주학생 합세하라."

"광주시민 짓밟은 공수부대 몰아내자."

2학년 학생 몇몇이 운동장을 돌면서 구호를 선창했다. 1학년, 3학년 학생들도 삼삼오오 무리를 지어 합류했다. 박행삼은 교무실로 돌아와 멍하니 앉아서 흐느꼈다. 학생들의 순수한 울분은 이해하지만 교사가 직접 나설 수는 없었다. 그렇다고 외면하고 앉아 있자니 심장이 터질 것만 같았다. 이윽고 교장이 다가와 말했다.

"교무주임 선생님, 학생들을 진정시킵시다. 공수부대가 학교 근처까지 와 있다고 합니다. 방금 헬기가 빙빙 돌더니 갔어요. 학생들이 다치면 큰일입니다."

"예, 알겠습니다."

박행삼은 손수건을 꺼내 눈물을 닦고는 운동장으로 뛰어갔다. 흥분한 학생들을 보자 숨이 막힐 듯했다. 박행삼은 선두에서 구호를 외치는 학생들 앞으로 나가 소리쳤다.

"여러분 심정은 충분히 압니다. 그렇지만 지금 여러분들이 나간다는 것은 입을 벌린 맹수 아가리에 몸을 던져주는 것이나 마찬가지입니다. 여러분 생명은 귀중합니다."

"선생님! 누가 광주시민을 지켜줍니까? 우리는 나설 수밖에 없습니다."

학생들이 박행삼에게 항의하듯 말했다. 학생들과 대화는 불가능했다. 박행삼은 자신의 진심을 몸으로 보여줄 수밖에 없다고 생각했다. 학생들이 씩씩거리며 교문 밖으로 진출하려고 하자 박행삼은 교문 앞에 드러누워 말했다.

"나가고 싶은 학생들은 나를 밟고 가그라."

"선생님, 눕지 마십시오."

학생들이 주춤하며 물러섰다. 어떤 학생은 운동장을 치며 울부짖었다. 학생들의 기세가 점차 수그러들었다. 운동장에는 몇 명의 학생만 남고 대부분 교실로 복귀했다. 교장은 담임 교사들에게 학부모를 학교로 오게 하여 학생들을 무사히 귀가시키라고 지시했다.

유석은 점심 시간에야 학교로 돌아왔다. 그런 뒤 시위를 주동했다. 3학년 선배 몇 명과 어제 시내에서 공수부대의 만행을 목격한 급우 서너 명과 각 반을 돌며 학생들을 운동장으로 끌어냈다. 학생들은 조금 전에도 시위를 한 적이 있어 쉽게 응했다. 금세 600여 명 정도가 모였다. 유석은 선두에서 '투사의 노래', '봉선화', '정의가' 등을 부르며 운동장을 돌았다.

이번에는 교장과 교사들이 한꺼번에 정문으로 나와 학생들의 시내 진출을 만류했다. 더구나 교문 앞에는 1,000여 명의 전경이 달려와 길을 봉쇄하고 있었다. 할 수 없이 학생들은 각자 시내로 가자며 '애국가'를 부른 뒤 해산했다. 유석은 학내 시위 주동으로 잡혀갈 것 같아 집으로 가지 않고 전남대 정문 앞에 사는 친구 집으로 가기로 했다. 시내버스를 탈 수 없었으므로 걸어서 가는데, 가톨릭센터 앞은 여전히 공수부대원과 시민과 학생 시위대가 쫓고 밀리는 공방을 벌이고 있었다.

오후 3시쯤이었다. 가톨릭센터 7층 기독교방송국에서 시위대의 동정을 살피던 계엄군이 밖으로 얼굴을 내밀었다. 그것을 본 시위 청년들이 가톨릭센터 안으로 들어갔다. 어제 충장로에서 페퍼포그차를 불지를 때 일조했던 김현채도 합류했다. 청운학원을 다니던 재수생 최동기도 뒤따랐다. 인성고 졸업생인 최동기는 '광주시민이 당하는데 강의를 들어야 하는가?' 하는 생각으로 청운학원에서 함께 재수하던 다섯 명과 행동을 같이했다. 재수생들은 인도에서 뜯은 보도블록을 들고 옥상으로 올라갔다. 7층에 먼저 도착한 시위 청년들이 소방용 곡괭이를 꺼내 잠긴 출입문을 부수고 의자로 대형 유리창을 깼다. 시위대가 들이닥치자 계엄군 일곱 명이 방송실 한쪽 구석으로 물러섰다. 지금까지 당하기만 했던 시위 청년들이 계엄군들에게 다가가 윽박질렀다. 시위 청년 한 명이 탁자 위에 있던 콜라병으로 계엄군의 철모를 후려치며 소리쳤다.

"내 친구 살려내. 이 새끼야!"

콜라병이 박살나며 유리 파편이 방송실 바닥에 나뒹굴었다. 또 한 청년이 계엄군의 얼굴에 소화기를 쏘며 말했다.

"소속이 으디여? 얼능 말해. 어차피 니덜은 여그서 죽을 틴께."

"삼십일 사단 소속입니다."

"뭐시라고? 공수가 아니란 말여?"

"방송국 경계 나온 삼십일 사단 군인입니다."

시위 청년 중에 점잖게 생긴 이가 말했다.

"이 군인덜은 계엄군이라도 우리 적이 아닌께 패지는 맙시다."

사실 전경이나 31사단 병사들에게 악감정은 없었다. 시위 청년들이 멈칫했다. 그때였다. 계엄군이 M16소총에 탄알을 장전하며 시위 청년들을 겨냥했다. 그러자 시위 청년 중에 한 명이 총을 든 계엄군에게 달려가서 큰 소리로 고함을 질렀다.

"아나, 쏴바라!"

총을 든 계엄군이 고함친 시위 청년의 기에 눌려 머뭇거렸다. 그 사이에 시위 청년이 계엄군의 총을 잽싸게 낚아채버렸다. 시위 청년과 김현채는 빼앗은 총을 들고 옆방으로 가서 노리쇠를 당겼다. 노리쇠에 물려 있던 총알이 바로 튕겨 나왔다. 시위 청년이 계엄군의 총을 밖에 있는 시민들에게 내보이며 흔들었다. 시위대가 환호성을 지르며 박수로 응답했다.

대치하고 있던 공수부대원들이 시민들을 20여 미터쯤 밀어낸 뒤 가톨릭센터 안으로 들어오려고 정렬했다. 그러자 가톨릭센터 옥상에서 시위 청년 네댓 명이 보도블록을 깬 시멘트 조각을 공수부대원들에게 던졌다. 최동기를 따라서 옥상으로 올라간 재수생들이었다.

공수부대원들은 시멘트 조각이 우박처럼 쏟아지는데도 아랑곳하지 않고 가톨릭센터 안으로 진입했다. 최동기 일행은 단거리 경주하듯 계단을 통해 내려와 건물 후문으로 빠져나왔다. 기독교방송국 안에 있던 시위 청년들도 "공수가 온다!"고 소리치며 계단을 타고 내려와 후문 주차장 천막지붕을 타고 달아났다. 미처 피하지 못한 시위 청년 한 명은 주차장 천막지붕에서 붙잡혔다. 공수부대원은 그를 진압봉으로 가격하다가 M16소총 끝에 착검한 대검으로 그의 옆구리를 찔렀다. 시위 청년은 맥없이 주저앉았다. 김현채 앞에 있던 시위 청년도 주차장 벽 밑의 상자를 밟고 담을 넘으려다가 공수부대원이 내리치는 진압봉에 머리를 맞고 쓰러졌다. 김현채는 그 순간 몸을 피해 깜깜한 지하실로 들어갔다. 앞이 잘 보이지 않았으므로 기다시피해서 지하실 안쪽에 엎드려 숨을 죽였다. 김현채를 본 공수부대원이 뒤쫓아 오는 듯 지하실 계단을 밟는 군홧발 소리가 쿵쿵 들려왔다. 군홧발 소리는 공명이 되어 지하실을 음산하게 떠돌았다. 김현채는 겁에 질린 채 중얼거렸다.

"인자 여그서 죽어부렀구나."

그러나 웬일인지 공수부대원의 군홧발 소리가 멈추었다. 공수부대원도 지하실이 캄캄하므로 겁이 난 듯했다. 5분쯤 뒤에는 공수부대원이 계단을 올라가버린 듯 군홧발 소리가 멀어졌다. 김현채는 안도의 한숨을 쉬면서 혼잣말을 했다.

"지도 겁이 나겄제잉. 지나 나나 일 대 일인게."

30분쯤 지나자 군홧발 소리는 건물 안에서 더 이상 들리지 않았다. 가톨릭센터 밖도 조용해진 듯했다. 김현채는 도둑고양이처럼 지하실을 빠져나왔다. 1층으로 나오니 사무실에 있던 경비원 아저씨와 청소원 아주머니가 김현채를 큰 상자 안으로 숨겨줬다. 상자 안에는 이미 시위 청년 한 명이 숨어 있었다. 한참 후 경비원 아저씨가 상자를 열어주어 두 사람은 그곳을 빠져나왔다. 이제 시위대는 보이지 않았고 금남로에는 돌멩이와 시위대의 신발짝들이 어지럽게 널려 있었다. 공수부대원들만 빈 금남로 거리를 지그재그 대오로 활보 중이었다. 불이 붙은 포니 승용차에서는 검은 연기가 피어올랐다. 김현채는 황급히 금남로를 벗어났다. 동아극장 앞에도 공수부대원에게 붙잡혀 군용트럭에 실려 간 시위 학생, 시민 들의 신발이 두 가마니 정도나 쌓여 있었다. 공수부대원들은 시위자를 붙잡으면 도망가지 못하게 웃옷과 바지, 신발을 먼저 벗겼던 것이다.

그때, 김성용 신부는 북동성당에서 열린 가톨릭농민회 모임에 참석하고 난 뒤 금남로로 향했다. 택시를 잡을 수 없었으므로 걸어서 갔다. 가톨릭센터 쪽에서 치솟는 검은 연기가 김성용 신부 눈에도 보였다. 동료 신부 세 명과 가톨릭농민회 회장 등과 걸어가는데 신자들이 찾아와 하소연했다.

어제 낮부터 공수부대가 시내로 나와 진압봉으로 시민의 머리를 내리치고, 피를 흘리며 넘어진 시민을 군홧발로 짓밟고 있다며 발을 동동 굴렀다. 여학생, 남학생 가릴 것 없이 옷을 벗기고, 구타하고, 군홧발로 차고, 착검한 대검으로 찌르고, 담을 넘어 민가로 도망가는 청년을 쫓아가서 초주검이 되도록 두들겨 팬 뒤 군용트럭에 짐짝 던지듯 싣고 어디론가 사라졌다며 흐느꼈다. 김 신부는 애써 마음을 진정하며 탄식했다.

'아. 이것이 대한민국의 국군이란 말인가?'

김 신부 일행은 소방서 사거리에서 걸음을 멈추었다. 금남로에서 쫓겨 온 시위대가 사거리를 가득 메우고 있었다. 그러나 장갑차를 앞세운 공수부대가 밀고 들어오자 시위대는 바람에 날리는 나뭇잎처럼 흩어졌다. 공수부대원들이 도로 양쪽 건물 위에서 내다보는 시민들에게 욕설을 내뱉었다.

"뭘 보는기야! 죽고 싶으면 이리 내려와 새끼들아!"

지휘관이 뭐라고 하자 대여섯 명의 공수부대원이 김 신부 일행 옆을 획 지나쳤다. 그런 뒤 내려진 셔터를 군홧발로 차고 M16소총 개머리판으로 찍었다. 그 건물의 누군가가 공수부대원을 향해 비난한 듯했다. 시위 청년이 포승줄에 묶이어 끌려가는 것이 또 보였다. 장발한 머리가 터져 얼굴은 피로 범벅이 돼 있었다. 김 신부는 분노가 치밀어 몸을 떨었다.

'국민들이 낸 방위세로 무장한 군인이 아닌가! 외적을 막으라고 지급한 총을 시민들에게 돌리고 있다니. 이런 군대는 필요 없다. 주인을 모르고 미쳐 날뛰는 군대는 없어져야 한다. 누가 이 군인들을 미치게 했는가? 시민을 살상하라고 명령한 원흉은 누구인가?'

김 신부는 아침에 누님의 딸 마리아가 한 말이 떠올랐다. 마리아는 국민학교 1학년인데 엄마에게 물었던 것이다.

"엄마, 친구가 말했어라. 인민군이 쳐들어와 사람들을 몽땅 죽이고 있다고라. 그래서 선생님도 집에 빨리 들어가라고 하셨어라. 맞아요?"

어처구니없는 마리아의 질문이었다. 어린아이 눈에 국군이 인민군으로 보였다니 통탄할 노릇이었다. 도청이 가까운 금남로만 조용할 뿐 그 밖의 지역은 시위대가 점점 불어나고 있었다. 도로 공사 중인 한국은행 사거리에도 시위 학생, 시민 들이 모여 구호를 외쳐댔다. 시위대에 시민이 많이 섞이면 '아리랑'이나 '애국가'를 합창했다. 시위대는 노래를 부르다가도 공수부대가 다가오면 투석전을 벌였다. 시위대 속에는 국민학교 5, 6학년생으로 보이는 아이들도 있었다. 한 아이가 공수부대원을 향해 돌멩이를 던지더니 야구공만 한 주먹을 치켜들었다. 김 신부의 눈에는 대견하기보다 왠지 가련하다는 생각이 들어 마음이 짠했다.

시위대 속에는 처음으로 가담한 사람이 많았다. 화순에서 손님에게 광주 소식을 듣고서 구두 닦는 일을 접고 넘어온 박래풍도, 공장에서 망치를 직접 만들어 나온 용접공 김여수, 견딜 수 없어 아버지의 만류를 뿌리치고 나온 가구 노동자 김종철, 회사 일로 광주에 출장 나왔다

가 공수부대원의 횡포를 보고 분개한 회사원 김준봉도 시위는 처음이
었다. 김준봉은 장성 공장으로 가는 퇴근버스 안에서 옆에 앉은 계장
에게 치를 떨면서 말했다.

"개새끼들 가만두나 보세요. 우리 집은 아들이 넷인께 나 하나쯤은
죽어도 괴않치라."

"에이. 자네 무신 말을 모질게 허는가?"

김준봉은 공수부대원들이 떠올라 두 손으로 얼굴을 감싸 쥐었다.
눈 주변 근육이 실룩거리는 것 같아 두 손으로 얼굴을 박박 문질렀다.

첫 발포

금남로 거리의 공기는 매캐했다. 특히 18일 이후 도청 앞 공기는 더 심했다. 눈이 따갑고 목구멍까지 메스꺼웠다. 최루탄 가스가 원형 분수대 주변을 스멀스멀 맴돌았다. 도청 앞의 수산협동조합 여직원 중 일부는 치약을 바른 마스크를 쓰고 다니기도 했다. 천식기가 있는 회사원들은 콜록콜록 기침이나 재채기를 했다. 그래도 젊은 회사원들은 견딜 만하다는 듯 대수롭지 않은 표정으로 출퇴근했다. 회사원들에게는 최루탄 가스보다 공수부대원들의 행패가 더 역겨웠다.

김영철도 YWCA 신협에 정상 출근했지만 아침부터 썩은 콩 씹은 얼굴이 됐다. 10시쯤 공수부대원들이 갑자기 신협 사무실로 들이닥친 것이다. 시위 청년들이 YWCA 골목으로 숨자 공수부대원 하사가 신협 사무실로 들어와 박용준을 꼭 찍어 소지품을 검사했다. 박용준의 호주머니에서 학생증 같은 것이 나오지 않자 그 공수부대원은 곧장 2

층으로 올라가 양서조합 직원인 황일봉을 현관으로 끌어냈다.

"너 대학생 맞지? 방금 도망쳐 온 놈이지?"

"아닙니다. 양서조합 직원이어라."

"날 속이면 죽는 수가 있어, 이 새끼야!"

공수부대원이 황일봉을 가격하려고 진압봉을 치켜들었다. 김영철과 황일봉의 여동생 황수진 직원이 현관으로 뛰어가 공수부대원의 진압봉을 막았다. 김영철이 거칠게 말했다.

"양서조합 직원 맞다니까요."

YWCA 옆 건물은 무등고시학원이었다. 학원생들이 창문을 통해서 구경하고 있다가 야유를 보냈다.

"야! 그러지 말어."

"광주 사람들이 니들 적이냐?"

그러자 공수부대원 몇 명이 황일봉을 놔두고 무등고시학원 건물로 뛰어갔다. 잠시 후 창문을 열고 한 학원생이 소리쳤다.

"공수가 미쳐부렀습니다. 학원생들이 맞아 죽고 있어요."

학원생의 목소리는 공수부대원들에게 제압당한 듯 더 들리지 않았다. 길에 있던 공수부대원들까지 합세해 학원 출입문의 셔터를 조금만 올리고 학원생들을 기어 나오게 했다. 공수부대원들은 학원생들이 셔터 밑으로 머리를 내미는 순간부터 진압봉을 마구 휘둘렀다. 머리, 어깨, 허리 등을 가리지 않고 인정사정없이 패고 짓밟았다. 신협과 양서조합 직원들은 공포에 떨었다. 김영철은 입술을 깨물었고, 박용준은 소리쳤다.

"개만도 못헌 놈들! 영철이 형, 총만 있다믄 다 쏴죽여버릴라요."

무등고시학원 일부 학원생은 초주검이 되어 군용트럭에 실려 갔다.
공수대원들은 다시 시위 청년들을 색출하기 위해 금남로 1가에 있는
다방과 당구장을 뒤졌다. 20대 중반의 위성삼은 5번 시내버스를 타고
친구 집으로 가는 중이었다. 시위대는 듬성듬성 보였지만 공수부대원
은 보이지 않았다. 진압작전상 시위대를 한데로 몰기 위한 전술인지도
몰랐다. 양동에서 부모가 해오던 숙박업을 도와주고 있는 위성삼은 계
엄군이 광주에 들어온 이후 손님도 끊기고 해서 시내에 나온 길이었
다. 위성삼은 금남로 쪽에서 시위하는 소리가 들려와 호기심에 장동사
거리 노동청 앞에서 내렸다. 바로 금남로로 가지 않고 MBC방송국 쪽
으로 우회했다. 군대에서 훈련받은 대로 계엄군의 동태를 살핀 뒤 가
기 위해서였다. 시위대는 청산학원 골목에서 웅성거렸다. 주로 학원을
다니는 재수생들이었다. 계엄군의 만행을 전해들은 재수생들이 강의
를 거부하고 골목으로 나와 있었다.

그런데 재수생 시위대가 "계엄군은 물러가라!"고 외치자 어디서 나
타났는지 공수부대원들이 쫓아왔다. 위성삼은 공수부대원에게 대항
할 자신이 없어 뛰었다. 전남여고 담을 넘어 농장다리 쪽으로 달린 뒤
이발소로 들어가 숨었다. 이발소 밖은 군홧발 소리와 쫓기는 시위 청
년들의 발걸음 소리가 요란했다. 위성삼은 이발소도 안전하지 못한 것
같아서 골목길로만 가다가 계림극장으로 들어갔다. 첩보영화는 밖의
상황과 상관없이 상영 중이었다. 영화 장면이 눈에 들어올 리 없었다.
위성삼은 계림극장에서 가까운 동원예식장 부근에 있는 사촌누나 집
으로 갈까 하고 망설였다. 양동 집으로 가려면 시내를 관통해야 하므
로 위험했다. 그러나 극장을 나온 위성삼은 전신전화국 쪽으로 잰걸음

을 했다. 동원예식장 쪽은 이미 공수부대원들이 10여 미터 간격으로 서 있었기 때문이었다. 전신전화국에서 전대병원 쪽으로 돌아갔다가 광주천변 도로를 타고 양동 집으로 갈 생각이었다.

전신전화국 앞에도 1,000여 명의 시위대가 있었다. 시외버스공용 터미널과 광주소방서 쪽에서 온 시위대와 금남로에서 쫓겨 온 시위대 가 합세한 것이 분명했다. 가톨릭센터 부근에서 치솟는 검은 연기는 시위대를 자극했다. 경찰 순찰차가 눈덩이처럼 불어난 시위대 앞으로 지나가다가 멈췄다. 누군가가 경찰 순찰차를 가로막았던 것이다. 경찰 들은 순찰차에서 내리더니 눈 깜짝할 사이에 사라졌다. 시위대는 굳이 경찰을 쫓지는 않았다. 시위 청년 한 사람이 경찰 순찰차의 시트에 불 을 질렀다. 경찰 순찰차가 순식간에 불길에 휩싸였다.

시위대는 여세를 몰아 부근에 있는 MBC방송국으로 갔다. 뉴스 시 간에 시위대를 정치인의 사주를 받은 폭도라고 방송하여 분노를 산 방 송국이었다. MBC방송국 앞에는 계엄군 네 명과 하사관 한 명이 '경 계총 자세'로 서 있다가 시위대가 접근하자 차고 출입문 셔터를 내린 뒤 '서서쏴 자세'를 취했다. 놀란 시위 시민들이 뒤로 물러섰다. 그때 위성삼이 외쳤다.

"쟤들이 쏴봤자 공포탄인게 밀어붙입시다."

위성삼은 경계병에게 공포탄 세 발을 지급한다는 것을 알고 있었 으므로 자신 있게 소리쳤다. 방송국을 지키는 계엄군은 공수부대원 이 아니고 31사단 보병부대 군인이었다. 시위진압 훈련을 받지 않은 그들에게는 진압봉이 없었다. 경계를 서던 계엄군들은 시위 청년들에 게 금세 붙잡혀 총과 철모를 빼앗겼다. 누군가가 공수부대원이 아니라고 말했다.

"내가 안디 저 군바리들은 공수가 아니어라."

시위 청년들이 총과 철모를 돌려주며 그들을 풀어주었다. 그런 뒤 방송국 차고 출입문 셔터를 올렸다. 차고에는 자가용 세 대와 이동방송 승합차가 한 대 주차돼 있었다. 시위대는 자가용 한 대를 끌어내 쇠파이프로 연료통 마개를 친 뒤 불을 붙였다. 불길이 솟구치는 것을 보면서 시위 청년들이 환호했다. 계엄군 만행은 보도하지 않고 시위대를 폭도로 과장해서 방송하는 것에 대한 응징이었다. 또다시 이동방송 승합차를 끌어내 불을 지르려고 했지만 누군가가 막았다.

"옆에 있는 전자제품 대리점에 불이 붙을 수 있응게 참읍시다."

"공수가 온다!"

한 시위 청년이 비명을 지르듯 소리치자 방송국을 점령할 것처럼 기세를 올렸던 시위대가 슬슬 계림동 쪽으로 방향을 틀었다. 대오를 유지한 채 걸어오는 공수부대원들은 거침이 없었다. 시위대가 던지는 돌멩이를 두려워하지 않고 다가왔다. 시위대를 겁먹게 하는 전술 대오였다. MBC방송국 안의 경계병을 구출하기 위해 몰려오는 계엄군은 7공수여단 35대대와 11공수여단 63대대 공수부대였다.

일병 이경남은 63대대 소속이었다. 이경남은 눈을 제대로 뜰 수 없을 만큼 피곤했지만 상관의 명령을 따랐다. 새벽 2시경 조선대학교 운동장에 도착하여 군장을 풀고 4시쯤에야 잠을 자다가 깨어나 아침 식사를 끝내기도 전인 오전 10시에 출동명령이 떨어졌던 것이다. 군용트럭에서 내린 곳은 MBC방송국 앞이었다. 공수부대원들은 군용트럭에서 내리자마자 맹수로 돌변했다. 고참 공수부대원이 지나가는 한 청년을 붙잡았다. 고참 공수부대원들은 시위 학생과 시민 들을 한 사람이라도 더 체포하기 위해 그 청년을 졸병인 이경남에게 맡겼다.

"저 학교 운동장으로 데리고 가 있어."

"예, 알겠습니다."

이경남은 청년을 전남여고 운동장으로 연행했다. 교문을 들어서자 양편으로 잎이 무성한 플라타너스와 동글동글하게 전정한 향나무가 보였다. 여학생 화장실은 왼편에 있었다. 청년이 이경남에게 애원했다.

"군 입대할라고 신체검사 받으러 왔는디 왜 군인될라는 사람까지 붙잡습니까?"

순간 이경남은 고참의 명령을 따라야 할지, 자신의 양심에 따라 판단해야 할지 갈등을 느꼈다.

"참말로 신검 받을라고 왔단 말이오. 살려주씨요."

청년이 이경남에게 두 손을 싹싹 빌었다. 이경남은 다시 갈등했다. 목사인 아버지는 이럴 때 어떻게 행동하실까. 1975년 목원대 신학과에 입학한 뒤 군사독재에 염증을 느껴 해방신학에 관심을 가지다가 1979년 5월에 입대한 그였다. 그러나 곰을 피하려다 사자를 만난다는 성경 구절처럼 이경남은 신병훈련소에서 공수부대로 차출됐고, 술담배를 안 하는 데다 장래 희망이 목회자 겸 소설가인 그는 부대 안에서 '고문관'으로 통했다. 이윽고 이경남은 양심을 따르기로 했다. 청년은 이경남의 태도가 거칠지 않자 더욱 매달렸다.

"군인 성님, 살려주씨요."

"알았소."

이경남은 청년을 여학생 화장실로 데리고 가서 말했다.

"우리 공수부대가 물러갈 때까지 절대로 나오지 마시오."

"고맙소."

"잡히면 둘 다 곤란해지니 반드시 여기 있어야 되오."

"안에서 문 꽉 잠그고 있을게라."

"여학생 화장실이라 안전하니 절대로 나와서는 안 됩니다."

이경남은 청년에게 신신당부를 한 뒤 교문을 나왔다. 고참 공수부대원들은 잡혀 온 시위 청년들을 진압봉으로 패느라고 몹시 흥분해 있었다. 이경남이 전남여고를 다녀온 것도 잊어먹고 묻지 않았다. 군용트럭에 붙잡힌 시위 청년들을 태워 조선대학교 숙영지로 보내느라고 정신이 없었다. MBC방송국 안에 있던 31사단 계엄군 구출작전이 끝났는지 그곳을 7공수 35대대에게 맡기고 이경남 일병이 소속한 11공수 63대대 일부는 이미 계림동으로 작전 지역을 옮겨간 상황이었다. 공수부대원들이 뒤처리를 하며 욕설을 내뱉었다.

"개자식들, 아무것도 아닌 것들이 감히 까불어!"

MBC방송국 앞에서 구호를 외쳤던 시위대는 계림동 동원예식장 앞으로 밀려갔다. 위성삼도 시위대 속에서 빠져나오지 못하고 함께 움직였다. 시위대에게 위협을 가하기 위해 먼저 가 있던 11공수여단의 장갑차 한 대는 동원예식장과 광주고등학교 사이에 멈춰 있었다. 시위 청년들이 장갑차 앞면 양쪽에 달린 감시경을 돌로 깨버렸기 때문이었다. 장갑차는 방향을 잃고 보도 턱 위에 걸쳐 있었다. 시동은 꺼진 상태였다. 그때 장갑차 뚜껑이 열리면서 대위 계급장을 단 장교가 서로 아는 사이인 듯 취재하던 동아일보 기자에게 소리쳤다.

"도청 본부에 알려주시오. 병력이 더 필요하오."

동아일보 취재차가 그곳을 빠져나가려고 하자 시위 시민들이 발길질을 했다.

"동아일보는 으째서 침묵하고 있소. 거리에서 시민들이 막 죽어가고 있는디."

"신문 방송 니들도 한패여, 먹물들아!"

시위대는 먹이를 발견한 개미 떼처럼 장갑차를 에워쌌다. 위성삼은 시위대를 뚫고 장갑차까지 접근했다. 한 시위 청년이 어디서 구했는지 벼 짚단을 가져와 불을 붙여 장갑차 바퀴에 던졌다. 불이 붙을 리 없었다. 위성삼이 그 시위 청년에게 말했다.

"거그는 소용 읎소."

"형씨, 으디다 놔야쓰겄소?"

"짚단을 이리 주씨요."

위성삼은 불이 붙은 벼 짚단을 장갑차 뚜껑에 올렸다. 군대를 갔다왔기 때문에 장갑차의 취약한 부분을 알고 있었던 것이다. 장갑차 뚜껑에 올려놓은 벼 짚단이 활활 타올랐다. 쇠가 달궈지자 뚜껑이 다시 열리면서 M16소총 총구가 슬그머니 올라왔다. 이번에도 대위가 나타났다. 처음에는 총구에서 두 발의 총성이 울렸다. 총소리에 놀란 시위대가 당황해서 골목으로 피했다. 또다시 한 발의 총성이 더 났다. 대위의 총은 시위대를 겨냥하고 있었다. 순간 광주고등학교 앞거리는 텅비어버렸다. 위성삼은 위협사격이라고 판단했지만 한 고등학생이 총에 맞아 피를 흘렸다. 조선대 4학년인 위성삼은 학생의 명찰을 보고는 바로 조선대부고 야간 학생임을 알았다. 열여덟 살 어린 학생은 고교 3학년 김영찬이었다. 그 사이에 시동이 다시 걸린 장갑차는 굉음을 내지르며 전속력으로 달아났다. 위성삼이 소리쳤다.

"병원이 으딨소?"

"계림파출소 옆에 있소."

위성삼 옆에는 마침 공중보건의 한 명이 있었다. 그가 말했다.

"총알이 복부를 관통했어요. 생명이 위험하니 얼능 병원으로 옮깁시다."

위성삼은 몇 명의 시위 청년과 함께 부상당한 김영찬을 외과병원이 있는 계림파출소 부근까지 옮겼다.

"으쩌겠소?"

"여그서 응급수술만 받고 장이 파열됐다믄 대학병원으로 가야 쓰겄소."

"상태가 위급허냔 말이오."

"총알이 복부 오른편을 관통해 좌측 엉덩이로 빠져나갔소. 대학병원에서 수술만 잘 받으면 살 수는 있소."

"피가 필요하믄 나부터 뽑을라요."

위성삼은 공중보건의에게 학생의 뒷일을 부탁하고는 부근에 있는 사촌누나 집으로 갔다. 사촌누나가 피 묻은 위성삼의 옷을 보고는 깜짝 놀랐다.

"성삼아, 뭔 일이다냐. 오늘은 우리 집서 꼼짝 말고 있그라잉."

"누님, 공수가 광주시민에게 총을 쏴 죽이고 있그만요. 광주는 시방 난리가 나부렀소."

"오메 오메, 으째야쓰끄나."

위성삼은 사촌누나 집 골방에 누웠지만 심장이 벌렁거려 몇 번이나 심호흡을 했다. 의식을 잃어가면서도 살고 싶다는 야간 고교생의 애처로운 눈빛이 자꾸만 떠올랐다. 총알이 배를 관통해 몸은 축 늘어졌는데도 눈빛은 살아서 무언가를 말하고 있었던 것이다.

학운동 청년들

학운동 예비군 소대장 문장우는 집에서 늦은 점심을 먹고 양복정장 차림으로 삼양백화점 2층에 있는 삼양다방으로 나갔다. 어제 충장파출소 옆의 송학다방에서 사업차 만났던 친구 박관수를 또 만나기 위해서였다. 마담은 연두 빛깔의 한복을 입고 있었다. 저고리 가운데에 커다란 무궁화 꽃을 달고 있었는데 조화였다. 삼양다방은 자리가 좋았으므로 늘 손님들로 북적거렸다. 문장우가 박관수를 보고 말했다.

"친구야, 어저께는 공수 자식들 땜시 이야기를 못했는디 쪼깐 생각해봤어?"

"광고대행 사업은 완전히 인맥이거든. 니를 도와줄 만한 사람들을 몬자 쭉 메모해봐."

"나는 인맥이 읎어. 긍께 니를 만날라고 또 나왔제."

"사업허는 선후배딜이 있기는 헌디 곶감 빼묵드끼 하나둘 써묵고 인자 흑싸리만 남았어."

"내가 시방 찬밥 더운밥 가릴 때간디? 흑싸리도 좋고 비껍데기도 좋은께 도와줘."

"알았어."

"근디 니 성질에 시위에 가담허지 않은 것이 나는 이상허다. 의리의 사나이가 아닌가."

"고민허고 있어. 사업에 전념해야 허는가, 아니면 공수 놈들을 작살내야 허는가 말이여. 어저께 진압봉으로 맞은 어깨쭉지가 아직도 씸벅씸벅허당께."

"나는 다른 약속이 또 있응께 가볼게."

"커피나 한 잔 마시고 가."

"그래야제."

박관수는 커피를 맹물 들이켜듯 쭉 마시고는 일어섰다. 문장우도 다방에 더 앉아 있기가 따분해질 듯해서 밖으로 나왔다. 사실은 그보다 금남로의 시위대가 궁금했다. 어느새 돌멩이와 보도블록 조각들이 어지럽게 널린 금남로 3가까지는 공수부대가 완전히 장악하고 있었다. 시위대는 금남로를 벗어난 이면도로나 골목 등에 들쑥날쑥 보일 뿐이었다. 가톨릭센터 앞에는 포니 승용차 서너 대가 불타서 검게 그을린 채 버려져 있었다. 문장우는 충장파출소를 지나 광주천변 도로로 나갔다. 광주천변 도로에서는 금남로와 달리 공수부대원들과 시위 청년들 간에 쫓고 쫓기는 공방전이 반복되고 있었다. 문장우는 넥타이를 풀고 시위대에 가담했다. 학생들을 보호하기 위해서는 젊은 시민들이 도와줘야 한다는 생각이 들어서였다. 중년 시민들은 아직 공수부대원들에게 삿대질을 할 뿐 직접 돌멩이를 던지거나 각목을 휘두르는 사람은 적었다.

광주천변 도로에서도 최루탄이 터지곤 했다. 공수부대원이 돌멩이를 던지는 문장우 쪽으로도 최루탄을 쏘았다. 문장우는 최루탄을 피해 적십자병원 막다른 골목으로 달렸다. 그를 본 공수부대원 두 명이 착검한 총을 들고 쫓아왔다. 문장우는 순간적으로 싸워야겠다고 작심했다. 공수부대원이 총만 쏘지 않는다면 격투해서 얼마든지 이길 자신이 있었기 때문이었다. 평소에 유도와 복싱으로 몸을 단련하고 있었으므로 겁나지 않았다. 문장우는 달려오는 두 명의 공수부대원을 똑바로 응시했다. 공수부대원들이 '찔러총 자세'로 걸음을 멈췄다. 문장우는 버티고 서서 격투기 자세를 취했다. 잠시 후에야 공수부대원들이 반걸음씩 '찔러총 자세'로 다가왔다. 문장우는 눈싸움에서 져서는 안 된다고 판단했다. 공수부대원들을 더 뚫어지게 노려보면서 자세를 흩트리지 않았다. 공수부대원들은 더 이상 접근하지 못했다. 이는 겁을 조금 내고 있다는 증거였다. 그 순간 문장우는 발을 뻗어 공수부대원의 총을 연달아 걸어찼다. 두 자루의 총이 땅바닥에 떨어졌다. 문장우가 소리쳤다.

"야, 공수 쫄따구 새끼들아! 내가 누군 줄 알아? 포병하사 출신이야."

이제는 안심하고 공수부대원을 쉽게 제압할 수 있었다. 총을 놓쳐버린 공수부대원들은 꼼짝을 못했다. 문장우는 한 공수부대원은 업어치기로 땅바닥에 메치기를 했고, 또 한 공수부대원은 주먹을 턱에 꽂아 쓰러뜨려버렸다.

골목을 나와 보니 상황은 좀 전과 같았다. 공수부대원들과 시위 청년들 간에 공방전이 여전했다. 공수부대원들이 쫓아오면 시위대는 도망쳤고, 시위대가 돌멩이를 던지며 반항하면 공수부대원들이 밀리곤 했다. 문장우는 적십자병원 벽에 기댄 채 호흡을 진정했다. 두 명의 공수부대원과 잔뜩 긴장하며 싸웠던 탓에 숨이 턱에까지 찼다. 문장우는 숨을 고르면서 공수부대원들이 어떻게 공격하는지 눈여겨보았다. 일정한 전술로 움직였다. 골목으로 달아나는 시위 학생이나 청년을 쫓아 공격할 때는 2인 1조이고, 큰길에서는 일고여덟 명이 한 조가 되어 시위대 무리를 타격했다.

막다른 골목으로 달아난 시위 청년 중에는 문장우와 같은 사람도 더러 있었다. 공수부대원들이 골목에서 오히려 쫓겨나오기도 했다. 그러나 큰길에서는 일고여덟 명의 공수부대원들에게 시위대 무리는 예외 없이 밀리곤 했다. 일고여덟 명의 공수부대원 팀들은 거리를 바둑판처럼 나누어 시위자들을 능숙하게 진압했다. 그런데 적십자병원 부근에서는 달랐다. 시위대가 갑자기 불어나자 공수부대원들이 감당하지 못했다. 어떤 팀의 공수부대원은 되치기를 당했다. 시위대를 쫓아오다가 시위 청년 몇 명이 갑자기 되돌아서서 소리쳤던 것이다.

"야, 좆만 헌 새끼덜아, 쏴봐!"

"니덜은 오늘 우리헌테 죽었어!"

시위 청년 몇 명이 독하게 대들자 공수부대원들이 당황했다. 그러더니 돌아서서 소속 대대가 있는 광주공원 쪽으로 줄행랑을 쳤다. 시위대가 함성을 지르며 쫓아갔다. 그때 도망치던 공수부대원들 중에서 한 명이 낙오했다. 뒤떨어진 공수부대원은 달아나다가 곧 붙잡힐 듯하자, 적십자병원 앞의 광주천으로 뛰어내렸다. 양림교 쪽으로 달아나려고 했다. 공수부대원은 뛰어내리다 부상을 당해 절룩거렸다. 시위대가 일제히 돌멩이를 던졌다. 흰 가운을 입은 적십자병원 의사들은 지켜보기만 했다. 레지던트 한 명이 말했다.

"거참, 희한하네. 인자 공수가 도망가네."

"어어! 저러믄 안 되는디."

또 다른 의사가 소리쳤다. 광주천 풀밭에 쓰러진 공수부대원에게 누군가가 다가가 큰 돌로 내리치려고 했다. 소리친 의사가 광주천으로 뛰어내리자 동료 의사들도 뒤따랐다. 의사 중에 한 명이 말했다.

"어저께 한 시민이 병원에서 죽었소. 나도 공수를 죽이고 싶소. 그렇다고 우리마저 그라믄 되겠소?"

그제 오후에 초주검이 되어 적십자병원으로 실려 온 구두 수선공 스물여덟 살의 김경철은 농아장애자였다. 벙어리에다 귀머거리였다. 친구들과 점심을 한 뒤 충금지하상가에서 공수부대원에게 붙들렸는데 말을 하지 못해 다른 청년들보다 진압봉으로 더 구타를 당했다. 농아장애자 증명을 보여주고 두 손으로 빌었지만 소용없었다. 병원에 실려왔을 때 그의 상태는 뒤통수가 깨지고 눈알이 튀어나왔으며, 엉덩이와 허벅지가 으깨진 중상이었다. 길바닥에 내팽개쳐진 그를 시민들이 트럭에 싣고 와 병원에 입원시켰지만 어제 숨을 거두고 말았던 것이다. 그의 시신은 적십자병원에서 국군통합병원 영안실로 넘겨졌는데, 공수부대가 광주에 투입된 이후 첫 죽음이었다. 그의 처참한 모습을 본 적십자병원 젊은 의사는 그 순간 공수부대원을 죽이고 싶은 살의를 느꼈던 것이다. 의사가 시위 청년에게 또 말했다.

"이래서는 안 돼요!"

"이런 새끼는 죽여부러야지요."

나이가 들어 보이는 시위 시민 중에 한 사람이 의사를 거들었다.

"사람은 살리고 봅시다잉."

그제야 시위 청년이 손에 들고 있던 돌을 광주천에 던져버렸다. 그리고는 공수부대원에게 침을 뱉으며 한마디 했다.

"니덜 광주 사람을 우습게 봤어. 내 손에 걸리믄 다 죽는다잉."

공수부대원의 총은 누군가가 가져가버렸는지 이미 사라지고 없었다. 어느새 병원 직원들이 들것을 가지고 달려와 부상당한 공수부대원을 옮겨갔다. 문장우는 실려 가는 공수부대원을 보면서 혼잣말로 중얼거렸다.

"우리가 니들 같은지 아냐!"

문장우는 집으로 갈까 하다가 시내로 들어갔다. 집으로 들어가서 아내와 자식을 보면 시위대에 가담하기로 작정한 마음이 약해질 것 같아서였다. 그러나 잠잘 곳이 마땅찮았다. 문장우는 전남공업고등학교 부근 하수도공사장에서 대형 콘크리트 하수관을 보고는 걸음을 멈췄다. 문장우는 남에게 신세지지 않고 하수관에서 하룻밤 자야겠다고 생각했다. 옷이 더럽혀질까 봐 양복 상의를 벗었다. 그런데 차가운 시멘트 기운이 몸에 전해지자 으슬으슬 한기가 들었다. 시간은 더디게 갔다. 겨우 오후 7시였다. 할 수 없이 문장우는 전남대병원 근처에 있는 선배 집을 찾아갔다.

학운동 예비군인 허춘섭, 김춘국 같은 20대 중반의 젊은이들도 소대장 문장우처럼 비분강개했다. 시내 번화가 양화점에서 일하는 서른

한 살의 선배 한용덕이 맨 먼저 시내의 공수부대원들의 만행을 전해주었던 것이다. 한용덕은 선을 본 여자와 데이트를 하려다가 공수부대원들 때문에 못하게 되자 홧김에 술을 잔뜩 마시고 와서 욕설을 퍼부었다.

"시내는 시방 공수 새끼들 땜시 난리가 나부렀시야. 사람들을 무참히 때려죽이고 있는디 느그들은 가만히 앉아서 뭣 허냐!"

예비군 허춘섭은 학생들이 스크럼을 짜고 시위하는 줄만 알았는데 공수부대원들이 나타나 사람을 죽인다는 말에 깜짝 놀랐다.

"알았응께 형님은 일단 집에서 잠이나 자씨요."

허춘섭은 선배 한용덕을 집에 데려다주고 동네 선후배 예비군들에게 알렸다. 김춘국은 공수부대원들과 맞서겠다며 혼자서 먼저 시내로 나갔다. 그런데 한용덕이 비틀거리며 또 나타났다. 두 손에 부엌칼을 한 자루씩 쥐고 있었다.

"이놈의 새끼덜, 다 죽여부러야 속이 시원허겄다."

"아따, 형님. 그 칼은 이리 주씨요. 공수보다 형님이 휘두르는 칼에 내가 몬자 죽겄소."

"그러냐? 그럼 니가 보관허고 있그라."

한용덕이 선선히 부엌칼을 허춘섭에게 맡겼다. 허춘섭은 한용덕을 부축해서 시내 쪽으로 내려갔다. 정말로 공수부대원들이 시민들을 때려죽이고 있는지 확인하고 싶어서였다. 배고픈다리에서 학동 쪽으로 나가는데 학운전파사 앞에서 1.5톤 트럭을 만났다. 허춘섭은 트럭을 세워 운전수에게 양해를 구했다. 일부는 트럭을 타고 몇 사람은 천천히 걸어서 따라왔다. 허춘섭과 한용덕은 앞자리에 탔다. 숭의실업고등학교 앞에서 지원동 쪽에서 오는 시민들과 합류하자 일행은 40여 명으로 불어났다. 학운동과 지원동 청년들이었다.

"각목을 들어봅시다."

누군가가 외치자 청년들이 트럭에서 뛰어내렸다. 마침 가로수를 보호하기 위해 받쳐놓은 각목을 전부 뽑아들었다. 남광주 일대의 가로수 지지대가 청년들의 손에 쥐어졌다. 또 누군가가 외쳤다.

"차에 기름을 넣고 갑시다."

트럭은 전남대병원 쪽으로 가다가 남광주주유소로 향했다. 한춘섭은 트럭에서 내려 비틀거리는 한용덕을 부축했다. 이제 조금만 더 걸어가면 시내였다. 마침 주유소에는 사장은 없고 사장 부인과 종업원 한 명이 주유소를 지키고 있었다. 청년 한 명이 사장 부인에게 말했다.

"기름 쪼깐 주씨요."

"읎소잉."

"그라지 말고 쪼깐 주씨요."

"읎다니께라우."

"아따, 비상탱크 것을 쪼깐 주란 말이오."

"여그는 비상탱크가 읎어요."

"이 여사장님은 존 말로는 안 되는그만."

지켜보고 있던 일행 중 한 청년이 뛰어나와 주유소 유리창을 박살내버렸다. 그제야 놀란 사장 부인이 비상탱크를 열었다. 청년들은 트럭에 먼저 기름을 넣고 여러 개의 5리터통과 유리병에 기름을 담아 들었다. 한 손에는 각목을, 또 다른 손에는 유리병을 들고 전남대병원 로터리까지 걸었다. 잠깐 쉬었다가 오른쪽으로 돌아서 다시 장동로터리로 걸어 나아갔다. 드디어 전경과 공수부대원 들이 보였다. 전경들은 길쭉한 방패를 들고 노동청 앞길에 서 있었고, 공수부대원들은 장갑차를 앞세우고 대오를 유지하고 있었다.

공수부대원들을 보자마자 40여 명의 무리 뒤에 있던 청년들이 흥분해 먼저 돌멩이를 던졌다. 그러나 그 돌멩이들은 청년 무리 앞쪽에 떨어졌다. 공수부대원들에게 미치지 못했다. 공수부대원들은 기다렸다는 듯 진압작전을 시작했다. 장갑차가 위협적으로 굉음을 내며 달려왔다. 맨 앞에 있던 허춘섭은 재빨리 피해 인도로 뛰었다. 그러나 한용덕은 미처 피하지 못하고 도롯가에 쓰러졌다. 공수부대원들은 장갑차 뒤에서 진압봉을 들고 쫓아왔다. 시위대로 변한 학운동과 지원동 청년들은 역부족이었다. 공수부대원들에 붙잡혀 머리가 깨지고 쇄골이 부서졌다. 한용덕도 머리가 깨져 피투성이가 된 채 길바닥에 쓰러져버렸다. 허춘섭 등 동네 선후배가 등에 업고 전남대병원으로 달려갔으나 이미 의식불명이 돼 있었다. 한용덕은 즉시 수술실로 실려 들어갔다.

"나는 형네 식구들에게 몬자 알려야겄다."

"긍께 니는 여그 있지 말고 얼능 가봐야쓰겄다."

허춘섭은 병원 일은 친구에게 맡기고 학운동으로 돌아와 한용덕 가족에게 알렸다. 그리고 나서는 집으로 들어가서 깊은 잠에 빠져버렸다. 밤새 학운동 예비군들에게 공수부대원에게 맞은 한용덕 선배가 사경을 헤매고 있다는 소문이 쫙 퍼졌다. 김춘국도 소문을 듣고는 반드시 갚아주겠다고 입술을 깨물었다. 노총각 한용덕은 동네 후배들에게 가끔 술도 사는 자상한 형이었던 것이다.

호소문

　학교 수업을 마친 춘태여자상업고등학교 3학년 박금희는 5번 시내 버스를 타고 귀가하다가 도청 앞에서 내렸다. 다른 날 같으면 농성동 로터리에서 내렸을 것인데 19일에는 도청 앞에서 하차했다. 학교에서 급우들에게 들었던 공수부대원들의 이야기가 사실인가 싶어서였다. 금남로 가톨릭센터 앞까지 걸어갔는데 불탄 승용차가 한두 대가 아니었다. 도로는 텅 비었지만 밀가루 같은 최루탄 분말로 군데군데 얼룩져 있었다. 매캐한 냄새가 코를 찔러 더 있을 수 없었다. 공수부대원들은 교복 차림의 박금희를 붙잡지는 않았다. 그러나 박금희는 공수부대원들의 눈빛이 무섭고 징그러워 고개를 숙였다. 골목으로 들어가니 시민들이 좀 전에 일어난 일을 가지고 수군거렸다. 믿을 수 없어 박금희는 잰걸음으로 광주천 쪽으로 걸어갔다. 충장로로 가는 건널목을 막 건너자마자 몇십 장쯤 되는 A4용지들이 뿌려져 있었다. 누군가가 던져놓고 달아난 유인물이었다. 박금희는 용지 한 장을 주워들고 가방에 넣었다. 보도에 뒹구는 용지를 주웠을 뿐인데 물건을 훔치기라도 한 듯 가슴이 콩닥콩닥 뛰었다.

박금희는 잰걸음으로 광주천변 도로까지 단숨에 걸었다. 광주천변 도로는 금남로와 완전히 달랐다. 공수부대원들과 시위대 간에 밀고 밀리는 공방전이 한창이었다. 시위대 중에는 대학생과 청년이 눈에 많이 띄었다. 노인이나 교복을 입은 고등학생은 소수였다. 적십자병원 앞 광주천에서는 희한한 일도 벌어지고 있었다. 공수부대원 한 명이 시위대가 던진 돌멩이를 맞고 쓰러져 있었다. 뒤쫓아 가던 청년이 공수부대원에게 총을 빼앗아 도로에 있는 시위대를 향해 흔들어댔다. 시위대가 팔을 흔들고 소리 지르며 맞장구를 쳤다.

"와아 와아!"

청년은 전리품을 챙긴 듯 흡족해하면서 다시 도로로 올라와 시위대에 합류했다. 흰 가운을 입은 의사들이 광주천으로 내려가고 있었지만 박금희는 가방 속에 넣은 유인물이 궁금하여 사직공원 앞의 양림교를 건넜다. 양림교 너머에도 양림동에서 모인 시민들이 웅성거렸다. 노인 한 사람이 박금희를 보더니 나무랐다.

"학생, 집에 빨리 가지 않고 뭣 해. 재수없으믄 미친놈덜에게 잡혀가. 저기 주조장 공터에 한 사람이 축 뻗어 있는 것을 봤어."

노인이 평소처럼 공원에서 놀다가 내려오는 길에 쓰러진 사람은 본 곳은 광주공원 앞의 전남주조장 공터였다. 30대 중반의 건장한 사람이 공수부대원에게 진압봉으로 무자비하게 맞고 쓰러져 있었던 것이다. 공수부대원이 지켜보고 있기 때문에 그냥 지나칠 수밖에 없었지만 노인은 그가 곧 숨이 끊어질 거라고 생각했다. 머리가 깨져 피를 질 질 흘리는데도 공수부대원이 군홧발로 그의 가슴과 허벅지 등을 짓밟 고 있었던 것이다.

박금희는 노인의 말을 듣고는 갑자기 두려워져 달리기를 하듯 농성 동 집까지 뛰었다. 평소보다 늦게 왔다고 어머니가 타박했다.

"시상이 어수선헌께 해찰부리지 말어. 니가 걱정돼서 계모임 끝내 고 펑허니 집에 왔다."

"엄마, 도청 분수대서 공수부대원이 여대생 젖가슴을 대검으로 툭 툭 건드렸대."

"가시내야, 쓰잘떼기없는 소리 말어."

"가톨릭센터 골목서 들었어. 그런께 참말이겄제잉."

"대학생이 뭔 죄가 있다고 고로코름 했을끄나."

"데모를 했다고 그랬대."

"여학생이 을매나 무서왔을끄나."

박금희는 어머니가 더 이상 타박을 않자 골방으로 들어가 가방 속 에 유인물을 꺼냈다. 밖에는 비가 내리고 있었다. 양철 차양을 두드리 는 빗방울 소리가 똑똑 하고 들려왔다. 박금희는 가슴이 또 쿵쿵거렸 다. 등사기로 민 '호소문'이라는 제목의 유인물의 글씨는 반듯했다. 내 용은 반듯한 글씨와 달리 무서웠다. 그래도 박금희는 믿기지 않는 부 분이 있어서 다시 한 번 더 읽어 내려갔다.

광주 애국 시민 여러분!

이것이 웬말입니까? 웬 날벼락이란 말입니까?

죄없는 학생들을 총칼로 찔러 죽이고 몽둥이로 두들겨 트럭으로 실어가며, 부녀자를 발가벗겨 총칼로 찌르는 놈들이 이 누구란 말입니까? 이들이 공산당과 다를 바가 무엇이 있겠습니까?

이제 우리가 살 길은 전시민이 하나로 뭉쳐 청년 학생들을 보호하고, 유신잔당과 극악무도한 살인마 전두환 일파와 공수특전단 놈들을 한 놈도 남김없이 쳐부수는 길뿐입니다.

우리는 이제 다 보았습니다.
다 알게 되었습니다.

왜 학생들이 그토록 소리높여 외쳤는가를. 우리의 적은 경찰도 군대도 아닙니다. 우리의 적은 전국민을 공포의 도가니로 몰아넣고 있는 바로 유신잔당과 전두환 일파, 그 자들입니다.

죄없이 학생들과 시민이 수없이 죽었으며 지금도 계속 연행 당하고 있습니다. 이 자들이 있는 한 동포의 죽음은 계속될 것입니다. 지금 서울을 비롯하여 도처에서 애국시민의 궐기가 계속되고 있습니다.

광주 시민 여러분!
우리가 하나로 단결하여 유신잔당과 전두환 일파를 이 땅 위에서 영원히

추방할 때까지 싸웁시다.

최후의 일각까지 단결하여 싸웁시다.
그러기 위해 5월 20일 정오부터 계속해서 광주 금남로로 총집결합시다.

1980년 5월 19일
광주시민 민주투쟁회보

　두 번이나 '호소문'을 읽은 박금희는 그래도 공수부대원들이 광주 시민을 총칼로 찔러 죽인다는 부분에 수긍하지 못했다. 도청에서 벌어진 일도 공수부대원이 대검으로 여대생의 유방을 건들이며 희롱했지 찔렀다고는 믿지 않았던 것이다. 그러나 저녁을 막 먹고 나서였다. 벽시계가 8시를 가리켰다. 남광주시장 부근에 사는 학교 선도부 부원인 친구한테서 전화가 왔다. 어머니 심부름으로 남광주시장에 갔다가 돌아오는 길에 공수부대원들이 끔찍한 일을 저질렀다는 전화였다.
　"금희냐?"
　"응."
　"골목에서 언니 친구 미자 언니가……."
　친구는 더 말을 잊지 못하고 울었다. 선도부 부장인 박금희보다도 더 당찬 친구인데 평소의 그녀답지 않게 뒷말을 꺼내지 못하고 흐느꼈다. 박금희는 놀란 채 다독였다.
　"차분허게 얘기해봐."
　"공수가 칼로 미자 언니 가슴을 찔렀어."

친구는 여자에게 가장 소중하기 때문에 젖가슴이라는 말을 차마 못하고 가슴이라고 말했다. 박금희도 도청 앞에서 공수부대원이 여대생을 희롱했다는 이야기를 직접 들었으므로 젖가슴이라고 직감했다. 친구는 한참 동안 흐느낀 뒤에야 차분하게 말했다.

"장갑차가 달려들어 어떤 아저씨를 따라서 급허게 골목을 뛰었는디 공수가 거그까정 쫓아와 두 사람을 대검으로 찔렀대."

피를 흘리며 쓰러져 있는 두 사람을 남광주시장 상인들이 발견하여 전남대병원으로 옮긴 덕분에 목숨은 구했다고 말했다. 대검에 젖가슴을 찔린 여자는 열아홉 살의 최미자였다. 또 한 사람은 40대의 남광주시장 상인이었다. 최미자는 친구 집에 오는 도중 시위를 한 것도 아닌데 어이없이 당한 억울한 경우였다.

그제야 박금희는 금남로 건널목을 지나서 주운 '호소문'을 이해했다. 광주 시내 어디에선가 진압봉에 맞아 죽고, 총에 죽고, 대검에 찔려 죽고 있는 것이 사실이구나 하고 가슴이 철렁 내려앉았다.

'호소문' 초안을 작성한 사람은 윤상원이었다. 김영철은 일찍 신협에서 퇴근해 광천동 윤상원 자취방으로 걸어갔다. 시내 중심가는 버스가 끊겨 택시를 잡든지 걷는 수밖에 없었다. 비가 부슬부슬 내리는 바람에 택시를 타기는 더욱 어려웠다. 김영철은 비를 맞으며 광주천 천변도로를 탔다. 빗방울들이 어둠 속에서 희끗희끗 보였다가 달아났다. 김영철은 얼굴을 적시는 차가운 빗발을 두 손으로 훔쳤다. 손에 잡히는 것이 광주 사람들의 눈물이 아닐까 싶었다. 문득 분노가 끓어올랐다. 윤상원이 비를 흠뻑 맞은 김영철을 보고는 놀랐다. 김영철은 윤상원을 보자마자 아침에 출근해서 박용준과 양서조합 황일봉이 잡혀갈 뻔했는데, 그 광경을 보고 공수부대원에게 야유를 보냈던 무등고시학원 학원생 20여 명이 끌려갔다고 말했다.

"걔들이 살았는지 죽었는지 모르겠소. 공수 놈들 만행을 직접 눈으로 보니 총이 있으믄 쏴불고 싶습디다."

"아따, 잠바나 벗고 말하씨요."

"비까정 내린께 마음이 더 심란해져부요."

김영철은 비에 젖은 잠바를 벗어 베란다 빨래대에 널었다. 김영철이 화장실에서 손발을 씻고 나오자 윤상원이 말했다.

"녹두서점 자전거를 빌려 타고 시내를 돌아다녔는디 폭도는 광주시민이 아니라 공수가 폭돕디다. 근디도 모든 방송 신문이 거꾸로 보도하고 있으니 이것도 큰 문제요."

"눈에 띄는 것이 있습디까?"

"어저께까지는 학생들 위주였는디 오늘부터는 시민들이 많이 가담한 것 같습디다. 동생 같은 학생들을 보호하고 싶은 마음이거나 공수 놈들이 하도 잔인허니까 울분에서 그런 것이라 생각허요. 적십자병원 앞에서는 공수부대원이 시위대한테 밀립디다. 공수 한 놈은 광주천으로 도망치다가 시민들이 던진 돌멩이에 맞아 죽기 직전이었는디 적십자병원 의사들이 살려주었그만요."

"아마도 서울 사람들은 우리가 북한 인민군 조종을 받는다고 생각할지도 모르겠소."

"긍께 김형, 우리 들불에서 지대로 된 유인물을 만들어 뿌립시다. 아침에 내가 초안을 만들어서 등사기로 민 '호소문'은 오후에 쫙 뿌려졌을 것이요. 들불야학생들이 구역을 정해서 돌았응께라."

윤상원은 유인물에 대한 강한 의지를 드러냈다. 들불야학 등사기를 이용해 강학들이 내용을 작성하고 배포는 들불야학생들이 전담하면 될 거라고 설명했다. 광주시민들의 투쟁의지를 이끌어 가려면 반드시 정확하고 신속하게 전하는 회보 같은 유인물이 필요하다는 것이었다. 김영철도 동감하면서 필경할 사람으로 박용준을 지목했다.

"나는 개발새발이고 용준이 글씨가 젤로 반듯허요. 긍께 필경은 용준이를 시킵시다."

그때 누군가가 초인종을 눌렀다. 오전에 신문보급소 나가는 것을 팽개치고 왔던 김성섭이었다. 김성섭은 하루 종일 윤상원 자취방을 들락거리고 있는 셈이었다. 또 실업자가 된 나명관이 찾아왔다. 윤상원이 나명관을 보고 한마디 했다.

"명관이는 어디 갔다가 인자 오는 거여?"

"몸이 근질근질해서 동생 용관이허고 신역으로 나가 한판 붙어불고 왔그만요."

"워미, 형제는 용감허그만잉."

"근디 거그는 몇 명이나 되든가?"

"학생 시민 합쳐서 오백여 명 되는디 굴다리에서 투석전을 벌였는디 아무래도 공수 놈들헌티는 못 당하겄습디다."

"오늘부텀 사정이 쪼깐 달라지는 거 같은디 내일은 불이 붙을 거여."

"으째서요?"

"시민들이 눈에 띄게 많더라고. 인자사 시민들이 화가 난 것이제."

윤상원은 유인물을 제작하는 데 조를 나누었다. 문안 작성은 윤상원과 전용호, 필경은 박용준, 종이 보급은 김경국, 등사와 배포는 김성섭, 나명관 등 들불야학생들이 맡기로 했다. 김영철과 함께 조를 짠 윤상원은 즉시 문안 작성에 들어갔다. 오늘 하루만도 오전, 오후에 두 번을 유인물을 제작했고 또다시 세 번째 문안 작성에 들어가는 셈이었다.

비가 좀 더 세차게 내릴 무렵에는 김선출도 찾아왔다. 윤상원은 민주투쟁회보 문안을 구상하느라고 찬방에 누워 있다가 김선출을 맞이했다. 여러 사람이 왔다 간 듯 방은 어수선했다. 담배꽁초가 재떨이에 수북했다. 또 막걸리 빈 병들이 방구석에 밀쳐 있었다.

"웬일이냐?"

"상원이 형 만나러 왔지라."

"마당극은 어떠냐?"

"〈돼지풀이〉 이후 중단한 상태지라."

"효선이는 뭐 해?"

"효선이 형도 〈한씨연대기〉 공연이 무산된 셈이지라."

"효선이가 연극 에너지를 싸움에 쏟아부으면 무서울 것인디."

"그렇지 않아도 우리 '광대' 단원들은 대자보 작성해 부착하고 궐기대회 같은 것을 구상하고 있지라."

김선출은 누워 있는 윤상원을 보면서 불길한 예감이 들었다. 유난히 큰 윤상원의 두 눈에는 결기 같은 핏발이 서 있었다. 눈빛은 섬뜩할 정도로 형형했다. 무언가 결단코 작심하고 있음이 틀림없었다. 갑자기 윤상원이 벌떡 일어나더니 말했다.

"선출아, 형제들 죽음을 내버려둘 수 읎구나."

광주시민들의 죽음을 방관하거나 외면할 수 없다는 말이었다. 김선출은 밖으로 나가는 윤상원을 잡지 못했다. 손을 내밀면 예리한 억새잎에 벨 것 같은, 그런 느낌이 들었다. 밖은 칠흑같이 캄캄했다. 어둠 속에서 누군가가 밑도 끝도 없이 흐느끼는 듯했다. 광천동 시민아파트를 때리는 빗소리였다. 가로등 불빛 때문인지 세차게 쏟아지는 빗줄기가 희번덕거리며 쏟아졌다. 김선출은 '상원이 형' 하고 소리치려 하다가 목울대 너머로 삼켰다.

우리가 폭도냐?

20대 후반의 승려 진각은 초파일을 보내기 위해 아침 일찍 증심사에서 내려와 금남로와 충장파출소 사이에 있는 송학탕에서 목욕을 했다. 함께 목욕한 증심사 총무스님 성연이 자주 가는 목욕탕이었다. 송학탕은 송학다방 바로 위층인 3층에 있었다.

진각과 성연은 17일, 18일에는 양동시장과 대인시장, 남광주시장에서 초파일 불전에 올릴 과일 등을 사느라고 바삐 장보러 다녔는데 19일은 목욕하려고 산을 내려왔던 것이다. 그런데 송학탕에서 목욕을 막 끝내고 승복을 입는 동안에 금남로 시위대의 구호 소리가 크게 들려왔다. 강진이 고향이지만 광주로 올라와 자취하면서 전남고등학교를 졸업한 진각은 자신도 광주 사람이라는 막연한 연대의식이 있었다. 진각은 자신도 대학생이라면 같이 시위하고 싶다는 충동이 솟구쳤다. 실제로 진각은 광주 시내 분위기가 심상치 않게 돌아가자 최규하 대통령에 대한 회의감과 권력을 쥔 전두환 신군부에게 환멸을 느끼고 있던 터였다. 진각이 만난 양동시장이나 대인시장 상인들도 계엄령이 전국으로 확대되고 통행금지 시간이 앞당겨지자 군인들이 곧 광주로 들어올 거라며 술렁거렸다. 진각은 송학탕을 나서며 혼잣말로 중얼거렸다.

"오늘은 나도 한번 해봐야지."

도반 성연에게는 말하지 않았다. 나주 다보사에 있던 자신에게 초파일 행사를 도와달라고 했지 시위하라고 부른 게 아니었기 때문이었다. 진각은 곧 시위대 속으로 섞이었고, 성연은 그 자리에서 시위대를 응시했다. 시위대는 학생뿐만 아니라 중년 시민이 드문드문 섞여 있었다. 어제는 노동청과 전남대병원 앞, 금남로에서는 학생들이 주로 시위했는데 오늘은 나이 든 시민들 가담이 눈에 띄었다. 시위대는 보도블록을 뜯어서 조각을 낸 뒤 돌멩이 대용으로 투석전에 사용했다. 그러나 M16소총을 뒤로 멘 공수부대원들이 진압봉을 들고 맹수처럼 돌격해 오면 시위대는 뒤로 밀렸다. 공수부대원들에게는 상대가 되지 못했다. 진각은 그 자리에서 보도블록을 뜯어 조각을 냈다.

'나까지 이걸 들고 있다니.'

진각은 달라진 자신의 모습이 스스로도 의아했다. 승복을 입은 승려가 양손에 보도블록 조각을 들고 있다니. 시민들이 나를 보면 뭐라고 할까. 그러나 그런 생각은 잠시뿐이었다. 시위대 속으로 들어가자 승복 입은 자신의 신분을 잊어버렸다. 시위대와 함께 구호를 외쳐댔다. 공수부대원이 쫓아오면 뒤로 달아났다가 다시 밀고 올라갔다. 도청 앞에서 한일은행 쪽으로 밀리다가 언뜻 성연을 보았다. 성연은 어느 교회 건물에서 피신하고 있었다.

'목욕하러 산에서 내려왔다가 날벼락을 맞았네.'

한일은행 저쪽에서도 공수부대원들이 나타났다. 이른바 앞뒤 쪽에서 공격진압하는 협공작전이었다. 이제는 밀고 밀리는 공방전이 아니었다. 시위대는 금남로 이면도로나 골목으로 피했다. 진각도 일고여덟 명의 젊은 청년과 힘껏 뛰어서 전남체육사로 들어가 셔터를 내렸다. 공수부대원들이 금남로의 시위대를 제압했는지 확성기 소리가 들렸다.

"폭도들은 자수하라! 폭도들은 자수하라!"

전남체육사 안으로 피신하고 있던 청년이 욕을 했다.

"니들이 폭도제 우리가 폭도냐? 씨발 놈들아!"

진각은 오랜만에 들어보는 욕이라서 배시시 웃음이 나왔다. 밖은 한동안 정적이 흘렀으나 다시 비명 소리가 들려왔다. 시위 학생이나 시민을 붙잡아 진압봉으로 두들겨 패는 듯했다. 그리고 상가 셔터를 군홧발로 차는 우당탕 소리가 났다. M16소총 개머리판으로 찍는 둔탁한 소리도 연달아 들려왔다. 진각이 숨어든 전남체육사도 예외는 아니었다. 셔터를 군홧발로 차는 소리가 났다.

"개자식들아, 빨리 나와! 부수고 들어간다."

진각과 시위 청년들은 각자 숨을 곳을 찾아 움직였다. 진각은 2층으로 올라가 피신할 곳을 찾았다. 그러나 마땅한 곳이 없었다. 누군가가 옷을 주문하면 옷감을 재단해서 만드는 가게인지 강아지만 한 검은 재봉틀이 한 대 놓여 있었다. 재봉틀 바로 뒤는 옷감을 쌓아두는 공간으로 회색 커튼이 쳐져 있었다. 진각은 승복 빛깔인 커튼이 눈에 들어왔다.

'그래, 저 뒤로 숨자.'

진각은 재봉틀 뒤 커튼을 들추고 들어갔다. 마침 한 사람 정도는 서 있을 수 있었다. 그런데 그때부터 숨을 쉬기가 힘들 정도로 심장이 쿵쿵 뛰었다. 생사를 초월하고자 입산한 승려가 고작 커튼 뒤에 숨어 있다는 것이 부끄럽기도 했다. 이럴 때 깨달았다는 고승들은 어떨까, 하고 궁금해지기도 했다. 그러나 계단을 올라오는 군홧발 소리가 나자 그런 생각들은 싹 달아나버렸다. 진각은 군홧발 소리가 2층 안으로 들어오는 순간 숨을 멈췄다. 공수부대원이 소리쳤다.

"어서 나와!"

진각은 버텼다. 커튼이 관세음보살이라면 공수부대원이 그냥 나갈 것도 같았다. 그러나 그것은 진각의 기대일 뿐이었다. 공수부대원이 커튼을 확 젖혀버렸다. 순간 진각은 발가벗겨진 것 같은 느낌이 들어 허탈했다. 공수부대원의 얼굴을 보니 저절로 헛웃음이 나왔다.

"허허허."

공수부대원도 한 번 씨익 웃었다. 그러더니 '네놈을 못 잡을 줄 알고?'라는 표정으로 돌변했다. 커튼 밖으로 나온 진각을 인정사정없이 걷어찼다. 진각은 배를 움켜쥐고 나뒹굴었다. 그런 진각의 목덜미를 공수부대원이 군홧발로 짓밟았다. 어깨와 허리, 다리 등을 가리지 않고 발길질을 했다. 전남체육사 안으로 피신한 시위 청년 모두 붙잡혔다. 진각도 함께 두 팔을 머리에 얹고 세 명씩 밖으로 끌려나왔다. 금남로 거리는 머리가 깨지고 얼굴이 찢어진 시위 청년들이 흘린 핏물로 얼룩져 있었다. 진각은 불경에서 본 지옥이 따로 없다고 생각했다. 금남로가 바로 아비규환의 지옥이었다. 진각은 공수부대원에게 연행돼

가는 동안 다리가 후들후들 떨렸다. 게다가 뒤따라오던 시위 청년 한 명이 "악!" 하고 비명을 지르며 쓰러졌다. 뒤돌아보니 걸음이 늦자 공수부대원이 대검으로 다리를 찌르고 있었다.

'저 짐승만도 못헌 놈들.'

진각은 허리가 결렸지만 공수부대원의 대검이 두려워 앞장서 걸었다. 무조건 앞장서야만 대검에 찔리지 않을 것 같았다. 하화중생(下化衆生)이란 중생을 구제한다는 말이었다. 출가한 이후 은사에게 귀에 못이 박히도록 들었던 그 말도 머릿속에서 사라져버렸다. 진압봉과 개머리판, 대검, 최루탄 가스 앞에서는 고상한 말들이 오히려 거추장스러울 뿐이었다.

"폭도 새끼들! 니들 때문에 우리가 얼마나 고생한 줄 아나?"

다른 곳의 시위 청년들도 끌려왔다. 한 시위 청년은 머리가 크게 찢어져 흰색 티셔츠가 온통 피에 젖어 붉었다. 청년은 걷기도 힘든 듯 비틀거렸다. 진각은 청년에게 다가가 부축했다. 관광호텔 앞에서는 연행돼 온 시위 학생과 시민 들이 팬티만 걸친 채 엎드려 있다가 군용트럭에 실려 어디론가 사라지고 있었다.

그런데 진각 일행이 군용트럭에 실리기 전이었다. 동구청 앞을 지나가는데 경위 계급장을 단 경찰이 크게 부상당한 청년을 보면서 공수부대원에게 사정했다.

"저 사람은 가차운 병원서 응급치료를 받아야겠소. 곧 죽을 것 같으요."

인도에서 지켜보던 회사원이나 시민들도 한마디씩 했다.

"공수 삼춘, 저 사람 살려야쓰겠소."

공수부대원이 마지못해 진각에게 개인병원으로 데리고 가 응급치료를 하라고 허락했다. 진각은 정신이 없어서 동구청을 개인병원으로 착각했다. 동구청 안으로 부상이 심한 청년의 팔을 붙잡고 들어가는데, 좀 전의 그 경찰이 귓속말을 했다. 아마도 진각이 일반 시민이 아니라 승려였기 때문인지도 몰랐다.

"빨리 뛰시요!"

처음에는 무슨 뜻인지 몰랐지만 새겨들어보니 도망치라는 말이었다. 진각은 동구청 위층으로 뛰었다. 피신할 데라고는 위층밖에 없었다. 쓰러진 시위 청년을 들쳐업느라고 시민들이 갑자기 모여 들었으므로 공수부대원이 바로 진각을 쫓아오지 못했다. 시민들이 길을 막아준 셈이었다. 위층은 동구청 세무2과 사무실이었다. 공무원 30여 명이 일하다가 진각을 보고는 놀랐다. 진각이 말했다.

"살려주씨요. 공수에게 쫓기고 있그만요."

공무원들이 즉시 근무복과 모자를 가져왔다. 진각은 사무실 가리개 뒤로 가서 승복을 벗고 근무복인 새마을운동복으로 바꿔 입고 새마을운동 마크가 달린 모자를 썼다. 그런 뒤 한 공무원이 가리키는 빈 책상으로 가서 공무를 보는 척했다. 모두가 당황하지 않고 순식간에 이루어낸 위장이었다. 공무원들은 남녀 가릴 것 없이 침착했다. 이미 자기 책상으로 돌아가 앉아서 능청스럽게 일을 보았다. 이윽고 공수부대원이 세무2과 사무실로 들어와 진각을 찾았다.

"중놈이 이리 오지 않았소?"

"잘못 들어왔소. 여그는 세무과 공무원들이 일하는 사무실이오."

"중놈을 내놓으시오."

몸집이 크고 호탕하게 생긴 세무2과 과장이 공수부대원에게 화를 냈다.

"무신 짓거리요! 여그는 공무원이 일하는 공공기관이란 말이오. 공무를 보는 기관에서 군인들이 이럴 수 있소?"

"여기밖에 없는데⋯⋯."

과장에게 기가 꺾인 공수부대원이 뒷말을 흐리며 물러서 나갔다. 진각은 공무원들이 고마워 여러 번이나 합장했다. 점심때는 싸 온 도시락을 자기들만 먹지 않고 진각에게는 자장면을 시켜주었다. 공수부대원들이 점심 시간에 금남로를 비우고 조선대학교 운동장으로 철수한 사이에 어디서 왔는지 시민들이 구름처럼 몰려들었다. 도청 앞에서 가톨릭센터까지 시위 학생, 시민 들로 8차선 도로가 가득 찼다.

1시가 지난 뒤에는 가톨릭센터에서 소란이 일었다. 소총을 든 옥상의 계엄군을 발견한 시위 청년들이 아침에 당한 분풀이를 하려고 올라가려는데 가톨릭센터 측에서 출입문을 잠가버렸기 때문이다. 군인은 7층에 있는 광주기독교방송국 시설을 경비하는 계엄군 중에 한 명인지도 몰랐다. 시위 청년 중에 어떤 사람이 '정의와 평화를 내세우는 가톨릭센터에서 이럴 수 있냐'고 큰 소리로 항의했다. 결국에는 출입문이 열렸고 시위 청년들이 우르르 몰려 들어갔다.

진각은 시민관 쪽으로 갔다. 그쪽에도 시위대가 웅성거리고 있었다. 한 시간쯤 후에는 공수부대가 다시 금남로를 장악했는지 시민관 쪽으로 시위대가 격류처럼 밀려왔다. 계림동 쪽에서도 꾸역꾸역 몰려왔다. 시위대는 시민관에서 전신전화국 앞 도로를 가득 메웠다. 갑자기 요의를 느낀 진각은 시외버스공용터미널 후문으로 잰걸음했다. 그런데 그

곳의 화장실은 평소처럼 붐비지 않고 싸늘한 공기가 감돌았다. 건너편 터미널 주차장에는 공수부대원들이 드나드는 버스에 올라타서 검문 검색하고 있었다. 학생과 청년 들은 시외버스마저도 이용하기가 어려울 것 같았다. 진각은 화장실로 들어서는 순간 팬티에 오줌을 지리고 말았다. 화장실 바닥에는 검붉은 피가 흥건히 고여 있었다. 그리고 한쪽 구석에는 사지가 늘어진 시체가 방치돼 있었다. 머리는 으깨어지고 온몸이 대검으로 찔린 상처가 선명했다. 진각은 오금이 저려 소변을 시원하게 보지 못하고 화장실을 나와 지나가는 사람들에게 소리쳤다.

"화장실 바닥에 사람이 죽어 있소!"

젊은 사람들이 화장실로 달려갔다. 진각은 누명을 쓸 것 같은 생각이 들어 그들을 따라가지 못했다. 그 대신 사람들에게 울부짖었다.

"공수 놈에게 죽은 청년이 화장실에 있소!"

진각은 난생처음으로 시체를 보고는 질려버렸다. 광주시민이고 뭐고 다보사로 돌아가 다시는 생각하고 싶지 않았다. 그러나 다보사로 돌아갈 길이 막막했다. 동구청에서 빌려 입은 새마을운동복에는 핏방울이 몇 점 얼룩져 있었다. 게다가 얼굴이 약간 찢겨 공수부대원이 보면 틀림없이 시위자로 간주하여 연행해 갈 것 같았다. 그런 상태로 어정쩡하게 서 있는데 4.5톤 트럭 운전수가 진각을 의자 빈 공간에 숨겨주었다. 진각은 문득 곳곳에 부처의 가피가 있다는 것을 절감했다. 트럭으로 나주시 금성관까지 와서 다보사 초입의 산길에 도착했을 때 비가 내리기 시작했다. 진각은 비를 맞으며 울었다. 생사가 하나라는 것이 새삼 뼛속 깊이 파고들었다.

저녁 7시 무렵 비는 광주에서도 내렸다. 윤상원은 광천동 자취방으로 가기 전 밤 9시가 다 돼서야 녹두서점을 들렀다. 녹두서점 안쪽에는 김상집 등이 어젯밤부터 만든 화염병이 가지런히 놓여 있었다. 윤상원이 어두운 얼굴로 말했다.

"경상도 번호판이든디 팔 톤 트럭이 불났어. 근디 경상도 차만 보믄 불지른다는 유언비어가 퍼질지 모르겠네. 고것이 솔찬히 걱정이 그만."

"계엄군 놈들이 광주 사람들을 나쁘게 악의적으로 퍼뜨릴지 모르지라."

"근디 저 소리는 뭐시여?"

녹두서점 부근에서 '우우' 하는 소리가 났다. 주민들이 동시에 내지르는 소리였다. 축구국가대표 팀이 외국 축구 팀과 경기할 때 야유를 퍼붓는 소리와 흡사했다. 한두 번이 아니라 야유 소리가 간간이 들려왔다. 실제로 축구경기가 있는 날은 아니었다. 주민들이 KBS나 MBC 9시 뉴스를 보고 분통을 터뜨리는 소리가 분명했다. 광주시민과 학생 일부가 야당 정치인의 사주를 받아 질서를 극도로 어지럽히고 있으므로 공공시설을 보호하기 위해 계엄군을 투입했다는 방송을 어제부터 9시 뉴스 시간에 내보내고 있었던 것이다.

"아이고, 여그서 이럴 때가 아니제. 집에 가서 시민들에게 정확헌 시위 소식을 알리는 회보를 만들어야쓰겄네."

"우리는 여그서 가차운 MBC를 응징해불라요. 어저께부터 우리는 전두환이 나팔수 노릇허는 아홉시 뉴스는 안 봐불고 있지라."

윤상원은 서둘러 녹두서점을 나와 광천동 자취방으로 향했다.

5월 20일

가두방송

꼭두새벽에 차가운 봄비가 오락가락 내렸다. 박효선은 골방에서 옅은 잠을 자며 뒤척거렸다. 동리소극장과 녹두서점, 광천동 윤상원 자취방을 오가며 흥분한 탓에 머릿속이 개운치 않았다. 금남로 시위의 잔상이 어른거려 깊은 잠을 잘 수 없었다. 박효선은 자신이 할 수 있는 일이 무엇인지 아직 갈피를 잡지 못했다. 윤상원 선배가 주도하는 투사회보 제작에도 건성으로 간여하고 있을 뿐이었다. 차라리 따로 대자보 팀을 만들어 기존의 신문이나 방송을 대신해서 시위 상황을 알릴까 하는 생각도 들었다.

지네 같은 절지동물이 사그락 사그락 골방 벽을 타는 소리가 들렸다. 박효선은 소름이 끼쳐 형광등 스위치를 누르고 골방 벽을 살폈지만 아무것도 없었다. 방 밖은 칠흑같이 캄캄했다. 빗방울은 처마 기왓장 끝에서 떨어지고 있었다. 빗소리는 박효선의 귓전으로 한 땀 한 땀

파고들었다. 쓸쓸하고 조금은 느긋하게 들리는 빗소리였다. 봄비 소리 때문에 잠은 저만큼 달아나버렸다. 그의 머릿속은 여전히 어수선했다.

바로 그때 신경을 곤두서게 하는 소리가 들려왔다. 자정 무렵에 용달차를 탄 두 여자가 교대로 방송하고 있었는데, 그 젊은 여자들의 목소리가 분명했다. 한 여자는 30대 초반, 또 한 여자는 20대 초반으로 보였다. 대학생 서너 명은 용달차 짐칸에 서서 방송하는 두 여자를 돕고 있었다. 성능이 좋은 확성기로 교체했는지 멀리서 나는 소리였지만 여자의 목소리가 또렷했다. 축축한 밤공기 탓인 듯 가깝게 들렸다. 귀전으로 다가오는 빗소리와 달랐다. 바늘로 쿡쿡 찌르는 것처럼 아프게 들렸다. 박효선은 벌떡 일어나 앉아 "워미!" 하고 신음 소리를 내뱉었다.

계엄군 아저씨, 당신들은 피도 눈물도 없습니까? 당신들은 적으로부터 국민을 보호하라는 군인입니다. 광주시민은 당신들의 적이 아닙니다. 당신들은 광주시민에게 총구를 겨누어서는 안 됩니다. 광주시민 여러분, 여러분은 어떻게 편안하게 집에서 잠을 잘 수가 있습니까? 공수부대가 우리 시민, 학생 들을 몽둥이로 개처럼 두들겨 패고 있습니다. 우리 동생, 형제 들이 죽어가고 있습니다. 여러분 광주를 지킵시다. 광주시민을 살립시다.

박효선은 '아, 내가 할 수 있는 일은 저것이구나!' 하는 생각이 뇌리를 스쳤지만 행동으로 옮기지는 못했다. 여자들이 방송하는 차는 집 앞으로 오지 않았다. 공수부대가 숙영하는 조선대 종합운동장이 부근이므로 저격당할 수도 있었다. 이번에는 방금 방송했던 여자가 '아리랑'을 개사해서 고운 목소리로 불렀다.

나를 버리고 가시는 시민 여러분 십 리도 못 가서 후회하게 됩니다. 꽃같이 어여쁜 우리 형제들은 무자비한 계엄군에 끌려서 죽음으로 떠나가고 있습니다.

여자의 청아한 목소리는 가슴을 후볐다. 목소리를 강하고 약하게 조절하면서 이부자리 속의 시민들 마음을 격동시켰다. 특히 노래 실력이 녹록지 않아서 개사한 아리랑이지만 끝까지 귀를 기울이게 했다. 박효선은 밖으로 나와 담배를 피우며 여자들의 방송이 사라질 때까지 들었다. 전라도와 서울 말씨를 간간이 섞어 쓰는 더 젊은 여자의 목소리도 단단하고 호소력이 있었다. 젊은 여자는 시위 학생의 메모를 건네받아 그대로 읽는지 더욱 자극적인 말투였다.

어머니, 아버지. 따뜻한 방에서 어떻게 주무실 수 있습니까? 공수들이 광주 시민의 씨를 말리려 하고 있습니다. 당신의 아들딸이 다 죽어가고 있고, 사람들이 광주를 오고 싶어도 차단이 되어 오지 못하고 있는데 어떻게 주무실 수 있습니까? 빨리 나오시어 광주를 지켜야 하지 않겠습니까? 우리는 언제 죽을지 모르지만 목숨을 내걸고 방송을 하고 있습니다. 광주 외곽에는 많은 군인들이 들어오고 있답니다. 이 방송을 들은 즉시 도청으로 나오셔야 합니다. 박정희 양아들이라는 전두환이 정권을 장악하려고 하니 광주 시민이 막아야 합니다.

서울 말씨를 간간히 구사하는 여자는 시위 학생이 건네준 메모를 다 읽고 나서는 '선구자' 같은 가곡을 부르기도 했다. 방송 사이사이에 부르는 노래는 묘한 마력이 있었다. 방송을 지루하지 않게 하고 시민들에게 공감을 불러일으켰다. 박효선은 담배꽁초를 던지며 무릎을 쳤다. 신문이나 공중파 방송 매체가 광주 상황을 왜곡보도하거나 침묵하고 있었으므로 신속하고 정확하게 알리는 일을 자신도 해야 한다는 자각이 들었다.

두 여자의 방송은 한 지점에서 오랫동안 하다가 한참 만에 다른 곳으로 이동해 가버렸다. 두 여자는 서른둘의 전옥주와 스물한 살 차명숙이었다. 자정 무렵에는 용달차로 가두방송을 했는데 지금은 버스를 타고서 시가지를 누비고 있었다.

전옥주와 차명숙이 처음 만난 곳은 금남로 시위 현장에서였다. 시위 청년, 학생 들에게 민가에 들어가 물을 떠서 날라주다가 만났다. 부잣집 주인은 두 여자에게 갈아입을 옷을 내어주기도 했다. 밤 11시가 너머 공수부대 계엄군이 숙영지로 철수할 무렵이었다. 시위 학생들이 가두방송을 하자며 금남로 거리에서 모금했다. 잠시 동안에 45만 원이 모아졌다. 차명숙은 남학생 대여섯 명과 계림전파사로 갔다. 계림전파사 주인을 만나 차명숙이 사정했다.

"아저씨, 앰프 좀 빌려주세요. 방송으로 알리지 않으면 광주시민이 다 죽을 수 있어요. 지금 빌려주시면 내일 이 시간쯤에 돌려드리겠습니다."

그러자 주인이 그녀의 주민등록증을 맡기라고 하면서 앰프와 확성기를 꺼내주었다. 처음에는 대학생들이 앰프와 확성기, 전깃줄을 들고 걸으면서 차명숙에게 마이크를 주었다. 그때 전옥주도 자연스럽게 합류했다.

그런데 빌려온 앰프가 마구잡이로 날아오는 최루탄에 고장 나고 말았다. 다른 전파사를 찾았지만 한밤중이었으므로 모두 셔터가 내려진 상태였다. 대학생들이 동사무소에 앰프와 확성기가 있을 거라며 학운동사무소로 가자고 제안했다. 전옥주와 차명숙, 그리고 대학생 대여섯 명이 금남로에서 학운동사무소로 걸어갔다. 전옥주가 숙직하는 공무원에게 앰프와 확성기를 빌려달라고 말했다. 그러나 숙직 공무원이 공공기물을 마음대로 떼어줄 리 만무했다. 전옥주는 강제로라도 가져가야겠다는 생각이 들어 대학생들에게 말했다.

"내가 책임질 테니 앰프를 갖고 갑시다."

대학생들이 달려들어 앰프와 확성기를 떼어내는 동안 전옥주는 숙직 공무원에게 7만 원을 주었다.

"우린 도둑이 아니라 시위대를 돕기 위해 방송하는 사람들입니다. 제 호주머니 속에 있는 전부를 드리고 갈게요."

대학생들은 앰프와 확성기를 들고 차명숙은 옆에서 방송을 하는데도 왔다. 마이크를 잡은 전옥주는 공수부대원들의 만행을 시민들에게 알리고자 도청 앞까지 걸어가면서 가두방송을 했다. 그때 누군가가 용달차로 돌아다니면서 방송하라고 제의했다. 수배해 온 용달차에 오르자 전 시가지를 누비며 방송할 수 있었고 힘이 덜 들었다. 그런데 자정이 지나자 봄비가 찔끔찔끔 내렸다. 용달차 짐칸에 탄 대학생들이 찬비를 맞으면서 투덜거렸다. 그러자 또 누군가가 어디선가 버스를 구해 왔다.

전옥주와 차명숙에게는 꼭 필요한 대학생들이었다. 대학생들이 방송 멘트를 메모지에 적어주곤 했기 때문이었다. 전옥주와 차명숙은 돌아가면서 방송을 하다가 목이 쉬면 대학생에게 맡기곤 했다. 쉬는 동안 자신들의 과거도 졸음을 쫓기 위해 슬쩍슬쩍 나누었다. 처음에는 가명을 쓰고 신분을 밝히지 않았지만 서로의 진심이 느껴져 털어놓기 시작했던 것이다. 전옥주가 먼저 말했다.

"나는 보성경찰서 사택에서 태어났어요. 사택은 아버님이 보성군 율어면 지서장과 면의원을 지냄서 덕을 쌓았기 때문에 면민들이 지어준 거라는디 시방도 그런 줄 알고 있제. 어머니가 오빠를 낳은 지 팔 년 만에 나를 낳으셨기 때문에 나는 버릇없는 귀염둥이 외동딸로 자랐는갑서.

예술적 재질이 있었는지 나는 여섯 살부터 무용을 시작해 국민학교 다닐 때는 창을 배우고 웅변 흉내도 냈어. 중학교를 다닐 때 '춘심'이라는 이름이 기생 이름 같다 해서 '옥주'라고 바꾸어 썼는디 그때부텀 사람들이 나를 전옥주라고 불렀제. 공부는 잘하지 못하는 편이라서 보성 예당고등학교에 입학했는디 남녀공학인 데다 깡패들이 많은게 무서웠거든. 그래서 이리에 있는 고등학교로 전학을 갔제. 으디서든 무용을 계속한 덕분에 무난히 원광대 체육학과에 진학해서 무용을 전공했어. 그런디 사학년 때 학내 문제로 데모하다가 제적당했어. 별 수 있어? 학사증 읎이 서울과 전주 등지에서 무용학원 강사로 돌아댕기다가 천구백팔십 년에는 김제에서 자취함서 아예 무용학원에 취직하려던 참이었제. 그때는 식구들이 광주로 집을 옮겨 매주 광주에 내려오곤 했어. 어저께 일인디 벌써 메칠 지난 것 같그만잉. 서울에 있는 이모님 댁에 갔다가 열차를 타고 송정리에 밤 아홉 시 삼십 분쯤에 도착했던 내가 시방 여그서 방송하고 있응께 말이여."

전옥주의 이야기를 듣고 있던 대학생이 물었다. 방송 메모를 적어주곤 하던 대학생이었다.

"누나, 송정리서 여그까지 바로 와부렀소? 계엄군들이 있었을 것인디 아따, 용감허요잉."

"애께나 먹었제. 송정리에서 오천 원에 자가용 영업차를 타고 광주로 들어오는디 광산군 서창검문소에서 검문을 하등마. 거그 군인들이 '통행금지 시간이니 광주 시내로 들어가지 못합니다. 여관에서 자고 내일 아침에 들어가시오'라고 해. 나는 군인에게 사정사정했제. 우리집은 화정동 통합병원 옆에 있응께 시내까지 안 들어간다고 말이여. 사실은 밤 열한 시에 금남로에서 친구와 약속이 있었거든. 내가 통사정을 헌게 군인이 지나가는 트럭을 잡아주더라고. 그래서 트럭 운전수에게 담배값을 주고 집으로 갔제. 집에 가니 난리가 났으니 절대로 밖으로 나가지 말라고 식구들이 닦달하대. 고양이맨치로 몰래 금남로를 나왔제. 나는 불의를 보믄 참지 못하는 성미인갑서. 충금지하상가에 이르렀을 때 깜짝 놀랬거든. 도로에는 벗겨진 신발짝들이 어지럽게 널려 있고 시위 청년, 학생 들이 공수들에게 붙잡혀 무자비허게 당허고 있드라고. 그래서 여그 상냥한 차명숙이를 만나 시위에 가담허다가 가두방송을 나섰제."

차명숙은 여대생 또래로 발랄하고 상냥했다. 동행하는 대학생들과 잘 어울렸다. 그런데 처음 만났을 때 소개했던 것과는 다르게 자신의 과거를 솔직하게 고백했다. 전남대 영문과 2학년 재학 중인데 나주 천주교 성당에 숨어 있다가 아가씨처럼 화장하고 광주로 들어와 시위대에 가담했다고 전옥주에게 자신을 소개했던 것이다. 성당에서 신부들에게 현 시국 상황은 물론 부마항쟁까지 들어서 잘 알고 있는 그녀의 식견은 여대생 이상이었지만 실제로는 여대생이 아니었다.

"저는 담양 창평서 태어나 국민학교 이학년까지 댕기다가 서울 은평국민학교로 전학을 갔어요. 은평동에 살던 우리 집은 몹시 가난해서 저는 국민학교를 겨우 졸업했어요. 제가 광주로 내려온 것은 열다섯 살 때였죠. 이종사촌 오빠가 사진관을 운영했는데 사진 기술도 배울 수 있고 공부도 할 수 있다고 해서 내려왔어요. 돈이 좀 모이자 광주천 옆에 있는 국제양재학원을 다녔죠. 칠십구 년 겨울 무렵이에요. 오빠 집에서 학원 기숙사로 옮긴 지 일 개월 됐을 때 팔십 년 오월 난리가 터졌어요. 광주에 난리가 나자 학원도 문을 닫았죠. 학원을 댕기면서 월산동성당을 열심히 다녔는데 광주가 시끄러워지면서 저는 나주성당으로 내려가서 삼 일 동안 있었죠. 다시 광주로 올라오는 날은 비가 왔어요. 십팔 일 오후쯤부터 시위 구경을 댕겼죠. 그때까지는 제가 방송을 한다는 것을 상상도 못했어요. 근디 대학생 하나가 방송을 하자고 제안했어요. 방송을 하면서 저는 죽을 각오로 했어요. 죽으면 이름을 보고 찾아낼 수 있다고 해서 저도 옷에다 이렇게 이름을 썼거든요. 제가 사회 현실에 빨리 눈을 뜬 것은 김성용 신부님 덕분이죠. 청년 신자 단합대회할 때 김 신부님께서 부마항쟁을 얘기하셨고 특히 우리나라 언론은 반만 믿어라, 라고 말씀하셨는데 기억에 남아요."

차명숙이 자신의 과거를 털어놓는 동안 전옥주는 묘한 인연이라고 생각했다. 그녀는 성당과 신부를 얘기하는데 자신은 스님과 절과의 인연을 떠올리고 있었던 것이다. 절에 자주 가지는 못했지만 마음은 은근히 그쪽에 가 있기 때문이었다. 전옥주는 다시 방송을 시작했다.

광주시민 여러분, 공수들이 만행을 저지르고 있는데 잠이 옵니까? 광주일 고 앞에서 여대생이 대검에 찔려 피투성이가 된 채 죽어 있었습니다. 그것도 가슴이 드러난 채 죽어 있었습니다. 흰 블라우스가 붉게 물들어 죽어 있었습니다. 공수들이 흉악무도하게 여대생의 유방을 난자질했습니다. 제 눈으로 보았습니다. 너무도 끔찍해서 어떤 남자가 잠바를 벗어서 덮어주고 갔습니다. 광주시민 여러분, 여러분의 딸이 대검에 죽어갔는데 잠이 옵니까? 이제는 나서야 합니다. 도청 앞으로 모여야 합니다.

박효선은 꼭두새벽에 들은 가두방송 때문에 얕은 잠도 자지 못했다. 잠을 자기는커녕 정신이 총총하게 맑아져 생각나는 대로 대자보 초안을 작성했다. 그러나 머릿속의 생각을 종이에 옮기는 일이 쉽지는 않았다. 시민들의 마음을 뜨겁게 격동시켜야 하는데 논리와 문장의 힘이 약했다. 가두방송이 감성에 호소하는 것이라면 대자보는 논리적으로 설득력이 있어야 했다.

'여럿이 머리를 짜내야겠그만. 내 문장력은 형편읎어. 그래도 내 몫은 대자보 작성이제 돌멩이를 들고 공수들과 싸우는 것은 나와 안 맞아.'

메모했던 종이를 구겨서 휴지통에 던진 박효선은 방문을 열었다. 주변의 사물들이 어렴풋이 보였다. 밤새 오는 둥 마는 둥 했던 찬비가 슬그머니 그치려 했다. 목덜미를 움츠리게 했던 가을비 같은 봄비였다.

시민들 일어나다

어제 오후 광주에 온 동국대생 박병규는 어둑어둑한 시각에 집을 나섰다. 새벽의 날빛과 간밤의 어둠이 뒤섞인 시각이었다. 차가운 봄비는 그쳤지만 공기 중에 떠도는 안개 같은 미세한 물방울들이 얼굴에 스쳤다. 서울에서 출발한 야간열차가 광주역에 도착하는 시각은 새벽 5시 15분이었다. 박병규는 늦게 일어났다고 자책하면서 광주역으로 갔다. 서방에 사는 국문과 친구가 야간열차를 타고 온다고 해서 마중 나가는 길이었다.

박병규는 광주역에 도착해서 친구를 찾았다. 그러나 승객들도 친구도 다 빠져나가버리고 보이지 않았다. 역구내에는 좀 전까지 내리던 봄비를 피해 계엄군들이 무리지어 있었다. 200여 명쯤 되었다. 아마도 친구는 계엄군들에게 붙잡힐까 봐서 기다리지 않고 어디론가 가버린 듯했다. 박병규도 역구내에서 마냥 있을 수만은 없어서 돌아섰다.

5월인데 제법 추웠다. 한기가 일렁거려 얼굴에 소름이 돋고 어금니가 떨렸다. 역전 광장에는 승객을 태우지 못한 택시 운전수들이 호객을 했다. 박병규는 택시를 탔다. 택시 운전수가 묻지도 않았는데 계엄군에게 욕설을 내뱉었다.

"공수 놈덜이 학생만 태우고 가믄 차를 세우고 행패를 부리는디 미친놈도 그런 미친놈덜이 읎을 것잉마."

"아저씨, 저도 학생인디요."

"이른 아칙인께 괴않찮을 거요. 택시 기사들도 인자 더는 당허지 않을랑갑소. 근디 밤새 여자덜이 방송을 허고 돌아댕기는디 가심을 후벼 파불드그만. 아칙 기사덜 인사가 모다 그 얘기뿐이여."

"그래요?"

"두고 보씨요. 오늘 낼 사이에 택시 기사나 시민덜이 들고 일어날 거요. 참말로 징헌 공수 놈덜이요."

집으로 오는 동안 살벌한 모습이 눈에 띄었다. 총을 멘 계엄군들이 한 손에 진압봉을 들고서 2인 혹은 3인씩 거리를 활보하는가 하면, 도로에는 불탄 대형 트럭과 반쯤 파손된 군용지프차가 치워지지 않은 채 방치돼 있었다.

집 앞에서 내린 박병규는 살그머니 작은방으로 들어갔다. 식구들은 아직도 자고 있었으므로 아무도 눈치채지 못했다. 어머니 김양애 씨도 이틀 전부터는 장사가 안 된다며 양동시장을 여느 때보다 늦게 나갔다. 박병규는 아침 식사 뒤 금남로 쪽으로 나갈 생각을 하고 이부자리 속으로 들었다. 서울의 자취방과 달리 따뜻한 이불이 몸을 포근하게 감쌌다. 박병규는 자신도 모르게 잠깐 코를 골았다.

양동시장 부녀회장 김양애 씨는 아들의 아침상을 차려놓고 나갔다. 일부러 아들 박병규를 깨우지 않았다. 박병규가 눈을 떴을 때는 오전 10시쯤이었다. 그는 집을 나와 걸어서 광주천변을 지나 새벽에 만나지 못했던 친구가 사는 서방 쪽으로 갔다. 시내버스가 다니지 않아서 시위 상황을 파악할 겸 천천히 걸었다. 그런데 박병규가 계림동성당 앞을 막 지날 무렵이었다. 군용트럭이 한 대 멈추더니 타라고 박병규 또래의 운전수가 손짓했다.

"대학생이오?"

"맞소."

"워미, 얼능 조수석으로 타쇼. 시방 화정동, 유동을 거쳐 도청으로 갈틴게."

군용트럭에는 벌써 시민 청년, 학생이 20여 명쯤 타고 있었다. 운전수가 자신을 소개했다.

"오인수요. 쌍촌동 외삼촌 페인트 가게에서 일하는 페인트공이요."

오인수는 활달하고 말이 많았다. 묻지 않은 말도 물을 쏟듯 해댔다. 그의 운전 또한 제멋대로 거칠었다. 달리던 군용트럭이 유동삼거리에서 갑자기 멈추어 박병규는 유리창에 머리를 찧을 뻔했다. 유동삼거리 세차장 앞 도로에 자동차 몇 대가 불타고 있었다. 군용트럭은 불타는 자동차를 겨우 피해서 다시 달렸다.

"오 형, 운전면허증은 있소?"

"하하, 대학생 형씨. 운전면허증이 있으믄 내가 페인트칠을 허고 살겄소? 쌍칠년도에 광주자동차학원을 며칠 댕긴 경험이 전부요. 쪼깐 전에 아가씨 한 명이 죽은 오빠를 찾는다고 시내로 나왔다가 버스가 댕기지 않응께 나보고 서방까지 태워달라기에 운전대를 잡았소. 어린 애기 손을 잡고 있는 것이 측은해서 부근에 버려진 군용트럭을 탄 거요. 서방까지 갔다가 시민들을 모아 도청으로 가고 있는 중이요."

그제야 오인수와 박병규 사이에 낀 시민이 물었다.

"나도 운전헐 줄 아는디 트럭 키는 으디서 찾았소?"

"아저씨는 운전헐 줄 안다믄서 자동키도 모로요? 열쇠 읎이도 시동을 걸 수 있지라."

"운전은 지대로 배왔그만잉."

"지가 손재주는 쪼깐 있지라. 집에서 나올 때 본께 화정동사거리 부근에서 군용 지프차가 불타고 있습디다. 거그도 버스가 댕기지 않응께 사람들을 태우러 갑시다."

군용트럭 뒤에 탄 시민들은 불타는 자동차 중에서도 군용차를 볼 때마다 흥분이 되는지 함성을 질렀다. 오인수는 기묘한 쾌감을 느꼈다. 살아오면서 처음으로 자신이 하는 일에 자부심을 가졌다. 사람들이 원하는 일을 자신이 나서서 하고 있다는 그런 자부심이었다. 오인수 옆에서 몸을 뒤로 젖히고 있던 시민이 또 물었다.

"페인트칠허는 사람은 아닌 거 같은디?"

"아저씨는 고로코름 보인갑소잉."

"내가 좋아허는 권투선수 같그만."

"하하. 안 해본 거 읎는 사람이지라. 벨벨 일을 다 해봤당께라."

오인수는 집안 살림이 어려워서 국민학교를 겨우 졸업한 뒤 객지로 돌았기 때문에 해보지 않은 일이 없을 정도였다. 형제가 모두 마찬가지였다. 각자 살길을 찾아 집을 떠났던 것이다. 오인수는 열다섯 살 때부터 서울, 광주, 제주 등지를 떠돌았는데 주로 건축 공사판에서 막노동을 했고 제주도에서는 관광선을 여섯 달이나 탔다. 다시 고향 광주로 돌아온 뒤로는 외삼촌 페인트 가게에서 눈썰미가 좋아 페인트칠하는 페인트공이 되어 현재는 식구들을 먹여 살리고 있었다. 이번에는 박병규가 물었다.

"나는 농성동 사는디 집이 으디요?"

"쌍촌동 달방에서 월세 삼만 원썩에 살고 있지라. 엄니를 모시고 조카 한 놈을 델꼬서 구차허게 살고 있지라."

"엄니를 모시고 산다믄 구차헌 것이 아니지요."

군용트럭은 도청이 보이는 가톨릭센터 앞에서 멈추었다. 시위 인파 때문에 더 이상 진입이 불가능했다. 공수부대와 시위 시민들이 대치하고 있었다. 박병규는 트럭 문을 열고 뛰어내렸다. 오인수는 군용트럭에서 사람들이 다 내리자, 개인기를 부리듯 거칠게 군용트럭을 돌렸다. 그때 화장을 짙게 한 여자들이 달려와 오인수에게 빵과 우유를 주었다.

"여그서 뭐 허는 여자딜이요?"

"아저씨들 고생하니까 우리도 나섰지라."

"이 차 타겠소?"

"아니요. 아저씨나 밤에 잘 디가 읎으믄 우리 가게로 오씨요."

아가씨가 오인수에게 홍보명함을 건네주었다. 그러자 오인수가 손사래를 치며 거절했다.

"이 차가 내 방인디 으디로 가겠소?"

박병규는 도청 앞으로 가기 위해 오인수와 헤어졌다. 시위 청년, 학생 들이 공수부대원들과 간간이 투석전을 벌이는데 격렬하지는 않았다. 도청 앞까지 인도를 따라 걸어갈 만했다. 학생보다는 시민이 눈에 띄게 많은 것이 서울과 달랐다. 서울에서는 대학생들이 교문 밖으로 나와 서울역 같은 데서 여러 대학 합동으로 시위했지만 시민들의 가담은 적었던 것이다.

오인수는 전남대 쪽으로 갔다가 시민들을 몇 명 태웠다. 군용트럭에 탄 시민 중에는 태극기를 가지고 나와 흔드는 사람도 있었다. 광주역으로 가는 도롯가에서 한 고등학생이 손을 들었다. 오인수는 '이놈아 니는 공부헐 때여'라는 생각이 들어 잠시 망설였다.

"고등학생이제?"

"예, 사레지오고 삼학년 최치수그만요."

"으디로 갈라고 손을 들었냐?"

"얼능 태워주써요. 지 할 일도 있응께라."

"그래? 뒤짝에 타부러."

고교생 최치수는 왠지 어른스러웠다. 목소리는 크고 우렁우렁했다. 잠시 후 오인수는 고교생 최치수가 차에 타기를 잘했다고 무릎을 쳤다. 최치수는 군용트럭이 멈추기만 하면 웅변하듯 소리쳐 시민들을 불러 모았다.

공수부대가 우리 부모 형제들을 학살하고 있습니다. 전두환이 정권을 잡으려고 하고 있습니다. 시대에 역행하는 전두환이를 처부숩시다. 시민 여러분, 모두 금남로로 나가 광주시민의 힘을 보여줍시다.

최치수가 한마디 하면 한꺼번에 서너 명씩 시민이 몰려왔다. 오인수는 용변이 마려워 주유소에서 군용트럭을 세웠다. 군용트럭에 탄 시민들도 주유소 화장실에서 용변을 봤다. 그때 오인수가 바지춤을 끌어올리며 최치수에게 말했다.

"아따, 니는 말도 잘헌다잉. 으디서 배운 실력이냐?"

"고일 때 웅변을 좀 했지라. 제삼땅굴 발견 때 반공궐기대회에 나가 웅변도 하고 혈서도 쓰고 그랬어라."

"워미, 니가 나보다 몇 배 몇천 배 똑똑허다야."

"아이고, 형님. 무슨 말씀인게라. 형님들이 광주를 지키기 위해 고생하시니까 저희들도 미력하나마 힘을 보태야지라."

"우리같이 노가다판서 밥묵고 사는 놈덜이 싸울 틴께 니는 집에 가서 공부나 허제 그러냐."

"아니지라. 오늘 트럭을 탔응께 목이 터지라고 외쳐불랍니다."

"고맙긴 헌디 집이 으디여? 태워다 줄게."

"형님, 풍향동 자취방으로는 못 가라우. 형사들이 날 잡을라고 있을지 모른께라. 사실은 담임 선생님이 피신해 있으라고 해서 어저께부텀 요렇게 돌아댕기고 있그만이라."

"잘 디가 읎으믄 이 차에서 자도 돼."

"잠 잘 곳은 있지요. 그랜드호텔 뒤쪽에 친구 아버님이 경영하는 여관이 있그만요."

오인수는 담배를 한 대 피우고 난 뒤 다시 군용트럭에 올라탔다. 최치수도 뒤따라 승차해 시민이 많이 탈 수 있도록 앞쪽으로 안내하고 자신은 또다시 소리치기 시작했다.

박병규는 목이 말랐다. 시위 인파에 섞이어 갑자기 구호를 외쳤더니 목이 잠기고 최루탄 가스에 눈물이 찔끔찔끔 났다. 지난 겨울방학 때 한 번 들렀던 충장로 '하나음악실'을 찾아갔다. DJ가 자신이 신청했던 곡을 두 번이나 틀어주어 인상이 깊었던 음악실이었다. 낮에는 송정리 비행장에서 방위병으로 복무하고 밤에는 하나음악실로 나와서 근무하는 DJ였다. 박병규가 신청한 곡은 '나 어떡해', 대학가요제에서 대상을 받은 곡이었다.

그런데 박병규는 발걸음을 돌려야 했다. 하나음악실은 셔터가 내려져 있었다. 셔터에는 '19일부터 무기한 휴업'이라는 종이쪽지가 붙어 있었다. 아마도 혼란한 시내 상황 때문에 휴업 중인 듯했다. 할 수 없이 박병규는 삼양백화점에 있는 삼양다방으로 갔다. 삼양다방 입구를 들어서려는데, 다섯 명의 청년이 계단을 뛰다시피 올라갔다. 네 명은 3층 당구장으로 뛰었고 한 명은 힘에 겨운지 2층 삼양다방으로 들어갔다. 그 청년은 뒷머리가 찢어져 피를 흘렸다. 삼양다방으로 들어간 청년은 청운학원 재수생 최동기였다. 박병규도 얼른 삼양다방으로 들어가 빈자리에 앉았다. 다방에는 마담과 아가씨 세 명이 있었다. 최동기는 단골인 듯 빈자리에 앉지 않고 주방 쪽으로 갔다. 마침 소파 앞에 40대의 마담이 서 있다가 최동기가 뭐라고 하자 치마를 들어올렸다. 최동기는 망설이지 않고 마담의 흰 한복 치마 속으로 들어갔다. 그때였다. 공수부대원이 들어와 수색했다.

"머리 깨진 놈 이리 들어오지 않았십니꺼?"

"그런 사람 못 봤그만이라."

최동기는 마담의 치마 속에서 오들오들 떨었다. 학원에 가서 공부하는 줄만 알고 있을 할머니가 떠올랐다. 지금 공수부대원에게 잡혀 간다면 할머니에게 가장 미안할 것 같았다. 시골 화순에 계시면 편하실 텐데 손자를 위해 광주로 올라와 밥하고 빨래를 해주시고 있기 때문이었다. 더구나 할머니는 그가 문중 종손이라고 하여 유달리 애지중지 아끼셨던 것이다.

"다방에 우리밖에 없는디 그라요."

"고생 많은디 커피나 한잔하고 가씨요."

아침부터 커피 한 잔을 놓고 죽치고 있던 건달 몇 명이 너스레를 떨자 공수부대원은 그냥 돌아갔다. 공수부대원이 나가자 마담이 치마를 들어올렸다. 다행히 흰 치마에 피가 묻어 있지는 않았다. 최동기가 지혈을 시키느라고 찢어진 뒷머리 부분을 손바닥으로 누르고 있어서였다. 마담이 말했다.

"동기 학생, 오늘이 생일인 줄 알어."

"누님, 고맙그만요."

마담의 연둣빛 저고리에 꽂은 무궁화 조화가 유난히 크게 보였다. 아가씨들이 몰려와 "언니가 숨겨주지 않았으면 잡혀갔지라"라고 한마디씩 했다. 최동기가 삼양다방을 나간 뒤 박병규는 이를 악물었다. 공수부대원에게 쫓기는 청년들을 직접 보자 분노가 치밀었다. 폭도는 시위 청년, 학생 들이 아니라 만행을 서슴지 않는 공수부대원들이었던 것이다. 목이 말랐던 박병규는 찬물을 벌컥벌컥 들이켰다.

차량 시위

광주역 앞에서 영업하는 택시 기사들이 자주 찾는 기사식당은 신안동 중앙고속버스터미널 맞은편에 있었다. 기사식당은 허름했지만 해장국밥이 별미였다. 20일 이른 아침에도 네댓 명이 둘러앉아서 해장국밥을 기다리고 있었다. 박병규를 농성동까지 태우고 갔다 온 기사도 끼어 있었는데 화제는 단연 공수부대원들이었다. 모두가 분통을 터뜨렸다. 이마에 약을 바른 기사가 먼저 학생을 태우고 광남로를 달리다가 공수부대원에게 당한 이야기를 꺼냈다.

"나이도 에린 공수 놈이 차를 세우더니 학생을 무조건 끌어내립디다. 내가 으째서 내 손님인 학생을 그러냐고 항의했더니 무조건 주먹이 날라옵디다. 내 이마 쪼깐 보쑈."

"아이고메, 나는 한나절 동안 연행됐다가 영업을 죽썼당께. 일할 맛이 나지 않그만."

"택시 기사덜이 만만헌 홍어 거시기로 보이는 모냥이여."

박병규를 새벽에 태웠던 기사도 한마디 했다.

"요로크롬 당허고 있을 수만은 읎제잉. 우리도 한번 뭉쳐보믄 으쩌 겠소?"

그러자 나이 든 기사가 고개를 저었다.

"우리덜 멫 명이 뭉친다고 되간디. 지금부터라도 돌아댕김시로 기 사덜끼리 모이자고 소문을 퍼뜨러야제."

해장국밥이 나오자 기사들은 아무 말 없이 뜨거운 국물을 후후 불어 가며 숟가락질을 했다. 밥 먹는 동안은 아무 말도 하지 않았다. 세끼 밥 만큼은 누구의 간섭도 받지 않고 자주적으로 먹어야 했다. 적어도 식 사 시간만큼은 공수부대원에게 당한 수모를 잊고 해장국밥이라도 편 하게 넘기고 싶었다.

화순 너릿재를 넘어와 불로동 한 여관에서 하룻밤을 잔 박래풍과 김 용호는 아침 9시쯤에야 눈을 떴다. 어제 오후 광주천변 도로에서 몸을 사리지 않고 돌팔매질을 했더니 몸이 찌뿌둥했다. 그렇다고 박래풍은 여관방에 마냥 누워 있기가 왠지 찜찜했다. 공수부대원을 혼내주겠다 고 구두닦이 일을 접은 채 광주에 왔기 때문이었다. 박래풍은 이불을 두 발로 밀어내면서 혼잣말로 중얼거렸다.

"점심때까정 한 번 더 싸와보자."

농사꾼 김용호는 여전히 큰 몸집을 이리저리 굴리며 뭉그적댔다. 화장실에서 세수를 하고 나온 박래풍이 큰대자로 누워 있는 김용호 를 발로 찼다.

"야, 나가자. 돌멩이를 한 번 더 들어보자. 심들지만 또 던져보자."

"래풍아, 한숨 더 자자. 싸와봤자 우리만 손해보겠드라. 우리 심으론 역부족이여."

"무신 소리여. 광주를 깔보는 공수놈딜 손 쪼간 보자고 넘어온 것 아니냐."

"여관비 써감시롱 우리가 요로코름 있는 것이 맞는지 모르겠다야."

"하루살이맨치로 사는 내가 돈 까묵어감시롱 싸우자니 부담은 되지만 그래도 한 번 더 싸와보자."

"내 생각으론 우리가 이길 수 읎는 싸움이어야. 근디 니 말대로 해보고 안 되믄 으짤래?"

"벨 수 있냐. 너릿재를 넘어가서 구두나 닦고 살아야제."

"좋다. 나가불자."

불로동은 도청 뒤편의 동네로 금남로까지는 걸어서 10분 거리였다. 덩치가 큰 김용호는 행동은 느리지만 머리 회전은 빨랐다. 게다가 힘이 셌다. 박래풍보다 돌멩이를 훨씬 더 멀리 던졌다. 두 사람은 시위대 무리가 웅성거리는 충장파출소 쪽으로 나갔다. 파출소는 문이 잠가져 있었다. 시위대 청년 몇 사람은 카빈소총을 들고 있었다. 아주머니들이 리어카에 주먹밥을 가지고 나와 나눠주는데 양동시장과 남광주시장, 대인시장의 상인들이었다. 박래풍과 김용호는 얼른 새치기를 했다. 그러자 카빈소총을 든 시위 청년이 가로막았다.

"어허, 질서를 지켜붑시다. 밥은 충분헌께."

"총은 으디서 생겼소. 빈총이지라?"

"파출소를 털어부렀지라. 경찰이 가지가란 듯이 슬그머니 피해붑디다."

몸집이 마른 한 청년이 두 사람을 자기 앞으로 세워주었다. 박래풍처럼 몸집이 작고 얼굴은 어려서부터 거친 일을 해온 듯 마른 과일처럼 부석부석했다.

"고맙소. 형씨는 으째서 여그 나왔소?"

"쩌그 우게 있는 귀빈식당서 일하기로 했는디 가본께 문을 닫아부렀습디다. 원래 일하던 중흥동 호남식당은 주인이 문을 닫자고 허고. 돈을 받아야 집으로 갈 거 아니요. 긍께 시내를 뺑뺑 돌고 있지라."

"형편이 비슷헌디 같이 댕깁시다."

"나는 김선문이라고 헌디 송정리서 왔그만요."

시위 현장에서 만나는 사람들은 대부분 가명을 쓰는데 김선문은 솔직하게 이름을 밝혔다. 두 사람에게 마음의 문을 열었다. 세 사람은 주먹밥으로 아침 끼니를 해결한 뒤 가톨릭센터 앞으로 나갔다. 시위 분위기는 18일, 19일과 달랐다. 시위대 무리가 시위 군중으로 변했고, 투석전은 좀 더 격렬했다. 그러나 공수부대의 저지선은 견고했다. 시위 군중이 돌멩이를 던지며 밀고 올라가보지만 공수부대원들은 단 1미터도 물러나지 않았다. 오히려 시위대를 쫓아와 매가 병아리 낚아채듯 몇 사람씩을 잡아 초주검이 되도록 구타하면서 질질 끌고 갔다.

세 사람은 최루탄이 연달아 터지자 골목길로 피했다. 공수부대 뒤에서 전경이 쏘는 페퍼포그였다. 세 사람이 어느 집 철대문에 몸을 기대고 있는데 여주인이 찬물을 떠왔다. 김선문은 한 그릇을 혼자 다 비워버렸다. 여주인이 다시 물을 가져왔다. 김선문이 말했다.

"난 첨에는 군인들이 왔을 때 박수를 쳤지라. 학생맨치로 젊은 군인

들이 보기 좋더라고. 근디 뭣이여, 충장로 사가였그만. 남자 여자가 팔
짱을 끼고 가는디 느닷없이 공수가 남자를 잡을라 헌께 남자는 도망
가고 여자는 멍허니 그 자리에 서 있드라고. 공수가 여자 머리채를 잡
고 돌려버린께 툭 나가떨어지등마. 그라고는 진압봉으로 한 서른 대를
때려부러요. 여자가 입에서 거품을 벌벌 흘려부러. 그래갖고 보는 사
람들이 모다 맛이 가버렸제. 그때부터 나도 정신이 이상해진 거지. 돌
멩이를 들었거든."

박래풍도 한마디 했다.

"나는 화순터미널서 버스승객덜헌티 광주 얘기를 듣고 대한민국을
지키겠다고 너릿재를 넘어왔소."

"아따, 래풍이는 여그 온 이유가 거창하그만잉. 하하."

"나는 그냥 송정리 집으로 갈라고 해도 공수새끼덜이 네 군데를 다
막아불고 있드랑께."

네 군데란 광주에서 외각으로 드나드는 길목을 말했다. 송정리는
화정동, 담양은 서방, 화순은 지원동, 동운동은 장성 등으로 가는 길
목이었다.

"뭐시기, 지원동도 막아부렀소?"

"어저께 트럭 타고 댕김시롱 다 확인했지라. 공수덜이 바리케이트
까지 치고 있습디다."

김용호가 깜짝 놀라 물었다.

"농사철인디 큰일 나부렀네!"

"주민등록증은 있소?"

박래풍과 김용호가 동시에 말했다.

"그런 거 안 가지고 댕기지라."

"주민증이 읎으믄 길목에 있는 공수덜이 쏴 죽여분다는 말도 있습디다."

"아이고메, 화순으로 넘어가기는 디질지 모른께 틀려부렀네잉."

김용호가 낙담한 듯 철대문에 나자빠졌다. 철대문이 쿵 소리를 내자 여주인이 놀라 뛰어나왔다. 박래풍은 김용호를 위로했다.

"친구야, 우리는 광주에 남아서 싸우라는 운명인갑다. 으쩔 것이냐."

세 사람은 물을 준 여주인에게 미안해하며 중앙국민학교 붉은 벽돌담을 타고 시민관 쪽으로 올라갔다. 시민관 앞길도 계림동과 소방서 방향에서 몰려온 시민 학생들로 북적거렸다. 세 사람은 기분도 전환할 겸 전대 스쿨버스에 올라탔다. 유리창은 모두 박살나 있었다. 먼저 탄 사람에게 물어보니 공수부대가 한 짓이 아니라 유리조각에 다치지 않기 위해 청년들이 먼저 깨버렸다고 말했다. 버스 안에는 빵과 우유가 서너 박스 있었다. 버스가 지나갈 때 슈퍼에서 내준 먹을거리였다. 세 사람은 점심 끼니로 빵과 우유를 허둥지둥 먹었다. 버스 운전수 옆의 앞자리에는 초록색 티에 청바지를 입은 여대생이 대형 태극기를 들고 있었다. 버스가 움직이기 전에 여대생이 내리자 앞자리에 앉아 있던 가죽 점퍼를 입은 청년이 태극기를 건네받더니 깨진 유리창 밖으로 팔을 뺐다. 박래풍은 펄럭이는 태극기를 보자 콧등이 찡했다.

"워메! 멋져부러야."

스쿨버스에 타고 있던 사람들이 각목으로 창턱을 치면서 구호를 외쳤다. 세 사람도 따라서 복창했다. 스쿨버스는 변두리로 나가 시민들을 모아 노동청, MBC방송국, 시청 쪽으로 실어 나르는 모양이었다.

중앙고속터미널 맞은편의 해장국밥집은 점심때가 더 바빴다. 기사 10여 명이 한꺼번에 몰려와 아침에 했던 이야기를 주고받았다. 택시 기사들도 뭉쳐 싸우자고 했는데 한 기사가 뜻밖에 호응이 좋다고 말했다.

"아칙에 우리덜이 한 얘기가 시내 기사식당으로 쫙 퍼졌는디 다덜 한번 뭉쳐보자고 허는 모냥이요."

"으디선가 모다 만나야 허는디 공수 눈에 안 띄는 곳이 좋겠제잉."

"성님, 무등경기장서 모였다가 도청으로 가믄 되겠지라."

"아이고메, 거그가 딱 좋겄네. 점심 후에는 손님도 읎고 헌게 두 시쯤 모이믄 으쩐가?"

택시 기사들은 늦은 점심을 한 뒤 후닥닥 나갔다. 다른 기사식당에도 전하기 위해서였다. 소식을 전해 들은 택시 기사들의 생각은 대동소이했다. 시위 청년, 학생 들을 잔인하게 몰아붙이는 공수부대원들의 만행을 더 이상 보고 있을 수만은 없다고들 분개했던 것이다.

삼화다방 주방장 염동유는 오후 3시쯤 자신이 일하는 삼화다방을 나와 시외버스공용터미널 건너편에 있는 양지다방으로 선배를 찾아갔다. 삼화다방이 오후에 셔터를 내린 것은 주인이 영업을 그만하자고 해서였다. 염동유는 선배와 아무래도 광주가 심상치 않다는 이야기를 하면서 시위 구경이나 하자고 양지다방 문을 밀었다. 그러나 밖으로 나오는 순간 사람들의 비명 소리가 났다. 공수부대원들이 시위 청년, 학생 들을 향해 진압봉을 휘두르고 있었다. 염동유는 선배를 따라서 기다시피 다방 안으로 들어와버렸다.

"어저께 다방 손님덜이 공수가 시민덜을 다 죽인다고 허는디도 안 믿었는디 사실인갑소야."

"여그서도 손님덜헌티 들었그만. 공수덜이 청년덜을 개 패듯 닦달헌다고 허대."

"선배, 우리가 시방 이러고 있을 때가 아닌갑소야."

밖이 조용해진 한 시간쯤 뒤 염동유와 선배는 다시 다방을 나왔다. 밖은 살벌했다. 다방 옆의 정육점 진열장 유리가 조각조각 깨져 있었다. 시외버스공용터미널 광장에는 40여 명의 공수부대원이 착검한 총을 들고 진압대기 중이었다. 노인들이 나서서 공수부대원에게 항의했다. 한복을 입고 중절모를 쓴 노인들이 나서기는 처음이었다. 공수부대원들은 노인들의 삿대질에도 물러서지 않다가 중령이 지시하자 광주역 쪽으로 철수했다. 시민, 학생 들이 노인들에게 박수로 응원했다.

"어르신덜이 최곱니다!"

염동유와 선배는 시위대를 따라 도청 쪽으로 걸어서 갔다. 염동유가 금남로 4가 건널목에 들어섰을 때였다. 수창국민학교 쪽에서 헤드라이트를 켠 수십 대의 자동차가 보였다. 자동차 대부분은 임동 길을 따라오고 있고 일부는 광주역 쪽으로 우회하고 있었다. 염동유는 가슴이 벌렁거렸다. 태어나서 처음 보는 차량 시위였다. 자동차들은 일제히 경적을 울리며 느리게 오고 있었는데 염동유는 너무 흥분돼 선배가 어디로 갔는지 잃어버렸다. 정신없이 시민들을 따라 함성을 지르고 박수를 쳤다.

차량 시위 맨 앞은 대형 버스와 대형 트럭, 그 뒤는 택시들이 뒤따랐다. 금남로 양쪽 인도에 들어찬 시민들은 차량 행렬을 따라 도청 쪽으로 걸었다. 순식간에 수만 명의 시민이 모여들었다. 시민과 청년, 학생 들이 인산인해를 이루었다. 18일 이후 가장 많이 운집한 인파였다.

"와아! 와아! 우리 용사덜 잘헌다. 이기자, 이겨불자!"

대형 버스와 화물차에서는 머리에 흰 띠를 두른 젊은이들이 각목을 들고 차를 두들기며 '전두환 물러가라', '광주시민 살려내라' 등등의 구호를 외쳤다. 차량 행렬이 도청 앞 분수대에서 100여 미터쯤 떨어진 동구청에 이르렀을 때였다. 염동유는 누군가가 자신을 보고 웃는다는 것을 발견하고는 자신도 손을 들어 답했다. 화순에서 밤에 술 한잔 했던 박래풍이었다. 그러나 인파에 떠밀려 만날 수는 없었다. 박래풍은 공수부대원들을 향해 돌멩이를 던지고 있었다.

차량 시위에 대형 버스 네 대와 화물차 여덟 대, 택시 200대가 가담하고 있었다. 시민들은 인도에서 내려와 차량 사이사이를 메웠다. 공수부대원들과 전경들은 당황했다. 페퍼포그를 발사하면서 도청 앞에서 버텼다. 잠시 후 11공수여단 61대대와 62대대 공수부대는 특공조를 편성 공격해 버스 유리창을 깨부순 뒤 차 안에 최루탄을 던지며 운전수와 시위 시민 들을 끌어냈다. 현장에 붉은 피가 뿌려졌다. 그래도 시민군중은 공수부대 저지선 20미터까지 나아갔다. 이제는 공수부대원들과 시민들이 육박전을 벌였다. 시민 군중 가운데 부상자가 수십 명 속출했다. 오후 7시 45분쯤에는 전투용 장갑차가 나타났다. 공수부대는 더 이상 밀리지 않겠다는 듯 전일빌딩 앞에 장갑차로 바리케이드를 쳤다. 도로변의 장식용 대형 화분으로 막아보았지만 소용이 없었기 때문이었다. 밀고 밀리는 공방은 밤 9시까지 계속됐다. 마침내 시위 군중이 노동청 쪽과 금남로, 충장로 등 도청 광장을 사면으로 포위했다.

이에 공수부대와 전경은 페퍼포그를 발사하며 필사적으로 시위 군중의 도청 진입을 막았다. 그러자 시위 시민들은 금남로에서의 도청 진입을 포기하고 노동청 앞길로 광주고속버스 10여 대를 가지고 왔다.

한밤의 총성

잦은 봄비로 공기는 차갑고 축축했다. 계림동성당 안은 으슬으슬 춥기까지 했다. 조비오 신부는 몸살감기 기운이 심해져 사제관으로 들어가서 누웠다. 눕자마자 입에서 절로 '아이고!' 하는 신음 소리가 튀어나왔다. 그러나 눕자고 하는 몸과 달리 마음은 성당 바깥에 있었다. 신도들의 전화가 쉬지 않고 걸려 왔다. 공수부대원들의 만행을 알리는 전화였다. 다친 시민들이 끌려가고 있다며 신자들이 "신부님, 신부님!" 하고 울먹였다. 오후에는 동구청 민방위과장이 직원 두 사람을 데리고 조 신부를 찾아왔다. 민방위과장은 하소연부터 했다.

"신부님, 광주 시내 상황이 걷잡을 수 읎이 악화돼부렀습니다. 인자 성직자 분들이 나서지 않으믄 수습하기가 에러울 거 같습니다."

"사제들이 나선다고 수습이 되겠습니까? 십칠 일부터 상황을 지켜보고 있습니다만 저도 저 자신의 한계를 뼈저리게 느끼고 있습니다.

사태가 걷잡을 수 없이 치닫고 있지만 제가 할 수 있는 일은 아무것도 없는 거 같습니다."

"신부님들이 나서면 지혜가 모아지지 않겠습니까?"

"알겠습니다. 가톨릭센터로 나가보겠습니다."

민방위과장이 계림동성당을 나간 뒤, 조비오 신부는 광주대교구청이 있는 가톨릭센터로 향했다. 몸살감기 기운이 심해 밖으로 나갈 엄두를 못 냈지만 그래도 신도들이 울부짖는데 외면할 수는 없었다. 사제로서 가책을 느끼기보다는 곤경에 처한 신도들을 생각할 때 부담감이 컸다. 시위 시민들은 시민관과 MBC방송국 사이에 빼꼭히 들어차 구호를 외쳐댔다. 변두리에서 도심지로 시민들을 실어 나르는 버스에는 붉은 페인트로 '살인마 전두환'이라는 글씨가 쓰여 있었다. 조비오 신부는 살기 띤 글씨를 본 순간 얼굴을 돌리고 싶을 만큼 섬뜩했다. 사제복을 입은 조비오 신부에게 시민들이 소리쳤다.

"신부님, 한말씸 허씨요. 하느님은 으째서 전두환에게 천벌을 안 내린다요?"

조비오 신부는 고개를 숙인 채 지나쳤다. 솔직히 시위대 속으로 들어갈 용기가 나지 않았다. 그는 그곳을 빠져나와 중앙국민학교 뒷길을 잰걸음으로 걸었다. 거기에서 가톨릭센터는 눈앞에 있었다.

가톨릭센터 안의 광주대교구청에는 남동, 임동, 광천동의 성당 신부가 이미 여러 명 나와 있었다. 모두가 어두운 얼굴로 신도들이 공수부대원들에게 폭행은 물론 살해당하고 있다는 얘기만 할 뿐 특별한 대안은 내놓지 못한 채 전전긍긍했다. 조비오 신부는 창가에서 시위대를 내려다보면서 "주여, 광주시민을 구원하소서!"라는 기도만 중얼거

리며 한 시간을 보냈다. 머리가 깨져 피로 얼룩진 시위 청년이 공수부
대원에게 끌려가는 모습도 보였다. 시위 청년이 저항하자 군홧발로 짓
이겼다. 시위 청년이 정신을 잃고 길바닥에 쓰러진 뒤에는 개처럼 질
질 끌고 갔다.

"저놈들!"

조비오 신부는 총만 있으면 쏘아버리고 싶은 충동이 일었다. 순간
적이었지만 살의를 느낀 자신을 되돌아보고는 스스로 놀라 몸을 움츠
렸다. 신부들 중에서도 온순한 성품으로 소문난 조비오 신부였지만 피
가 머리끝까지 솟구쳤다. 잠시 후에야 조비오 신부는 스스로 호흡을
진정했다. 신부들이 하나둘 약속이 있다며 자리를 뜬 뒤에도 그는 창
가 그 자리에 우두커니 서 있었다. 마음속으로만 외었던 기도가 입 밖
으로 튀어나왔다.

"주여, 사랑하는 부모와 자식, 남편과 아내, 형과 아우, 선후배와 친
구가 아무 잘못도 없이 공수부대원들에게 무참하게 당하고 있습니다.
피를 본 광주시민들은 이래도 죽고 저래도 죽을 바에야 싸우다가 죽자
며 떨치고 일어났습니다. 분노가 극에 달한 상황입니다. 각목, 부집게,
쇠파이프, 지팡이 등을 손에 들고 이판사판으로 목숨을 내놓고 저항
하고 있습니다. 이제는 관도, 군도 믿을 수 없는 암흑의 도시에서 많은
시민들과 신자들로부터 성직자들이 나서야 할 것이 아니냐는 요구 전
화가 그치질 않습니다. 그러나 주여, 전율할 공포의 현장을 목격한 저
로서는 무서워서 도저히 나설 용기가 나지 않습니다. 주여, 저는 어찌
해야 합니까? 지혜와 용기를 주소서. 주여, 광주시민을 구원하소서."

조비오 신부는 오후 5시쯤 수창국민학교 쪽에서 헤드라이트 불을

켠 자동차들이 도청 쪽으로 몰려오는 것을 보고는 가톨릭센터 건물을 나왔다. 계림동성당으로 돌아가다가 다시 시위대를 만났다. 광주 시내는 도청과 광주역만 빼고는 시위대가 거의 장악한 듯했다. 시위대는 더 이상 공수부대원을 무서워하지 않았다. 조비오 신부가 계림동오거리에 이르렀을 때였다. 시위대는 오거리목재소의 문을 따고 들어가 각목 수백 개를 꺼내들고 나와 누군가의 지시를 따랐다.

"MBC 쪽으로 가서 공수 놈덜을 개운허게 쓸어뿝시다!"

조비오 신부는 그 외침을 귓등으로 흘리며 성당으로 들어와 정원의 성모 마리아상 앞에 무릎을 꿇었다. 저녁 6시쯤이었다. 갑자기 하늘이 흐려지더니 빗방울이 성모 마리아상 얼굴을 적셨다. 빗방울이 성모 마리아의 눈물처럼 흘러내렸다. 조비오 신부의 얼굴도 비에 젖었다. 조비오 신부는 본당 안으로 들어가서도 기도를 했다. 거리에서 최루탄이 연달아 터지는지 매운 냄새가 났다. 조비오 신부는 기도하다가 콜록콜록 기침을 터뜨렸다.

최루탄은 광주역 부근에서 주먹만 한 우박이 쏟아지듯 터졌다. 계림동성당은 광주역과 지근거리였다. 계엄군들에게는 광주역이 도청 못지않게 중요한 거점이었다. 외지에서 들어오는 사람들의 시위 합류를 초기부터 봉쇄하는 곳이기 때문이었다.

시위대는 시외버스공용터미널과 광주고속버스터미널 사이에서 광주역으로 몰려가기 위해 웅성거렸다. 시위대의 모습은 전날과 달랐다. 탈취한 버스, 트럭, 승합차 등으로 기동력이 있었다. 시위대가 탄 버스가 내달리면 공수부대원들이나 전경들이 수세에 몰렸다.

시위대는 타고 다닐 버스를 더 구하기 위해 광주고속버스터미널로 갔다. 시위 청년들이 광주고속버스 주차장 철문을 덜컹덜컹 밀어대자 정비공 두 사람이 나왔다. 청년들이 열지 않으면 철문을 부숴버리겠다고 소리쳤다.

"존 말로 헐 때 여씨요!"

"우리는 심이 읎웅께 쪼깐만 지달리씨요. 안에 들어가 물어볼랑께."

사무실로 들어갔던 두 사람이 2분 만에 나와 철문을 열면서 말했다.

"맘대로 해부쇼!"

그러자 시위 청년들이 우우 함성을 지르면서 순식간에 버스 일곱 대를 몰고 나왔다. 어제와 오늘 시내를 돌아다니며 구경만 했던 20대 중반의 회사원 김재화는 광주역 쪽으로 가는 버스에 올라탔다. 나머지 버스들은 임동, 양동 쪽으로 달려갔다. 김재화는 다른 청년들이 하는 대로 창문 커튼을 찢어 얼굴을 가렸다. 공수부대원들 사이에 사복을 입은 보안대 요원들이 사진을 찍을지 모른다며 얼굴을 가려야 한다고 주장해서였다. 과연 공수부대원들이 광주역 진입로와 광장에 일정한 간격으로 서 있었다. 시위 청년 중에 누군가가 외쳤다.

"겁낼 거 읎어라. 돌파해붑시다!"

"누가 이기나 달려붑시다!"

버스가 속력을 내며 광주역 광장으로 진입했다. 그러자 공수부대원들이 돌멩이를 던져 버스 유리창을 깼다. 버스에 타고 있던 시위 청년들이 유리 파편에 다치지 않으려고 엎드리자 이번에는 최루탄이 날아왔다. 운전석 옆에서도 최루탄이 터졌다. 정신을 잃은 운전수가 중앙고속버스터미널 쪽으로 빠지려고 급커브를 틀다가 전봇대를 들이받았다. 김재화는 어린 고등학생을 깨진 유리창으로 먼저 내보내고 자신도 뛰어내렸다. 공수부대원에게 붙잡히지 않으려고 고교생과 함께 힘껏 북광주전신전화국 뒤편 길로 도망쳤다. 대한통운 앞까지 가서야 숨을 골랐다. 버스에 탔던 청년들이 뒤따라오다가 그들도 안도하듯 숨을 몰아쉬었다.

대한통운 앞에는 공수부대원이 없었다. 다른 곳과 달리 짐을 실은 트럭들이 들고날 뿐 한갓진 분위기였다. 버스에서 도망 온 시위 청년들이 전부였다. 그런데 어떤 부부가 다투는 소리가 들려왔다. 빈 드럼통을 쌓아둔 곳이었다. 고교생과 김재화는 부부싸움을 하는 곳으로 갔다. 40대 남편이 빈 드럼통에 앉아 뻐끔뻐끔 담배를 피우고 있었고, 그의 아내가 남편의 팔을 잡아끌며 통사정을 했다.

"예말이요, 집에 들어가잔 말이요."

"아니, 사람덜이 다 죽어가는디 나만 집에 있으란 말이여?"

"집에 들어가서 찬물 한 그릇 마시고 다시 생각해보시랑께요. 사람덜이 시방 우릴 보고 있는디 챙피해 죽겄소."

"평생 후회 안 헐라믄 나도 싸와야겄어. 우릴 깔보는 저 개새끼덜 다 죽여불 거여."

사내가 담배꽁초를 집어던지며 일어섰다.

"오메, 당신 고집도 고래심줄이어라."

시위 청년들에게 둘러싸여 있는 것이 부끄러웠는지 여자가 남편의 팔을 놓고는 사라져버렸다. 시위 청년들이 사내에게 박수를 쳤다. 그 순간 화물차들이 한꺼번에 대한통운 주차장 안으로 네댓 대가 들어왔다. 여수에서 무를 싣고 온 한 트럭 운전수가 호기 있게 말했다.

"내 승질 나서 못 참겄네. 광주 들어오는디 공수가 차를 막고 개지랄을 허드랑께. 저 새끼덜 깔아뭉개불랑만."

김재화는 운전수가 듬직하여 망설이지 않고 트럭 조수석에 올라탔다. 짐칸에도 몇 사람이 자진해서 뛰어올랐다. 그러나 앞서 가던 다른 트럭이 광주역 광장을 과속으로 돌다가 전복하는 바람에 김재화가 탄 트럭은 중앙고속버스터미널 쪽으로 방향을 틀고 말았다. 김재화는 트럭에서 내려 태극기를 들고 광주역 쪽으로 가는 한 무리의 시위대에 가담했다.

양동시장 앞에도 시민이 수백 명 모여 공수부대원들의 만행을 성토했다. 공포에 떨었던 어제의 모습이 아니었다. 양동시장 공터로 모여든 시민들은 곧 광주역으로, 도청으로 달려갈 것처럼 분기탱천했다. 30대 초반의 이관택은 시외버스가 한 대 달려오자 시민들에게 떠밀려 탔다.

"광주역으로 가붑시다!"

양동시장에서 광주역은 15분 거리였다. 버스가 달리자마자 어디선가 최루탄이 불쑥 날아왔다. 광주역으로 가자고 외친 사람부터 차에서 내려 도망쳤다. 이관택도 정신없이 뛰었다. 어느 골목에 들어서서야 숨을 돌렸다. 그때 한 사내가 공수부대원이 부근에 있다고 자기를 따라오라며 앞섰다. 그러나 이관택은 골목에서 나오자마자 걸음이 빠른 사내를 놓치고 말았다. 할 수 없이 혼자서 조금 걸어가는데 부근에서 웅성거리는 소리가 들렸다. 이관택은 시민들일 거라고 짐작하며 잰걸음으로 갔다. 그런데 가슴이 철렁 내려앉았다.

"누구야!"

총검을 든 공수부대원의 목소리였다. 이관택은 당황하여 죽을힘을 다해 뛰었다. 공수부대원도 사냥하듯 쫓아왔다. 상점들이 일찍 문을 닫아 숨을 데가 마땅찮았다. 거리가 어두워서 방향을 잡기도 힘들었다. 이관택은 어딘지도 모르고 달리다가 "억!" 하고 소리쳤다. 왼발이 하수구 속으로 미끄러져버렸다. 하수구는 썩은 물이 가득 차 악취가 심했다. 이관택은 코를 막고 자신의 몸을 하수구 벙벙한 물속으로 밀어넣었다. 공수부대원은 손전등을 비추며 이관택을 악착같이 찾았다.

'저 징헌 놈이 하수구까정 뒤지네.'

다행히 공수부대원은 하수구를 수색하다가 포기하고 돌아갔다. 잠시 후 이관택은 시민들 소리에 안심하고 하수구에서 나왔다. 호주머니마다 하수구 구정물이 가득 차서 옷이 무거웠다. 이관택은 물을 털어낸 뒤 주택가 골목으로 들어가 열려 있는 대문 안으로 들어갔다. 고등학생이 나와 무슨 일이냐고 물었다. 이관택은 사정을 말하고 헌 옷이라도 좋으니 빌려달라고 말했다. 그러자 어린 고등학생이 런닝셔츠와 바지 하나를 내주었다.

"시민군 아저씨, 몸을 씻고 갈아입어야지라우."

어린 학생이 시민군이라고 부르자 이관택은 쑥스러웠다.

"니는 내가 시민군멩키로 보이냐?"

"공수하고 싸우는 시민들은 다 시민군이지라우."

이관택은 고등학생과 이야기를 하며 수돗가에서 수도를 튼 채 비누로 몸을 씻었다. 그래도 몸에 달라붙은 악취는 가시지 않았다. 이관택은 광주역 쪽에 한 무리의 공수부대원이 있는 것을 보고는 침을 퉤 뱉으며 도청 앞이 궁금하여 MBC방송국 쪽으로 갔다. MBC방송국으로 가는 도중에 시민들이 수군거렸다.

"광주역에서 공수 하사가 넘어진 추럭에 깔려 디졌대."

"긍께 죽인 것이 아니라 교통사고그만."

"과속허다가 넘어져부렀는갑네. 시민덜이 운전대 잡고 모는디 불안불안허드라고."

이관택은 시민관 앞에서 걸음을 멈추었다. MBC방송국이 막 불이 붙고 있었다. 시위 청년들이 함성을 지르며 이제는 세무서 쪽으로 달려갔다. 그러나 이관택은 불타는 MBC 건물을 멍하니 바라보기만 했다. 김춘국, 김정현 등 시위 청년들이 방송국 옆의 전자대리점에 불이 붙을까 봐 선풍기와 냉장고, 텔레비전 등을 길바닥으로 끌어냈다. 탈취할 생각은 아예 없었다.

잠시 후 벌건 화염이 막 솟구치기 시작했을 때였다. 공수부대의 장갑차가 갑자기 달려오더니 가전제품들을 바삭바삭 짓이겨버렸다. 광주역 쪽에서 온 이관택, 광주소방서 앞에서 화염병을 만들어 나누어 주었던 위성삼, 구두닦이를 접고 시위에 가담한 박래풍, 농번기인데도 시위에 가담한 농사꾼 김용호, 용접공 김여수, 녹두서점에서 만든 화염병을 쇼핑백에 넣어 나르던 정현애와 김현주 등은 시위 청년들과 함께 불길에 휩싸인 MBC방송국을 통쾌하게 바라보았다. 조비오 신부도 불타는 MBC방송국을 사제관 옥상에서 보고는 계엄군이 물러가고 광주 시내가 평화로워지기를 기도했다.

그런데 자정 무렵 광주역에서 한밤의 적막을 찢는 총성이 울렸다. 초저녁에 쏘던 공포탄이 아니었다. 실탄을 지급받은 공수부대원들이 시위대를 향해 난사했다. 시위대 앞에 있던 김재화의 가슴에도 M16

실탄이 관통했다. 몇 사람이 캄캄한 땅바닥에 피를 뿌리며 나뒹굴었다. 그래도 시위대는 공수부대가 광주역에서 퇴각할 때까지 물러서지 않았다. 광주역 광장 옆의 KBS방송국을 불질러버렸다.

5월 21일

순진한 협상

밤 9시 통행금지 시간은 시위 청년, 시민 들에게 있으나마나 한 포고
령이 돼버렸다. 시위대는 여남은 명씩 나뉘어 밤새 시가지를 돌았다.
의기투합한 박래풍과 김용호, 김선민 등은 금남로 일대를 돌았고, 학
운동 청년들은 배고픈다리를 거점 삼아 학운동과 노동청 사이를 누비
고 다녔다. 그런가 하면 이관택은 예닐곱 명의 무리를 따라 유동삼거
리에서 불에 탄 MBC방송국이 있는 제봉로를 배회했다. 집으로 돌아
가지 않고 잠깐씩 길가에 주차한 버스 안에서 쪽잠을 잤다. 그러다가
도 전옥주와 차명숙이 방송하는 방송차가 지나가면 벌떡 일어나 졸린
눈을 부볐다. 전옥주의 가두방송 멘트는 전날보다 더 거칠었다.

형제 동생들이 죽어가는데 다리를 쭉 뻗고 잠이 옵니까. 공수들이 광주시
민을 다 죽이려고 하는데 도대체 목구멍으로 밥이 넘어갑니까. 일제 때 학

생운동이 가장 먼저 일어난 광주입니다. 광주정신을 외면하는 사람들을 광주시민이라고 할 수 있습니까. 팔십만 광주시민 모두가 나서 대한민국 군인이기를 포기한 공수 놈들과 싸워야 합니다.

이관택 일행은 버스 안에 있던 빵과 우유로 요기를 했다. 일행 중에 누군가가 화장실도 볼 겸 광주역으로 가자고 했다. 이관택도 자정의 총성이 궁금하여 따라나섰다. 자정 무렵에 광주역 쪽에서 갑자기 총소리가 들렸던 것이다. 광주역은 도청 앞보다 먼저 공수부대원들에게 실탄을 지급한 곳이었다.

이관택 일행 말고도 여남은 명씩 밤새 어울려 다니던 시위 청년, 시민 들이 광주역으로 모여들고 있었다. 광주역 광장에는 이미 수백 명의 시민이 몰려와 북적거렸다. 공수부대를 몰아내고 광주역을 접수한 듯 모두가 의기양양해했다. 일부 시민은 잔뜩 화가 나 있었다.

"공수덜이 죄 읎는 시민덜을 죽였어."

"멫 사람이나?"

"여그서 죽은 사람만도 넷이여. 모르제. 철수험서 더 끌고 갔는지도."

"부상은 더 많겄그만잉."

"함은."

이관택은 화장실을 가려고 온 네댓 명과 함께 역사 안으로 들어갔다. 역사 안이 썰렁해서인지 시민들은 모두 모닥불을 피워놓은 광장으로 나가 있었다. 이관택은 방치된 시신 한 구를 보고는 깜짝 놀랐다. 헝클어진 머리와 거친 손으로 보아 노동자 같았다. 나이는 쉰 안팎으로 보였다. 공수부대원들이 옷을 벗겨 끌고 왔는지 시신은 팬티 차림이었다. 대검에 찔린 허벅지가 길게 찢어져 피범벅이 돼 있었다.

날이 밝자 역사 부근에서 또 한 구의 시신을 시민들이 업고 왔다. 그제야 역사 안에 있는 시신을 현관으로 옮겼다. 두 구의 시신을 가지런히 누인 다음 누군가가 대형 태극기를 덮었다. 태극기를 덮고 난 사람이 외쳤다.

"공수허고 싸우다가 희생당한 분들이요. 연고자를 찾을라믄 시민덜이 많이 모이는 도청 앞에다가 모십시다!"

"쩌그 고물상에서 니아카를 끌고 오씨요."

누군가가 리어카를 들먹였고 몇 사람이 고물상으로 달려갔다. 전옥주 가두방송 차량이 나타난 것은 바로 그때였다. 빨간 점퍼에 청바지를 입은 전옥주는 두 구의 시신을 보고는 몸서리쳤다. 가두방송을 밤새워 했으므로 기력이 바닥난 상태였다. 눈앞이 노래지는 것으로 보아 곧 혼절할 것만 같았다. 핏발이 선 눈에 눈물이 고였다. 전옥주는 입술을 깨물었다. 차명숙도 충격을 받아 멍하니 서 있기만 했다. 시위 청년들이 두 시신을 리어카에 싣고 다시 대형 태극기로 덮었다. 리어카가 움직이자 두 사람의 발이 리어카 밖으로 나와 덜렁거렸다.

"도청으로 갑시다!"

리어카 좌우로 시위 청년들이 호위했다. 한 사람이 주먹을 치켜들어 선창하면 시위대가 복창했다.

"계엄군은 민주시민을 살려내라!"

"계엄군은 민주시민을 살려내라!"

전옥주가 탄 방송차는 리어카 뒤를 따르며 쉰 목으로 방송을 했다. 시신 두 구를 직접 목격한 전옥주의 방송 멘트는 한층 격렬하고 선동

적이었다. 그녀의 목소리에는 울분과 분노가 묻어 있었다.

광주시민 여러분, 우리 모두 공수부대 놈들을 찢어 죽입시다. 살인마 전두환은 물러나라. 두환아, 내 자식 살려내라.

리어카가 유동삼거리에서 금남로로 들어서자 시민들이 몰려들기 시작했다. 시민들이 금남로 이면도로에서 쏟아져 나왔다. 리어카가 가톨릭센터 앞에 이르자 인파는 5만여 명으로 불어났다. 태극기로 덮은 두 시신은 여전히 발을 리어카 밖으로 내민 채 흔들거렸다. 전옥주는 페퍼포그를 쏘며 도청을 사수하고 있는 전경들에게도 회유하는 방송을 했다.

경찰 아저씨, 경찰 아저씨는 민중의 지팡이가 아닙니까. 또한 전라도 분들이지 않습니까. 경찰 아저씨, 저희와 힘을 합쳐서 저 공수부대 놈들을 모두 다 찢어 죽입시다.

19일부터 집에 들어가지 않고 시위에 가담해온 박병규는 방송차를 뒤따랐다. 박병규뿐만 아니라 많은 장발의 청년, 시민 들이 방송차를 에워싼 채 걸었다. 머리가 짧은 청년들도 전옥주를 보기 위해 파고들었지만 여의치 않았다. 사복을 입은 그들은 계엄군 편의대 요원들이었다. 지휘관에게 전옥주를 저격하라는 명을 받고 활동 중이었다. 편의대 요원이 동료에게 나직한 소리로 말했다.

"사진이라도 찍어야 하는 긴데."

"시위대가 해산하기 전에는 저격은 불가능해."

"실수했다간 우리가 잡혀 죽을끼다."

이틀간 시위에 가담해온 김현채는 속이 메슥메슥해 방송차를 따르다가 뒤로 처졌다. 어젯밤 9시쯤 무등극장 앞에 세워진 승용차에서 호스로 화염병용 휘발유를 빼다가 잘못하여 몇 모금 마셔버렸던 것이다. 억지로 토해냈지만 벌써 배 속 깊숙이 내려가버린 듯 트림을 하면 휘발유 냄새가 식도를 타고 올라왔다. 방위병이라고 신분을 밝힌 청년도 휘발유를 한 모금 삼켜버렸는지 웩웩거렸다. 그러는 동안에 공수부대원 서너 명이 김현채와 방위병을 잡으려고 쫓아왔다. 방위병은 충장로 왕자관을 향해 도망쳤고, 김현채는 양동시장 쪽으로 뛰어 붙잡히지 않았던 것이다.

전옥주는 계엄군 편의대가 자신을 노리고 있는 줄도 모르고 방송을 계속하며 도청이 가까운 동구청 앞으로 나아갔다. 거기에서는 더 이상 움직일 수 없었다. 공수부대가 방어선을 철벽같이 치고 있었다. 시위대는 다섯 명씩 스크럼을 짜고 앉았다. 시위대는 두 시신을 실은 리어카를 공수부대 앞에 놓았다. 공수부대원들은 금남로에 운집한 시위 인파를 보고 질려버렸는지 태도가 사뭇 누그러져 있었다. 공수부대 대대장이 부하들의 흥분을 가라앉히려는 듯 지휘봉을 들고서 오가곤 했다. 전옥주가 그 중령에게 다가가 말했다.

"우리는 당신들에게 아무런 원한이 없어라. 근데 당신들은 으째서 우리 광주시민들을 무참히 죽입니까?"

"음……."

"제 말을 어찌게 생각하십니까?"

중령이 대답을 못하고 아주 잠깐 곤혹스런 표정을 지었다.

"명령에 따라 움직이는 군인이오. 뭐라고 대답을 못하겠소."

"군인의 본분은 대한민국 국민을 지키는 것이 아닙니까?"

"우리가 어떻게 해줬으면 좋겠소?"

전옥주는 방송차로 올라가 시위대에게 물었다.

"군인들은 명령을 따랐다고 합니다. 그러니 지금은 돌을 던지지 맙시다. 시민 여러분, 협상을 하면 어떻습니까?"

시위대 여기저기서 "옳소!" 하는 소리가 들려왔다. 전옥주는 다시 중령에게 다가가 계엄사령관을 만나게 해달라고 했다. 그러자 중령이 말했다.

"협상 대표를 뽑아주시오."

전옥주가 방송차에 올라 시위대에게 '협상 대표를 뽑자'고 의견을 구하자, 시위대 시민이 "더 이상 사상자가 나오면 안 되니 계엄군과 협상하자"고 동의했다. 그리고 "당국이 사과하고 명예를 회복시켜준 뒤 타협하자"는 요구도 나왔다. 전옥주는 즉석에서 협상 대표를 선출했다. 대표성을 띤 시민이라기보다는 앞자리에 있던 세 명이 자의반 타의반으로 일어났다. 전옥주와 조선대 법과 1학년 김범태, 전남대 상대 2학년 김상호 외 1명 등 네 명은 협상 대표로 나섰다. 협상 대표들은 재빠르게 시위대 일부가 요구하는 4개 항을 정리했다. 시위대 대다수의 의견을 취합한 것은 아니었다.

1. 유혈사태에 대한 도지사의 사과

2. 연행된 시민, 학생을 즉시 석방하되 여의치 않으면 소재 파악이라도 해

줄 것

3. 공수부대는 21일 정오까지 시내에서 철수할 것

4. 전남북계엄소장과의 협상을 주선할 것

전옥주는 중령에게 다가가 다시 말했다.

"협상 대표를 뽑았응께 계엄사령관을 만나게 해주세요."

"사령관을 만나려면 도지사부터 만나야 합니다. 그러니 도청으로 갑시다."

협상 대표는 중령을 따라 도청 3층 도지사실로 올라갔다. 협상 대표들은 텅 빈 도지사 집무실에서 장형태 지사를 기다렸다. 천정이 높고 가죽소파가 놓인 도지사 집무실은 협상 대표들을 은근히 위축시켰다. 비서가 도지사 집무실로 들어와 협상 대표들에게 말했다.

"지사님께서 모친상을 당해 늦어지고 있은께 쬐깐만 지달려주십시요."

비서가 말한 대로 장형태 지사는 30분쯤 후에 나타났다. 협상 대표들은 각자의 이름과 신분을 밝혔다. 그런 뒤 전옥주가 협상 대표 자격으로 찾아온 이유를 말했다.

"도지사님, 지금 시민들이 불안해하고 있으니까 계엄군들을 눈에 띄지 않는 곳으로 물러나게 하고, 현재 잡혀간 학생과 시민 들의 소재를 밝히고 사상자 수를 정식으로 보도해줄 것을 건의합니다."

도지사는 전옥주의 건의를 듣더니 되물었다.

"요구 사항을 적어 온 것이 있나요?"

전옥주는 도지사 앞에 4개 항이 적힌 종이를 내밀었다. 도지사는 4

개 항을 외우기라도 할 듯 뚫어지게 보더니 천천히 입을 열었다.

"첫째 요구 사항은 얼마든지 받아들일 수 있어요. 허나 둘째, 셋째 요구 사항은 내가 결정할 소관이 아니지요. 그래도 적극 건의해보리다. 넷째 요구 사항은 반드시 성사되도록 주선하겠소."

대학생 협상 대표들은 요구 사항이 순조롭게 받아들여지는 듯해 안도했다. 그러나 전옥주는 둘째와 셋째 요구 사항이 핵심이었으므로 계엄사령관을 만나 건의하고 싶었다.

"도지사님, 계엄사령관님을 만나게 해주세요."

"잠시만 기다려보시오."

비서가 도지사에게 다가가 귓속말로 짧게 보고했다. 그러자 도지사가 양미간을 찌푸렸다.

"계엄사령관의 소재 파악을 당장은 할 수 없는 모양이오. 조금만 기다리시오."

도지사의 기다리는 말에 전옥주는 뭔가 어긋나고 있다는 것을 직감했다. 그래서 뒤로 물러서려고 하는 도지사에게 매달렸다.

"도지사님, 계엄사령관님을 만나게 해주세요. 몇 시까지 기다리면 되겠습니까?"

"일단 정오까지 기다려보시지요."

"고맙습니다. 그런데 지사님, 제가 그냥 나가게 되면 시민들이 소란해질 것입니다. 그러니 지사님께서 직접 시민들을 자중시켜주시고 사과의 말씀을 해주십시오."

"협상 대표들이 먼저 나가 시민들에게 설명해주시오. 나는 오 분 후에 나가겠소."

그러나 장형태 도지사는 5분이 지나도 밖으로 나오지 않았다. 전옥주가 시위대에게 묵념을 시키고 노래를 서너 곡이나 부르게 했는데도 도지사는 나타날 기색이 없었다. 도지사는 시위대 앞에 서는 것이 부담스러워 겨우 도청 현관까지만 나오고는 더 이상 움직이지 않았다. 다만, 구용상 광주시장이 시위대 앞의 간이단상에 올라 자제와 질서를 호소하는 발언을 하다가 시위대 청년, 시민 들에게 쫓겨나고 말았다.

"뻔헌 얘기는 집어치우쇼!"

잠시 차분했던 시위대가 술렁거리기 시작했다. 전옥주에게 비난을 퍼부었다.

"당신이 협상헌다고 들어갔다가 나오는 바람에 아까운 시간만 지나가부렀소!"

전옥주는 시위대 시민의 질책을 달게 받았다. 장형태 도지사가 자신을 속인 것이 분할 뿐이었다. 슬그머니 한 발을 뺀 장형태 지사에 비하면 자진해서 나타나 욕을 먹은 구용상 시장이 공직자로서 품위와 용기가 있어 보였다. 바로 그 순간이었다. 장갑차 한 대가 도청 광장에서 난폭하게 엔진의 굉음을 내지르며 시위대 쪽으로 달려왔다. 시위대에게 '더 이상 도청으로 다가서지 말라'고 위협을 가하는 질주였다. 시위대 앞줄에 있던 시민들이 도로 양쪽으로 갈라졌다. 전옥주는 엉겁결에 공수부대원들이 있는 관광호텔 쪽으로 피하다가 넘어졌다. 게다가 최루탄까지 날아와 터져 정신을 잃을 뻔했다. 박병규는 전일빌딩 앞으로 물러섰다가 YWCA 뒷길로 빠져 최루탄을 직접 맞지는 않았다. 서울에서 쌓은 시위 경험으로 치고 빠지는 데는 누구 못지않게 노련했다. 그런데 YWCA 건너편 상무관 앞이 수상쩍게 보였다. 문득 불길한 예감이 들었다. 공수부대원들이 줄을 서서 실탄을 지급받고 있었다. 박병규는 YWCA 건물 1층의 화장실로 들어갔다. 소변을 해결하는 동안 벽거울에 비친 자신을 보니 영락없는 노숙자 몰골이었다. 이틀 동안 머리를 감지 못해 장발은 떡이 져 있었고, 옷은 기름때와 흙먼지가 묻어 더럽고 남루했다. 박병규는 도청 앞 시위에 더 가담하지 않고 집으로 향했다. 목욕하고 다시 돌아와야겠다고 생각했다.

도청 앞으로

4월 초파일, 부처가 탄생한 날이라고 해서 석가탄신일이라고 불렀다. 공휴일이었지만 김준봉은 회사가 궁금하여 출근하는 길이었다. 공단 앞으로 흐르는 시궁창 옆길을 지나는데, 지프차가 한 대 처박혀 있었다. 시위대가 타고 다니다가 운전 미숙으로 사고 난 지프차 같았다. 버스 정류장에서 기다렸지만 시내버스는 끝내 오지 않았다. 어쩌다 시외버스가 멀리 외각도로로 무당벌레처럼 오갈 뿐이었다. 화정동 쪽으로 나 있는 지하도에는 타이탄 트럭과 자가용 한 대가 불탄 채 버려져 있었다. 트럭의 번호판까지 검게 그을려 어디 차인지 알 수 없었다. 결국 김준봉은 시위대가 탄 시위 버스에 올랐다. 그러나 시내로 들어가지 않고 유동 쪽으로 가는 차였으므로 양동시장 입구에서 내렸다. 양동시장 앞에서는 시위 차량이 빈번하게 돌아다녔다. 김준봉은 시위 승합차를 바꿔 탄 뒤 사무실 부근에서 내렸다. 시내는 온통 시위대를 나르는 버스와 승합차, 지프차 들만 운행 중이었다.

시위대는 귀에 익은 구호와 홀라송을 부르며 도청 앞 금남로로 모여들고 있었다. 시위 청년, 시민 들은 벌써 가톨릭센터 앞까지 가득 찼다. 마치 긴 풍선에 바람이 채워지듯 쑥쑥 팽팽하게 불어났다. 어느 순간이 지나면 터져버릴 것처럼.

"김대중 씨 석방하라."

"독재정권 타도하자."

"전두환 물러가라. 홀라 홀라."

"비상계엄 해제하라. 홀라 홀라."

외환은행 앞에는 공수부대의 장갑차가 시동을 걸어놓은 상태로 서 있었다. 시위대가 더 이상 도청 쪽으로 접근하지 않도록 위협을 가했다. 김준봉은 상사에게 얼굴만 비치고는 시위 상황을 살피기 위해 사무실을 들락날락했다.

그런데 거리에 긴장감만 팽배해 있는 것은 아니었다. 증심사 성연은 노동청 앞까지 신도들과 함께 불단에 올렸던 떡과 과일을 리어카에 싣고 와서 나눠주었다. 시민들이 초파일인데도 시위하느라고 절에 올라오지 않으니 그렇게 마음을 냈다. 금남로 쪽은 원각사와 관음사 신도들이 바구니를 들고 다니며 떡과 과일을 돌렸다. 거리 한쪽에는 상점에서 내놓은 빵과 음료수도 산더미처럼 쌓여 있었다. 시위 청년, 시민들의 끼니였다. 양동시장이나 남광주시장, 대인시장 등에서도 김밥과 음료수를 시장 앞에 내놓고 시위대라면 누구라도 먹을 수 있게 했다. 며칠 전과 달라진 자발적인 풍경이었다.

문장우도 아침 일찍 집을 나섰다. 시내로 들어가기 위해 학동 버스 종점 부근까지 나왔을 때 유리창이 깨진 시위 버스가 지나갔다. 시위 버스 옆면에는 빨간 페인트로 '전두환을 찢어 죽이자', '신현확 물러가라' 등의 구호가 쓰여 있었다. 시위 청년들은 각목을 들고 시위 버스 옆면을 두들기며 구호를 외쳤다. 이틀 전까지만 해도 공포에 떨며 눈치껏 움직였는데 완전히 바뀐 모습이었다. 시위 청년, 시민 들은 마치 시내를 장악한 것처럼 행동했다. 문장우는 흐뭇하고 뿌듯해서 시위 버스를 향해 손을 흔들었다. 광주시민들이 일심동체가 된 것 같았다. 문장우는 학동 석천다리까지 걸어가 행인에게 담배를 한 대 얻어 피운 뒤, 시내로 들어가는 시위 버스를 탔다. 시위 버스에 오르자마자 누군가가 그의 손을 잡았다.

"형님!"

한동네 사는 후배 김춘국이었다. 시위 버스에서 후배를 만나니 더 반가웠다. 그러나 후배가 왠지 붕 떠 있는 느낌이 들어 걱정스럽기도 했다. 군중심리에 휩쓸려 허세를 부리는 청년을 많이 보았기 때문이었다.

"춘국아, 니는 들어가거라."

"괜찮그만요. 형님이 걱정이지라. 형님은 형수님이나 자식이 지달리는 식구가 있응께라. 긍께 형님은 들어가셔야지라."

평소에 보고 느꼈던 김춘국이 아니었다. 후배라고 하여 어리게만 보았는데 마른 대추처럼 여물고 단단해 보였다. 광주의 시위 상황을 보는 생각에 차이가 없었다. 그래도 문장우는 김춘국을 시험하듯 에둘러 말했다.

"무신 소리냐? 나는 괜찮아야. 니가 뭣을 안다고 그러냐?"

"고로코름 말씸허시는 형님은 또 뭣을 안다고 그러신 게라?"

문장우는 김춘국이 되묻자 말문이 막혔다. 김춘국은 문장우를 내심 놀라게까지 성숙한 말을 했다.

"형님이 우리나라와 광주를 위해 싸운다믄 저도 마찬가지지라. 저뿐만 아니라 친구 선후배덜이 다 나섰지라. 여그서 빠지믄 비겁헌 놈이랑께요. 달고 댕기는 부랄을 떼부러야지라."

김춘국이 시위 버스에 오른 것은 분명 군중심리가 아니었다. 나름대로 신념을 가지고 하는 행동이 분명했다.

"좋다. 후회허지 않겄다는 말이제?"

"두말허믄 잔소리지라."

"그럼, 춘국아. 죽어도 같이 죽자!"

문장우는 김춘국과 새삼 마음이 통해 노동청을 지나 시위 버스에서 함께 내렸다. 예상은 했지만 도청 앞으로 들어가는 세 갈래의 도로는 시위 청년, 시민 들로 발 디딜 틈이 없었다. 두 사람은 관광호텔 쪽으로 인파를 헤치고 들어갔다. 관광호텔 앞에는 대형 태극기로 두 시신을 덮은 리어카가 도청으로 향하고 있었다. 광주역에서 시위 청년, 시민 들이 끌고 온 리어카였다. 두 사람은 좀 더 가깝게 보기 위해 수협 계단에 올라 두 시신을 바라보았다. 리어카 밖으로 나온 두 시신의 다리가 아직도 살아 있는 듯 덜렁덜렁 움직였다. 김춘국은 두 시신의 다리를 본 순간 분노가 끓어올랐다.

김현채는 리어카를 앞세운 전옥주의 방송차를 따라가다가 가톨릭 센터 앞에서 떨어졌다. 전날 화염병용으로 승용차의 기름을 빼다가 몇 모금 마신 탓에 속이 메스꺼워서였다. 마침 가톨릭센터 앞에서도 시위 청년들이 복면을 한 채 신문지를 깔아놓고 화염병을 만들고 있었다. 김현채도 그곳에 주저앉아 콜라병에 휘발유를 넣고 신문지를 말아 병 입구를 틀어막았다. 화염병이 70여 개쯤 되자 시위 청년들이 공수부 대가 있는 도청 쪽으로 가져갔다.

점심때가 되자 김밥과 빵, 음료수를 실은 리어카들이 보였다. 리어 카에는 각 동 이름이 붙어 있었다. 각동 주민들이 보내주었다는 표시 였다. 조금 뒤에는 트럭이 오더니 거북선 담배 한 박스를 가져왔다. 김 현채는 담배를 보고 소리쳤다.

"아저씨, 담배는 지가 나눠줄께라."

김현채는 열대엿 보루의 담배를 원하는 시위 시민들에게 나눠주었 다. 나름대로 시위를 했다고 짐작되는 시민을 찾아서 주었다.

"아저씨는 쪼깐 지달리쇼. 저 형씨부텀 줄께라."

"기준이 뭣이여?"

"옷이 깨깟헌 사람보담 더러운 사람이 집에 들어가지 않고 데모했 겄지라잉."

"아따, 젊은 사람이 솔찬히 똑똑헝마. 말 돼부네, 돼부러."

손을 내밀었던 와이셔츠 양복 차림의 사람들이 선선히 물러섰다. 김현채는 담배를 다 나눠주고는 상업은행 화단을 올라가 앉아 배급받 은 빵을 먹었다.

나주 다보사로 떠났던 진각도 다시 광주로 돌아왔다. 증심사 성연 과 통화했는데 시민들의 시위를 외면하지 말자고 했던 것이다. 진각은 광산 대촌까지 시외버스를 타고 왔다가 걸어서 서창을 지났다. 시 외곽 지역도 이제는 거의 봉쇄된 채 시위 버스만 다녔다. 시위 청년, 시민 들은 차츰 흥분해가고 있었다. 시위대 중에 누군가가 대형 화분 등으로 바리케이드를 이중삼중으로 쳐놓은 공수부대 앞에다가 타이어를 산처럼 쌓아놓고 불을 질렀다. 시내 여기저기서 검은 연기 기둥이 치솟았다. 머리에 띠를 두른 시위 청년들이 아세아자동차 공장에서 꺼내왔다는 군용특수 차량을 애국가를 부르며 끌고 다녔고, 시민들은 박수 치며 환호했다. 축제를 난폭하게 치르는 도시 같았다. 그러나 진각은 어딘지 모르게 아쉬웠다.

'누군가 주체가 되어 질서 있게 싸워야 허는디. 즉흥적으로 해결헐 문제가 아닌디. 분위기에 휩쓸리는 사람들을 하나로 묶어낼 으면 구심력이 있어야 허는디. 그것은 뭘까. 그래, 유인물이라도 맨들자. 프랑카드라도 제작해서 달자.'

진각은 길거리에 나와 있는 젊은 청년들에게 자신의 구상을 말했다.

"우왕좌왕해서는 우리덜이 저놈덜 전략에 말려들 가능성이 있응께 목적이 분명해야 허요. 저놈덜은 혼란을 부추기고 있는지도 모릅니다."

"스님, 뭣을 도와드릴께라?"

"유인물을 많이 맹글어 붙이고 프랑카드를 여그저그에 달아야 헐랑갑소. 중구난방 시위를 승화시킬라믄."

진각의 승복을 보고 믿음이 갔는지 젊은이들이 쉽게 응했다. 간판가게 주인도 진각이 도움을 요청하자 흔쾌하게 승낙했다. 진각은 지나가는 시위 지프차를 세우고 용건을 말했다.

"프랑카드를 맨들라고 허는디 천이 필요허요. 양동시장으로 갑시다."

"좋은 일인께 타쇼!"

진각은 젊은이 몇 명과 함께 시위 지프차에 탔다. 몇 명이 차에 오르자 먼저 타고 있던 시위 청년들과 섞이어 지프차는 콩나물시루가 됐다. 한두 명이 지프차 밖으로 튕겨져 나갈 것 같았지만 운전수는 거칠게 급발차를 했다. 양동시장 입구에서는 상인들이 여전히 시위대에게 김밥을 나눠주고 있었다. 진각은 아침을 다보사에서 먹고 나왔으므로 배는 고프지 않았다. 바로 이불 가게로 가서 천을 달라고 하자 이불 가게 주인이 말했다.

"잘 왔그만이라. 우리덜도 뭔가 도와주고 잪었는디. 필요헌 대로 다 가져가부씨요."

진각 일행은 흰 이불천을 도로변으로 가지고 나와 작업을 시작했다. 페인트는 젊은이들이 시외버스공용터미널 부근에 있는 페인트 가게까지 가서 구해 왔다. 처음에는 주유소에서 휘발유를 구해와 페인트에 섞었지만 묽게 잘 녹지 않고 찐득찐득했다. 그때 시위 트럭이 멈추더니 페인트공 오인수가 말했다.

"신나를 섞어야지라. 그래야 잘 녹제. 신나는 문짝 짜는 가게에도 많응께 여그 시장서 구헐 수 있었그만요."

오인수는 어제부터 변두리에서 시민들을 시내로 실어 나르는 중이었다. 그의 말대로 양동시장 안에서 신나를 구해 와 섞으니 쫀득한 페인트가 부드럽게 녹았다. 진각은 붓을 들고 '최후 일각까지', '오호통제라', '오후 3시까지 도청으로 집결하라' 등의 구호를 썼다. 어느새 30여 명의 동조자가 모였는데, 그들이 요구하는 구호를 쓰기도 했다. 한약방 주인이 합세해 쓴 붓글씨는 서예 경력이 있는 듯 구호의 품격이 달랐다. 진각은 도로변을 지나는 시위 차량에 플래카드를 달아주기도 했고, 시위 차량에 직접 구호를 쓰기도 했다. 양동상인들이 빵과 음료수를 박스째 갖다주었지만 진각은 점심 끼니를 잊어버릴 만큼 정신없이 붓을 휘둘렀다. 시위 차량 수십여 대가 줄을 서서 기다리고 있었기 때문이었다.

오인수가 운전하는 트럭에는 어제부터 고교생 최치수도 타고 있었다. 최치수는 어제와 같이 변두리 주민들에게 시위에 가담하라고 외치며 트럭에 태우는 일을 했다. 아침부터 외치고 다녔더니 목이 쉬었다. 최치수는 더 이상 목을 쓸 수가 없었으므로 트럭에서 내려 금남로 가톨릭센터 쪽으로 걸어갔다. 그런데 그의 뒤쪽에서 달려오던 트럭이 멈추었다. 트럭에 타고 있던 시위 청년들 중에 안면이 있는 한 명이 교복 차림의 최치수 손을 잡아끌었다. 한 손에 각목을 들고 있으니까 용감해 보여서 그랬는지도 몰랐다. 그러자 어떤 아주머니가 하소연을 했다.

"학생, 내 아들도 죽었어. 얼능 내려와. 청년덜도 빨리 내려와."

할 수 없이 모두가 트럭에서 내렸지만 시위 청년들은 트럭을 방치하지는 않았다. 시동을 건 트럭에 불을 지른 뒤 뒤로 물러섰다. 그러자 트럭은 공수부대원들이 있는 쪽으로 달리더니 관광호텔 앞 가로수에 부딪치고 말았다.

최치수는 광주은행 본점 앞으로 가서 김밥과 우유 한 개를 받았다. 시민들이 무등경기장 부근의 롯데제과에서 빵과 우유, 음료수를 트럭으로 실어 와 광주은행 본점 앞에 부려놓고 나눠주고 있었던 것이다. 점심을 먹는데도 끼리끼리 모였다. 교복을 입은 학생들도 마찬가지였다. 광주상고 1학년 안종필이나 김수영, 대동고 학생 등도 전혀 모르는 사이였지만 학생들끼리 무리를 지어 빵과 음료수를 받아먹었다.

집을 떠난 지 며칠이 지난 박래풍이나 김용호도 길거리에 있는 빵과 김밥으로 아침과 점심 끼니를 때웠다. 지갑도 가벼워졌고 집으로 돌아갈 수 없었으므로 양동시장이나 금남로에서 끼니를 해결했던 것이다. 두 사람은 점심 전에 양동시장에서 광주은행 본점까지 걸어와 각각 김밥 두 줄과 우유 한 개, 콜라 두 병을 받아먹고는 느긋하게 도청으로 걸어가다가 서방에서 시위 승합차를 타고 온 염동유를 스치기도 했다.

그런데 그때였다. 군용헬기 한 대가 프로펠러 소리를 기분 나쁘게 내지르며 금남로 상공을 날았다. 시위대 가운데 누군가가 파출소에서 탈취한 M1소총으로 군용헬기를 쏘았다. 그러자 군용헬기는 도청으로 가려다가 방향을 틀어 조선대 쪽으로 날아가버렸다. 박래풍과 김용호는 자신도 모르게 소리쳤다.

"저거 총 맞고 떨어져부러야 허는디."

"M1 갖고 대간디? 대공포를 쏴부러야제."

도청에서 군용헬기와 경찰헬기가 번갈아가며 뜨고 내리는 것이 수상쩍었다. 사라진 군용헬기 쪽으로 시위 청년들이 감자를 먹였다.

"뭔가 수작을 부리는 모냥이여."

"경찰헬기는 도지사나 시장이 타고 댕긴다고 허드만."

"내 생각에는 뭔가 중요 서류를 나르는 거 같그만요."

"아따, 유식허요. 학생이요?"

"전대생입니다. 어저께 MBC같이 도청이 불타버릴 수도 있응께 대비허겄지라."

전대생은 목이 마르다며 곧 그 자리를 떴다. 물은 아무 곳에서나 마실 수 있었다. 광주경찰서도 마음대로 들어갔다. 어제부터 출입을 제지하는 경찰은 아무도 없었다.

2차 차량 시위

할머니는 초파일인데도 절에 가지 못했다. 손자인 최동기가 공수부
대원이 휘두른 진압봉에 머리와 어깨를 다쳐 일어나지 못했기 때문이
었다. 할머니는 작은아버지가 운영하는 약국으로 가서 파스를 가져와
멍든 데에 붙여주었다. 소염제 알약은 식사 후 복용했다. 찢어진 머리
부분에는 동생이 소독약으로 소독한 뒤 연고를 짜서 발랐다. 아무래
도 진압봉으로 맞은 어깨뼈가 으스러진 듯 통증이 심했고 몸은 쇳덩
이처럼 무거웠다.

할머니는 아파트 유리창에 이웃집에서 가르쳐준 대로 솜이불을 씌
웠다. 최동기는 어두컴컴한 방에 누워서 시간을 보냈다. 할머니 몰래
밖으로 나가지 못했다. 할머니가 잠시도 곁을 떠나지 않았다. 최동기
는 할머니에게 삼양다방 마담이 치마로 숨겨주어 공수부대원에게 잡
혀가지 않았다는 얘기를 했다. 그러자 할머니가 말했다.

"옛날에 마실에 당골이 살았는디 장터에서 애기를 델꼬 와 수양아들로 삼음서 그라드라."

"에릴 때 장날 장터에 장돌뱅이들을 따라댕기는 고아들이 많았지라."

"금메마다. 수양아들로 삼을랑시롬 자기 치마 속으로 들어갔다가 나오라고 허드란 말이다."

"긍께 지가 마담 수양아들이 됐다는 말인게라?"

할머니는 초하루마다 공양미를 이고 마을 절에 가서 기도했더니 손자가 살아왔다고 믿었다. 그런데도 초파일날 손자를 붙들고 있느라고 마을 절 부처님께 불공을 드리지 못한 것이 마음에 걸렸다.

"니가 살아온 것은 부처님 덕인께 그리 알아. 머시기, 다방 주인여자 수양아들은 아니드라도 고마움은 잊지 말어라잉."

"궁전제과 빵이나 사서 동생 편에 보내야겄소."

"그래, 생각 잘했다. 고마움을 모르면 사람이 아니어야. 그라고 올해는 초파일인디도 마실 절에 못 갔는디 니가 대신 가서 부처님께 빌어라."

최동기는 옆에 있는 동생에게 내일이라도 궁전제과 빵을 사서 삼양백화점 2층에 있는 다방 마담에게 전하라고 시켰다. 할머니의 부탁도 약속했다.

"할머니, 이삼일 집에서 약 묵고 나으면 절에 댕겨올게라."

"니가 그리 해주믄 내 원이 읎겄다."

최동기는 어깨 통증만 가시면 내일이라도 할머니가 다니던 마을 절이 있는 이양을 다녀오리라고 결심했다. 어린 시절부터 할머니의 심부

름이라면 다 해왔던 그였다. 또한 할머니는 손자의 실수를 모두 받아
주고 덮어주는 부처님이나 다름없었다.

　화가 지망생 나상옥은 월산동파출소 앞을 지났다. 집에서 느지막이
아침을 먹고 나선 길이었다. 문득 그제 공수부대원에게 잡혀 봉변을
당할 뻔했던 일이 떠올랐다. 시위를 한 것도 아닌데 왜 도망쳤는지 화
가 났다. 광주경찰서 부근에 있는 화실에서 그림을 그리다가 후배 조
병철과 함께 밖으로 나오면서부터 벌어진 일이었다. 금남로 쪽에서 최
루탄이 터지고 돌멩이가 날아가는 등 시위가 한창이었으므로 두 사람
은 반대 방향인 양영학원 쪽으로 걸어갔다. 길에서 공수부대원들과 마
주쳤지만 “수고하십니다. 좀 지나갑시다!”하고 고개를 뻣뻣하게 든
채 지나쳤다. 두 사람이 호기 있게 걸어가자 광주경찰서 형사인 줄 알
고 잡지 않았다. 아무 탈 없이 양영학원 앞에 이르자, 시외버스공용터
미널 쪽으로 달리는 군용트럭이 보였다. 그런데 군용트럭에 탄 공수부
대원 하나가 두 사람에게 진압봉으로 가격하는 시늉을 하며 소리쳤다.
　“야, 이 새끼들아! 니들 죽여버릴 거야!”
　나상옥과 조병철은 공수부대원의 위세에 눌려 골목으로 피했다. 두
사람 모두 시위를 한 적이 없는데도 겁이 났다. 나상옥은 월산동 집으
로 빨리 들어가고 싶은 생각밖에 나지 않았다. 조병철과 헤어진 나상
옥은 광주천변을 따라 광주공원으로 서둘러 갔다. 광주다리에서도 공
수부대원들이 경계를 서고 있었다.
　공원 앞 광장에는 청년 예닐곱 명이 팬티만 입은 채 땅바닥에 머리
를 박고 있었다. 허리띠로 손이 묶인 상태였으므로 도망치기가 불가

능할 것 같았다. 청년들의 신발짝이 여기저기서 나뒹굴었다. 청년들은 기압을 받으면서 자세가 흐트러지면 공수부대원에게 걷어차이곤 했다.

"이 짜석, 그기밖에 몬해? 원산폭격이 뭔 줄 모르는 기야!"

한 청년은 도망치다 붙잡혔는지 허리띠로 손발이 함께 묶인 채 신발을 입에 물고 있었다. 일부 공수부대원은 공원 앞 식당에서 국밥을 먹고 있었다. 팀장인 듯한 중사는 엎드린 청년들을 보고 히죽히죽 웃으면서 낮술을 마셨다. 나상옥이 그 앞을 지나가려고 하자, 한 아주머니가 달려와 붙잡았다.

"젊은 사람덜을 무조건 잡아다가 족치고 있응께 가지 마씨요."

순간, 나상옥은 '젊은 사람들을 잡아다가 족친다'는 아주머니 말에 부아가 치밀었다. 지나칠까, 말까 망설였다. 그러는 사이에 한 공수부대원이 나상옥에게 말했다.

"빨리 꺼져!"

그래도 나상옥이 버티고 있자, 공수부대원이 오라는 손짓을 했다. M16소총을 멘 공수부대원은 1미터짜리 긴 박달나무 진압봉을 들고 있었다. 나상옥은 맨손으로는 버겁겠다 싶어 슬그머니 피해버렸다. 월산동 집으로 돌아온 나상옥은 분을 삭였다. 그런데 한 번 치민 분한 마음은 쉽게 가라앉지 않았다. 적개심 같은 것이 막연히 솟구쳤다.

하루가 지난 뒤에도 울분이 치밀었다. 화실에서 밤 9시 30분쯤 나와 MBC방송국이 불타는 것을 보면서 문득 공수부대원들과 싸워야겠다는 생각이 들었다. 방송국 건물에서 치솟는 연기와 불길이 심장을 뛰게 했다. 다시 화실로 들어온 나상옥은 그동안 그려왔던 고향의 풍경

스케치와 여성 누드 수채화들을 박박 찢어버린 뒤 월산동 집으로 향했다. 선후배들의 고통을 외면한 채 화실에 틀어박혀 그림만 그렸던 자신이 어이없고 부끄럽기도 했던 것이다.

나상옥은 화실로 가는 것을 포기하고 시위 버스를 탔다. 유리창이 모두 깨진 시내버스였다. 시내를 돌아다니는 시위 차량은 종류도 다양했다. 군용트럭과 지프차, 시외버스와 고속버스, 덤프트럭과 소형 트럭, 승합차와 택시, 심지어는 청소차와 소방차 등등이 시내와 외곽을 무질서하게 막 휘젓고 다녔다. 나상옥은 화실에서 중구난방으로 돌아다니는 차량을 통제해야겠다는 결심을 했다. 나상옥이 조병철에게 말했다.

"이러다가 주유소들 기름이 다 동나불겠다. 어처께 감당허겠냐. 나라도 나서야 쓰것다."

나상옥은 어제 화실에서 밤에 나왔으므로 오후 5시쯤에 있었던 차량 시위는 몰랐다. 무등경기장에서 출발한 택시와 시내버스, 화물차 등 200여 대가 일제히 헤드라이트를 켠 채 공수부대 저지선을 향해 돌진했는데, 차량 행렬은 도청 광장을 불과 100여 미터 앞둔 동구청 앞까지 진출해 시위대에게 '우리도 싸울 수 있다'는 자신감을 주었던 것이다.

"차들을 이끌고 도청으로 가서 공수를 진압해불자. 내 아이디어가 기발허지 않냐?"

"형 생각이 기발허요만 차들이 따라줘야지라."

두 사람은 백운동 로터리에서 목적 없이 다니는 시위 차량들을 세웠다. 오전 10시 30분쯤 되자 20여 대가 모였다. 아세아자동차 공장에서 나온 장갑차까지 확보한 나상옥은 도청으로 출발하기 전에 차량 행렬 순서를 정했다. 장갑차를 앞세우고 그 뒤는 차량을 통제하는 덤프트럭 두 대, 그 뒤는 버스들을 배치했다. 그런데 그때 한 사내가 나상옥에게 다가와 말했다.

"시방 상무대에서 군인들이 몰려오고 있소. 빨리 바리케이트를 쳐야 헌께 좀 도와주시오."

"우리가 어쳐게 할까요?"

"저짝에 원목을 겁나게 실은 트럭이 있소. 원목을 가져가서 막으믄 되지라."

"한번 가봅시다."

나상옥은 사내가 가리키는 곳으로 함께 갔다. 8톤 트럭 두 대에 지름 30센티쯤 되는 원목이 가득 실려 있었다. 트럭 주변에 몰려든 주민들에게 수소문하니 운전기사는 부근의 민가에 있었다. 나상옥은 운전기사를 찾아가서 급박한 상황을 설명한 뒤 사정했다.

"시방 화정동 도로를 막지 못하믄 시민들이 계엄군에게 다 죽어라. 긍께 협조해주씨요."

"여수에서 온 원목인디 내 맘대로 못허요. 나는 운반만 허는 월급쟁이 운전수란 말이요."

"사람 목숨이 중허지 원목이 더 중허다는 말이요? 한시가 급허단 말입니다."

운전기사가 처음에는 완강하게 거절하더니 마지못해 운전 키를 나상옥에게 내밀었다. 또 다른 트럭 운전기사는 만나지 못한 채 몰려든 주민 중 한 사람이 수동으로 시동을 걸었다. 나상옥은 원목에 불을 지를지도 모르므로 백운동주유소에서 석유와 휘발유를 구해 조병철에게 주었다. 후배는 곧 트럭을 타고 화정동으로 갔다. 나상옥은 주민들에게 빈 병을 가져오게 한 뒤 백운동주유소 휘발유로 화염병 수십 개를 만들었다.

"장갑차 운전하실 분, 여그 기갑부대 출신 예비군 있습니까?"

"장갑차를 몰아봤소."

"함께 탈 분 있소?"

장갑차를 운전할 줄 안다는 사내가 자원한 뒤였다. 앳된 청년이 손을 들고 나왔다. 청년은 와이셔츠 같은 티에 푸른색 추리닝을 입고 있었는데, 고등학교를 막 졸업한 재수생 같았다. 시위 청년 대부분이 장발인데 청년만 머리가 짧았고 왠지 순진하게 보였다. 나상옥은 동생뻘 같아서 청년에게 말을 놓았다.

"니는 쪼깐 어린 거 같은디."

"어리다고 못헙니까? 공수놈덜을 장갑차로 깔아불랍니다."

"패기는 좋다만 한 번 더 생각해보고 결정허는 것이 으쩌겄냐?"

"형님, 지금 장갑차 못 타믄 은제 타보겄습니까?"

나상옥은 순진한 청년이 영웅 심리로 들떠 있는 것 같아 은근히 걱정이 됐다. 시민들이 박수를 치고 환호하면 무슨 돌발 행동을 할지 알 수 없었다. 그래서 나상옥은 청년에게 다짐을 받았다.

"좋다. 니가 타는 것은 허락허겄다만 절대로 장갑차 뚜껑을 열고 서지는 마라."

"으째서 그럽니까?"

"저격병이 니를 노리니까 그라제. 시민들이 박수 치고 와아와아 허고 소리 지르면 니도 모르게 흥분할 거 같은게 주의를 주는 것이여."

"형님, 걱정허지 마십시오. 장갑차 속에서 꼼짝 않고 있을라요."

어린 청년은 추리닝 바지를 허리까지 끌어올린 뒤 씨익 웃고는 장갑차에 승차했다. 나상옥은 화염병을 실은 덤프트럭 짐칸에 탔다. 장갑차가 위험에 처하면 뒤에서 화염병으로 엄호할 생각이었다. 덤프트럭은 키가 높아 앞뒤 차량 행렬을 보면서 통제할 수 있었다. 나상옥이 탄 덤프트럭에 청년 대여섯 명이 합류했다. 버스와 승합차 들은 두 대의 덤프트럭 뒤쪽에 한 줄로 정렬했다. 나상옥은 운전기사들을 모아놓고 작전을 짰다.

"후퇴할 때는 한꺼번에 빠지면 뒤엉킬 수 있응께 한 조는 전여고 쪽으로, 또 한 조는 사직공원 쪽으로, 또 한 조는 양동시장 쪽으로, 또 한 조는 광주역 쪽으로 갑니다. 알겠지요?"

늙수그레한 운전기사가 젊은 기사들에게 주의를 주었다.

"서로 몬자 갈라고 허믄 엉켜분께 약속헌 순서대로 빠집시다잉."

차량 시위는 점심 무렵에 시작했다. 장갑차가 선두에 서고 나상옥이 덤프트럭에 올라 지시했다. 차량들은 백운동로터리에서 출발하여 월산동으로 내려갔다가 양동에서 광주천을 지나 유동에서 우회전한 뒤 금남로로 향했다. 차량 행렬 속도는 아주 느렸다. 시위 청년, 학생 들이 걸어서 따라올 수 있을 만큼 서행했다.

금남로에 가득 찬 시민들이 차량 행렬을 보자 양쪽 보도로 물러서며 개선군을 맞이하듯 환호했다. 장갑차는 가톨릭센터 앞에서 잠깐 멈칫거렸을 뿐 공수부대 저지선을 향해 거침없이 나아갔다. 그런데 관광호텔 앞에서 청년이 갑자기 장갑차 뚜껑을 열고 나와 두 손을 번쩍 들었다. 시민들이 박수치고 환호했다. 나상옥이 걱정했던 대로였다. 청년은 러닝셔츠를 찢어 머리에 두르고 티를 벗어 흔들었다. 누군가가 청년에게 태극기를 던졌지만 장갑차 너머로 떨어졌다.

그 순간, 관광호텔 쪽에서 총성이 한 방 울렸다. 청년의 목에서 붉은 피가 솟았다. 나상옥은 저격병의 총알이 청년의 목을 관통했다고 직감했다. 청년의 상체는 연체동물처럼 스르르 뒤로 넘어졌다. 장갑차는 공수부대 저지선을 뚫고 도청 분수대를 돌아 노동청 쪽으로 달렸다. 총성이 10여 발 울리자 시위대가 썰물처럼 빠졌다. 금남로는 순식간에 텅 비었다. 차량 행렬에 동원된 차들은 약속한 대로 빠지지 못한 채 지그재그로 뒤엉켰다.

잠시 후에야 차량들은 어렵사리 이리저리 후진하며 사라졌다. 대신, 총성에 흩어졌던 시위대가 중앙교회 앞부터 다시 들어차기 시작했다. 시위대는 도로에 주저앉아 연좌농성에 들어갔다. 시위 인파가 오전과 같이 불어나기 시작하자 앞쪽의 시민들은 동구청과 관광호텔 앞까지 떠밀렸다. 고교생 김수영도 어느새 공수부대원들이 보이는 전일빌딩까지 와 있었다. 또다시 총소리가 탕탕탕 났다. 이번에는 도청 쪽에서 들려오는 총성이었다. 총성이 뚝 멎자 누군가가 말했다.

"공포탄이 아니여!"

김수영은 한 사내를 따라서 미문화원 쪽으로 도망쳤다. 그때 뒤따라오던 학생이 쓰러지며 소리쳤다.

"아저씨, 아저씨! 나 총 맞았그만요."

그 학생 말고도 도청 앞에는 두세 명이 쓰러져 있었다. 청년 몇 사람이 공수부대원들이 총을 겨누고 있는데도 쓰러진 한 사람을 구해 오려고 낮은 포복으로 접근했다. 이면도로로 도망치려던 시민들이 걸음을 멈추고 박수를 쳤다.

집단발포

박병규는 집으로 들어가지 못했다. YWCA 화장실 벽거울에 비친 자신의 꾀죄죄한 몰골에 놀라서 목욕도 하고 옷을 갈아입을 생각으로 귀가하던 길에 다시 금남로 시위대와 합류했다. 끓어오르는 시위대의 분노와 흥분이 박병규를 붙잡았다. 시위대는 어제의 시위대가 아니었다. 아세아자동차 공장에서 가지고 나온 장갑차와 번호판이 없는 지프차, 군용트럭 등을 타고 다녔다. 고속버스, 시외버스, 시내버스, 소방차와 청소차, 불도저 등이 시민들의 시위 차량이 되었다. 시위 차량은 모두 100여 대가 넘었다. 관광호텔 부근까지 온 박병규는 도청 앞의 공수부대원들을 보려고 시위 트럭 위로 올라갔다.

일부 공수부대원은 도청 안으로 들어가고, 1,000여 명은 도청 광장 앞에서 시위대와 맞서고 있었다. 7공수여단 35대대와 11공수여단 3개 대대병력이었다. 안병하 도경찰국장의 지휘를 받는 경찰은 공수부대원 뒤쪽에서 2차 방어를 했다. 박병규는 시위대에 밀려 점점 도청 쪽으로 갔다. 공수부대원들이 대형 화분으로 바리케이드를 친 부근에 이르렀을 때였다. 노동청 쪽의 시위대가 남도예술관까지 내려왔다. 시위대 몇 명이 언론을 응징하겠다고 전남일보사가 있는 전일빌딩 셔터를 부수기 시작했다. 몇몇 시위 학생, 청년은 전일빌딩에 화염병을 던지려고 했다. 그러자 40대 시민이 말렸다.

"신문사는 불 지르지 맙시다. MBC방송허고는 다른께."

지방 신문사는 전국망을 가진 MBC나 KBS처럼 영향력이 크지 않다는 것이었다. 이에 화염병을 든 한 청년이 소리쳤다.

"불 지르지 말자니, 당신 프락치그만. 지방 신문이나 중앙 방송 모두 한통속이요. 침묵은 동조란 말이요."

"군바리덜이 노리는 것이 뭔지 아요? 방화나 혼란이요. 긍께 불 지르지 말자는 거요."

"질러라, 불 질러부러."

그제야 전일빌딩 1층에 있던 외환은행 광주지점의 30대 직원 몇 명이 나와서 시위 학생과 청년 들에게 싹싹 빌었다.

"이 빌딩이 불타믄 건물주보다 입주자덜 피해가 더 커부요. 건물이야 화재보험에 들었응께 자기 돈 한 푼 들이지 않고 다시 짓을 수 있지만 은행 서류와 돈이 불타불믄 우리는 으쩌게 되겄소?"

많은 시위 시민이 화염병을 던지지 말라고 만류하자 화염병을 든 학생과 청년 들이 슬그머니 물러나며 한마디 했다.

"신문사를 응징헐라고 했지만 건물 안에 든 당신덜을 봐서 포기해분께 그리 아쑈잉."

시위 학생 중에 한 명은 전남일보 윤전실 쪽으로 갔고, 박병규는 도청과 금남로가 잘 보이는 5층 전일도서관으로 뛰어올라갔다. 도청 시계탑 앞에는 '부처님 오신 날'이라고 쓰인 봉축 탑이 서 있었다. 초파일을 봉축하기는커녕 왠지 슬프고 생뚱맞게 보였다. 시위대 중에 일부는 물이 펄펄 끓듯 몹시 흥분해 있었다.

이윽고 시위 버스 두 대가 공수부대원과 전투경찰이 있는 도청 광장으로 달려갔다. 시위대가 "와아!" 하고 함성을 질렀다. 그러나 시위 버스 한 대는 분수대를 돌아왔지만 다른 한 대는 수십 발의 총성 직후 그 자리에서 멈췄다. 11공수여단 61대대 장교 10여 명이 총을 쏘자 운전기사는 버스 유리창에 피를 뿌리며 죽었다.

앞이 뾰족한 해병대용 장갑차가 등장한 것은 바로 그때였다. 시위대 예비군 청년들은 아세아자동차 공장에서 가지고 나온 해병대용 장갑차로 공수부대원들을 더욱 거칠게 몰아붙였다. 미처 피하지 못한 두 명의 공수부대 사병이 시위 장갑차에 치였다. 권상운 상병은 좀 전의 운전기사처럼 즉사했다.

노동청 쪽에서도 시위 차량이 도청 공수부대를 향해 강하게 압박했다. 요란한 사이렌 소리를 듣고 동리소극장 밖으로 뛰쳐나온 박효선과 친구 이희규와 박정권은 시위 청년 몇 명이 탄 소방차를 보았다. 소방차는 사이렌을 울리며 도청 쪽으로 돌진했다. 시민들이 소방차를 탄 시위 청년들에게 박수를 쳤다. 잠시 후 시위 청년들이 소방차에서 뛰어내리자, 소방차는 사이렌을 울리며 도청으로 무섭게 내달렸다.

그때, 시위대를 따라가던 중학생이 도청 쪽에서 날아온 총탄을 맞고 픽 쓰러졌다. 시위 시민들이 모두 보도 쪽으로 피신하자, 눈치를 보던 몇몇 청년이 길바닥에 쓰러진 중학생을 재빠르게 들쳐업고 왔다. 박효선은 시위 청년들과 함께 총을 맞은 중학생을 김화중 정형외과로 옮겼다. 그러나 의사가 가망이 없다고 하자 청년들은 시위 지프차에 중학생을 싣고 적십자병원으로 달렸다.

도청 안에서는 경찰헬기가 12시쯤부터 몇 번이나 이륙하고 착륙했다. 붙잡혀 온 시위 청년 중에 부상이 심한 환자를 이송하거나 도청의 중요서류를 옮기고 있었다. 실제로 공수부대원들이 연행해 온 시위 학생과 청년 들을 경찰이 도청 뒷담 비상문으로 도망치게끔 도와주기도 했다. 시위하다가 전경에게 붙잡혀 온 방위병 이재춘도 그때 탈출해 도청 뒤 오외과에 입원했다. 아무튼 도청 안팎으로 위기 상황이 급박하게 돌아가는 것은 분명했다.

잠시 후, 도청 앞 시계탑이 1시 정각을 가리켰다. 그 순간 도청 옥상 네 방향으로 설치된 스피커에서 애국가가 가사 없이 장중하게 울려 퍼졌다. 느닷없는 애국가 소리에 보도로 물러나 있던 시위대는 움찔했다. 박효선은 불길한 예감으로 머리끝이 쭈뼛했다. 등골을 타고 오싹하는 전율이 흐르는가 싶더니 일제히 도청 쪽에서 총성이 울렸다. 이제까지 산발적인 총성은 있었지만 집단 발포한 M16 총소리는 처음이었다. 박효선은 군대에서 익힌 대로 이희규와 박정권에게 소리쳤다.

"엎드려부러!"

보도로 물러나 있던 시위 청년, 시민 들도 엎드리거나 아니면 이면 도로로 도망쳤다. 시위대는 총성이 멎은 후에도 도로로 나서지 않았다. 그런데 이상스럽게도 시위대 중에 사상자는 없었다. 누군가가 외쳤다.

"공수가 허공에다 총질했는갑소!"

"그래도 조심허씨요. 상부에서 발포 명령을 내린 거 같아부요."

예비군복을 입은 시민이 대꾸하듯 외쳤다. 동리소극장으로 돌아온 박효선이 방금 중학생의 허리를 받쳐 들다가 묻은 피를 닦으며 말했다.

"정권아, 신성한 애국가를 발포 명령으로 이용헐 수 있냐?"

"아이고메, 학살 신호로 애국가를 이용했다믄 국가관도 도덕성도 없는 놈덜이제."

이희규도 동조했다.

"니덜 말이 맞다. 놈덜은 정권을 탈취허기 위해 신성헌 애국가를 모독허고 애국가를 불러온 우리덜 마음까지 뭉개분 것이여."

손에 묻은 피를 다 닦은 박효선이 말했다.

"내 소극장이지만 여그 있다가는 숨었다는 오해받겄다. 인자 나가자."

"돌맹이도 못 드는 니가 뭔 싸움이냐?"

박정권의 말에 박효선이 대답했다.

"나는 겁이 많응께 앞에 나서지는 못하제, 그래도 쓰러진 사람덜을 병원으로 나를 수는 있어야. 그것도 사람 살리는 일이 아니냐?"

"니 말이 맞다. 소극장 앞에 붙인 대자보는 니가 쓴 거 같든디. 필체를 본께."

"응, '전남인이여 궐기하자'는 대자보는 내가 써부렀제."

세 사람은 중앙국민학교 후문길을 이용해 금남로 3가 쪽으로 나갔다. 공수부대의 집단발포로 충장로, 제봉로 등으로 흩어졌던 시위대가 다시 한일은행 광주지점과 금남로 3가의 양쪽 보도에 모여들고 있었다. 순식간에 젊은 청년 1,000여 명 정도가 결사대인 듯 나타나 구호를 외치기 시작했다. 시위대 목소리에는 목숨을 내놓고 싸우겠다는 결기가 묻어 있었다. 이제 "전두환 물러가라"는 시위대의 입에 붙었고, 누군가가 새로운 구호를 만들어 선창했다.

"최 돼지 물러가라."

"끝까지 광주를 사수하자."

"연행자를 석방하라."

구호를 외쳐댄 젊은 시위대는 애국가를 부르기 시작했다. 애국가는 고향의 부모 형제를 위해 목숨을 바치겠다는 출정가처럼 비장했다. 어떤 청년은 주먹을 꽉 쥐고 눈물을 흘렸다. 공수부대와 싸울 장소는 바로 눈앞이었다. 금남로는 도청 앞까지 텅 비어 있었다. 이희규가 말했다.

"나는 키가 작아서 아무것도 보이지 않응께 건물 옥상으로 올라가자."

"위급헌 상황을 판단헐라믄 그게 좋겄다."

세 사람은 나름대로의 역할을 하겠다고 다짐하며 금남로 3가에 있는 한 건물 입구로 들어갔다. 건물에 세든 화랑 주인이 자신도 올라가는 중이라며 옥상문을 열어주었다. 세 사람은 금남로를 내려다보는 순간 호흡이 턱 막혔다. 금남로는 터질 듯한 긴장감과 차가운 살기가 감돌았다. 공수부대원들은 멀리서 무릎쫘 자세로 시민들을 향해 총구를 겨누고 있었다.

시위대의 구호가 다시 터져 나왔다. 시위 청년 대여섯 명이 도로 한복판으로 뛰어나와 '전두환 물러가라', '계엄령 해제하라'라는 구호를 외쳤다. 시위 청년 중에 한 명은 대형 태극기를 흔들었다. 화랑 주인이 소리쳤다.

"아니, 공수놈덜이 시민을 죽이네!"

총성이 요란하게 울리자 대형 태극기에 붉은 피가 번졌다. 공수부대원들과 시위 청년의 거리는 불과 300여 미터밖에 되지 않았다. 대여섯 명의 시위 청년은 맥없이 쓰러졌다. 도청 앞 공수부대 사격수와 건물에 숨어 있던 저격수들의 정조준 집중사격이 분명했다. 시위 학생과 청년 들도 보고만 있지 않았다. 시위 청년 한 무리가 낮은 자세로 기어가서 쓰러진 청년들을 들쳐업고 나왔다.

화랑 주인이 총탄에 쓰러진 청년들의 숫자를 정(正) 자를 쓰며 셌다. 그러면서 중얼거렸다.

"낸중에 때가 되믄 증언헐라고 그라요."

박효선과 박정권, 이희규는 동시에 비명을 질렀다.

"어어! 또 쓰러질라고!"

또다시 대여섯 명의 청년이 도로 한복판으로 뛰어가 구호를 외쳤다. 그중에 한 명은 이전과 같이 대형 태극기를 흔들었다. 그들 역시 집중사격으로 도로에 피를 뿌리며 거꾸러졌다. 이에 시위 청년들도 망설이지 않았다. 낮은 포복을 하며 다가가 그들을 들쳐업고 돌아왔다.

박효선은 고개를 돌렸다. 또다시 대여섯 명의 청년이 도로로 뛰어나가 구호를 외치고 있었다. 이어 총성이 고막을 찢듯 울렸다. 박효선은 더 이상 거리를 내려다보지 않고 옥상 계단을 내려와 버렸다. 두 친구도 박효선을 뒤따랐다. 화랑 주인만이 옥상에 남아 마치 실성한 사람처럼 정(正) 자를 쓰고 있었다. 처음에는 정(正) 자를 또박또박 썼지만 두 번째 정(正) 자부터는 제정신이 아닌 듯 수전증 환자처럼 흐물흐물 흘려 썼다.

시위 청년들이 도로 한복판에서 연달아 세 번이나 쓰러지자, 보도로 물러나 있던 시위 시민들이 도로로 나아갔다. 이면도로에서 서성이던 시위 시민들이 금남로로 쏟아져 나왔다. 순식간에 금남로는 오전처럼 시위 인파로 채워졌다. 시위 인파는 곧장 관광호텔 앞까지 들어찼다.

그때였다. 바퀴 달린 시위 장갑차 한 대가 도청 분수대 쪽으로 달렸다. 장갑차 뚜껑을 열고 한 청년이 용감하게 상체를 드러냈다. 머리에 흰 띠를 두른 청년은 윗옷을 벗고 태극기를 흔들었다. 도청 광장을 지키고 있던 공수부대원들이 그 청년을 향해 가차 없이 집중사격을 했다. 목에 총을 맞은 듯 청년의 머리가 푹 꺾였다. 공수부대원의 집중사격으로 충장로 입구 빌딩에 있던 노인과 동구청 앞의 학생과 처녀, 시민 등 여덟 명이 쓰러졌다. 도청 광장으로 돌진했던 시위 장갑차는 분수대를 돌아 노동청 쪽으로 빠져나갔다. 그제야 시민들이 쓰러진 사람들 중에 경상자는 동구청 뒤 홍안과로, 중상자는 전대병원과 적십자병원, 기독병원으로 시위 차량에 실어 갔다.

시위 장갑차의 돌진에 자극받은 시위대는 시동을 건 청소차를 도청 쪽으로 달리게 했다. 청소차는 YMCA 앞의 공수부대 바리케이드를 치받고는 불탔다. 그러자 시위대는 충금지하상가에 있던 불도저를 끌고 와서 도청 쪽으로 돌진케 했다. 그러나 운전자가 없는 불도저는 우성빌딩 길목에 이르러 도로 턱에 부딪쳐 멈추고 말았다.

하늘에서는 무장헬기가 시위대에게 기총사격을 했다. 무등산 쪽에서 상무대로 날아가던 무장헬기가 광주천 불로교 부근의 시위대에게 무차별 기총사격을 가했다. 조금 전까지 연행자는 모두 석방하겠다는 선무방송을 하던 헬기가 아니었다. 계림동성당 사제관을 나서던 조비오 신부가 목격한 것만도 드드득 드드득 드드득 세 번의 기총사격이었다. 기총사격의 불빛이 길게는 1미터 정도로 쭉쭉 사선으로 뻗었다.

조비오 신부는 반사적으로 성당 담벼락에 붙어 헬기를 응시했다. 헬기는 순식간에 사직공원을 넘어 월산동 쪽으로 사라졌다. 조비오 신부는 너무 놀라 가톨릭센터로 가려던 생각을 접고 사제관으로 돌아와 버렸다. 헬기의 기총사격까지 받은 시위대는 생명 존엄의 날이기도 한 초파일에 가장 많은 희생자를 냈다. 금남로에서 가까운 전대병원과 적십자병원은 말할 것도 없고, 기독병원만도 부상자 100여 명, 사망자 14명에 이르렀다.

박효선은 두 친구와 조금 전에 불타버린 세무서 앞에서 헤어졌다. 시위대 앞에 서지도 못하고, 그렇다고 뒤에서 얼쩡거리는 것도 흔쾌하지 않았기 때문이었다. 경찰이 집중사격을 거부하고 뿔뿔이 해산했다는 소문이 시위대 사이에서 돌았다. 누군가가 소리쳤다.

"우리가 이겼다!"

"공수놈덜 철수도 시간문제다!"

시위대는 광주경찰서를 점거했다. 점거라기보다는 시위대가 압박하자 경찰들이 떠나버렸다는 표현이 옳았다. 시위대는 폭도가 아니었다. 경찰서 경리계의 금고를 손대는 사람은 아무도 없었다. 금고에는 광주경찰서 경찰들의 5월 봉급용 돈다발이 차곡차곡 쌓여 있었지만 시위 시민 중에 돈다발을 훔치려고 드는 사람은 단 한 사람도 없었던 것이다. 미처 금고를 잠그지 않은 광주경찰서 경리담당 여경만 안절부절 애를 태웠을 뿐이었다.

총을 구하다

도청 광장에서 집단발포가 있기 전이었다. 5만여 시위 민중이 금남로 가톨릭센터 앞까지 가득 메우고 있을 때였다. 공수부대 장교들은 도청 광장 밑의 신성사무기 상점 앞에 의자를 갖다놓고 앉아서 노닥거리고 있었다. 시위대 협상 대표가 도지사를 만나러 들어갔지만 협상이 제대로 될 리 없었다. 헬기는 금남로 상공을 선회하며 '시민들은 집으로 돌아가라'는 선무방송을 계속했다. 시위대와 공수부대원들과의 거리는 점점 좁혀지고 있었다. 거리가 좁혀지게 되면 마찰은 불가피했다. 또다시 어제처럼 시위대는 거리에 피를 뿌리면서 쓰러질 터였다. 공수부대원들은 총을 들고 있었고, 시위대는 대부분 비무장 맨주먹이었다. 그러한 위기감 때문이었다. 시위대 중에서 누군가가 소리쳤다.

"우리도 무장합시다! 아세아자동차 공장에 가믄 장갑차도 있지라."

"장갑차로 공수놈덜 걷어붑시다!"

유리창이 모두 깨진 시내버스 앞으로 30여 명이 모여들었다. 30여 명의 시위대는 나이와 직업이 제각각이었다. 뒷골목 청년부터 고등학생, 대학생, 방위병, 영업사원, 넝마주이, 예비군 등등 다양했다. 시위대가 몽둥이로 차체를 두들기며 "전두환 물러가라"는 구호를 외치자 시내버스는 지체 없이 광천동 아세아자동차 공장으로 달렸다.

아세아자동차 공장은 내수용 버스와 승용차를 생산하는 공장이기도 했지만 장갑차와 군용트럭과 지프차를 생산하는 군납 방위산업체였다. 방위산업체답게 아세아자동차 공장 주차장에는 일반 차량과 군납용 차량 수십 대가 줄지어 있었다. 시위대는 군납용 차량을 보고는 함성을 질렀다. 어제까지 타고 다니던 차는 계엄군이 퇴각하면서 놔두고 간 트럭이나 지프차들이라 연식이 오래돼 낡았지만 지금 앞에 있는 군용차량들은 도장이 번들번들한 새 차였다. 번호판이 없는 완제품 신차였다.

"와아!"

아세아자동차 공장 정문은 닫혀 있었다. 시위로 공장 가동을 중단한 듯 현장 노동자들은 단 한 명도 없었다. 시위대가 정문을 밀어버릴 기세로 소리치자 공장 사무실 직원이 나와 말했다.

"지 맘대로 문을 열 수 읎어라."

"당신은 으디 사람이요? 시방 광주시민이 죽어가고 있는디 저까짓 차 몇 대가 뭣이란 말이요!"

20대 중후반의 건장한 박남선이 공장 사무실 직원을 꾸짖고 들어가 정문을 열었다. 직원은 적극적으로 막지는 않았다. 못 이기는 체하고 물러섰다. 시위대는 또다시 함성을 지르며 군용차량이 줄지어 있는 주차장으로 갔다. 운전할 줄 아는 몇 사람이 먼저 일반 버스와 군용지프 차에 올라 시동을 걸었다. 그러나 누군가가 욕을 했다.

"니기미 씨팔! 시동이 안 걸려부네."

"이 차도 그렁만. 뭣을 잠가부렀당가?"

한 중년이 시동이 걸리지 않는 차량들을 둘러보더니 말했다.

"밧떼리를 모다 띠어부렀그만."

과연 군용트럭에는 배터리가 없었다. 공장 측에서 시위대가 가져가는 것을 막기 위해 미리 제거했음이 분명했다. 자동차 부품에 해박한 중년은 지프차도 일일이 보닛을 열고 배터리의 유무를 확인했다. 그런 뒤 배터리가 달린 차량을 발견하고 나서 운전할 줄 아는 예닐곱 명의 청년에게 알렸다. 기갑부대 출신인 예비군 장교는 공장 창고에서 장갑차를 꺼내 와 시위대의 부러움을 한껏 샀다.

시위대는 지프차 두 대와 군용트럭 여섯 대와 장갑차 한 대를 모아 놓고 일제히 시동을 걸었다. 장갑차는 금남로로 바로 달렸고, 지프차와 군용트럭에 탄 시위 학생, 청년 들은 총기를 구하기 위해 광주 외곽의 도시로 나갔다. 광주 시내의 파출소와 경찰서는 경찰들이 이미 총기와 실탄 박스를 다른 곳으로 옮겨버린 탓에 구할 수 없었던 것이다. 시위대는 화순과 나주, 담양 방면으로 나누어 달렸다. 그런데 담양으로 가던 군용트럭 한 대는 광주교도소 부근에서 계엄군을 발견하고는 멈추었다. 대학생 한 명이 운전수에게 말했다.

"아저씨, 교도소에 공수가 있그만요. 긍께 화순 쪽으로 갑시다."

"그러세. 여그서 죽을 수는 읎제잉."

군용트럭은 그 자리에서 유턴하여 화순 쪽으로 방향을 바꾸었다. 군용트럭이 너릿재터널 초입에 다다르자, 시외버스와 지프차, 군용트럭이 길을 막고 있었다. 먼저 온 시위대가 휴식을 취하고 있는 중이었다. 그러나 잠시 후 달려 온 군용트럭의 시위대가 도청 앞에서 총성이 울렸다는 소식을 전해주자 쉬고 있던 시위대가 각자의 차에 올라탔다.

"인자 우리덜도 총을 들고 싸와야겠소."

군용트럭 세 대와 유리창이 없는 중앙고속버스, 그리고 박래풍이 탄 지프차가 화순을 향해 거칠게 달렸다. 너릿재터널에서 화순읍은 10여 분 거리밖에 안 되었다. 아세아자동차 공장에서 나온 군용트럭의 시위대는 화순 출신 청년의 안내로 화순읍 예비군 중대본부 무기고 문을 열었다. 무기는 어디로 치워버렸는지 생각보다 적었다. 방위병 보초가 있었지만 슬그머니 자리를 비껴주었다. 그러자 한 여대생이 방위병에게 수고한다면서 '솔' 담배 열 갑을 건네주었다.

박래풍과 김용호가 탄 지프차는 화순역전파출소로 갔다. 역전파출소 무기고에 자물쇠를 채운 채 경찰들은 시위대를 피해버린 듯했다. 청년 중에 한 명이 큰 돌멩이를 구해 와서 자물쇠를 내리쳤다. 그래도 열리지 않자 운전수가 자신의 허리띠를 자물쇠와 지프차에 걸고는 시동을 걸었다. 지프차가 두어 번 후진하는 동안 무기고 문이 우지직 부서졌다.

"자, 한 정씩 챙겨봅시다."

지프차에 탔던 시위 학생과 청년 다섯 명은 카빈소총을 한 정씩 무기고 안에서 들고 나와 어설프게 사격자세를 취했다. 잠시 후에는 카빈소총 실탄 한 박스와 권총실탄 20개를 지프차에 실었다.

그때 시위대를 태운 군용트럭 두 대가 달려왔다. 선두의 군용트럭에 타고 있던 안성옥이 박래풍을 보고 말했다.

"워미, 우리보다 형씨덜이 한 발 앞서부렀그만요."

"여그서는 총기를 더 구허지 못헌께 동면파출소로 얼능 가씨요."

안성옥이 탄 시위 군용트럭은 지체하지 않고 화순읍에서 가장 가까운 동면파출소로 직진했다. 광주 지원동에서 카빈과 M1소총 대여섯 정을 구했지만 그것만으로는 부족했기 때문이었다. 군용트럭에 탄 시위 청년은 20여 명이나 되었다. 청년들은 '진짜 사나이', '전우야 잘 자라' 등의 군가를 부르며 군용트럭의 옆구리를 몽둥이로 두들겼다. 동면파출소가 보이자 청년 두 명이 공중을 향해 공포탄을 대여섯 발 쏘았다. 그러자 동면파출소 안에 있던 경찰 서너 명이 도경으로부터 시위대와 충돌하지 말라는 지시를 받은 듯 논두렁을 타고 재빨리 피신했다. 개울가에서는 아주머니들이 빨래를 하고 아이들은 고기를 잡고 있었다. 광주에서 무슨 일이 벌어졌는지 모르는 듯 평화롭기만 했다. 시위 트럭이 다리를 건너는 동안 마을 사람들이 동면파출소 쪽으로 구경거리인 양 모여들었다.

"뭔 일이다요?"

"광주에서 난리가 나부렀지라. 우리도 총이 필요해서 가지러 왔그만요."

청년 하나가 파출소 안벽에 걸린 최규하 액자사진을 떼어내 바닥에 내동댕이쳤다. 그제야 광주 사정을 눈치챈 마을 사람들이 시위대에게 무기고 위치를 알려주었다. 시위대 중에 체격이 다부진 청년이 무기고 자물쇠를 겨냥해 M1소총을 쏘았다. 잠긴 자물쇠는 두어 발을 맞고서야 풀렸다. 무기고 안에는 생각보다 많은 총기류와 실탄이 차곡차곡 쌓여 있었다.

"화순읍 예비군 중대본부 무기고 총을 이리 다 옮겨논 거 아녀?"

기름이 반질반질 칠해진 카빈소총과 M1소총 400, 500정이 한쪽에 가지런히 놓여 있었다. 빈 탄창은 박카스 종이박스에, 실탄은 백발씩 나무박스에 들어 있었고 수류탄은 통조림 크기의 깡통 안에 스티로폼으로 포장돼 있었다. 시위 청년들은 카빈소총과 M1소총은 물론 LMG 한 정, 기관단총 한 정, 수류탄 두 박스, 실탄 여섯 박스, 탄창 100여 개를 두 대의 군용트럭에 나눠 옮겼다. 스무 살이 안 된 안성옥은 난생처음 카빈소총을 만져보았다. 군대를 갔다 오지 않아서 격발하는 방법은 몰랐으나 총을 가지고 있으니 왠지 마음이 든든했다. 소총과 실탄을 생각보다 많이 구한 군용트럭 두 대는 곧장 광주를 향해 달렸다.

그 사이에 화순광업소로 간 군용트럭 세 대는 동면 구암리에 도착했다. 군용트럭들이 경적을 울리며 멈추었다. 길바닥에 켜켜이 쌓인 탄가루가 풀썩 일어났다. 태극기를 단 군용트럭이 선도 차였다. 군용트럭 한 대당 20여 명씩 학생과 청년이 타고 있었는데, 그들은 바로 내리지는 않았다. 구암리 유일한 상점인 구암상회 앞에서 마을 사람 30여 명이 웅성거리고 있었기 때문이었다. 광주에서부터 걸어왔다는 사람이 광주에 난리가 났다고 알리고 있는 중이었다.

"여그는 세상이 어치게 돌아가는지 모르는 촌구석일세."

선두 군용트럭의 한 청년이 카빈소총 한 발을 허공에 쏘았다. 그러자 구암리 마을 사람들이 놀란 채 구암상점 앞을 후닥닥 벗어났다. 마을 사람들의 고무신과 운동화 몇 짝이 뒹굴었다. 그 청년이 도망치는 마을 사람을 향해 소리쳤다.

"우리는 광주에서 공수놈덜하고 싸우는 시민이요. 공수놈덜이 광주시민들을 복날 개 잡듯 패고 있소. 그래서 우리도 모두 총을 들라고 허요."

마을 사람들이 다시 한두 사람씩 군용트럭 쪽으로 주춤주춤 다가왔다. 청년이 다시 말했다.

"동면파출소에 갔는디 아무도 읎고 무기고도 텅 비어 있습디다. 여그 광업소는 있을 것 같아서 이리 와부렀소. 광업소 화약고와 직장예비군 무기고는 으디 있소? 시방 광주에서는 시민들이 죽어가고 있응께 우리도 총을 들라고 허요. 여러분, 도와주씨요."

군용트럭 앞으로 도망쳤던 마을 사람들이 모두 모였다. 구암상회 주인은 빵과 우유를 내와 시위대에게 건네주었다. 광부인 마을 사람이 말했다.

"화약고가 쩌그 있응께 내가 알려줄께라."

광부인 마을 주민이 군용트럭 조수석에 탔다. 나머지 마을 사람들은 군용트럭 뒤를 따라 광업소 화약고로 갔다. 광업소 화약고는 구암상회에서 500미터쯤 떨어진 외진 산자락에 있었다. 광부들이 채굴할 때 터뜨리는 다이너마이트(TNT)를 저장한 화약고였다. 광업소 직장예비군들의 무기고도 화약고 옆에 있었다. 광부 중에 누군가가 미리 와서 화약고와 무기고 문을 열어놓아 시위대 청년들은 다이너마이트와 카빈소총과 M1소총을 시위 트럭에 가득 옮겼다. 시위대는 보물을 얻은 것처럼 기분이 좋아져 마을 사람들을 따라온 국민학생과 중학생들에게 빵과 우유를 나눠주었다. 청바지를 입은 한 여대생이 똘똘하게 생긴 중학생의 머리를 쓰다듬며 말했다.

"지금은 모르겠지만 훗날에 니도 알 것이다."

"누나, 군인이 광주시민을 죽이고 있는 것이 정말인 게라우?"

"시민들은 민주화를 요구할 뿐인데 그렇단다."

여대생의 눈에 금세 눈물이 그렁그렁했다. 더 말을 잇지 못했다. 군용트럭이 검은 바람을 일으키며 멀리 사라져버린 뒤에도 빵과 우유를 받은 어린 학생들은 멍하니 그 자리를 떠나지 못했다.

대창 시내버스를 타고 나주로 떠난 시위대 중에는 전남방직 여공들도 있었다. 유리창이 다 깨진 시내버스는 수시로 난폭하게 경적을 울리곤 했다. 곧장 내달리던 시내버스는 광주와 나주의 경계인 남평 부근에서 멈추었다. 뒤따라오던 지프차가 시내버스를 세웠다. 지프차에 탔던 청년이 시내버스에 올라 대뜸 흥분한 채 소리쳤다.

"공수부대가 한 시경에 도청 앞에서 발포해 시민덜이 무참히 죽었소. 우리도 놈덜을 다 죽여붑시다."

시내버스에 타고 있던 위성삼도 분노가 끓어올라 바로 동조했다.

"우리도 무기가 있어야 헐 것 같소. 얼능 나주경찰서로 갑시다."

"무장해서 광주로 돌아가 싸웁시다."

시내버스는 곧장 나주경찰서로 갔다. 경찰서는 텅 비어 있었다. 시위대가 온다는 첩보를 입수한 경찰들이 모두 자리를 비워버렸던 것이다. 시위 청년, 학생 들은 경찰서 무기고 문에 달린 자물쇠를 망치로 내리쳤다. 그래도 대형 놋쇠 자물쇠는 부서지지 않았다. 성미가 급한 한 청년이 말했다.

"경찰서 옆에 레커차가 있습디다. 내가 끌고 와불라요."

"무기고 문을 작살내붑시다."

시위 청년이 레커차를 몰고 와 무기고 벽을 밀자마자 시멘트벽이 맥없이 무너졌다. 무기고에는 공기총 등이 비닐봉지 속에 있었다. 레커차가 또 하나의 벽을 부수자, 비로소 카빈소총과 권총이 나왔다. 그러나 실탄은 어디다 숨겨두었는지 없었다. 예비군 출신 청년 한 명이 학생과 시민들에게 총만 지급했다. 나주경찰서를 나와 금성파출소 무기고를 열고 나서야 실탄과 수류탄을 구했다. 예비군 출신 한 명이 총기를 원하는 시위 학생, 청년 들에게 카빈소총과 실탄을 배분했다. 청년 중에 누군가가 카빈소총에 공포탄을 넣고 쏘았다. 시내버스에 앉아 있던 전남방직 여공들이 총소리에 놀라 불안해했다. 얼마나 겁을 냈는지 위성삼이 시내버스에 올라탔을 때는 여공이 한 명도 보이지 않았다. 위성삼이 판단하기에 몇몇 예비군을 제외하고는 대부분이 총기를 다뤄보지 않은 사람들이었다. 카빈소총에 탄창을 끼고 난 뒤 서로에게 총구를 겨누며 장난치는 사람도 있었다. 총을 세워들지 말고 총구를 버스 바닥으로 향하게 들라고 권유해도 듣는 둥 마는 둥했다. 할 수 없이 위성삼은 광주로 돌아오는 도중에 총기 안전수칙을 교육했다. '총구는 아래로' '탄창은 끼지 말 것', '자물쇠는 잠글 것' 등등 시위 학생, 청년 들에게 신신당부를 했다.

시민군 1

금남로에서 시위를 하던 청년, 학생 들 중에 일부가 지원동과 학동으로 몰려갔다. 화순에서 총기를 구한 시민군이 광주로 오고 있다는 소문이 돈 뒤였다. 실제로 화순광업소와 화순동면파출소 무기고에서 총기와 실탄, 수류탄, 다이너마이트 등을 실은 군용트럭들이 화순 너릿재터널을 지나고 있었다. 김현채도 지프차를 타고 지원동으로 갔다. 그러나 총기를 실은 군용트럭은 아직 보이지 않았다. 그때 누군가가 남광주역 부근의 술집에서 총기를 나눠준다고 말했다. 그래서 김현채는 남광주시장 부근의 술집을 뒤졌지만 금남로에서 시위를 하고 돌아와 술을 마시는 시민들만 만났다.

"여그서 총을 나눠준다고 해서 왔그만요."

"학동 숭의실고 앞에 가믄 총을 준다던디. 가지고 있다믄야 원자폭탄이라도 내주겠네."

김현채는 지프차를 타고 숭의실고 앞으로 갔다. 지프차에 탄 청년들은 숭의실고 앞에 도착해서 총기를 나눠주는 서너 명의 청년들에게 "수고 많소잉" 하고 소리쳤다. 청년들은 군용트럭에서 원하는 시민들에게 총과 실탄을 나눠주면서 '질서!'를 외쳤다. 시민들은 줄을 서서 차례차례 총과 실탄을 받았다. 맨 끝에 선 김현채는 급한 성미를 참지 못하고 새치기했다. 군용트럭에 훌쩍 뛰어올라 카빈소총 한 정, 실탄 100발, 탄창 세 개, 수류탄 세 개를 가지고 내려왔다. 군용트럭에는 소총 100여 정과 50발들이 실탄 박스가 여덟 개, 수류탄 세 박스가 있었다. 김현채가 지프차에 돌아오자마자 운전수는 가속페달을 밟았다.

"한국은행 앞으로 갑니다잉."

"워미, 저 새끼덜 쪼깐 보소. 하늘에서 지랄허고 있네."

군용헬기 몇 대가 금남로 상공을 선회하면서 '폭도들은 집으로 돌아가라'고 선무방송을 하고 있었다. 지프차에 타고 있던 한 청년이 군용헬기를 향해 카빈소총을 쏘았다. 그러자 조수석에 탄 청년이 말했다.

"카빈은 사거리가 짧은께 엠원으로 사격허쑈. 맞히기는 심들지만 저놈덜도 겁을 묵겄지라."

지프차에서 M1소총을 든 청년 두 사람이 군용헬기를 겨냥해 쏘았다. 그러나 군용헬기는 더 높이 올라가 '폭도들은 집으로 돌아가라'는 소리를 반복하면서 유유히 사라졌다.

그제야 화순 동면파출소로 갔던 안성옥은 지원동 시내버스 종점에 도착했다. 시내버스 종점에는 시민들이 총기를 받기 위해 제법 많이 모여 있었다. 안성옥은 군용트럭 위에서 선착순으로 총기와 실탄을 배급했다. 노인에서부터 장년, 청년, 대학생, 심지어는 고등학생까지 카빈소총과 M1소총을 받았다. 시민들 중에는 안성옥의 친구 양동민도 끼어 있었다.

그때부터 양동민은 안성옥과 함께 군용트럭을 타고 시내로 들어갔다. 순찰하는 지프차가 군용트럭을 타고 있는 시위 청년, 시민 들에게 21일 밤의 암구호까지 "담배-연기" 하고 알려주었다. 무장한 시위대끼리 사격하지 말라고 시민군 중에서 누군가가 정한 암구호였다.

화순에서 가장 빨리 달려온 차량은 박래풍이 탄 지프차였고, 그다음은 안성옥이 탄 군용트럭이었고, 가장 늦게 도착한 차량은 화순광업소에서 다이너마이트와 총기를 실고 온 군용트럭이었다. 문장우는 학동 석천다리에서 기다리고 있다가 화순광업소에서 달려온 군용트럭 두 대를 만났다. 군용트럭 앞차는 기관총 LMG를 거치하고 있어 든든하게 보였다. LMG는 1분에 480발쯤 나가는 위력이 대단한 기관총이었다. 문장우는 군용트럭을 세운 뒤 자신의 신분을 밝혔다.

"학운동 소대장이요. 여그 모인 시민덜에게 총을 나눠줍시다."

"좋지요. 원허는 사람은 다 가져가부씨요."

문장우는 군용트럭에 올라 무기들을 살폈다. 최신 소총인 M16소총은 한 정도 없었다. 대부분 카빈소총과 무거운 M1소총뿐이었다. 그래도 소총만 400, 500정이나 돼 흐뭇했다. 실탄은 20발들이 탄창과 30발들이 바나나탄창이 20, 30상자, 다이너마이트가 10여 상자나 되었다. 무기들을 점검해본 문장우는 이제 공수부대와 싸워도 도청 광장에서처럼 일방적으로 밀리지 않겠다는 자신감이 들었다. 문장우는 소리쳤다.

"광주시민은 모두 총을 들어봅시다!"

순식간에 100여 명에게 소총과 실탄을 나누어주었다. 주민등록증과 학생증만 보여주면 누구에게나 다 내주었다. 다이너마이트는 상자를 뜯지 않았다. 다이너마이트를 잘못 터뜨리면 몇 사람이 날아갈 수도 있기 때문이었다. 동네 후배인 김수복도 예비군복을 입고 와서 카빈소총과 실탄을 받아들었다. 문장우는 소총과 실탄을 받아들고 웅성거리는 시민들에게 약식으로 총기교육을 시켰다.

"엠원은 자물쇠를 잠가불믄 개머리판에 충격을 줘도 자물쇠가 풀리지 않은께 안전허지라. 근디 카빈은 자물쇠를 잠가놔도 실탄이 나간께 개머리판에 충격을 가하믄 안 됩니다잉. 글고 탄창을 빼도 총에 실탄 한 발이 남은께 반드시 실탄까정 빼야 헙니다. 그라고 총구는 늘 아래로 향해야 오발사고가 나드라도 안 다칩니다. 인자 여러분은 일차 총기교육을 받았응께 다 모이기로 헌 광주공원으로 가붑시다."

한편, 광주공원에 미리 와서 쉬고 있던 박래풍은 스스로 시민군 조장이 된 예비군 박남선과 언쟁을 벌였다. 농사꾼 친구 김용호는 모내기철이라고 화순에 남으려 했으나 함께 넘어와 마음이 심란해서 잠시 쉬고 있었다. 그때 우락부락하게 생긴 박남선이 다가와 시비를 걸었다. 박래풍과 김용호가 카빈소총 및 실탄 한 박스, 권총 실탄 20개를 가지고 있는 것을 본 박남선이 반납하라고 요구했다.

"형씨, 총 쏴봤소?"

"아니요."

"위험헌께 이리 내놓으쑈."

"은제 죽을지 몰라 화순까지 가서 구해 왔는디 내가 왜 총을 당신

헌테 주겠소?"

박래풍은 초면인 박남선이 자신을 얕잡아본다고 생각해 단호하게 거절했다. 김용호도 한마디 했다.

"우리가 화순역전파출소에서 어처께 가져온 총인지 아요?"

모여든 시민군들에게 '총기수칙'을 외치며 다니던 박남선은 아무 말도 못하고 가버렸다. 그러나 시민군들은 코와 입이 커서 실제 나이 보다 더 들어 보이는 박남선의 지시에 따라 움직였다. 박래풍과 김용 호는 자존심이 상해 광주공원에 더 있지 못했다. 석양이 기울 무렵, 공 수부대가 도청에서 철수하고 있다는 소문이 돌자 일부 시민군이 환 호했다.

"와아! 우리가 이겨부렀다!"

석양이 신록의 벚나무 이파리 사이로 언뜻언뜻 고개를 내밀었다. 아 직은 오후의 날빛이 공원 숲을 부드럽게 감싸고 있었다. 연둣빛 벚나 무 이파리들이 순한 석양빛에 반들거렸다. 공원 땅바닥에도 한 줌 날 빛이 벚꽃의 낙화같이 떨어져 뒹굴었다. 박래풍과 문장우는 또 엇갈렸 다. 지프차에 총기를 싣고 오는 박래풍과 총기를 받으러 간 문장우는 학동 석천다리에서도 만나지 못했던 것이다.

문장우는 위성삼이 나주에서 가지고 온 소총과 일신방직과 전남방 직 무기고에서 꺼내 온 소총 1,500정이 가지런히 50센터 높이로 쌓여 있는 것을 보고는 놀랐다. 화순에서 군용트럭이 싣고 온 소총까지 합 치면 족히 2,000여 정은 되었다. 시야가 트인 공원 계단 끝에는 LMG 가 거치돼 군부대 같은 분위기가 감돌았다. 공원 공터에는 시민군을 태우고 갈 벤츠고속버스 11대가 대기하고 있었다. 그런데 시민군의 질서는 엉망이었다. 특히 중·고등학생들은 총을 아무렇게나 각목처럼 들고 다녔다. 시민들 중에 조금만 이상한 행동을 보이면 총을 들이대며 위협하기도 했다.

"당신 누구요?"

"누구는 누구, 광주시민이제."

"주민증 내보씨요."

"아이고메, 뭔 일이당가."

총을 든 학생들이 어른을 위협하는 하극상이 벌어졌다. 수류탄을 상의 호주머니에 두어 개씩 훈장처럼 달고 장난치기도 했다. 수류탄의 안전핀을 옷핀처럼 상의 호주머니에 꽂았는데 예비군 문장우나 박남선이 보기에는 위험천만했다. 안전핀이 빠져버리면 공원에 모인 시민군이 한꺼번에 몰살될 판이었다.

문장우는 '질서'를 외치면서 20명씩 조를 짠 뒤 줄을 세웠고, 40대의 사내는 메가폰을 들고 시민군에게 LMG 교육을 시켰다. 그러나 아무도 집중하지 않았다. 문장우는 LMG 교육을 시키는 40대 사내에게서 메가폰을 빼앗아 들고 시민군 앞에 섰다. 문장우의 목소리는 우렁우렁했다.

"저는 학운동에 사는 문장우입니다. 몇 년 전에 하사로 제대허고 현재는 학운동 예비군 소대장으로 있습니다."

시위 시민들이 문장우가 예비군 소대장이라고 밝히자 그제야 그를 주목했다. 문장우는 그 순간을 놓치지 않고 말을 계속했다.

"제가 여러분덜 앞에 메가폰을 들고 선 이유가 있습니다. 지휘자 없는 여러분은 오합지졸에 불과헙니다. 여러분이 멋대로 행동허다가는 우리 모두가 다칠 수 있습니다. 여러분덜 가슴에 달고 있는 수류탄이 문제입니다. 여러분이 광주시민을 사랑한다면 수류탄을 가지고 있는 사람부터 앞에 보이는 고속버스에 탑승해주시기 바랍니다. 간곡히 부탁합니다."

사고를 막으려면 수류탄부터 회수해야 했다. 어수선한 분위기에서는 회수가 원활하지 않을 것이므로 버스에 탑승시켜 처리해야 했다. 문장우와 여러 명의 예비군 출신이 몇 차례 부탁하자 수류탄을 가진 시민군들이 11대의 고속버스에 모두 탔다. 미처 타지 못한 사람들은 공원 땅바닥에 줄을 세워 앉혔다. 그런 뒤 문장우는 각 고속버스에 올라 수류탄을 회수할 청년들을 뽑았다.

"군대를 다녀온 분은 손을 들어주실라요?"

각 고속버스마다 몇 사람이 손을 들었다. 병이나 하사로 제대한 예비군들이었다. 문장우는 또 버스에 탄 시민군 학생들에게 주의를 주었다.

"시방 여러분덜 가슴에 달고 있는 수류탄이 터지믄 여러분덜은 물론이고라, 여그 시민덜까지 희생을 당헙니다. 긍게 여러분은 시방 수류탄을 안 가져도 됩니다. 수류탄은 서로의 안전을 위해 따로 보관해 둡시다. 예비군덜이 수류탄을 회수헐틴게 여러분은 손대지 말고 모두 응해줬으믄 좋겠습니다."

시민군 학생들이 가지고 있는 수류탄은 곧 쉽게 돌려받았다. 모두 합쳐 보니 200여 개가 넘었다. 자발적으로 나선 시민군 대표들이 가슴을 쓸어내렸다. 이제는 질서 없이 몰려다니지 않기 위해 10명 단위와 20명 단위의 조를 짰다. 조장은 군대를 다녀온 예비군들이 맡았다.

조장은 시민군의 소대장 역할을 했다. 위성삼은 예비군 병장이기 때문에 대부분 모르는 사람이었지만 20명 단위의 한 조장이 되었다. 고속버스에 오르지 못한 조는 목적지까지 걸어가기로 했다.

도청 공수부대의 소식은 광주공원 시민군에게 속속 전해졌다. 하루종일 시위대가 기세를 꺾지 않고 밀어붙이자, 결국 11공수부대와 3공수부대가 조선대 쪽으로 철수하기 시작했다는 첩보가 시민군 대표들에게 계속 올라왔다. 안병하 도경국장의 지시를 받은 경찰은 시위대에게 발포하지 않고, 이미 각자도생 식으로 해산해버린 상태였다. 문장우는 고속버스에 올라 또다시 시위대에게 주의를 주었다.

"공수덜허고 밤에 싸울 때 한자리에서만 총을 쏘믄 총구 불빛 땜시 자리가 노출됩니다. 긍께 총을 쏜 뒤에는 반다시 자리를 이동해야 헙니다. 그라고 총구 가늠자에 담배 은박지를 붙여 총구의 방향을 표시해야만 아군끼리 총질을 피헐 수 있습니다. 시방 공수부대가 조대로 간다고 헙니다. 놈덜이 도청 앞에 지뢰를 묻어놓고 후퇴허고 있을지 모른께 학동 쪽으로 가붑시다. 공수가 다시 공격헐라고 전술적으로 후퇴헐 수도 있응께 각조가 맡은 지역방위를 잘해주시고요. 자, 인자 선두차를 따라갑시다."

선두 고속버스 두 대는 광주천변 도로를 따라 올라가다가 학강다리에서 좌회전한 뒤 남광주시장 공판장 옆 도로에서 멈추었다. 뒤따라오던 고속버스들도 모두 선두 고속버스 뒤에 주차했다. 총을 든 시민군이 지역방위를 하기 위해서였다. 앞장선 고속버스 두 대에서 내린 시민군 40명은 전남대병원 주위를 지키게 했다. 그리고 두 대 고속버스의 시민군은 남광주 철로 부근과 학동시장 위쪽 언덕에 있는 조선대병원 환자대기실에 배치했다. 나머지 다섯 대 고속버스는 학동 석천다리까지 가서 두 대는 다리 주변에, 한 대는 숭의실고 안에, 두 대는 배고픈다리 쪽으로 이동시켰다. 조선대로 철수한 공수부대가 학교도 안전하지 못하다고 판단되면 무등산 산자락을 타고 학동이나 지원동 쪽으로 이동할 것이기 때문이었다. 이 같은 시민군 배치는 조선대 뒷산 포위작전이었다. 문장우는 조선대나 학동, 학운동, 지원동의 지형을 누구보다도 잘 알고 있었다. 무등산 산자락은 학운동 예비군들의 지역방위 훈련장이었던 것이다.

벤츠고속버스를 타지 못한 시민군은 광주천을 따라서 학동으로 올라갔다. 위성삼도 자신의 조를 데리고 학동시장 입구에 있는 사진관까지 걸어서 갔다. 위성삼은 시민군을 다시 2개 조로 나누어 70여 명씩 사진관과 옆 건물로 들여보냈다.

"공수덜이 총을 쏘기 전에는 절대로 몬자 쏴서는 안 됩니다. 잠을 자서도 안 됩니다."

과연, 문장우와 위성삼이 예견한 대로 오후 7시쯤 갑자기 도청 쪽에서 장갑차 한 대가 캐리버50 기관총으로 요란하게 사격하면서 다가왔다. 시민군을 겁주기 위해서였다. 지역방위 중인 시민들이 일제히 응사했다. 그러자 장갑차는 뒤로 잠시 후진했다가 다시 전속력으로 화순 쪽으로 달아나버렸다. 어둑어둑해지자 변두리 거리는 무서울 정도로 적막해졌다. 빈혈 환자처럼 창백한 반달이 거리를 멍하니 내려다볼 뿐이었다. 이틀 동안 제대로 잠을 못 잔 위성삼은 카빈소총을 껴안은 채 눈을 감았다. 조원들에게는 잠을 자서는 안 된다고 주의를 주었지만 정작 자신은 깊은 잠에 빠져버렸다.

〈2권에 계속〉

삽화 | 이정기

전남대학교 미술학과 졸업. 광주신세계미술제 대상 및 광주미술상 수상. 광주시립미술
관 국제레시던시 입주작가 활동.

광주 아리랑 1

초판 1쇄 인쇄 2020년 5월 8일
초판 1쇄 발행 2020년 5월 18일

지은이 | 정찬주 펴낸이 | 전영화 펴낸곳 | 다연
주소 | (10477) 경기도 고양시 덕양구 은빛로 41, 502호
전화 | 070-8700-8767 팩스 | (031) 814-8769 이메일 | dayeonbook@naver.com
본문 | 미토스 표지 | 강희연

ⓒ 정찬주

ISBN 979-11-90456-11-1 (04810)
ISBN 979-11-90456-13-5 (세트)

이 도서의 국립중앙도서관 출판예정도서목록(CIP)은 서지정보유통지원시스템 홈페이지
(http://seoji.nl.go.kr)와 국가자료종합목록 구축시스템(http://kolis-net.nl.go.kr)에서 이용
하실 수 있습니다. (CIP제어번호 : CIP2020014433)